중국 현대 산문

기록의 시선: 아카이빙과 문학의 만남

김승원

새로운 세상의 숲
신세림출판사

중국 현대 산문

기록의 시선: 아카이빙과 문학의 만남

삶이란 무엇일까?

이 지루한 질문에 대한 답을 내어 놓기 위한 긴 자문 속에서, 나는 결국 "삶 = 긴장"이라는 한 마디를 마주했다.

삶은 결국 긴장의 연속이다.

그 긴장의 시작은 '경험'에서 비롯된다. 우리는 살아가며 기쁨과 슬픔을 배우고, 이를 따라 기쁨을 추구하거나 슬픔을 피하려는 갈망 속에서 늘 경계의 한가운데 서게 된다. 그 순간, 우리는 언제나 조금씩 긴장하며 세상과 마주한다.

이 긴장 속에서 우리는 무의식을 만들어낸다. 무의식의 끝자락에는 우리의 취향이, 또 그 취향들이 모여 문화를 형성한다. 또한 수많은 무의식들이 집합하여 사회적 기준을 만들어 내기도 한다.

그 기준은 종종 '성공'이나 '실패', '옳음'과 '그름'을 구분하는 잣대가 된다. 이로 인해 사람은 늘 이 기준에 맞추기 위해 긴장하고, 시선의 굴레 속에서 헤매며, 위선의 반복과 허구적인 독립, 질투와 억압된 감정의 서사를 살아간다.

혹시 나는 애써 타인이 만든 기준에 맞추려 했던 것은 아닐까?

물론, 다수의 무의식에 적당히 따르는 것이 내 삶을 조금 더 안정되게 만들 수 있겠지만, 그로 인해 나의 고유한 무의식까지 억지로 억누를 필요는 없다.

지옥은 멀리 있지 않다. 늘 내 곁에서, 내가 그 문을 열고 있다. 그리고 천국은, 내가 그 문을 닫을 때 비로소 찾아온다.

-2025년 어느날 김승원-

프롤로그

우리는 살면서 얼마나 많은 질문을 주고받을까? 나의 가족을 제외한 타인들이 나에게 늘 던지는 질문 중 하나는 "어떻게 하면 중국에서 슬기로운 유학과 생활을 할 수 있을까?"이다. 그럴 때마다 나는 항상 무심하게 대답하곤 한다. "정답은 없다. 각자 느끼며 살아가는 거야." 나의 대답은 진심이었지만, 여전히 그들은 고집스럽게 질문을 한다. "유학을 하며 본인 미래에 투자한 거 맞죠? 마치 적금을 넣듯이 잘 지내셨던 건 아니에요?" 복에 겨워 허울좋은 시절을 보냈다는 그들의 물음이 나는 결코 유쾌하지 않다. 미래를 향한 희망은 때로 가장 나약한 다짐이라고 느끼기 때문이다. 인생이 정말 적금의 이자처럼 예측 가능하다면, 인생은 결코 적금에 이자가 붙는 것처럼 단순하지 않다.

20년 전, 나는 처음으로 중국 땅을 밟았다. 중학생이었던 나는 부모님과 떨어져 처음으로 중국어를 배우고, 낯선 환경에서 하루하루를 보내야 했다. 그해 2월 24일의 날씨는 겨울이 끝나가는 시점이었지만 여전히 차가운 바람이 옷깃을 스쳤다. 새로운 시작이라는 설렘도 있었지만 그날의 짧은 설렘은 곧 절망으로 바뀌었다. 중국에서의 생활은 상상보다 훨씬 더 힘들었고, 부모님 없이 혼자서 살아가는 10대에게 그것은 고통스러운 시간이었다. 그 당시 나를 가장 힘들게 했던 것은 언어의 장벽이나 문화적 차이가 아니었다. 내가 겪었던 진정한 고통은 매일 밤 잠들기 전 슬며시 찾아오는 내일에 대한 불확실함에서 파생되는 공포와 공허함이었다. 언제까지 이 낯선 땅에서 살아야 할지, 그 답은 전혀 알 수 없었고 그 감정은 나를 더욱 움츠러들게 했다. 그래도 나는 이겨내야 한다고 생각했고 이 공포와 공허함을 메우기 위해 주위 사람들에게 의지하거나 더 열심히 공부하며 시간을 보냈다. 그러나 내가 이때 깨달은 것은 외로움은 결코 타인에 의해 치유되지 않는다는 것이었다. 결국 나는 있는 그대로 외로움을 받아들이기 시작했다. 그리곤 작은 수첩 하나를 장만해 내가 중국에서 느꼈던 에피소드와 그때그때 느꼈던 감정들을 기록하며 하루하루를 보냈다.

2023년 7월, 나는 긴 중국 생활을 마치고 고향인 한국으로 돌아왔다. 돌아보니, 긴 유학생활동안 나에게 남은 것은 학위증서나 중국에서 만난 친구들이 아니었다. 그것은 바로 내 손끝에서 하나하나 꾹꾹 적어 내려간 '기록'이었다. 그 기록들은 나를 중국의 문화 속으로 깊이 끌어들였고, 외국인으로서 바라본 중국사회를 더 명확하게 이해할 수 있게 해주었다. 또 내가 쓴 그 작은 수첩의 기록들은, 내가 어떻게 중국에 동화되었는지, 어떤 감정을 품고 살아왔는지, 그리고 중국의 사회가 나에게 어떤 영향을 미쳤는지를 돌아볼 수 있게 해주었다. 그 기록들이 쌓여가면서, 비로서 나는 중국이라는 나라를 심도있게 탐구할 수 있었고, 그 속에서 나는 그저 외부의 관찰자가 아닌, 그 문화 속에 뿌리내린 존재로서의 나를 발견할 수 있었다. 중국에서의 나의 경험은 단순히 그 나라의 문화를 배우는 시간이 아니었다. 그것은 중국의 내면을 들여다보는 여정이었고, 그 여정 속에서 나 자신을 다시 마주하는 과정이었다. 중국은 나에게 단순한 학문적 대상이 아니라, 삶의 방식과 가치관을 되돌아보게 하는 거울이었고, 그 안에서 나는 진정한 나의 자리를 찾으려 했다. 그렇게 쌓인 경험과 기록들이 나를 더 깊이 있는 사람으로 만들어 주었고, 나는 그 과정 속에서 더욱 성장할 수 있었다.

　우리가 산문을 배우고 쓰는 이유 역시 단순하다. 그것은 결국 타인의 기록을 읽으며 세상과 소통하는 일이기 때문이다. 오늘날, 4차 산업혁명이 다가오는 이 시점에서 많은 이들이 순수 문학이나 산문을 '필요 없는 것'으로 치부할지도 모른다. 그럼에도 불구하고, 만약 우리가 '필요'와 '필수'만을 기준으로 살아간다면, 우리는 얼마나 좁은 틀 속에서만 살게 될까? 수학이나 과학처럼 정해진 답을 바라보며 나의 유학 생활의 고난과 그 시간을 예측하려 했다면, 나는 20년 동안 중국에서 살아남지 못했을 것이다.

　이처럼 한 국가를 제대로 이해하고 싶다면, 그 국가의 '기록'을 읽는 것이 가장 현실적이고 객관적인 방법이라고 믿는다. 이 책은 독자들에게 중국 현대 산문을 통해, 중국인들의 생각과 그들이 살고 있던 시대의 사회적 배경을 이해할 수 있는 기회를 제공할 것이다. 또한 그들의 내면을 들여다보며, 중국이라는 나라의 정체성과 그들이 처한 사회를 고찰할 수 있을 것이다. 이와 동시에 산문을 읽는 것만큼 중요한 것은, 타인의 기록에만 의존하지 말고 자기 자신만의 기록을 남기는 것이다. 중국의 현대 작가들처럼,

우리는 살아가며 느낀 것들, 생각한 것들을 글로 남겨보아야 한다. 친구와 나눈 대화, 부모님의 말, 보고 듣고 느낀 뉴스나 사회적 현상들, 그리고 우리가 살아가는 현재의 기분까지 모두 기록으로 남겨보자. 그 기록이 쌓이고 쌓이면, 그것이 우리 자신의 아이덴티티를 형성하고, 더 나아가 우리가 살아가는 시대의 정신이 될 것이다.

기술과 지식이 중요한 시대지만, 그보다 더 중요한 것은 '기억'이다. 기억이야말로 우리를 앞으로 나아가게 하는 힘이며, 기록은 그 기억을 지배하는 힘이다. 당신도 기록에 관심을 가지고, 하루하루의 이야기를 한 자 한 자 남겨보길 바란다.

2025년 김승원

차 례

차 례

1

산문이란

산문(散文)은 특정한 리듬이나 운율에 구애받지 않으며, 형식에 얽매이지 않고 자유롭게 생각과 감정을 표현하는 글이다. 이는 운문처럼 일정한 규칙(운율)을 따르는 글과는 본질적으로 다른 개념이다. 산문의 대표적인 형식으로는 소설, 수필, 신문기사, 평론, 일기, 희곡 등이 있으며, 그 중에서도 특히 수필(에세이)과 일기가 주로 사용된다. 그렇다면 우리는 왜 수필과 일기를 쓰고 배우는 것일까?

수필은 사전적으로 일정한 형식을 따르지 않으며, 인생이나 자연, 또는 일상 속에서 겪은 경험과 그에 대한 느낌을 자유롭게 풀어낸 글을 의미하고, 일기는 매일 겪은 일이나 그날의 생각과 감정을 기록하는 개인적인 글이다. 그러나 이를 단순한 정의로 한정짓기엔 그 깊이가 너무 크다. 수필과 일기는 단순히 형식이 없는 글쓰기 이상의 의미를 지닌다. 우리가 살아가며 일상 속에서 느낀 감정과 생각을 한 자 한 자 꾹꾹 써 내려간 기록은, 결국 각 개인의 인생을 고스란히 담은 글이기 때문이다.

좀 더 깊이 들어가 보면, 수필과 일기는 단순히 개인의 경험을 나열하는 것에 그치지 않는다. 그것은 한 사람이 태어나서 그가 살아온 시대를, 그리고 그 시대 속에서 보고 듣고 느낀 모든 것을 기록한 것이다. 즉, 수필과 일기는 그 자체로 한 시대의 사회적, 문화적 배경을 반영하며, 우리가 그 시대와 인간 존재를 이해하는 중요한 창이 된다. 개인이 겪은 일상적 사건들과 감정의 흐름을 통해, 우리는 단순히 그 사람의 이야기를 넘어, 그 사람이 속한 시대와 문화, 사회의 맥락까지 간접적으로 경험하게 된다.

따라서 산문은 단순한 개인의 기록을 넘어, 시대를 관통하는 정신이 될 수 있다. 즉, 우리는 과거의 산문을 통해 그 시대의 사상과 가치관을 엿볼 수 있으며, 이는 미래에서 과거를 돌아보는 중요한 자산이 된다. 한 편의 수필이나 일기는 그 자체로 한 시대를 대표하는 목소리가 될 수 있으며, 시대와 인간, 사회를 이해하는 중요한 문화적 자원으로서 기능한다.

산문의 주제는 매우 다양할 수 있다.
예를 들어, 다음과 같은 주제들이 산문을 구성하는 데 적합할 것이다.

---

1. 자신과 친구 간의 카카오톡 대화에서 드러나는 일상의 소소한 갈등
2. 부모님의 노화를 보며 느끼는 감정과 그로 인한 반성
3. 연인과의 사소한 다툼을 통해 자신이 느낀 정서적 결핍과 그로 인한 성찰
4. 혼자 식사를 하며 느낀 외로움과 삶의 본질적인 고독
5. 친구와 함께 여행을 하며 마주한 해외 도시나 시골 지역의 독특한 문화와 특징
6. 특정 뉴스 기사나 사회적 이슈에 대한 개인적인 생각과 반응
7. 좋아하는 스포츠를 하며 문득 떠오른 건강에 대한 새로운 시각
8. 비 오는 날 김치부침개를 먹으며 떠오른 과거의 추억과 감정
9. 특정 사건을 통해 느끼는 현대 사회에 대한 비판
10. 길을 걷다가 우연히 찍은 사진을 보며 떠오른 수많은 생각들

이와 같이 산문의 주제는 우리가 살아가는 동안 경험하는 모든 감정과 순간들을 텍스트로 풀어낸 것과 다를 바 없다. 그 주제들은 무수히 많을 것이며, 그만큼 산문은 작가의 삶의 기록이자 그가 속한 시대의 일부를 담아낸다. 이러한 개인적인 사소한 이야기들을 읽으며 독자는 각기 다른 감정

을 느낄 수 있을 것이다. 어떤 이들은 공감을 느끼고, 또 다른 이들은 각자의 시각으로 다르게 해석할 것이다. 이는 바로 산문이 가진 가장 큰 매력, 즉 다양한 사람들의 생각과 감정을 교차시키는 힘이다.

더 나아가 이러한 개인적인 글들이 한데 모이면, 그 사회와 문화를 이해하는 중요한 자료로 작용할 수 있다. 예를 들어, 서양 산문의 기초를 닦은 프랑스의 몽테뉴(Montaigne)[1]가 쓴 《수상록》(Essais)[2]을 통해 우리는 16세기 프랑스의 사회적 분위기와 문화적 특징을 엿볼 수 있었으며, 이후 영국의 프란시스 베이컨, 찰스 램, 독일의 프리드리히 니체와 발터 벤야민, 미국의 랄프 에머슨 등의 산문작품을 통해 각국의 시대적, 문화적 차이를 확인할 수 있었다. 또한, 동양에서 중국의 고전 산문인 《열전》(列传)[3]을 통해 우리는 중국 고대 사회와 사람들의 사고 방식을 탐구할 수 있었다.

따라서 산문은 단순히 개인의 경험을 기록하는 글을 넘어, 그 사회와 문화를 반영하는 중요한 지표가 된다. 각국의 시민들이 쓴 소소한 이야기들을 통해 우리는 그 시대의 사회적 배경, 사람들의 사고방식, 그리고 그들이 겪은 역사적 사건들을 이해할 수 있으며, 궁극적으로 그들의 정체성까지도 예측할 수 있다. 산문은 이러한 방식으로 시대와 사회를 아우르는 중요한 문화적 자산이 된다.

---

1) 르네상스기의 프랑스 철학자 미셸 드 몽테뉴는 회의론적 접근을 통해, 중세의 스콜라 철학이나 가톨릭 교회의 교리, 신에 대해 의문을 품었지만, 모든 것에 대해 비판적이고 독단을 피하는 태도를 취했다. 그는 추상적인 신학적 논의보다는 현재의 삶을 적극적으로 살아가는 중요성을 강조하며, 그 고찰을 《수상록》(Essais, 1580)이라는 저술에 담았다.

2) 《수상록》(Essais, 1580)은 미셸 드 몽테뉴의 대표적인 저서로, 철학적 회의론과 인간 본성에 대한 성찰을 담고 있다. 몽테뉴는 개인적인 경험을 바탕으로 인간의 지식과 도덕, 종교 등에 대해 비판적으로 탐구하며, 절대적 결론보다는 자기 인식과 불완전성의 중요성을 강조한다. 이 책은 전통적인 철학 형식에서 벗어나 자유로운 에세이 형식으로 다양한 주제를 다루며, 근대 철학과 문학에 큰 영향을 미쳤다.

3) 《열전》(列传)은 중국 고대 역사서인 《사기》(史记)와 《한서》(汉书)에서 중요한 부분을 차지하는 문헌으로, 인물들의 전기를 기록한 장이다. 《열전》은 특별히 중요한 역사적 인물들, 정치인, 군사 지도자, 문인, 철학자, 성인 등 다양한 인물들의 삶과 업적을 다루고 있다. 특히 《사기》와 《한서》의 열전은 역사적 사건이나 정책보다는 인물들의 성격, 행동, 가치관을 중심으로 다루는 점에서 중요한 특징을 가진다.

2

왜 현재, 중국 현대 산문을 읽어야 하는가?

자신들의 위대함을 자부하던 청나라가 서양 강대국의 침략을 받아 결국 무너졌고, 이후 중국은 오랜 침울의 시대를 겪었다. 그러나 1949년 10월 1일, 중국은 마오쩌둥(毛泽东)이 이끄는 중국공산당의 새로운 시대가 열리며 재건의 길을 걸었다. 마오쩌둥, 덩샤오핑(邓小平), 장쩌민(张泽民), 후진타오(胡锦涛)시대를 지나, 시진핑(习近平) 시대의 중국은 급격한 성장을 이뤘고, 이제는 미국과 맞설 수 있는 세계적 강국으로 우뚝 서게 되었다. 중국의 경제 성장은 동양의 르네상스를 촉발하며, 동양에서 서양으로 넘어갔던 세계 패권의 흐름이 다시 역전되는 과정을 보여준다. 이처럼 세계의 질서가 재편되고 있는 현재, 대한민국은 지리적으로 가까운 중국을 깊이 이해할 필요성이 더욱 강조된다. 많은 이들이 이와 같은 필요성에 동의하며, 중국어를 배우고, 중국과 관련된 경제, 지리, 문화 등을 탐구하고 있다. 그럼에도 불구하고 여전히 많은 사람들이 중국에 대한 진정한 이해에 도달하지 못하고 있다.

한 나라의 정체성을 온전히 파악하기 위해서는 그 나라 사람들의 삶을 직시할 필요가 있다. 이를 위해 가장 효과적인 방법은 그들의 일상적 경험과 감정을 담은 산문을 읽는 것이다. 산문은 단순히 그들의 삶을 기록하는 글에 그치지 않고, 그 사회의 문화적, 정치적 배경을 이해하는 중요한 열쇠가 된다. 즉, 중국인들이 살아가는 현실을 세밀하게 반영하는 산문을 통해 우리는 그들의 사고방식과 사회적 맥락을 보다 깊이 이해할 수 있으며, 이를 바탕으로 중국이라는 거대한 국가를 보다 정확히 파악할 수 있을 것이다. 또한 중국 현대 산문을 읽는 행위는 중국 사회와 문화의 본질을 심도 있게 파악하는 데 있어서도 중요한 학술적 의의를 지닌다. 20세기 초 신문화운동 이후 산문은 봉건 질서의 해체, 서구 문명과의 충돌, 전쟁과 혁명, 그리고 개혁개방 시기의 격변을 구체적으로 서사화하며 현대 중국사의 주요 변곡점을 형상화했다. 특히, 루쉰(魯迅)[1]의 산문은 전통적 가치체계와 새로운 사상의 충돌을 조망하며, 5·4 운동 이후 중국 사회의 구조적 변동과 의식의 전환을 탐구하는 데 중요한 지점을 제공한다. 이러한 산문 텍스트는 중국인의 일상적 경험과 사고방식을 반영함으로써 개인과 집단 간의 역학, 문화적 가치 체계, 도덕적 기준을 드러내며 현대적 문제의 맥락 속에서 중국 사회를 이해하는 데 유용한 창구를 제공한다.

더불어, 중국 현대 산문은 백화문(白话文)[2]의 도입과 더불어 중국어의 현대화 과정을 기록하며, 문체론, 번역학, 비교문학 연구에 있어서도 귀중한 자료적 가치를 지닌다. 서구 문학과의 접촉을 통해 도입된 새로운 서사적 기법과 주제의식은 세계 문학과의 상호작용 속에서 중국 문학의 위상을 조명할 수 있는 실마리를 제공하며, 체호프, 카프카 등 서구 작가들의 영향을 중국적 맥락에서 변용한 사례는 이와 같은 교류의 구체적 양상을 보여준다.

이와 동시에, 산문은 특정 시대의 정치적, 사회적 배경을 반영하여 문학과 이데올로기 간의 긴장과 상호작용을 분석할 수 있는 중요한 자료로 기능한다. 특히, 마오쩌둥 시기 이후의 산문은 정치적 검열과 창작적 자율성 사이의 긴장을 드러내며, 문학의 사회적 역할과 그 한계를 탐구하는 데 적

---

1) 루쉰(1881-1936)은 중국 현대 문학의 거장으로, 사회적 불평등과 봉건적 억압을 비판한 작품을 많이 남겼다. 대표작으로 《광인일기》와 《아큐정전》이 있으며, 구조적 변화와 사회적 각성을 촉구했다. 신문화운동의 핵심 인물로, 문학을 통해 민중 해방과 교육 개혁을 지지했다. 루쉰은 중국 문학에 깊은 영향을 미친 작가로, 오늘날까지 중요한 문학적 유산으로 평가된다.

2) 현재 중국에서 쓰는 구어체 언어를 뜻한다.

합한 연구대상을 제공한다. 또한, 지역적 다양성과 민족적 정체성을 포함함으로, 중국이라는 거대한 국가 내부의 복합적 문화와 사회적 차이를 조명하는 데에도 기여한다.

결론적으로, 중국 현대 산문은 단순한 문학적 기록을 넘어선 사회사적, 정치학적, 문화인류학적 연구의 귀중한 자료로 기능하며, 중국의 근대화 과정과 정체성 형성, 그리고 이념적 변화를 심층적으로 이해하는 데 필수적이다. 나아가, 이러한 연구는 현대 중국을 중심으로 동아시아와 세계 질서의 변동 속에서 중국의 위치와 역할을 학술적으로 탐구하는 데 중요한 이론적 기반을 제공한다.

3

산문과 우리의 삶

사람은 기술이 아닌 기억으로 살아가는 것

미국의 저명한 심리학자 에이브러햄 매슬로(Abraham Harold Maslow)[1]는 욕구 계층 이론에서 인간의 욕구를 다섯 가지 단계로 구분하였다. 첫 번째 단계는 생리적 욕구, 두 번째는 안전에 대한 욕구, 세 번째는 애정 욕구, 네 번째는 소속의 욕구, 마지막으로 자아존중감과 자아실현의 욕구가 있다.

오늘날, 현대 사회에서 많은 사람들은 매슬로의 네 번째 단계인 '소속의 욕구'를 가장 중요한 우선순위로 삼는 경향을 보인다. 여기서 말하는 소속의 욕구는 개인이 속한 사회적 집단, 예를 들어 회사나 학교에서 인정받고 자아의 가치를 인정받고자 하는 욕망을 의미한다. 이 욕구는 결국 물질적 보상과도 연결된다. 물질적인 풍요는 인간의 삶을 윤택하게 하며, 이를 추구하는 사회적 분위기는 '물질 만능주의'를 조장한다. 중국에서는 이를 '황금 사회(黃金社会)'라고 일컫기도 한다. 이러한 경향은 특히 현대 사회에서 물질적 성취가 가장 중요한 가치로 자리잡고 있음을 반영한다.

이러한 물질 중심적 가치관은 인문학의 쇠퇴와 맞물려 있다. 대학에서 인문학 계열의 학과들은 정원 축소와 교양학부로의 통합을 겪고 있으며, 출판업계와 서점들은 지속적인 운영난을 겪고 있다. 또한, 인문학에 대한 사람들의 관심과 수요는 점차 감소하고 있는 실정이다.

그렇다면 과연 현대 사회에서 인문학적 콘텐츠가 실질적으로 사라지고

---

1) 에이브러햄 매슬로(Abraham Maslow, 1908-1970)는 미국의 심리학자로, 인간의 동기와 자기실현에 관한 연구로 유명하다. 그는 인간주의 심리학의 중요한 창시자 중 하나로, 특히 매슬로의 욕구 계층 이론(Maslow's Hierarchy of Needs)으로 잘 알려져 있다. 매슬로는 인간의 행동을 이해하기 위해 긍정적이고 창의적인 측면에 집중했으며, 인간이 가지는 본능적이고 사회적인 동기를 연구했다.

있는 것일까? 필자는 단호히 그렇지 않다고 생각한다. 앞서 언급한 대로, 우리는 기술에 의존하는 사회에서 살아가고 있지만, 동시에 인간의 경험과 기억을 통해 소비하고, 그것에 의해 살아가고 있다. 인간은 기술로 만들어낸 정보만을 소비하는 존재가 아니라, 경험과 기억 속에서 얻은 지혜와 감성을 통해 삶을 살아간다.

이를 뒷받침할 수 있는 예시들을 통해, 우리는 기술의 발전에도 불구하고 여전히 기억과 경험이 인간 생활의 본질적인 부분으로 작용하고 있음을 확인할 수 있다. 기술이 아무리 발달하고 생활이 편리해지더라도, 인간의 감정과 기억, 그리고 그것을 바탕으로 한 문화적 소비는 여전히 중요한 요소로 남아 있다. 이와 같은 맥락에서, 인문학적 가치와 콘텐츠는 단순히 사라진 것이 아니라, 오히려 우리의 삶 속에서 더욱 뿌리 깊게 자리잡고 있으며, 이는 기술과 물질적 풍요가 주도하는 사회 속에서도 여전히 중요한 역할을 한다.

▶ 아이폰과 갤럭시

매년 삼성의 갤럭시와 애플의 아이폰은 스마트폰 시장에서 치열한 경쟁을 벌인다. 두 기업은 각기 다른 혁신적인 기술을 선보이며 소비자들에게 자사의 제품을 홍보하지만, 결과적으로 삼성은 항상 뒤처지는 경향을 보인다. 그러나 아이러니하게도 삼성 갤럭시의 기술적 성능은 애플의 아이폰보다 뒤처지지 않는다. 예를 들어, RAM, 카메라 성능, 배터리 용량(5000mAh), 충전 속도, 블루투스 기능 등에서 삼성은 아이폰을 능가한다. 또한 아이폰의 충전 문제나 배터리 소모에 대한 고객들의 불만도 적지 않다. 그러나 사람들은 여전히 아이폰을 선호한다. 그 이유는 아이폰이 제공하는 고유의 '아이덴티티(identity)'에 대한 열망 때문이다. 이를 '아이폰 감

'성'이라고 하는데 구체적으로 말하자면 이 '아이폰 감성'은 바로 소비자들의 감성적 연결을 유도하며 소비자로 하여금 아이폰에 대해 더욱 애착을 가지게 한다.

"그렇다면 아이폰 감성은 정확히 무엇을 지칭하는 것일까?" 아이폰 감성은 정확한 정의가 어려운 개념이다. 그러나 이 감성은 젊은 세대들 사이에서 자주 언급되며, 아이폰이 제공하는 심플하고 감각적인 디자인, 세련된 색감, 그리고 직관적인 사용자 경험을 아우르는 개념으로 이해될 수 있다. 갤럭시의 선명하고 강렬한 색감과 비교하여, 아이폰은 더 자연스럽고 톤 다운된 색감을 통해 현실감을 강조하며, 이러한 미묘한 차이가 '아이폰 감성'이라 불린다. 전문가들조차 이 감성의 정의에 대해서는 명확히 규정하기 어려움을 인정하지만, 아이폰이 감성적 매력을 강조하는 브랜드 전략을 통해 소비자들과의 정서적 연결을 강화했다는 점은 분명하다.

예를 들면 삼성과 애플의 TV 광고 전략을 비교해 보면, 과거 삼성은 이효리, 이서진, 전지현과 같은 유명 스타들을 내세운 '스타 마케팅'을 앞세웠고 기술적 우위를 강조하는 광고를 해왔다. 반면, 애플은 광고에서 일상적인 생활을 중심으로 한 장면들을 통해 사람들의 감정에 직접적으로 호소하며, 유명 스타를 내세우지 않고도 광고 효과를 극대화했다. 이는 애플이 스타들의 이미지에 의존하지 않고, 소비자들이 일상적인 경험을 통해 감성적으로 공감할 수 있는 콘텐츠를 만들어내는 전략을 취했음을 시사한다. 결국 삼성 역시 감성적 요소의 중요성을 깨닫고, 기술보다는 사람들의 일상과 감성에 초점을 맞춘 광고로 전환하기에 이르렀다.

이제 '아이폰 감성'의 구체적인 의미를 더 깊이 살펴보자. '디지로그'(디지털과 아날로그의 결합)라는 개념을 처음 제시한 故이어령 이화여대 명예석좌교수는 아이폰이 제공하는 감성적인 경험에 대해 "수치적으로 정확히 설명하기 어려운 감동이 있다"며, 아이폰을 사용할 때 느껴지는 기분 좋은 직관적 호감을 강조했다.[2] 그는 아이폰의 그립감과 터치감, 즉 사용자와 기기 간의 인간 친화적인 상호작용이 아이폰 감성을 형성한다고 언급했다. 이런 특성들은 기술적 성능과는 다른 차원의 감성적 가치를 창출하며, 사용자로 하여금 기기와의 정서적 연결을 강화시킨다.

실제로 애플은 스티브 잡스와 스티브 워즈니악의 비전 아래, 단순히 하드웨어 혁신에 그치지 않고, 사용자 경험과 감성을 중심으로 한 기술적 접근을 지속적으로 발전시켜왔다. 스티브 워즈니악은 2015년 자사의 포럼에서 애플이 더 이상 하드웨어 경쟁에만 집중하지 않고, 사용자의 감성적 요구와 인터페이스의 직관성을 중시한다는 점을 강조했다. 이를 통해 애플은 자신만의 독창적인 운영체제(IOS)를 기반으로, 감각적이고 직관적인 사용자 경험을 제공하는 데 주력해 왔다. IOS는 안드로이드 시스템에 비해 더 깔끔하고 일관성 있는 디자인을 지니며, 사용자가 쉽게 친숙하게 느낄 수 있도록 설계되었다. 이러한 점에서 아이폰은 단순한 기기 이상의 의미를 가지며, 그 자체로 독특한 감성적 가치를 제공하는 제품으로 자리 잡았다.

아이폰은 또한 개인화된 기능들을 제공하여 사용자의 감성적인 요구를 충족시킨다. 예를 들어, 아이폰 사용자는 생리 주기나 운동량을 자동으로 추적하거나, 하루 전날 찍은 사진을 자동으로 모아 추억의 영상을 만들어주는 등의 기능을 통해 자신의 일상에 밀접하게 연결될 수 있다. 이러한 세심한 기능은 아이폰을 단순한 디지털 기기가 아닌, 사용자 맞춤형 감성적 경험을 제공하는 도구로 자리잡게 한다.

결국, 갤럭시와 아이폰의 경쟁에서 기술적 성능이 중요한 요소임에도 불구하고, 아이폰이 제공하는 '감성적 가치'는 그 자체로 소비자들의 선택

---

2) 머니스, "아이폰 감성, 넌 계획이 있었구나", 2020.09.29

을 이끄는 중요한 원동력이 된다. 시장을 선도하는 기업들이 기술뿐만 아니라 소비자들의 정서적 연결을 유도하는 감성적 요소에 집중하는 이유는 바로 이 때문이다. 소비자들이 단순히 기술적 스펙을 넘어, 제품과의 정서적 교감을 통해 자아를 표현하고자 하는 욕구를 충족시킬 때, 비로소 브랜드는 진정한 가치를 제공할 수 있다.

▶ 방송국의 몰락, 브이로그의 등장

대한민국에서 최신 트렌드와 세련된 콘텐츠의 시작점은 방송국이다. 방송국은 대중의 니즈를 정확히 파악하고, 이를 바탕으로 사회 전반에 걸쳐 공감할 수 있는 콘텐츠를 창출하여 드라마, 예능, 다큐멘터리 등 다양한 형식으로 대중에게 전달한다. 대중은 이러한 프로그램을 통해 트렌드를 형성하거나, 이미 형성된 트렌드에 적극적으로 참여하게 된다. 대한민국 방송의 역사는 1927년 경성방송국(JODK)의 개국을 시작으로, 이후 지상파 3사와 종합편성채널을 거쳐 오늘날까지 전 국민의 사랑을 받아왔다. 특히, 특정 드라마나 예능 프로그램이 큰 인기를 끌면, 방송 시간에 맞추어 사람들이 일제히 귀가하는 현상까지 발생했다. 그러나 현재, 우리가 여전히 TV와 가까운 관계를 유지하고 있는지에 대해서는 의문이 제기된다.

2018년 12월 방송통신위원회가 발표한 '2018년도 방송시장 경쟁상황 평가'에 따르면, 가구별 일일 평균 지상파 TV 시청 시간은 2013년 272분, 2015년 248분, 2017년 212분으로 꾸준히 하락세를 보였다. 2020년대에 접어들며 넷플릭스(Netflix), 디즈니 플러스(Disney+) 등 OTT(Over-the-top) 서비스의 확산이 가속화되면서, TV의 침체는 더욱 뚜렷해질 것으로 예상된다. 그렇다면, 이러한 변화 속에서 TV 시청자들은 어디로 이동했을까? 현재(2025년 기준) 사람들의 주요한 콘텐츠 소비처는 유튜브(YouTube)다.

유튜브는 2005년 창립된 이후, 초기에 페이팔(PayPal) 직원이었던 채드 헐리, 자베드 카림, 스티브 천에 의해 개발되었으며, 그 기원은 자넷 잭슨의 '니플 게이트' 사건에 대한 관심에서 비롯되었다. 이 사건을 계기로, 사람들이 인터넷에서 동영상을 공유하고 검색하는 필요성을 실감한 창립자들은 동영상 공유 플랫폼을 구축하기에 이른다. 유튜브는 2005년 2월 14일 첫 사이트를 개설한 뒤, 같은 해 4월 첫 번째 동영상인 'Me at the zoo'를 업로드하며 본격적으로 서비스를 시작했다. 그 후 몇 년 간 유튜브는 점차 대중의 관심을 끌었고, 2005년 12월 10일 공식 서비스 개시와 함께 본격적인 성장 궤도에 올라섰다.

유트브가 초창기에 기존 방송국과 비교해 큰 주목을 받지 않았던 이유 중 하나는 그 당시 TV 방송의 점유율이 여전히 매우 높았기 때문이다. 그러나 유튜브가 TV 방송을 능가하게 된 주요 계기는 '브이로그(Vlog)'라는 콘텐츠 형식이 등장하면서 부터다. 브이로그는 개인이 자신의 일상생활을 동영상으로 기록하고 이를 인터넷에 공개하는 형태의 콘텐츠로, 기존 방송국의 프로그램들이 시청자에게 강제적으로 주입되었던 것과는 달리, 시청자 스스로가 자신이 보고 싶은 콘텐츠를 선택할 수 있는 새로운 미디어 소비 환경을 제공했다. 특히, 사람들이 점차 자신만의 휴식시간을 타인에 의해 강압받고 싶지 않다는 심리가 확산되면서, 브이로그는 더욱 인기를 끌었다.

또한 브이로그는 일상적인 기록을 기반으로 한 콘텐츠로, 음식, 미용, 직업, 운동, 여가 등 특정 키워드를 중심으로 형성된 다양한 하위 장르를 보유하고 있다. 이들은 사람들에게 공감을 얻으며, 일상에 지친 이들에게 작은 위로를 전하는 역할을 한다. 이처럼 브이로그는 사실상 산문과 본질적으로 다르지 않다. 이는 단지 문자를 영상으로 옮긴 것에 지나지 않으며, 자신이 살아온 경험과 감정을 텍스트 대신 영상으로 풀어내는 방식이다.

또한, 브이로그는 특정한 형식이나 전문적인 지식이 요구되지 않기 때문에, 누구나 자신의 경험을 기록하고 공유할 수 있다는 점에서 산문과 유사한 특성을 지닌다.

따라서, 유튜브에서의 브이로그는 단순한 개인의 기록을 넘어서, 대중과의 감성적 연결을 형성하는 중요한 매개체로 자리 잡았다. 이는 전통적인 방송 콘텐츠의 강제적인 구조에서 벗어나, 개별적이고 자율적인 콘텐츠 소비를 가능하게 만든 중요한 변화를 나타낸다. 방송국이 주도하던 시대에서 개인이 주도하는 새로운 미디어 환경으로의 전환을 상징하는 사례로 볼 수 있다.

▶ 추억회상: 정치, 광고

정치와 광고의 영역에서도 인문학적 특성이 드러나는 인문학적 콘텐츠들이 여전히 존재한다. 선거철마다 반복되는 선거운동과 광고 전략에서 우리는 이를 쉽게 확인할 수 있다. 보수와 진보를 막론하고, 각 정치 세력은 자신들의 정신적 이념을 상징하는 인물들의 이미지를 되살려내고, 그들의 발자취를 따라가는 행위를 통해 정치적 정체성을 강화한다. 정치인들은 이러한 과거의 인물들을 소환하여, 묘소를 참배하거나 그들의 업적을 기리며 대중과의 심리적 유대감을 형성한다. 지지자들은 이러한 상징적 행위를 통해 정치인과 자신들의 정치적 이념이 지속적으로 연결되어 있다는 인식을 강화하며, 이는 결국 정치적 지지로 이어진다. 예를 들어, 보수정당은 박정희 전 대통령을 연상시키는 언급이나 이미지를 강조하고, 박근혜 전 대통령은 어머니인 육영수 여사의 스타일을 벤치마킹하며 대중의 향수를 자극한다. 반대로 진보진영에서는 노무현 전 대통령의 정신을 소환하며, 그의 사저를 방문하는 등의 행위로 지지자들과 감정적 결속을 강화한다.

또한, 정치적 메시지는 영상 매체에서도 유사한 방식으로 확산된다. 영화와 드라마는 각 정치 진영의 이념과 맞물려 제작되고, 이는 정치적 정체성을 강화하는 중요한 도구로 작용한다. 예를 들어, 보수정당과 연관된 콘텐츠는 종종 6.25 전쟁, 새마을 운동, 탈북자 문제 등을 다룬다. 대표적인 작품으로는 〈국제시장〉, 〈인천상륙작전〉, 그리고 예능 프로그램인 〈이제 만나러 갑니다〉가 있다. 반면, 진보정당이 권력을 잡을 때면 민주화 운동, 기득권 세력의 붕괴 등을 주제로 한 작품들이 등장한다. 영화 〈변호인〉, 〈모범택시〉는 이러한 주제를 다룬 대표적인 예이며, 〈괴물〉, 〈기생충〉과 같은 작품은 기득권을 풍자하는 내용을 통해 사회적 메시지를 전달한다.

이처럼 정치적 콘텐츠는 선거철마다 반복되는 특정한 장르의 작품을 통해 과거와 현재의 정치적 역사를 되새기며, 대중은 이를 통해 자신이 지지하는 정치 세력과의 정서적 연결을 강화한다. 이 과정에서 우리는 정치가 단순한 이념의 표현에 그치지 않고, 사람과 시대를 관통하는 중요한 기록으로 기능함을 확인할 수 있다. 신문이 문자를 통해 시대를 관통하며 개인의 삶을 기록하는 것처럼, 정치 또한 사람들의 역사와 경험을 바탕으로 그 시대의 기록을 형성하고 대중에게 이를 전달하는 역할을 한다. 정치와 신문은 모두 시대의 흐름을 반영하고, 각 시대를 살아가는 사람들에게 그들의 정체성과 역사를 되새기게 한다는 점에서 깊은 유사성을 지닌다.

4

중국 현대 산문 감상하는 법

중국 현대 산문과 당대 산문은 중국 문학의 중요한 역사적 범주로서, 각각 특정한 시대적 맥락과 문학적 특성을 지니고 있다. '현대 산문'은 5.4 운동[1]부터 신중국 건국에 이르는 30년간의 산문을 포함하며, '당대 산문'은 신중국 성립 이후 오늘날에 이르기까지의 산문을 의미한다.

중국 현대 산문의 기점은 5.4 운동을 중심으로 시작된다. 중국 현대 산문의 거장인 위다푸(郁達夫)[2]는 5.4 운동의 가장 큰 성과를 개인의 발견에서 찾았다. 이는 단순히 중국 사회의 변화를 넘어, 개별 자아의 확립과 정신적 자율성의 강조를 포함하며, 현대 산문에서 '자아'라는 주체적 존재가 중요한 역할을 하게 되었음을 시사한다. 이 시기의 산문은 기존의 '문언'에서 벗어나 '백화(白话)'를 사용하며, 문체와 형식에서 근본적인 변화를 일으켰다. 또한, 고대 성현의 언어와 사상을 모방하는 전통에서 벗어나, 작가 개인의 자아를 표현하는 방식으로 발전했다. 이는 동양뿐만 아니라 서양 문학과도 상호 연관을 가지며, 그 내용과 형식에서 국제적인 문학적 흐름과 일치하는 모습을 보였다. 문장으로서의 산문이 문학적 형식으로 격상되면서, 산문의 미적 가치와 품위도 크게 향상되었음을 알 수 있다. 이러

---

1) 1919년 중화민국에서 발생한 반제국·반봉건주의 혁명 운동이다. 1917년 러시아 혁명의 영향을 받아 중화민국에서 소비에트 연방의 볼셰비키 혁명을 본딴 중화소비에트공화국을 중국 전역에서 확대 전개시키고자 했던 혁명 운동이었다. 5·4 운동은 중국 근대사의 중요 사건으로 신문화운동에 영향을 주었으며, 중국 공산당은 5·4 운동을 공산당의 신민주주의 혁명의 출발점으로 평가한다.

2) 중국의 소설가이다. 대표작으로 《침륜(沈淪)》, 《잃어버린 양(迷羊)》 등이 있는데, 《침륜》은 몰락해가는 신경질적 개인의 성적 추구를 집중적으로 표현한 작품으로 거듭나며, 퇴폐적이며 자아 폭로적인 경향에 대해 찬양과 비난이 엇갈리면서 열띤 문학토론의 대상이 되었다.

한 발전은 고대 중국 문학의 '백가쟁명'[3] 이후, 중국 문학의 역사적인 전환점을 의미하며, 산문 장르가 중국 문학의 중요한 축으로 자리잡게 된 계기를 마련하였다.

한편, 당대 산문은 1949년 신중국 건국 이후 17년 동안 이어진 전통적 문학 기조를 바탕으로 시작되었지만, 이 기간 동안 산문 문학의 개성과 예술적 표현에서 일부 침체를 보였다. 특히, 정치적 이념과 사회적 요구에 맞춰진 글쓰기의 주체적 변화가 이루어졌지만, 예술적 자유와 개성의 측면에서 심각한 제한을 받았다. 그럼에도 불구하고, 1980년대 개혁개방 이후 중국 산문은 다시 부흥의 기회를 맞이하며, 현대 산문과의 정신적 연계를 복원했다. 1990년대 들어서면서, 중국 산문은 새로운 탐구와 실험적인 태도를 통해 '중화 산문'의 부활을 위한 발판을 마련하고 있으며, 이는 새로운 세기에 걸쳐 더욱 역동적인 발전을 위한 전도를 제시하고 있다.

따라서, 중국 현대 및 당대 산문은 그 시대의 역사적, 사회적 변화와 긴밀하게 연결되어 있으며, 각 시대의 문학적 특성과 주체적 변화를 통해 중국 문학의 발전을 이끌어왔다. 이러한 발전 과정은 단지 문학 형식의 변화를 넘어서, 중국 사회와 문화의 정신적 흐름을 반영하는 중요한 문학적 성과로 자리잡고 있다.

▶ 중국 현대 산문의 주요 창작 키워드: '나', '자신'

중국 현대 산문에서 '나'와 '자신'은 중요한 창작의 핵심 개념으로 자리

---

3) 세계 역사상 유래를 찾아보기 힘들 만큼 다양한 국가와 문화, 인물과 철학이 다툰 시대가 바로 춘추전국시대이다. 그런 까닭에 인간사의 다양한 모습을 표현하는 고사성어가 가장 많이 배출된 시대이기도 하다. 수많은 영웅과 호걸들이 권력을 다투며 경쟁하기도 했지만 또 그만큼 다양한 종류의 학문과 철학이 경쟁한 시대이기도 했다.이러한 학파와 학자들을 가리켜 제자백가(諸子百家)라고 한다. 또한 이렇게 다양한 학문과 철학의 분파가 토론하고 경쟁하는 모습을 일컬어 백가쟁명이라고 한다.

잡고 있다. 위다푸가 강조한 '개인의 발견'은 산문 속에서 살아있는 자아의 표현을 의미하며, 이는 현대 산문이 개인의 내면적 경험과 자아의 탐색을 중심으로 발전했음을 나타낸다. 위다푸는 문학 작품이 본질적으로 작가 자신을 중심으로 한 자서전적 성격을 띤다고 주장하며, 산문 역시 예외가 아니라고 언급했다.

그의 관점에 따르면, 현대 산문의 가장 두드러진 특징은 각 작가의 에세이에서 드러나는 개성이 그 이전의 어떤 산문보다도 강하게 나타난다는 점이다. 이는 '자기'와 '개성'이 1923년 이후 산문의 주요 창작 대상이 되었으며, 이에 따라 작가들은 자기 자신을 표현하는 데 있어 더욱 명확하고 강한 의지를 드러내기 시작했다. 또한, 이러한 자아 표현은 단순한 자기 고백에 그치지 않고, 보다 엄격한 문학적 기준과 자아의 철저한 탐구를 요구하는 방식으로 발전하였다.

따라서, 중국 현대 산문에서 '나'와 '자신'은 단순한 주제가 아니라, 작가의 자아를 표현하는 핵심적인 요소로 기능하며, 이를 통해 작가의 내적 세계와 개인적인 경험을 깊이 있게 탐구하고, 그 과정에서 문학적 개성을 강조하는 중요한 역할을 한다.

이와 같은 맥락에서, 산문은 작가의 주관적 감정과 내면의 세계를 효과적으로 묘사하는 문학 형식으로, 중국 현대 산문은 종종 '자아의 문학' 혹은 '개성의 문학'으로 정의된다. 신중국 건국 이전부터 활발히 산문을 창작한 바진(巴金)⁴⁾은 자신의 산문이 항상 '내가 있다'는 인식을 가지고 있었다고 고백하며, 산문 속에서 작가의 경험과 감정이 고스란히 드러나는 특

---

4) 바진(1904-2005)은 중국의 대표적인 작가이자 사회운동가로, 현대 중국 문학에 큰 영향을 미쳤다. 본명은 리징쑹이며, 바진이라는 필명으로 알려져 있다. 그는 인간의 고통과 자유를 탐구하는 작품을 많이 썼고, 특히 《가난한 집》과 《세 개의 불행》 등에서 사회적 갈등과 전통과 혁명 사이의 충돌을 다뤘다. 바진은 문학뿐만 아니라 정치적 활동에도 참여했으며, 문화대혁명 동안 어려움을 겪기도 했다. 그의 작품은 중국 사회의 변화와 개인의 자유를 중심으로 사회적 문제를 진지하게 다룬다는 점에서 중요한 평가를 받는다.

성을 강조했다. 또한, 1970년대 말 중국 문학 작가 예지성(叶至诚)은 "내가 있어야 한다"와 "나를 찾아야 한다"는 구호를 내세우며, 이는 새로운 시대의 산문 예술의 부활을 알리는 선언으로 여겨졌다. 이를 통해, '나'와 '자아'의 중요성은 중국 현대 산문에서 필수적인 개념으로 자리잡게 되었음을 확인할 수 있다.

구체적인 예로, 루쉰의 《从百草园到三味书屋》(백초원에서 삼미서옥까지), 주쯔칭(朱自淸)[5]의 《荷塘月色》(하당월색) 등은 '나'와 '자아'가 강하게 드러나는 산문 작품들로, 이들 작품에서는 작가의 진솔한 감정, 사상, 내적 갈등, 감정 변화, 심리적 경험 등이 생동감 있게 묘사되어 있다. 이러한 작품들은 산문 속에서 자아의 표현이 어떻게 다각적으로 구현될 수 있는지를 잘 보여준다. 따라서 중국 현대 산문을 분석하거나 감상할 때, 작품 내에서 자아의 표현과 개인적인 개성이 얼마나 잘 드러났는지를 살펴보는 것이 중요하다. 이는 산문이 단순히 서술적인 기능을 넘어, 작가의 개인적인 세계관과 내면을 깊이 탐구하는 중요한 문학적 기법임을 의미한다.

▶ 중국 현대 산문의 주요 창작 키워드: '실재(实)'에서 유래한 '허상(虚)'의 형성

중국 현대 산문은 '실'(实)과 '허'(虚)의 상호작용을 통해 독특한 예술적 특성을 나타낸다. 여기서 '실'은 사람, 사물, 장면 등 실생활에서 경험할 수 있는 진실하고 객관적인 외적 요소를 의미한다. 산문 속의 '주체'는 사회적 현실 속에서 생활하며, 이를 바탕으로 주변의 사람들, 사물, 장면들과 상호

---

5) 주쯔칭(朱自淸, 1898-1948)은 중국의 대표적인 근현대 작가이자 문학 이론가이다. 그는 수필과 시 분야에서 두각을 나타냈으며, 특히 《背影》이라는 수필로 잘 알려져 있다. 주쯔칭의 작품은 인간의 감정과 자연을 섬세하게 묘사하며, 특히 고향과 가족에 대한 그리움을 담은 글로 유명하다. 그는 또한 새로운 문학 운동의 일환으로 문어체와 백화문의 발전에 기여했으며, 문학과 교육 분야에서 중요한 역할을 했다.

작용하며, 독자는 이러한 실생활을 통해 자연스럽게 등장인물들을 감지하고 그들의 생리적, 심리적 반응을 체험한다. 따라서 산문에서 '주체'의 정신적 사유를 살리기 위해 실생활의 묘사는 작품의 핵심적 요소로 작용하며, 독자에게 감정을 불러일으키는 중요한 부분을 차지한다.

산문은 주로 작가가 일상에서 경험한 사실들을 기록한 문학 형식이다. 이때 중요한 것은 그 기록이 '진실성'을 바탕으로 이루어져야 한다는 점이다. '사실'을 정확하고 정직하게 표현하는 것은 산문의 기본적인 요구 사항이다. 그러나 산문이 사실을 서술하는 것만으로 그 목적을 달성하는 것은 아니다. 산문의 진정한 의미는 사실적 글쓰기의 기초 위에서 작가가 자신의 감정을 표현하고, 독립적인 사고와 내면의 세계를 드러내는 데 있다. 이 과정에서 '허'가 등장하게 되며, 이는 사실을 넘어선 상징적이고 추상적인 영역으로 나아가는 것을 의미한다.

다음으로, '허'의 사용에 대해 살펴보자. 첫째, '허'는 인간과 사회의 관계에 집중하여 객관적이고 대중적인 색채를 띠며, 심오한 철학적 사상이나 깨달음, 깊은 이지적 통찰을 제공하는 글이 된다. 이때 산문은 이론적인 성격을 띠고, 심오한 사상적 체계를 표현하는 특성을 보인다. 둘째, '허'는 인간 자신과의 관계에 집중하여 주관적인 내면 세계를 탐구하며, 이를 통해 감정의 표현이나 개인의 성격을 강조하는 미학을 창출한다. '정(情)'을 중시하면, 인물의 인간성이 부각되고, 독자에게 감동을 주며, 감정적으로 깊은 울림을 남기는 산문이 된다. 잡문과 수필은 매우 유사하지만, 그 주제와 성격에서 차이를 보인다. 두 형식은 모두 이성적이고 철학적인 성격을 지니며, 개성과 이치를 중시하지만 그 차이점은 주제 선정에서 나타난다. 잡문은 현실 비판적이고 시정적인 성격을 띠며, 시대적 문제를 지적하는 데 집중한다. 반면 수필은 부드럽고 감성적인 분위기를 자아내며, 사계절의 묘사나 문화적 의미에 집중한다. 따라서 잡문은 직접적인 사회적 메시

지나 비판을 담고 있어 날카로운 감정적 반응을 일으키는 반면, 수필은 감성적으로 부드럽고 사람들에게 위로와 공감을 제공한다.

감정의 측면에서, 산문은 일상적인 경험을 통해 촉발되는 일곱 가지 주요 감정이 등장한다. 이 일곱 가지 감정은 기쁨, 분노, 슬픔, 즐거움, 사랑, 혐오, 욕구로, 모두 사람의 실생활에서 경험되는 감정적 반응이다. 산문 속 인물의 감정은 그들의 환경이나 상황, 그리고 인간관계에서 비롯된다. 작가는 이러한 감정을 통해 독자가 공감할 수 있는 정서적 반응을 이끌어낸다. 예를 들어, 주쯔칭의 《背影》(뒷모습)과 같은 작품은 서정적인 요소가 강한 산문으로, 감정의 흐름이 독자에게 깊은 인상을 남긴다.

내면의 측면에서, 산문은 작가의 개인적인 성격과 삶의 경험을 표현하는 중요한 창구이다. 산문은 주로 작가의 내면적 고찰과 심리적 탐구를 중심으로 이루어지며, 이를 통해 독자는 작가의 개성과 다면적인 성격을 엿볼 수 있다. 이때 산문은 인간의 복잡한 감정과 성격을 탐색하며, 독자에게 인간 존재에 대한 깊은 성찰을 촉구한다. 예를 들어, 《阿长与山海经》(아장과 산해경)은 작가의 내면을 생동감 있게 그려낸 작품으로, 성격과 개성이 뚜렷하게 드러난 산문이다.

생명 체험과 관련된 산문의 특성을 살펴보면, 이는 자의식과 밀접하게 연결된다. 산문 속에서 표현되는 생명체험은 작가의 독특한 삶의 경험을 바탕으로 하며, 독자는 이러한 경험을 통해 감정적인 울림을 느낄 수 있다. 그러나 이러한 생명체험은 독자가 직접 체험할 수 있는 것이 아니기 때문에, 독자에게는 상상력을 요구한다. 이러한 특성 때문에 생명체험을 다룬 산문은 때로 인기가 제한될 수 있다. 예를 들어, 《我与地坛》(나와 디탄)은 독특한 '생명 체험'을 다룬 작품으로, 작가의 내면 세계와 삶의 고찰을 탐구하는 중요한 산문적 예시로 꼽힌다.

이와 같이, 중국 현대 산문은 '실'과 '허'의 결합을 통해 독자에게 감정적이고 심리적인 울림을 전달하며, 작가의 내면적 고찰을 통한 철학적이고 사상적인 깊이를 탐색한다.

▶ 중국 현대 산문의 주요 창작 키워드: 미세한 것에서 거대한 세계로

산문은 그 범위가 매우 넓지만, 대부분의 작품에서 '小见大'(작은 것에서 큰 것을 봄)라는 특징을 지닌다. 위다푸는 이 이치를 일찍이 인식하였으며, 그는 "한 알의 모래 속에서 세상을 보고, 반쪽 꽃잎으로 인정(人情)을 말하는 것이 현대 산문의 특징 중 하나"라는 서양 속담을 인용하며 이를 설명하였다. 여기서 '모래 한 알'과 '반쪽 꽃잎'은 크기가 미미한 요소를 지칭하지만, 그 속에서 '세상'과 '인정'을 이끌어낸다는 점에서 본질적으로 거대한 의미를 함축하고 있음을 알 수 있다. 이러한 언어적 유희는 중국 현대 산문에서 '小见大'라는 특징을 잘 보여준다. 위다푸는 이 속담을 통해 '인간성', '사회성', 그리고 '자연과의 조화'라는 중국 현대 산문의 본질적 특성을 재치 있게 논증하였다.

신중국 건국 이후, 1956년 위다푸는 《산문소품선》(散文小品选) 편집을 통해 '小见大'를 중국 현대 산문의 기본적 특징으로 다시 한 번 제시했다. 이는 그의 중요한 문학적 발견 중 하나로 평가된다. 이후 1960년, 탕타오(唐弢)는 《关于杂文写作的几个问题》(잡문 글쓰기에 관한 몇 가지 질문)을 발표하며, 위다푸의 주장을 뒷받침했다. 탕타오는 이 글에서 '小见大'의 개념을 제시하며, 변증법적 철학을 통해 루쉰의 잡문 예술적 특성에 대한 독창적이고 체계적인 분석을 제공하였다. 비록 탕타오가 주로 잡문 형식에 대해 논하고 있지만, 잡문은 산문의 한 하위 장르로 포함될 수 있으므로, 이 논의는 중국 현대 산문의 형식적 특성에 대한 심도 깊은 이해를 위한 중요한 기초가 된다.

이처럼 '小見大'는 중국 현대 산문에서 중요한 창작 원리로 자리잡았으며, 작은 일상적 경험과 사물 속에서 보편적이고 심오한 진리를 도출해내려는 작가의 철학적 탐구와 자아 성찰의 방식을 나타낸다.

5

작품 원문읽기,
해석과 현재시각으로 바라보기

본 책을 읽는 Tip

중국어 초급자: 한국어 해석본을 참고하여 텍스트의 기본적인 의미를 파악한다.

중국어 중급자: 각 장에서 등장하는 핵심 단어들을 암기하고, 원어와 해석을 적절하게 활용하여 텍스트의 내용을 이해한다.

중국어 고급자: 원어로 읽고 해석하는 데 그치지 않고, 작품의 깊은 의미를 탐구하며 더 나아가 단순한 해석을 넘어선 분석적 접근을 시도한다.

후스(胡适)
《차부뚜어 선생전》(差不多先生传)

[원문]

所谓差之毫厘谬以千里, 但是就有人不这么认为。你知道中国最有名的人是谁?

提起此人, 人人皆晓, 处处闻名。他姓差, 名不多, 是各省各县各村人氏。你一定见过他, 一定听过别人谈起他。差不多先生的名字天天挂在大家的口头, 因为他是中国全国人的代表。

差不多先生的相貌和你和我都差不多。他有一双眼睛, 但看的不很清楚; 有两只耳朵, 但听的不很分明; 有鼻子和嘴, 但他对于气味和口味都不很讲究。他的脑子也不小, 但他的记性却不很精明, 他的思想也不很细密。

他常说:"凡事只要差不多, 就好了。何必太精明呢?"

他小的时候, 他妈叫他去买红糖, 他买了白糖回来。他妈骂他, 他摇摇头说:"红糖白糖不是差不多吗?"

他在学堂的时候, 先生问他:"直隶省的西边是哪一省?"他说是陕西。先生说:"错了。是山西, 不是陕西。"他说:"陕西同山西, 不是差不多吗?"

后来他在一个钱铺里做伙计; 他也会写, 也会算, 只是总不会精细。十字常常写成千字, 千字常常写成十字。掌柜的生气了, 常常骂他。他只是笑嘻嘻地赔礼道:"千字比十字只多一小撇, 不是差不多吗?"

有一天, 他为了一件要紧的事, 要搭火车到上海去。他从从容容地走到火车站，迟了两分钟，火车已开走了。他白瞪着眼，望着远远的火车上的煤烟，摇摇头道："只好明天再走了，今天走同明天走，也还差不多。可是火车公司未免太认真了。八点三十分开，同八点三十二分开，不是差不多吗？"他一面说，一面慢慢地走回家，心里总不明白为什么火车不肯等他两分钟。

有一天，他忽然得了急病，赶快叫家人去请东街的汪医生。那家人急急忙忙地跑去，一时寻不着东街的汪大夫，却把西街牛医王大夫请来了。差不多先生病在床上，知道寻错了人；但病急了，身上痛苦，心里焦急，等不得了，心里想道："好在王大夫同汪大夫也差不多，让他试试看罢。"于是这位牛医王大夫走近床前，用医牛的法子给差不多先生治病。不上一点钟，差不多先生就一命呜呼了。差不多先生差不多要死的时候，一口气断断续续地说道："活人同死人也差……差……差不多，……凡事只要……差……差……不多……就……好了，……何……何……必……太……太认真呢？"他说完了这句话，方才绝气了。

他死后，大家都称赞差不多先生样样事情看得破，想得通；大家都说他一生不肯认真，不肯算帐，不肯计较，真是一位有德行的人。于是大家给他取个死后的法号，叫他做圆通大师。

他的名誉越传越远，越久越大。无数无数的人都学他的榜样。于是人人都成了一个差不多先生——然而中国从此就成为一个懒人国了。

（全文原载于民国八年出版的新生活杂志第二期）

1. 提起 tíqǐ (동) 언급하다
2. 钱铺 qiánpù (명) 전당포
3. 好在 hǎozài (부) 다행히
4. 此 cǐ (명) 이것
5. 伙计 huǒji (명) 회계
6. 一时 yìshí (부) 한동안
7. 人人皆晓 rénrénjiēxiǎo (성어) 모두가 다 알다
8. 掌柜 zhǎngguì (명) 가게주인
9. 寻不着 xún bu zháo (동) 찾지 못하다
10. 摇 yáo (동) 좌우로 흔들다
11. 撇 piě (동)던지다, 뿌리다
12. 望著 wàngzhù (동) 바라보다
13. 未免 wèimiǎn (부) ~을 바랄수없다
14. 呜呼 wūhū (동) 죽다
15. 挂 guà (동) 걸다
16. 精明 jīngmíng (형) 총명하다
17. 学堂 xuétáng (명) 학당, 학교
18. 赔小心 péixiǎoxīn (동) 순종하는 태도로 사람의 마음을 얻다.
19. 要紧 yàojǐn (형) 중요하다
20. 白瞪 báidèng (동) 째려보다
21. 焦急 jiāojí (동) 조급하다
22. 断续 duànxù (동) 끊겼다 이어졌다 반복하다
23. 格言 géyán (명) 격언
24. 破 pò (동) 망가지다, 부수다
25. 算账 suànzhàng (동) 계산하다
26. 名誉 míngyù (명) 명성
27. 懒 (형) lǎn 게으르다

후스(胡适)
《차부뚜어 선생전》 (差不多先生传)

[해석]

你知道中国最有名的人是谁? 提起此人, 人人皆晓, 处处闻名。他姓差, 名不多, 是各省各县各村人氏。你一定见过他, 一定听过别人谈起他。差不多先生的名字天天挂在大家的口头,

중국에서 가장 유명한 사람은 누구일까요? 그를 언급하면, 사람들은 모두 알고 있으며, 어디서든 그의 이름을 쉽게 들을 수 있습니다. 그의 성은 차(差), 이름은 부뚜어(不多)입니다. 그는 전국 방방곡곡에 잘 알려져 있으며, 당신은 분명히 그를 만난 적이 있을 것입니다. 또한 다른 사람들이 그에 대해 이야기하는 장면도 자주 목격했을 것입니다. 차부뚜어 선생의 이름은 매일같이 사람들의 입에 오르내리고 있습니다.

差不多先生的相貌和你和我都差不多。他有一双眼睛 , 但看的不很清楚；有两只耳朵, 但听的不很分明；有鼻子和嘴, 但他对于气味和口味都不很讲究。他的脑子也不小, 但他的记性却不很精明, 他的思想也不很细密。他常说："凡事只要差不多, 就好了。何必太精明呢?"

차부뚜어 선생의 용모는 우리와 크게 다르지 않습니다. 그는 한 쌍의 눈을 가지고 있지만 똑바로 보지 않으며, 두 귀가 있지만 정확히 듣지 않습니다. 또한, 코와 입도 있지만 냄새나 맛에 신경을 쓰지 않습니다. 그의 머리는 작지 않지만,

기억력은 그리 뛰어나지 않습니다. 생각도 꼼꼼하지 않으며, 항상 "모든 일은 대충 하면 되지, 왜 그렇게 심각하게 생각해야 할까?"라고 말하곤 합니다.

他小的时候, 他妈叫他去买红糖, 他买了白糖回来。他妈骂他, 他摇摇头说: "红糖白糖不是差不多吗?"他在学堂的时候, 先生问他∶"直隶省的西边是哪一省?"他说是陕西。先生说∶"错了。是山西, 不是陕西。"他说∶"陕西同山西, 不是差不多吗?"

그가 어렸을 때, 어머니는 그에게 흑설탕을 사 오라고 하셨습니다. 그는 백설탕을 사서 돌아왔고, 어머니가 그를 혼내자 고개를 가로저으며 말하기를, "흑설탕과 백설탕은 그게 그거 아닌가요?"라고 했습니다. 또, 그가 서당에 다녔을 때 선생님이 그에게 물었습니다. "직례성의 서쪽에 있는 성은 무슨 성인가?" 그는 "섬서성"이라고 대답했습니다. 선생님은 "틀렸다. 산서성이다. 섬서성이 아니다."라고 말하자, 그는 "섬서성과 산서성은 그게 그거 아닌가요?"라고 반박했습니다.

后来他在一个钱铺里做伙计；他也会写, 也会算, 只是总不会精细。十字常常写成千字, 千字常常写成十字。掌柜的生气了, 常常骂他。他只是笑嘻嘻地赔礼道∶"千字比十字只多一小撇, 不是差不多吗?"

후에 그는 한 가게에서 점원으로 일하게 되었습니다. 그는 글을 쓸 줄 알고 계산도 할 수 있었지만, 꼼꼼하지는 못했습니다. '십자'는 항상 '천자'로 쓰고, '천자'는 항상 '십자'로 적었습니다. 사장님은 화가 나서 자주 그를 책망했지만, 그는 항상 웃으며 말하곤 했습니다. "천자는 십자보다 획이 하나 더 많은 것뿐인데, 그게 그거 아닌가요?"

有一天, 他为了一件要紧的事, 要搭火车到上海去。他从从容容地走到火车站, 迟了两分钟, 火车已开走了。他白瞪着眼, 望着远远的火车上的煤烟, 摇摇头道：“只好明天再走了, 今天走同明天走, 也还差不多。可是火车公司未免太认真了。

어느 날 그는 급한 일이 있어 기차를 타고 상하이에 가야 했습니다. 그는 여유롭게 기차역까지 걸어갔고, 2분 정도 늦었습니다. 당연히 기차는 이미 떠난 후였습니다. 그는 눈을 크게 뜨고 멀어져 가는 기차의 매연을 째려보며 고개를 가로 저었습니다. 그리고는 “어쩔 수 없지, 내일 가야겠다. 오늘 가는 것과 내일 가는 것은 그게 그거 아닌가? 그런데 기차 회사가 정말 너무 지나치네.”라고 말했습니다.

“八点三十分开, 同八点三十二分开, 不是差不多吗？”他一面说, 一面慢慢地走回家, 心里总不明白为什么火车不肯等他两分钟。

“8시 30분에 출발하는 것과 8시 32분에 출발하는 것은 같은 것이 아닌가?” 그는 그렇게 말하며 천천히 집으로 돌아갔습니다. 마음 속에서는 여전히 왜 자신을 2분만이라도 기다려주지 않았는지 이해할 수 없었습니다.

有一天, 他忽然得了急病, 赶快叫家人去请东街的汪医生。那家人急急忙忙地跑去, 一时寻不着东街的汪大夫, 却把西街牛医王大夫请来了。差不多先生病在床上, 知道寻错了人；

어느 날, 그는 갑자기 큰 병에 걸려 식구들에게 동쪽 거리에 사는 왕 의사를 빨리 모셔오라고 했습니다. 가족들은 급히 동쪽 거리에 있는 왕 의사를 찾으러 갔지만, 결국 찾지 못했습니다. 어쩔 수 없이 서쪽 거리에 사는 수의사 왕 선생을 모셔오게 되었습니다. 차부뚜어 선생은 침대에서 앓고 있었고, 사람을 잘못 찾았다는 것을 알고 있었습니다.

但病急了, 身上痛苦, 心里焦急, 等不得了, 心里想道:"好在王大夫同汪大夫也差不多, 让他试试看罢。"于是这位牛医王大夫走近床前, 用医牛的法子给差不多先生治病。

하지만 그의 병은 위급했습니다. 몸은 고통스러웠고, 마음은 조급해 더 이상 기다릴 수 없었습니다. 그는 속으로 "왕 선생과 수의사 왕 선생은 비슷하니, 그에게 맡겨보자."라고 생각했습니다. 그렇게 수의사 왕 선생은 침대 앞으로 다가와 소를 치료하듯 차부뚜어 선생의 병을 치료하기 시작했습니다.

不上一点钟, 差不多先生就一命呜呼了。差不多先生差不多要死的时候, 一口气断断续续地说道:"活人同死人也差……差……差不多, ……凡事只要……差……差……不多……就……好了, ……何……何……必……太……太认真呢?"他说完了这句话, 方才绝气了。

그러나 1시간이 채 지나지 않아 차부뚜어 선생은 황천길로 가기 직전이었습니다. 거의 죽음에 이르렀을 때, 그는 힘겹게 숨을 쉬며 말했습니다. "살아 있든 죽어 있든, 그게 그거 아닌가? 모든 것은… 대충 하면 되는데… 어찌… 그렇게… 심각할까?" 그는 이 마지막 말을 남기고, 결국 숨을 거두었습니다.

他死后, 大家都称赞差不多先生样样事情看得破, 想得通; 大家都说他一生不肯认真, 不肯算帐, 不肯计较, 真是一位有德行的人。于是大家给他取个死后的法号, 叫他做圆通大师。他的名誉越传越远, 越久越大。无数无数的人都学他的榜样。于是人人都成了一个差不多先生——然而中国从此就成为一个懒人国了

그가 죽은 후, 사람들은 그의 모든 삶을 돌아보며 그가 깨달은 이치에 대해 칭송했습니다. 사람들은 그가 일생을 진지하게 살아가지 않았고, 계산하거나 비교하지 않으며, 덕을 많이 쌓은 사람이라고 평했습니다. 그래서 그의 죽음 후, 사람들은 그에게 법호를 붙여 '원통대사'라고 불렀습니다. 그의 명예는 점점 더 퍼져 나가며, 사람들 사이에서 널리 알려지고 유명해졌습니다. 많은 이들이 그의 삶을 본받으려 했고, 결국 사람들은 모두 차부뚜어 선생처럼 살기를 바랐습니다. 그러나 그 후, 중국은 점차 게으른 민족의 나라가 되어갔습니다.

후스(胡适)
《차부뚜어 선생전》(差不多先生传)
생각나누기/ 핵심 키워드: 디테일이 부족한 중국사회

▶ 질문

1. 왜 중국은 디테일에 상대적으로 약할까?
2. 왜 중국 문화에서는 '큰 것'에 대한 선호, 즉 대물지향과 확대지향적인 경향이 두드러질까?
3. 작가는 왜 이러한 글을 작성하게 되었을까?

● 본문 탐구하기1: 대물지향

중국 현대 사회에서 '차부뚜어'(差不多, '거의 비슷하다' 또는 '대충 그렇다')라는 문화적 특성은 심각한 사회적 문제로 자리 잡고 있다. 후스(胡适)는 그의 저작 《차부뚜어 선생전》을 통해 이러한 사회적 경향을 비판하며, 중국인들이 자주 겪는 완성도와 디테일에 대한 문제를 날카롭게 지적했다. 특히, 중국 사회 전반에서 작업이나 결과물의 완성도에 있어 완벽함에 대한 요구는 드물며, 대개 80% 또는 90%에 가까워지면 이미 충분하다고 여겨지는 경향이 있다. 이러한 태도는 '대충 하면 된다'는 사고방식이 확산되는 원인으로, '차부뚜어' 문화의 뿌리를 더욱 깊게 한다.

중국에서 '완성도'를 논할 때 자주 쓰이는 표현인 "差不多了, 差不多就行

了"는 어느 정도 만족스러운 수준에 도달하면 더 이상 신경 쓸 필요가 없다는 뜻을 내포한다. 그러나 이러한 '대충'하는 태도는 특히 정확성과 세심한 디테일이 요구되는 분야에서 심각한 문제를 초래할 수 있다. 예를 들어, 산업, 제조업, 의학, 건축 등 분야에서 '차부뚜어' 사고방식이 초래하는 결과는 때때로 참혹한 수준에 이를 수 있다.

이와 대조적으로 일본과 한국은 세밀함과 정밀함을 중시하는 문화적 특성을 보인다. 일본은 상품 생산, 제조업, 요리 등 여러 분야에서 이러한 특성이 두드러지며, 대표적으로 일본의 전자기업 소니는 품질 관리에서 매우 엄격한 시스템을 운영한다. 생산 과정에서 불량품이 발견되면, 이를 방지하기 위해 전체 생산품을 폐기하는 철저한 검수 과정을 거친다. 또한, 일본의 요리법은 긴 시간 동안 재료를 숙성 시키거나, 정교한 기법으로 음식을 준비하는 데 중점을 둔다. 반면, 중국은 비교적 빠르고 간편한 즉석 요리법을 선호하며, 이는 세밀함과 정밀함을 요구하는 일본과는 다른 접근법을 보여준다.

한국은 미용 산업에서 차부뚜어와는 다른 접근 방식을 채택하고 있다. 한국의 미용 산업에서는 높은 수준의 전문성과 세밀한 기술이 요구되며, 미용사들은 체계적인 교육과 긴 훈련 기간을 통해 전문성을 갖춘다. 그에 비해 중국은 미용 교육 기간이 짧고, 기술의 정확성과 엄격한 심사 과정이 부족하여, 상대적으로 고객 만족도가 낮은 경향이 있다.

'차부뚜어' 문화는 건축 분야에서도 두드러지게 나타난다. 중국의 건축물은 대개 규모와 확장성에 중점을 두며, 그 대표적인 예가 만리장성이다. 만리장성은 길이가 엄청나게 길어 '우주에서 관찰할 수 있는 유일한 인류의 건축물'로 불리기도 한다. 또한, 베이징의 고궁(故宮)은 70만 평방미터에 달하는 광활한 면적을 자랑하며, 그 규모가 지나치게 커서 실제로 그 안을 모두 둘러보는 것조차 어려운 상황이다. 이러한 대규모 건축물은 중국인들의 '대물지향적' 사고방식을 잘 보여준다.

진시황릉 역시 대물지향 문화의 전형적인 사례로, 진시황의 병마용과 무덤은 그 규모에서 대물주의를 드러낸다. 쓰촨성(四川省) 러산(乐山)에 위치한 마애불인 러산대불(乐山大佛)은 높이가 71m에 달해 세계적으로도 압도적인 크기를 자랑한다. 이러한 대물지향적인 사고는 현대 사회에서 점차 중요해지는 소형화, 정밀화, 경량화의 흐름에 역행하는 경향을 보인다. 특히 첨단 산업, 반도체나 IT 분야에서는 작은 크기와 정밀한 기술이 경쟁력을 결정짓는데, 중국은 일본이나 한국에 비해 기술적 우위를 확보하는 데 어려움을 겪고 있다.

베이징의 게임 업계 사장 리롄잉(李天应)은 이러한 점을 지적하며, 중국이 수십 년간 산업 발전에서 '덩치 큰 것'만을 추구해온 결과, 세밀한 디테일이 요구되는 분야에서 뒤처졌다고 비판했다. 그는 "중국은 우주선을 발사하면서도 바늘이나 라면 봉지의 품질 관리에 소홀하다"고 꼬집으며, 대물주의 사고방식이 반도체와 첨단 산업에서 일본과 한국을 따라잡기 어렵게 만든 원인이라고 설명했다.[1]

최근 중국 광둥성에서 발생한 사례는 이러한 문제를 여실히 보여준다. 한 식품 기업이 유럽으로 냉동 새우 1,000톤을 수출했으나, 통관 과정에서 이물질이 발견되어 전량 폐기되는 사건이 발생했다. 이는 직원들이 새우를 손질하는 과정에서 항생제가 묻은 탓이었다. 일본이나 한국의 기업이었다면 이러한 일이 발생하지 않았을 가능성이 높다.

건설 분야에서도 마찬가지로, 중국 전역에서는 날림 공사나 대충 지어진 건축물들이 반복적으로 발생하고 있으며, 이로 인한 사고나 붕괴가 빈번하게 일어나고 있다. 그럼에도 불구하고 문제의 심각성에 대한 인식은 부

---

1) 홍순도 외 11인,《베이징 특파원 중국 문화를 말하다》, 서교출판사, 2020년

족하고, '대충대충' 문화는 여전히 광범위하게 퍼져 있다.

결국, 후스의 《차부뚜어 선생전》은 중국 사회의 '대충' 문화를 고발하는 중요한 문학적 작품으로, 디테일과 완성도가 중요한 현대 사회에서 중국의 약점을 날카롭게 지적하고 있다. 이는 중국이 국제 사회에서 경쟁력을 갖추기 위해 해결해야 할 중요한 과제를 제시하며, '대충대충' 사고방식에서 벗어나 보다 정밀하고 완성도 높은 사회로 나아갈 필요성을 강조한다.

● 본문 탐구하기2: 적당히 하고 대충대충 하는 습관이 문화로 굳어져

다음은 중국에서 '차부뚜어' 문화가 얼마나 만연한지를 뉴스 기사의 예를 통해 살펴보는 내용이다. '메이관시'(没关系, 적당히 해, 상관없어)와 '차부뚜어'는 중국인들이 일상적으로 자주 사용하는 표현으로, 그 자체에서 디테일에 대한 신경을 거의 쓰지 않는 태도가 드러난다. 2010년, 디테일의 중요성을 강조하는 책 《디테일의 힘》를 출간하여 전국적으로 주목받은 왕중추(汪中求) 씨와의 인터뷰에서 중국인들의 디테일에 대한 인식과 그 수준에 대한 예를 살펴보자.[2]

> (인터뷰 내용 중 발췌)
>
> "중국인들은 세상에서 디테일에 가장 취약한 사람들입니다. 디테일에 대한 인식이 부족하여, 이를 개선하지 않으면 많은 문제가 발생할 수밖에 없습니다. 이는 중국이 오랜 기간 동안 세계에서 주변적인 국가로 머물렀던 이유 중 하나일지도 모릅니다."

---

2) 중앙일보, 《디테일의 힘》 저자:왕중추, 2011.09.11

- "그렇다고 해도 최근에는 어느 정도 변화가 있었을 것입니다."

"그렇습니다. 40여 년간의 개혁·개방이 큰 영향을 미쳤습니다. 세밀한 부분에 신경을 쓰지 않으면 경제적으로 생존하기 어렵다는 인식이 퍼졌기 때문입니다."

- "구체적인 사례를 들어 설명해 주시겠습니까?"

"최근 중국에서 공항 통관 검색대에 도입된 서비스 버튼을 보면 알 수 있습니다. 출입국 관리 직원의 서비스에 만족했다면 '아주 만족' 버튼을, 만족스럽지 않으면 '불만족' 버튼을 누르게 되어 있습니다. 이러한 시스템을 통해 직원들의 서비스 질이 향상될 수밖에 없습니다. 이 시스템은 직원들의 승진과 임금에 영향을 미치기 때문입니다. 예전에는 중국의 출입국 관리 직원들이 다소 무뚝뚝하다는 인식이 있었지만, 이 시스템이 도입된 이후 친절도가 눈에 띄게 개선되었습니다. 이와 같은 방식으로 디테일을 시스템화하는 경영이 이루어지고 있는 것입니다. 최근 중국은행에서도 번호표 시스템이 도입되었습니다. 이러한 변화는 디테일 경영의 일환으로, 작은 부분까지 제도화하여 서비스의 질을 개선하려는 노력의 일환입니다."

- "이러한 변화가 실질적인 효과를 보고 있는 것 같네요."

"그렇습니다. 최근 중국의 기업인들이 스티브 잡스가 강조한 인문학의 중요성을 실감하고 있는 듯합니다. 많은 CEO들이 중국 철학, 문학, 역사 등을 공부하고 있으며, 이를 기업 경영에 어떻게 적용할지를 고민하고 있습니다."

- "그렇다면 중국이 곧 G1 국가로 자리잡을 가능성도 있을까요?"

"아직은 먼 이야기입니다. 현재 중국은 디테일에 대한 인식을 이제 막 시작한 상태입니다. 마치 젖을 뗀 어린 강아지처럼 디테일에 눈을 떴지만, 여전히 규모와 저임금 노동력에 의존하는 경향이 강합니다. 그러나 중국인들이 가지고 있는 두 가지 특성은 매우 중요합니다. 첫째, 어려움을 두려워하지 않는 끈기와, 둘째, 뛰어난 학습 능력입니다. 이 두 가지 장점을 잘 활용한다면, 먼 미래에는 더욱 세밀하고 정교한 경영을 실현할 수 있을 것입니다. 그때 가면 G1 또는 G2 국가로서의 위상을 확립할 가능성도 있을 것입니다."

● 본문 탐구하기3: 차부뚜어(差不多) 문화가 왜 중국에 자리잡았을까?

이러한 현상은 문화 대혁명과 급진적인 개혁개방의 영향이 크게 작용한 결과로 볼 수 있다. 문화 대혁명(1966-1976)은 마오쩌둥 주도의 극좌 사회주의 운동으로, 단어의 의미만으로는 '문화적 혁신'이나 '발전'을 떠올릴 수 있지만, 실제로는 국가의 역사와 문화를 철저히 파괴한 초규모적인 반달리즘(Vandalism)[3]에 가까운 사건이었다. 이 시기에 중국은 5000년의 역사를 자랑하던 전통 문화의 대부분을 상실하게 되었다. 특히, 유무형 문화

---

3) 반달리즘(Vandalism)은 타인의 재산이나 공공시설을 의도적으로 파괴하거나 손상시키는 행위를 뜻한다. 반달리즘의 주요 특징은 피해를 입히는 행위가 무분별하고 불법적인 점이다.

재뿐만 아니라 중국이 자랑했던 수공업, 경극, 예술 작품 등도 '부르주아 (bourgeois)[4] 척결'을 내세운 정책 아래 박해와 억압을 받았다. 심지어 명· 청 시대의 궁중 요리법조차 부르주아의 산물로 간주되어 사라졌다. 이러한 문화적 파괴는 중국 전통의 확장성과 영향을 지금까지 제대로 이어지지 못하게 만드는 중요한 원인으로 작용하고 있다.

그 후, 마오쩌둥의 퇴장과 함께 덩샤오핑이 중국 공산당을 이끌면서 개혁개방을 시작하게 된다. 그러나 급속히 진행된 개혁개방은 특정 지역에 집중된 성격을 띠며, 결과적으로 중국의 전체적인 경제 발전에는 긍정적인 영향을 미쳤지만, 도시와 지방 간의 경제적, 문화적, 사회적 격차를 심화 시켰다. 중국은 급박하게 경제를 회복하고 중국 인민들에게 중국공산당의 정당성을 확립하려 했기 때문에, 정교한 작업보다는 빠른 속도와 결과물을 우선시하는 분위기가 형성되었다. 이는 한국의 '한강의 기적[5]'을 이끌었던 과거의 새마을 운동이나 경제 개발 5개년 계획과 유사한 맥락을 공유한다. 한국도 당시 경제 성장을 최우선시하며 '빨리빨리' 문화가 자리 잡았고, 이로 인해 사회 전반에 대충대충 일처리하는 습관이 확산되있다. 이와 같은 분위기는 1990년대 초, 삼풍백화점 붕괴, 성수대교 붕괴와 같은 대형 참사를 초래했다.

하지만 한국과 중국의 큰 차이점은 '견제'에 있다. 한국에서는 언론과 정

---

4) 부르주아(Bourgeois)는 주로 자본주의 사회에서 자본과 생산 수단을 소유한 중상층을 의미하는 용어이다. 역사적으로 중세 봉건제에서 상인 계층이나 도시 중산층을 가리켰으며, 산업 혁명 이후 자본가 계급으로 발전했다. 부르주아는 경제적 권력을 바탕으로 사회적, 정치적 영향력을 행사하며, 노동 계급과 대비되는 개념으로 자주 사용된다. 마르크스주의에서는 부르주아를 자본주의 사회의 지배 계급으로 보고, 그들의 이익을 노동자 계급과 대립하는 구조로 설명한다.

5) 한강의 기적은 1960년대 후반부터 1990년대 초반까지 한국 경제가 급격하게 성장한 현상을 설명하는 용어다. 이 시기 동안 한국은 산업화와 수출 중심의 경제 개발 정책을 통해 경제 성장을 이룩했다. 주요 요소로는 정부의 강력한 경제 개입, 저렴한 노동력, 외국의 원조 및 투자 등이 있었다. 그 결과, 한국은 빈곤 국가에서 경제 강국으로 급성장하며, 세계에서 가장 빠른 경제 성장을 기록했다. 또한, 이 기간 동안 고속도로, 산업화, 도시화가 진행되었고, 생활 수준과 인프라도 크게 개선되었다.

권의 반대 진영이 이러한 문제를 공개적으로 제기하고 국민에게 투명하게 전달하는 과정이 있었다는 점이다. 이에 따라 정부는 신속하게 반성하고 사회적, 제도적 개혁을 추진할 수 있었다. 또한, 1988년 서울 올림픽을 계기로 국민들의 문화 의식이 개선되었고, 2000년대 초 정부의 인터넷 보급 정책으로 인해 전국민이 모든 사안을 감시할 수 있으면서 '빨리빨리' 문화의 축소에 중요한 역할을 했다. 이러한 시대적 병폐가 점차 사라지면서, 한국은 꼼꼼함과 세밀함을 강조하는 문화를 만들어가고 있으며, 다양한 문화 자산을 창출하고 있다. 반면 중국은 여전히 중국 공산당의 단독 집권 체제 아래 있어, 사회적 문제와 병폐들이 공개적으로 드러나기 어렵다. 또한, 공산주의와 사회주의를 표방하는 중국의 정치적 체제에서 언론 검열이 이루어지고, 야당의 견제가 없다 보니 내부 문제에 대한 투명한 공개와 반성이 부족하다. 이러한 폐쇄적인 시스템은 중국이 자신의 문화적 병폐와 습관을 개선하는 데 있어 큰 장벽으로 작용하고 있다. 따라서 중국은 문화적 전통과 사회적 문제를 개선하는 데 있어 여전히 많은 제약을 받고 있으며, 국제 사회에서의 경쟁력을 확보하는 데 필요한 중요한 문화적 변화와 발전이 어렵게 이루어지고 있다.

쉬띠산(许地山)
《땅콩》(落花生)

[원문]

　　我们家的后园有半亩空地，母亲说："让它荒着怪可惜的，你们那么爱吃花生，就开辟出来种花生吧。"我们姐弟几个都很高兴，买种，翻地，播种，浇水，施肥，没过几个月，居然收获了

　　母亲说："今晚我们过一个收获节，请你们父亲也来尝尝我们的落花生，好不好？"母亲把花生做成了好几样食品，还吩咐就在后园的茅草亭过这个节。

　　晚上天色不太好，可是父亲也来了，实在很难得。

　　父亲说："你们爱吃花生么？"

　　我们争着答应："爱！"

　　"谁能把花生的好处说出来？"

　　姐姐说："花生的味儿美。"

　　哥哥说："花生可以榨油。"

　　我说："花生的价钱便宜，谁都可以买来吃，都喜欢吃。这就是它的好处。"

　　父亲说："花生的好处很多，有一样最可贵：它的果实埋在地里，不像桃子、石榴、苹果那样，把鲜红嫩绿的果实高高地挂在枝头上，使人一见就生爱慕之心。你们看它矮矮地长在地上，等到成熟了，也不能立刻分辨出来它有没有果实，必须挖起来才知道。"

　　我们都说是，母亲也点点头。

父亲接下去说："所以你们要像花生一样，它虽然不好看，可是很有用。"

我说："那么，人要做有用的人，不要做只讲体面，而对别人没有好处的人。"

父亲说："对。这是我对你们的希望。"

我们谈到深夜才散。花生做的食品都吃完了，父亲的话却深深地印在我的心上。

단어

1. 隙地 xìdì 공터 (명) 공터
2. 茅亭 máotíng (명) 풀로 지은 정자
3. 荒芜 huāngwú (동) 황폐하다
4. 争着 zhēngzhe (전) 다투어~하다
5. 辟 bì (동) 열다/개간하다
6. 辩 biàn (동) 판별하다
7. 播种 bōzhǒng (동) 씨를 뿌리다/새로운 사상을 전파하다
8. 印 yìn (동) 새기다
9. 浇水 jiāo shuǐ (동) 물을 뿌리다
10. 心版 xīnbǎn (명) 마음 속
11. 翻地 fān dì (동) 땅을 개간하다
12. 施肥 shī féi (동) 비료를 주다

쉬띠산(许地山)
《땅콩》(落花生)

[해석]

我们家的后园有半亩¹⁾空地, 母亲说："让它荒着怪可惜的, 你们那么爱吃花生, 就开辟出来种花生吧。"我们姐弟几个都很高兴, 买种, 翻地, 播种, 浇水, 施肥, 没过几个月, 居然收获了。

우리집 뒤편에는 반묘 크기의 공터가 있다. 어머니께서 말씀하시길, "잡초가 너무 자라서 아깝다. 기왕 이렇게 된 김에, 너희가 땅콩을 좋아하니 땅콩 농사를 짓자."라고 하셨다. 우리는 모두 기쁜 마음으로 그 제안에 동참했다. 우리의 남매들은 모여 씨앗을 사기로 하고, 땅을 고르고 물을 주기로 했다. 몇 달이 지나지 않아, 뜻밖에도 땅콩을 수확할 수 있었다.

母亲说："今晚我们过一个收获节, 请你们父亲也来尝尝我们的落花生, 好不好?"母亲把花生做成了好几样食品, 还吩咐就在后园的茅草亭过这个节。晚上天色不太好, 可是父亲也来了, 实在很难得。

어머니께서 말씀하시길, "오늘 저녁에 추수감사절을 기념하자. 아버지도 모셔서 우리 땅에서 자란 새로운 땅콩을 함께 맛보는 건 어떠니?"라고 하셨다. 어머니는 땅콩으로 몇 가지 음식을 준비하시며, 뒷마당에 있는 식물의 띠로 만든 정

---

1) 중국식 토지 면적의 단위. 10市分을 '1市亩'로 하고 '100市亩'를 '1顷'으로 함. '1市亩'는 약 666.7제곱미터이다.

자에서 이 명절을 보내자고 하셨다. 저녁이 되자 날씨는 좋지 않았지만, 아버지도 오셨고, 그날은 정말 오랜만에 함께하는 기회였다.

父亲说：“你们爱吃花生么？”
아버지께서 말씀하시길 “너희들은 땅콩을 먹는 것을 좋아하니?”

我们争着答应：“爱！”
우리는 모두 함께 대답했다. “좋아요!”

“谁能把花生的好处说出来？”
어머니께서 물으셨다. “누가 땅콩의 장점에 대해 말할 수 있니?”

姐姐说：“花生的味儿美。”
누나가 “땅콩은 맛있어요.” 라고 대답했고

哥哥说：“花生可以榨油。”
형은 “땅콩으로 기름을 만들 수 있어요.” 라고 말했다.

我说：“花生的价钱便宜，谁都可以买来吃，都喜欢吃。这就是它的好处。”
나 역시 “누구나 땅콩을 저렴하게 사서 먹을 수 있어요. 모두들 땅콩을 좋아하죠. 이것이 땅콩의 장점이에요.” 라고 말했다.

父亲说：“花生的好处很多，有一样最可贵：它的果实埋在地里，不像桃子、石榴、苹果那样，把鲜 红嫩绿的果实高高地挂在枝头上，使人一见就生爱慕之心。你们看它矮矮地长在地上，等到成熟了，也不能立刻分辨出来它有没有果实, 必须挖起来才知道。”

그러자 아버지께서 말씀하시길, "땅콩의 장점은 매우 많다. 가장 특별한 점은, 복숭아, 석류, 사과처럼 빨갛고 연녹색의 열매가 가지에 높이 달려 있는 것이 아니라, 땅에 낮게 자란다는 것이다. 열매가 익을 때까지 기다려도, 눈으로는 열매가 있는지 바로 알 수 없지. 그래서 반드시 땅을 파헤쳐야만 알 수 있는 거야."

我们都说是, 母亲也点点头。父亲接下去说："所以你们要像花生一样, 它虽然不好看, 可是很有用。

아버지의 말씀에 우리는 모두 "맞아요"라고 대답했고, 어머니도 고개를 끄덕이셨다. 아버지는 계속해서 말씀하시길, "그래서 너희들은 위대하거나 아름답지 않더라도, 땅콩처럼 유용한 사람이 되어야 한다." 라고 하셨다.

我说："那么, 人要做有用的人, 不要做只讲体面, 而对别人没有好处的人。
父亲说："对。这是我对你们的希望。"我们谈到深夜才散。花生做的食品都吃完了, 父亲的话却深深地印在我的心上。

아버지의 말씀을 마치시자, 나는 "그렇다면, 사람은 유용한 사람이 되어야 하고, 위대하거나 체면을 차리는 사람은 되지 말아야겠군요."라고 말했다. 아버지께서 다시 말씀하시길, "바로 그것이 내가 너희들에게 바라는 것이다." 우리는 늦은 밤까지 이야기를 나누다 흩어졌고, 땅콩으로 만든 음식은 모두 먹어치워 없지만, 아버지의 말씀은 지금까지도 내 마음 속에 깊이 남아 있다.

쉬띠산(许地山)
《땅콩》(落花生)
생각나누기/ 핵심 키워드: 중국– 가족, 그 영원한 이데올로기

▶ **질문**

1. 작품의 특징
2. 중국에서 가족의 의미란?

● **본문 탐구하기1: 작품의 주요특징**

작품 《땅콩》은 표현이 상당히 간결하고 소박한 특징을 지닌다. 그 이유는 이 글이 일상적인 삶의 단순하고 평범한 순간들을 주제로 하고 있기 때문이다. 또한, 농촌과 전원의 삶을 배경으로 하고 있어, 독자에게 자연스럽고 담백한 느낌을 전달한다. 아래에서 본문의 예시를 분석하면서 작품의 주요 특징을 이해해보자.

1. 땅을 갈고, 씨앗을 심고, 수확하며 그들만의 추수감사절을 기념하는 장면

我们姐弟几个都很高兴, 买种, 翻地, 播种, 浇水, 施肥, 没过几个月, 居然收获了
母亲说："今晚我们过一个收获节, 请你们父亲也来尝尝我们的落花生, 好不好?" 母亲把花生做成了好几样食品, 还吩咐就在后园的茅草亭过这个节。

일상적인 농업 활동을 중심으로 한 중요한 상징적 의미를 내포하고 있다. 이 과정은 단순한 농사일을 넘어, 가족과 공동체가 함께 노력하고 얻은 결실을 나누는 기쁨을 표현한다. 또한, 이러한 행위는 물질적인 수확뿐만 아니라, 인간적 유대와 감사의 마음을 함께 나누는 상징적인 의식으로 작용한다. 이러한 점에서 이 글은 단순히 일상적인 농촌 생활을 묘사하는 데 그치지 않고, 일상 속에서 발견되는 의미 있는 가치와 인간의 삶에 대한 깊은 성찰을 암시하는 방식으로 독자에게 다가간다.

2. 아버지가 질문을 던지고 교훈을 전하는 장면

父亲说：“你们爱吃花生么？”
我们争着答应：“爱！”
“谁能把花生的好处说出来？”
姐姐说：“花生的味儿美。”
哥哥说：“花生可以榨油。”
我说：“花生的价钱便宜，谁都可以买来吃，都喜欢吃。这就是它的好处。”
父亲说：“花生的好处很多，有一样最可贵：它的果实埋在地里，不像桃子、石榴、苹果那样，把鲜红嫩绿的果实高高地挂在枝头上，使人一见就生爱慕之心。你们看它矮矮地长在地上，等到成熟了，也不能立刻分辨出来它有没有果实，必须挖起来才知道。”
我们都说是，母亲也点点头。
父亲接下去说：“所以你们要像花生一样，它虽然不好看，可是很有用。”
我说：“那么，人要做有用的人，不要做只讲体面，而对别人没有好处的人。”
父亲说：“对。这是我对你们的希望。”
我们谈到深夜才散。花生做的食品都吃完了，父亲的话却深深地印在我的心上。

  독자에게 평범한 가정의 일상적인 모습을 떠올리게 한다. 이러한 가정의 일들은 우리가 일상에서 자연스럽게 접하게 되는 일들이며, 그 속에서 가족 간의 소통과 가치 있는 교훈을 얻을 수 있다는 점에서 큰 의미를 지닌다. 이 과정은 독자에게 평화롭고 안정적인 가정의 모습을 상기시켜 주며, 일상적인 삶 속에서의 소소한 행복과 의미를 되새기게 한다. 따라서 이 글은 단순히 가정의 일상적인 활동을 묘사하는 것이 아니라, 그 속에서 발견할 수 있는 삶의 중요한 가치와 교훈을 전달하며, 독자에게 일상 속에서의 평화와 조화를 상기시킨다.

3. 아버지는 유용한 사람이 되라고 했고 위대한 사람이 될 필요는 없다고 했다. 이는 어떤 사람을 이야기 하는가?

  아버지께서 유용한 사람이 되어야 한다고 말씀하시고, 위대한 사람이 될 필요는 없다고 하신 것은 '실용적이고 헌신적인 사람'을 의미한다. 이는 단순히 개인의 영광이나 명예를 추구하기보다는, 공동체와 사회에 기여할 수 있는 실질적인 역할을 수행하는 사람을 지칭한다고 볼 수 있다.

  당시 중국은 복잡한 정치적 상황과 외세의 압박 속에서 국가의 주권을 사실상 상실한 상태였다. 서양 열강과 일본의 침입으로 인해 중국은 국가적 위기에 처했으며, 국민들은 시민 의식이 부족하고 상호 간의 질투와 고발이 만연한 상황이었다. 이와 같은 사회적 배경 속에서, 개인의 감정이나 장점을 드러내는 것은 위험하고 부정적으로 여겨졌으며, 국가의 존립을 위협하는 요소로 간주되기도 했다.

  따라서, 이 시기의 중국은 개인보다는 국가와 사회를 위한 희생과 애국적 태도가 필요한 시점이었다. 아버지는 이러한 시대적 맥락에서 '유용한 사람'이 되어야 한다고 강조한 것이다. 즉, 위대한 업적이나 명성을 쌓는 것보다, 자신이 처한 환경과 사회적 요구에 맞추어 실용적이고 실질적인 기여를 하는 것이 더 중요한 가치로 여겨졌음을 알 수 있다.

4. 아버지가 오랜만에 오신 이유는?

이 시대는 중국의 역사적 흑암기(黑暗社会)이며, 중화사상이 서양의 제국주의와 일본의 침략에 의해 심각하게 위협받고 있던 시기였다. 당시 중국은 국가적 위기와 사회적 불안정 속에서 그 정체성을 상실하고 있었고, 이러한 상황에서 아버지가 집에 돌아오는 것은 단순한 일상이 아니라 특별한 의미를 지닌 사건으로 여겨졌다.

문장에서 "晚上天色不太好, 可是父亲也来了, 实在很难得."라고 언급된 부분은 바로 이 점을 강조하는 표현이다. 아버지가 집에 온 것이 특별하게 느껴지는 이유는, 아버지인 쉬띠산의 가족 배경과 당시의 정치적 상황을 고려할 때 더욱 뚜렷해진다. 쉬띠산의 아버지인 쉬난잉(许南英)은 청일전쟁 당시 일본과의 치욕적인 시모노세키 조약[1]에 반발하여 민군을 조직하고 일본에 저항한 인물이다. 이로 인해 가족은 끊임없는 정치적 불안과 위협 속에서 살아왔으며, 쉬띠산 또한 푸젠성(福建省)으로 피신한 후 광동으로 이주하는 등 안정되지 않은 삶을 살았다.

따라서 "可是父亲也来了, 实在很难得."라는 표현은 단순히 아버지가 집

---

1) 시모노세키 조약(1895)은 청일전쟁(1894-1895) 이후 체결된 조약으로, 청나라와 일본 사이에서 이루어졌다. 이 조약에 따라 청나라는 일본에 대만과 펑후 제도를 할양하고, 5개 항구(광저우, 상하이 등)에 대한 무역 자유를 인정했다. 또한 일본은 청나라에 대한 배상금으로 2억 4천만 엔을 받았다. 시모노세키 조약은 청나라의 패배를 의미하며, 일본이 근대화된 강국으로서의 입지를 확립한 계기가 되었다. 이 조약은 또한 중국의 정치적, 경제적 영향력 약화를 초래했고, 서구 열강의 제국주의적 압박을 가중시켰다.

에 돌아온 것만을 의미하는 것이 아니라, 전쟁과 정치적 혼란 속에서 가족이 함께할 수 있는 시간이 매우 귀중하고 드문 일이었음을 강조하는 것이다. 이 문장은 당시 시대적 배경과 가족의 불안정한 상황을 반영하여, 아버지의 귀환이 단순히 물리적인 귀환을 넘어, 그 자체로 중요한 상징적 의미를 지닌다는 것을 나타낸다.

▶ 질문2

1. 중국이 가정을 중요하게 생각하는 덕목은 어디서부터 시작되고 어떻게 이어졌을까?
2. 이 작품을 통해 앞으로 나아가야 할 인간의 방향은 무엇일까?
3. 아버지는 땅콩의 진귀함은 맛에 있을 뿐 그 아름다움을 드러내지 않는다고 했다. 그럼 여기서 사람의 진귀함은 무엇일까?

● 본문 탐구하기2: 중국에서의 가족의 의미: 고대시대

중국에서 '가족'은 중요한 사회적 가치로 여겨져 왔으며, 그 뿌리는 고대 '명리학'에 깊이 뿌리를 두고 있다. 명리학은 주나라(周朝)시기부터 간지(干支)를 사용해 길흉을 판단하는 방법으로 시작되었으나, 춘추전국시대(春秋战国时代)에 이르러 간지의 사용이 널리 보급되었고, 음양오행설(阴阳五行说)과 결합되면서 더욱 발전하였다. 음양오행설은 자연과 우주를 음양(阴阳)과 오행(五行)의 다섯 가지 요소(목(木), 화(火), 토(土), 금(金), 수(水))로 설명하며, 이 이론은 세상과 인간의 관계를 상호 연관된 평등한 조화를 통해 이해하고자 했다. 이 이론에 따라, 자연과 인간의 모든 존재는 서로 영향을

주고받으며, 상생(相生)과 상극(相剋)이라는 원리를 통해 서로를 보완하고 균형을 이루는 관계에 있다는 전제가 깔려 있다.[2]

따라서, 가족의 구성원 간의 관계도 이러한 음양오행의 원리를 따른다고 볼 수 있다. 예를 들어, 아버지가 있으면 어머니가 있고, 자식이 있으면 부모가 있다는 논리는 이와 같은 자연의 상호의존성과 상호보완성을 반영한다. 이러한 동양적 사고 방식은 유교의 효(孝)사상과 결합되어, 가족 내의 상호 존중과 책임을 강조하는 문화적 기초를 마련하였다. 유교는 인간의 도덕적 덕목을 가족을 통한 사회적 관계에서 찾으려 했으며, 가족은 사회의 기본 단위로, 각 세대가 서로를 돌보고 존중하는 것이 사회적 조화와 안정을 이루는 데 필수적이라고 보았다.

이러한 가치관은 문화대혁명(1966-1976)이라는 사회적 격변기에도 불구하고 중국 사회에서 여전히 중요한 위치를 차지했다. 비록 그 시기 동안 여러 전통적 가치들이 도전 받았고, 개인주의나 혁신적 사고가 강조되었지만, '가족'이라는 개념은 여전히 중국인들의 삶의 중심에 자리 잡았다. 이는 가족을 통한 집단적 책임과 연결성을 중시하는 중국 사회의 근본적인 이데올로기로서, 시대의 변화와 관계없이 지속적으로 그 가치를 이어온 것이다.

따라서 중국에서 가족 중시 사상의 기초는 명리학과 음양오행론에서 비롯된 조화와 상호 의존성의 철학에 뿌리를 두고 있으며, 이는 후에 유교 사상에 의해 더욱 확립되어 오늘날까지 중요한 사회적 가치로 이어지고 있다.

2) 김용옥, 《동양철학의 이해》, 동녘, 1988년

1. 제자관 천자문, 백가생

이러한 다양한 학문과 사상 이론은 표면적으로 서로 다른 주제와 관점을 다루고 있지만, 그 근본적인 핵심은 가족이라는 공통된 주제에서 수렴된다. 이들 모두는 부모가 자식에게 본보기가 되어야 한다는 원칙을 강조한다. 부모가 도덕적 모범이 되어 자녀에게 올바른 가치와 행동 방식을 제시할 때, 자녀는 이를 통해 삶의 방향을 정립하고, 나아가 가정의 화합과 사회의 발전에도 긍정적인 영향을 미친다고 주장한다. 즉, 가족 내에서 이루어지는 교육과 훈육이 인간 개인과 사회 전체에 미치는 영향은 매우 크다는 것이다. 이러한 관점은 가정교육의 중요성을 강조하며, 가정에서 형성된 가치관과 도덕적 기준이 개인의 성품과 사회적 상호작용에 깊은 영향을 미친다는 사실을 일깨운다.

2. 출세

출세는 사전적 용어로 '사회적으로 높은 지위에 오르거나 유명하게 되다'로 풀이되지만 동양적 사유로는 가정교육을 통해 어른의 목적을 달성하는 것으로도 풀이된다. 중국에서 내려온 '가훈(家訓)', '가범(家范)', '치가(治家)', '면학(面学)' 역시 세부적으로 학문적 이론은 다르지만 학습의 목적은 가족으로 귀결되는 것은 같다. 즉 가정교육을 통해 규범을 만들고 가족, 국가에 충실하라라는 것이다. 이와 같은 사상적 학습을 통해 내려온 예시는 현재에도 존재한다. 예를 들면 '사회적 검증'이다. 중국과 한국에서는 항상 사회적으로 공직을 맡거나 권력을 가지려 하는 사람에게 묻는 잣대가 있다. 이때 주로 언급되는 직종은 정치인이나 연예인인데, 그들은 늘 사회적 검증을 받고 있다. 그때마다 자녀의 학폭문제, 자녀의 위장전입, 혹은 본인들의 도덕적 문제가 검증의 중요한 요소가 된다. 이는 직무적 능력을 떠나 한국과 중국에서는 반드시 거쳐야 할 핵심적 사항이고, 전 국민의 가장 중요시하는 부분 중 하나이다. 또한 한국에서는 사회적으로 절대 용납하지 못하는 3가지가 있다. 소위 '3 불입'이라고 하는데 이는 '입시', '입대', '입사'에 대한 불공정을 말한다. 입시, 입대, 입사 모두 가정 안의 구성원인 자녀에 대한 민감한 문제이기 때문에 이 과정에서 나온 불공정은 유교적 영향을 많이 받은 한국의 사회에서는 절대 용인될 수 없다.

3. 중국의 경우

2020년, 넥플릭스에서 방영된 중국 드라마 〈겨우 서른〉(三十而已)[3]은 중국 드라마로서는 드물게 상위권에 위치하며 큰 주목을 받았다. 이 드라마에서 등장한 여자 주인공 '구자'의 이야기는 중국 사회에서 자식 교육과 관련된 중요한 가치를 여실히 드러낸다. 구자는 화려한 외모와 재력 있는 남편, 총명한 아들을 가진, 세상에 부러울 것이 없는 인물로 묘사된다. 그녀는 상하이의 고급 아파트로 이사를 가며 행복한 일상을 보내지만, 어느 날 자신보다 더 높은 재력과 사회적 위치를 가진 이웃집 여인에게 고개를 숙이고 자존심을 굽히는 상황을 맞이한다. 이 장면에서 구자가 자존심을 굽힌 이유는 단순히 상대방이 재력이 출중하고 넓은 아파트에 살기 때문만이 아니다. 구자는 자신의 아들이 원하는 국제 유치원에 입학시키기 위해, 해당 유치원의 학부모회에서 영향력 있는 인물인 그녀에게 비위를 맞추며 자존심을 내려놓았다. 이 장면은 부모의 자식에 대한 무조건적인 사랑

---

3) 〈겨우 서른〉, (2020)은 30대 여성들의 삶과 고민을 그린 중국 드라마로, 세 명의 주인공이 직장, 가정, 결혼 문제를 겪으며 자아실현을 찾아가는 이야기다. 드라마는 여성의 사회적 위치, 직장 내 성별 불평등, 개인적 선택과 성장을 중심으로 전개되며, 현대 중국 사회에서 30대 여성이 직면한 현실적인 문제를 다룬다. 이 드라마는 여성 시청자들 사이에서 큰 인기를 끌었고, 사회적 논의도 일으켰다.

과 헌신을 극명하게 보여주며, 자식의 교육을 위해서는 모든 것을 희생하는 부모의 모습을 여실히 드러낸다. 이와 같은 부모의 교육에 대한 집착은 중국만의 현상이 아니라, 한국 사회에서도 뚜렷하게 나타난다. 한국에서도 수많은 드라마와 영화에서 자녀 교육을 위해 헌신하는 부모의 모습을 쉽게 찾아볼 수 있다. 그 중에서도 〈스카이캐슬〉은 대표적인 사례로, 자식들의 의대 입학을 목표로 불법적인 방법까지 동원하는 부모들의 극단적인 모습을 그렸다. 이 드라마는 자녀의 교육을 위해 두 발 벗고 나서는 엄마들, 과잉 경쟁 속에서 방관하는 아버지들, 그리고 이러한 경쟁을 잘못된 것으로 인식하면서도 관례처럼 받아들이는 부모들 간의 갈등을 중심으로 이야기가 전개된다. 이를 통해 한국 사회에서도 자식에 대한 관심과 사랑이 얼마나 과도하게 집중되고 있는지 알 수 있다.

이러한 현상은 한국과 중국 사회에서 공통적으로 나타나는 중요한 특징을 반영한다. 바로 '가족'이라는 이데올로기의 영향력이다. 두 나라 모두 역사적으로 가족 중심의 사회 구조를 유지해왔으며, 그 안에서 부모의 역할은 단순히 자녀를 양육하는 것을 넘어, 자녀의 미래와 교육에 대한 깊은 책임감을 지니고 있다. 이와 같은 가족 중심의 가치관은 여전히 현대 사회에서도 강력하게 작용하고 있으며, 부모가 자식을 위해 무엇이든 할 수 있다는 '가족애'와 '자녀 교육에 대한 열정'을 중심으로 한 문화적 전통은 두 나라의 사회 구조에서 중요한 위치를 차지하고 있다.

● 본문 탐구하기3: '가족' 프레임에 벗어나지 못해 생겨난 부작용

위에서 언급한 바와 같이, 한중 양국에서 나타나는 과도한 가족 중심의 가치관과 자식에 대한 지나친 관심은 사회적 부작용을 초래하는 원인으로 작용하고 있다. 부모는 자녀에게 과도한 기대를 부여하고, 그 기대는 종종 사회적 규범이나 전통적인 직업관에 맞춰진다. 결과적으로 자녀들은 자신의 진정한 욕구나 관심사보다는 부모가 설정한 경로를 따르게 되며, 사회적 기대에 부응하려는 압박을 받는다. 이러한 과정에서 자녀들은 본인의 삶의 만족도를 찾기보다는 자기 자신에 대한 연민이나 심리적 갈등에 직면하게 된다. 이는 때로는 현자타임이라 불리는 정체기나 내적 불만을 초래하며, 부모와의 관계에서 오는 불신과 갈등으로 이어지기도 한다.

이와 같은 상황은 특히 가정에 대한 불신을 심화시키며, 현재 1인 가구의 급증이라는 사회적 현상으로 나타난다. 부모와의 관계가 원만하지 않거나, 과도한 기대와 압박 속에서 자아를 찾지 못한 이들은 가정을 떠나 독립적인 생활을 추구하게 되며, 그 결과로 1인 가구가 급증하는 현상이 발생한다.

이러한 문제를 해결하기 위한 방안으로, 최근 심리 상담 전문가들이 등장하며 주목받고 있다. 한국에서는 정신상담가 오은영과 반려견 전문가 강형욱이 대표적인 사례로, 두 사람 모두 가족을 중심으로 한 심리적 문제를 다루는 전문가들이다. 오은영은 가족 내 갈등과 개인의 심리적 문제를 해결하기 위해 상담을 진행하며, 강형욱은 반려견과의 관계를 통해 인간의 정서적 안정과 상호작용을 돕는다. 중국에서는 이와 유사한 역할을 하는 질심제제(知心姐姐)가 있다. 질심제제는 사람들의 고민을 듣고 심리적 문제를 분석하며, 가족과의 관계가 개인의 삶에 미치는 영향을 깊이 다룬다.

이들 전문가들의 공통된 접근 방식은 개인의 심리적 문제의 근본 원인을 유년 시절의 경험과 가족 관계에서 찾는 것이다. 그들은 상담을 통해 개인이 겪고 있는 문제의 뿌리를 가족과의 관계에서 찾으며, 이를 해결하기 위해 노력한다. 이러한 전문가들의 활동은 사람들로 하여금 자신이 겪고 있는 심리적 갈등을 이해하고 해결할 수 있도록 돕는다. 또한, 사람들은 오은

영과 질심제제에게 큰 신뢰를 보내며, 그들의 조언에 큰 관심을 기울이고 있다.

한편, 반려동물에 대한 관심 역시 변화하고 있다. 특히 강형욱은 반려견을 가족의 일원으로 다루며, 사람과 반려동물 간의 관계를 심리적 측면에서 분석하고, 이들의 상호작용을 통해 사람의 정서적 안정을 돕고 있다. 반려견은 이제 더 이상 단순한 애완동물이 아니라, 또 다른 가족으로 자리 잡은 것이다. 이는 현대 사회에서 가족이라는 개념의 변화와 확장을 의미하며, 사람들의 정서적 요구에 맞춰 가정의 형태와 그 안에서의 관계가 다양화되고 있음을 보여준다.

결론적으로, 가족 중심의 사회적 가치관이 초래하는 심리적 갈등과 그에 대한 해결책으로 등장한 전문가들은, 가족 관계의 중요성과 그로 인한 심리적 영향을 강조하며, 현대 사회에서 변화하는 가족의 의미와 역할을 반영하고 있다.

스텐셩(史铁生)
《나와 디탄》(我与地坛)

[원문]

　　我在好几篇小说中都提到过一座废弃的古园, 实际就是地坛。许多年前旅游业还没有开展, 园子荒芜冷落得如同一片野地, 很少被人记起。

　　地坛离我家很近。或者说我家离地坛很近。总之, 只好认为这是缘分。地坛在我出生前四百多年就座落在那儿了, 而自从我的祖母年轻时带着我父亲来到北京, 就一直住在离它不远的地方——五十多年间搬过几次家, 可搬来搬去总是在它周围, 而且是越搬离它越近了。我常觉得这中间有着宿命的味道: 仿佛这古园就是为了等我, 而历尽沧桑在那儿等待了四百多年。

　　它等待我出生, 然后又等待我活到最狂妄的年龄上忽地残废了双腿。四百多年里, 它一面剥蚀了古殿檐头浮夸的琉璃, 淡褪了门壁上炫耀的朱红, 坍圮2了一段段高墙又散落了玉砌雕栏, 祭坛四周的老柏树愈见苍幽, 到处的野草荒藤也都茂盛得自在坦荡。这时候想必我是该来了。十五年前的一个下午, 我摇着轮椅进入园中, 它为一个失魂落魄的人把一切都准备好了。那时, 太阳循着亘古3不变的路途正越来越大, 也越红。在满园弥漫的沉静光芒中, 一个人更容易看到时间, 并看见自己的身影。

　　自从那个下午我无意中进了这园子, 就再没长久地离开过它。我一下子就理解了它的意图。正如我在一篇小说中所说的:"在人口密聚的城市里, 有这样一个宁静的去处, 像是上帝的苦心安排。"

两条腿残废后的最初几年，我找不到工作，找不到去路，忽然间几乎什么都找不到了，我就摇了轮椅总是到它那儿去，仅为着那儿是可以逃避一个世界的另一个世界。我在那篇小说中写道："没处可去我便一天到晚耗在这园子里。跟上班下班一样，别人去上班我就摇了轮椅到这儿来。园子无人看管，上下班时间有些抄近路的人们从园中穿过，园子里活跃一阵，过后便沉寂下来。""园墙在金晃晃的空气中斜切下一溜荫凉，我把轮椅开进去，把椅背放倒，坐着或是躺着，看书或者想事，撅一杈树枝左右拍打，驱赶那些和我一样不明白为什么要来这世上的小昆虫。""蜂儿如一朵小雾稳稳地停在半空；蚂蚁摇头晃脑捋着触须，猛然间想透了什么，转身疾行而去；瓢虫爬得不耐烦了，累了祈祷一回便支开翅膀，忽悠一下升空了；树干上留着一只蝉蜕，寂寞如一间空屋；露水在草叶上滚动、聚集，压弯了草叶轰然坠地摔开万道金光。""满园子都是草木竞相生长弄出的响动，窸窸窣窣窸窸窣窣片刻不息。"这都是真实的记录，园子荒芜但并不衰败。

　　除去几座殿堂我无法进去，除去那座祭坛我不能上去而只能从各个角度张望它，地坛的每一棵树下我都去过，差不多它的每一米草地上都有过我的车轮印。无论是什么季节，什么天气，什么时间，我都在这园子里呆过。有时候呆一会儿就回家，有时候就呆到满地上都亮起月光。记不清都是在它的哪些角落里了。我一连几小时专心致志地想关于死的事，也以同样的耐心和方式想过我为什么要出生。这样想了好几年，最后事情终于弄明白了：一个人，出生了，这就不再是一个可以辩论的问题，而只是上帝交给他的一个事实；上帝在交给我们这件事实的时候，已经顺便保证了它的结果，所以死是一件不必急于求成的事，死是一个必然会降临的节日。这样想过之后我安心多了，眼前的一切不再那么可怕。比如你起早熬夜准备考试的时候，忽然想起有一个长长的假期在前面等待你，你会不会觉得轻松一点？并且庆幸并且感激这样的安排？

　　剩下的就是怎样活的问题了，这却不是在某一个瞬间就能完全想透的、不是一次性能够解决的事，怕是活多久就要想它多久了，就像是伴你终生的魔鬼或恋人。所以，十五年了，我还是总得到那古园里去，去它的老树下或荒草边或颓墙旁，去默坐，去呆想，去推开耳边的嘈杂理一理纷乱的思绪，去窥看自己的心魂。十五年中，这古园的形体被不能理解它的人肆意雕琢，幸好有些东西是任谁也不能改变它的。譬如祭坛石门中的落日，寂静的光辉平铺的一刻，地上的每一个坎坷都被映照得灿烂；譬如在园中最为落寞的时间，一群雨燕便出来高歌，把天地都叫喊得苍凉；譬如冬天雪地上孩子的脚印，总让人猜想他们是谁，曾在哪儿做过些什么，然后又都到哪儿去了；譬如那些苍黑的古柏，你忧郁的时候它们镇静地站在那儿，你欣喜的时候它们依然镇静地站在那儿，它们没日没夜地站在那儿从你没有出生一直站到这个世界上又没了你的时候；譬如暴雨骤临园中，激起一阵阵灼烈4而清纯的草木和泥土的气味，让人想起无数个夏天的事件；譬如秋风忽至，再有一场早霜，落叶或飘摇歌舞或坦然安卧，满园中播散着熨帖5而微苦的味道。味道是最说不清楚的。味道不能写只能闻，要你身临其境去闻才能明了。味道甚至是难于记忆的，只有你又闻到它你才能记起它的全部情感和意蕴。所以我常常要到那园子里去。

我才想到，当年我总是独自跑到地坛去，曾经给母亲出了一个怎样的难题。

她不是那种光会疼爱儿子而不懂得理解儿子的母亲。她知道我心里的苦闷，知道不该阻止我出去走走，知道我要是老呆在家里结果会更糟，但她又担心我一个人在那荒僻的园子里整天都想些什么。我那时脾气坏到极点，经常是发了疯一样地离开家，从那园子里回来又中了魔似的什么话都不说。母亲知道有些事不宜问，便犹犹豫豫地想问而终于不敢问，因为她自己心里也没有答案。她料想我不会愿意她跟我一同去，所以她从未这样要求过，她知道得给我一点独处的时间，得有这样一段过程。她只是不知道这过程得要多久，和这过程的尽头究竟是什么。每次我要动身时，她便无言地帮我准备，帮助我上了轮椅车，看着我摇车拐出小院；这以后她会怎样，当年我不曾想过。

　　有一回我摇车出了小院；想起一件什么事又返身回来，看见母亲仍站在原地，还是送我走时的姿势，望着我拐出小院去的那处墙角，对我的回来竟一时没有反应。待她再次送我出门的时候，她说："出去活动活动，去地坛看看书，我说这挺好。"许多年以后我才渐渐听出，母亲这话实际上是自我安慰，是暗自的祷告，是给我的提示，是恳求与嘱咐。只是在她猝然去世之后，我才有余暇设想。当我不在家里的那些漫长的时间，她是怎样心神不定坐卧难宁，兼着痛苦与惊恐与一个母亲最低限度的祈求。我可以断定，以她的聪慧和坚忍，在那些空落的白天后的黑夜，在那不眠的黑夜后的白天，她思来想去最后准是对自己说："反正我不能不让他出去，未来的日子是他自己的，如果他真的要在那园子里出了什么事，这苦难也只好我来承担。"在那段日子里--那是好几年长的一段日子，我想我一定使母亲作过了最坏的准备了，但她从来没有对我说过："你为我想想"。事实上我也真的没为她想过。那时她的儿子，还太年轻，还来不及为母亲想，他被命运击昏了头，一心以为自己是世上最不幸的一个，不知道儿子的不幸在母亲那儿总是要加倍的。她有一个长到二十岁上忽然截瘫了的儿子，这是她唯一的儿子；她情愿截瘫的是自己而不是儿子，可这事无法代替；她想，只要儿子能活下去哪怕自己去死呢也行，可她又确信一个人不能仅仅是活着，儿子得有一条路走向自己的幸福；而这条路呢，没有谁能保证她的儿子终于能找到。——这样一个母亲，注定是活得最苦的母亲。

　　有一次与一个作家朋友聊天，我问他学写作的最初动机是什么？他想了一会说："为我母亲。为了让她骄傲。"我心里一惊，良久无言。回想自己最初写小说的动机，虽不似这位朋友的那般单纯，但如他一样的愿望我也有，且一经细想，发现这愿望也在全部动机中占了很大比重。这位朋友说："我的动机太低俗了吧？"我光是摇头，心想低俗并不见得低俗，只怕是这愿望过于天真了。他又说："我那时真就是想出名，出了名让别人羡慕我母亲。"我想，他比我坦率。

我想，他又比我幸福，因为他的母亲还活着。而且我想，他的母亲也比我的母亲运气好，他的母亲没有一个双腿残废的儿子，否则事情就不这么简单。

在我的头一篇小说发表的时候，在我的小说第一次获奖的那些日子里，我真是多么希望我的母亲还活着。我便又不能在家里呆了，又整天整天独自跑到地坛去，心里是没头没尾的沉郁和哀怨，走遍整个园子却怎么也想不通：母亲为什么就不能再多活两年？为什么在她儿子就快要碰撞开一条路的时候，她却忽然熬不住了？莫非她来此世上只是为了替儿子担忧，却不该分享我的一点点快乐？她匆匆离我去时才只有四十九呀！有那么一会，我甚至对世界对上帝充满了仇恨和厌恶。后来我在一篇题为"合欢树"的文章中写道："我坐在小公园安静的树林里，闭上眼睛，想，上帝为什么早早地召母亲回去呢？很久很久，迷迷糊糊的我听见了回答：'她心里太苦了，上帝看她受不住了，就召她回去。'我似乎得了一点安慰，睁开眼睛，看见风正从树林里穿过。"小公园，指的也是地坛。

只是到了这时候，纷纭的往事才在我眼前幻现得清晰，母亲的苦难与伟大才在我心中渗透得深彻。上帝的考虑，也许是对的。

摇着轮椅在园中慢慢走，又是雾罩的清晨，又是骄阳高悬的白昼，我只想着一件事：母亲已经不在了。在老柏树旁停下，在草地上在颓墙边停下，又是处处虫鸣的午后，又是鸟儿归巢的傍晚，我心里只默念着一句话：可是母亲已经不在了。把椅背放倒，躺下，似睡非睡挨到日没，坐起来，心神恍惚7，呆呆地直坐到古祭坛上落满黑暗然后再渐渐浮起月光，心里才有点明白，母亲不能再来这园中找我了。

曾有过好多回，我在这园子里呆得太久了，母亲就来找我。她来找我又不想让我发觉，只要见我还好好地在这园子里，她就悄悄转身回去，我看见过几次她的背影。我也看见过几回她四处张望的情景，她视力不好，端着眼镜像在寻找海上的一条船，她没看见我时我已经看见她了，待我看见她也看见我了我就不去看她，过一会我再抬头看她就又看见她缓缓离去的背影。我单是无法知道有多少回她没有找到我。有一回我坐在矮树丛中，树丛很密，我看见她没有找到我；她一个人在园子里走，走过我的身旁，走过我经常呆的一些地方，步履茫然又急迫。我不知道她已经找了多久还要找多久，我不知道为什么我决意不喊她--但这绝不是小时候的捉迷藏，这也许是出于长大了的男孩子的倔强或羞涩？但这倔只留给我痛悔，丝毫也没有骄傲。我真想告诫所有长大了的男孩子，千万不要跟母亲来这套倔强，羞涩就更不必，我已经懂了可我已经来不及了。

儿子想使母亲骄傲，这心情毕竟是太真实了，以致使"想出名"这一声名狼藉的念头也多少改变了一点形象。这是个复杂的问题，且不去管它了罢。随着小说获奖的激动逐日暗淡，我开始相信，至少有一点我是想错了：我用纸笔在报刊上碰撞开的一条路，并不就是母亲盼望我找到的那条路。年年月月我都到这园子里来，年年月月我都要想，母亲盼望我找到的那条路到底是什么。母亲生前没给我留下过什么隽永的哲言，或要我恪守的教诲，只是在她去世之后，她艰难的命运，坚忍的意志和毫不张扬的爱，随光阴流转，在我的印象中愈加鲜明深刻。

有一年，十月的风又翻动起安详的落叶，我在园中读书，听见两个散步的老人说："没想到这园子有这么大。"我放下书，想，这么大一座园子，要在其中找到她的儿子，母亲走过了多少焦灼的路。多年来我头一次意识到，这园中不单是处处都有过我的车辙，有过我的车辙的地方也都有过母亲的脚印。

如果以一天中的时间来对应四季，当然春天是早晨，夏天是中午，秋天是黄昏，冬天是夜晚。如果以乐器来对应四季，我想春天应该是小号，夏天是定音鼓，秋天是大提琴，冬天是圆号和长笛。要是以这园子里的声响来对应四季呢？那么，春天是祭坛上空漂浮着的鸽子的哨音，夏天是冗长的蝉歌和杨树叶子哗啦啦地对蝉歌的取笑，秋天是古殿檐头的风铃响，冬天是啄木鸟随意而空旷的啄木声。以园中的景物对应四季，春天是一径时而苍白时而黑润的小路，时而明朗时而阴晦的天上摇荡着串串杨花；夏天是一条条耀眼而灼人的石凳，或阴凉而爬满了青苔的石阶，阶下有果皮，阶上有半张被坐皱的报纸；秋天是一座青铜的大钟，在园子的西北角上曾丢弃着一座很大的铜钟，铜钟与这园子一般年纪，浑身挂满绿锈，文字已不清晰；冬天，是林中空地上几只羽毛蓬松的老麻雀。以心绪对应四季呢？春天是卧病的季节，否则人们不易发觉春天的残忍与渴望；夏天，情人们应该在这个季节里失恋，不然就似乎对不起爱情；秋天是从外面买一棵盆花回家的时候，把花搁在阔别了的家中，并且打开窗户把阳光也放进屋里，慢慢回忆慢慢整理一些发过霉的东西；冬天伴着火炉和书，一遍遍坚定不死的决心，写一些并不发出的信。还可以用艺术形式对应四季，这样春天就是一幅画，夏天是一部长篇小说，秋天是一首短歌或诗，冬天是一群雕塑。以梦呢？以梦对应四季呢？春天是树尖上的呼喊，夏天是呼喊中的细雨，秋天是细雨中的土地，冬天是干净的土地上的一只孤零的烟斗。

因为这园子，我常感恩于自己的命运。我甚至就能清楚地看见，一旦有一天我不得不长久地离开它，我会怎样想念它，我会怎样想念它并且梦见它，我会怎样因为不敢想念它而梦也梦不到它。让我想想，十五年中坚持到这园子来的人都是谁呢？好像只剩了我和一对老人。

十五年前，这对老人还只能算是中年夫妇，我则货真价实还是个青年。他们总是在薄暮时分来园中散步，我不大弄得清他们是从哪边的园门进来，一般来说他们是逆时针绕这园子走。男人个子很高，肩宽腿长，走起路来目不斜视，胯以上直至脖颈挺直不动；他的妻子攀了他一条胳膊走，也不能使他的上身稍有松懈。女人个子却矮，也不算漂亮，我无端地相信她必出身于家道中衰的名门富族；她攀在丈夫胳膊上像个娇弱的孩子，她向四周观望似总含着恐惧，她轻声与丈夫谈话，见有人走近就立刻怯怯地收住话头。我有时因为他们而想起冉阿让与柯赛特，但这想法并不巩固，他们一望即知是老夫老妻。两个人的穿着都算得上考究，但由于时代的演进，他们的服饰又可以称为古朴了。他们和我一样，到这园子里来几乎是风雨无阻，不过他们比我守时。我什么时间都可能来，他们则一定是在暮色初临的时候。刮风时他们穿了米色风衣，下雨时他们打了黑色的雨伞，夏天他们的衬衫是白色的裤子是黑色的或米色的，冬天他们的呢子大衣又都是黑色的，想必他们只喜欢这三种颜色。他们逆时针绕这园子一周，然后离去。他们走过我身旁时只有男人的脚步响，女人像是贴在高大的丈夫身上跟着漂移。我相信他们一定对我有印象，但是我们没有说过话，我们互相都没有想要接近的表示。十五年中，他们或许注意到一个小伙子进入了中年，我则看着一对令人羡慕的中年情侣不觉中成了两个老人。

曾有过一个热爱唱歌的小伙子，他也是每天都到这园中来，来唱歌，唱了好多年，后来不见了。他的年纪与我相仿，他多半是早晨来，唱半小时或整整唱一个上午，估计在另外的时间里他还得上班。我们经常在祭坛东侧的小路上相遇，我知道他是到东南角的高墙下去唱歌，他一定猜想我去东北角的树林里做什么。我找到我的地方，抽几口烟，便听见他谨慎地整理歌喉了。他反反复复唱那么几首歌。文化革命没过去的时候，他唱"蓝蓝的天上白云飘，白云下面马儿跑……"我老也记不住这歌的名字。文革后，他唱《货郎与小姐》中那首最为流传的咏叹调。"卖布--卖布嘞，卖布--卖布嘞！"我记得这开头的一句他唱得很有声势，在早晨清澈的空气中，货郎跑遍园中的每一个角落去恭维小姐。"我交了好运气，我交了好运气，我为幸福唱歌曲……"然后他就一遍一遍地唱，不让货郎的激情稍减。依我听来，他的技术不算精到，在关键的地方常出差错，但他的嗓子是相当不坏的，而且唱一个上午也听不出一点疲惫。太阳也不疲惫，把大树的影子缩小成一团，把疏忽大意的蚯蚓晒干在小路上，将近中午，我们又在祭坛东侧相遇，他看一看我，我看一看他，他往北去，我往南去。日子久了，我感到我们都有结识的愿望，但似乎都不知如何开口，于是互相注视一下终又都移开目光擦身而过；这样的次数一多，便更不知如何开口了。终于有一天一个丝毫没有特点的日子，我们互相点了一下头。他说："你好。"我说："你好。"他说："回去啦?"我说："是，你呢?"他说："我也该回去了。"我们都放慢脚步(其实我是放慢车速)，想再多说几句，但仍然是不知从何说起，这样我们就都走过了对方，又都扭转身子面向对方。他说："那就再见吧。"我说："好，再见。"便互相笑笑各走各的路了。但是我们没有再见，那以后，园中再没了他的歌声，我才想到，那天他或许是有意与我道别的，也许他考上了哪家专业文工团或歌舞团了吧? 真希望他如他歌里所唱的那样，交了好运气。

　　还有一些人，我还能想起一些常到这园子里来的人。有一个老头，算得一个真正的饮者；他在腰间挂一个扁瓷瓶，瓶里当然装满了酒，常来这园中消磨午后的时光。他在园中四处游逛，如果你不注意你会以为园中有好几个这样的老头，等你看过了他卓尔不群的饮酒情状，你就会相信这是个独一无二的老头。他的衣着过分随便，走路的姿态也不慎重，走上五六十米路便选定一处地方，一只脚踏在石凳上或土堆上或树墩上，解下腰间的酒瓶，解酒瓶的当儿迷起眼睛把一百八十度视角内的景物细细看一遭，然后以迅雷不及掩耳之势倒一大口酒入肚，把酒瓶一摇再挂向腰间，平心静气地想一会什么，便走下一个五六十米去。还有一个捕鸟的汉子，那岁月园中人少，鸟却多，他在西北角的树丛中拉一张网，鸟撞在上面，羽毛戗在网眼里便不能自拔。他单等一种过去很多而现非常罕见的鸟，其它的鸟撞在网上他就把它们摘下来放掉，他说已经有好多年没等到那种罕见的鸟，他说他再等一年看看到底还有没有那种鸟，结果他又等了好多年。早晨和傍晚，在这园子里可以看见一个中年女

76

工程师；早晨她从北向南穿过这园子去上班，傍晚她从南向北穿过这园子回家。事实上我并不了解她的职业或者学历，但我以为她必是学理工的知识分子，别样的人很难有她那般的素朴并优雅。当她在园子穿行的时刻，四周的树林也仿佛更加幽静，清淡的日光中竟似有悠远的琴声，比如说是那曲《献给爱丽丝》才好。我没有见过她的丈夫，没有见过那个幸运的男人是什么样子，我想象过却想象不出，后来忽然懂了想象不出才好，那个男人最好不要出现。她走出北门回家去。我竟有点担心，担心她会落入厨房，不过，也许她在厨房里劳作的情景更有另外的美吧，当然不能再是《献给爱丽丝》，是个什么曲子呢？

还有一个人，是我的朋友，他是个最有天赋的长跑家，但他被埋没了。他因为在文革中出言不慎而坐了几年牢，出来后好不容易找了个拉板车的工作，样样待遇都不能与别人平等，苦闷极了便练习长跑。那时他总来这园子里跑，我用手表为他计时。他每跑一圈向我招下手，我就记下一个时间。每次他要环绕这园子跑二十圈，大约两万米。他盼望以他的长跑成绩来获得政治上真正的解放，他以为记者的镜头和文字可以帮他做到这一点。第一年他在春节环城赛上跑了第十五名，他看见前十名的照片都挂在了长安街的新闻橱窗里，于是有了信心。第二年他跑了第四名，可是新闻橱窗里只挂了前三名的照片，他没灰心。第三年他跑了第七名，橱窗里挂前六名的照片，他有点怨自己。第四年他跑了第三名，橱窗里却只挂了第一名的照片。第五年他跑了第一名——他几乎绝望了，橱窗里只有一幅环城赛群众场面的照片。那些年我们俩常一起在这园子里呆到天黑，开怀痛骂，骂完沉默着回家，分手时再互相叮嘱：先别去死，再试着活一活看。他已经不跑了，年岁太大了，跑不了那么快了。最后一次参加环城赛，他以三十八岁之龄又得了第一名并破了纪录，有一位专业队的教练对他说："我要是十年前发现你就好了。"他苦笑一下什么也没说，只在傍晚又来这园中找到我，把这事平静地向我叙说一遍。不见他已有好几年了，他和妻子和儿子住在很远的地方。

这些人都不到园子里来了，园子里差不多完全换了一批新人。十五年前的旧人，就剩我和那对老夫老妻了。有那么一段时间，这老夫老妻中的一个也忽然不来，薄暮时分唯男人独自来散步，步态也明显迟缓了许多，我悬心了很久，怕是那女人出了什么事。幸好过了一个冬天那女人又来了，两个人仍是逆时针绕着园子走，一长一短两个身影恰似钟表的两支指针；女人的头发白了许多，但依旧攀着丈夫的胳膊走得像个孩子。"攀"这个字用得不恰当了，或许可以用"搀"吧，不知有没有兼具这两个意思的字。

我也没有忘记一个孩子——一个漂亮而不幸的小姑娘。十五年前的那个下午，我第一次到这园子里来就看见了她，那时她大约三岁，蹲在斋宫西边的小路上捡树上掉落的"小灯笼"。那儿有几棵大梨树，春天开一簇簇细小而稠密的黄花，花落了便结出无数如同三片叶子合抱的小灯笼，小灯笼先是绿色，继尔转白，再变黄，成熟了掉落得满地都是。小灯笼精巧得令人爱惜，成年人也不免捡了一个还要捡一个。小姑娘咿咿呀呀地跟自己说着话，一边捡小灯笼；她的嗓音很好，不是她那个年龄所常有的那般尖细，而是很圆润甚或是厚重，也许是因为那个下午园子里太安静了。我奇怪这么小的孩子怎么一个人跑来这园子里？我问她住在哪儿？她随便指一下，就喊她的哥哥，沿墙根一带的茂草之中便站起一个七八岁的男孩，朝我望望，看我不像坏人便对他的妹妹说："我在这儿呢"，又伏下身去，他在捉什么虫子。他捉到螳螂，蚂蚱，知了和蜻蜓，来取悦他的妹妹。有那么两三年，我经常在那几棵大梨树下见到他们，兄妹俩总是在一起玩，玩得和睦融洽，都渐渐长大了些。之后有很多年没见到他们。我想他们都在学校里吧，小姑娘也到了上学的年龄，必是告别了孩提时光，没有很多机会来这儿玩了。这事很正常，没理由太搁在心上，若不是有一年我又在园中见到他们，肯定就会慢慢把他们忘记。

那是个礼拜日的上午。那是个晴朗而令人心碎的上午，时隔多年，我竟发现那个漂亮的小姑娘原来是个弱智的孩子。我摇着车到那几棵大梨树下去，恰又是遍地落满了小灯笼的季节；当时我正为一篇小说的结尾所苦，既不知为什么要给它那样一个结尾，又不知何以忽然不想让它有那样一个结尾，于是从家里跑出来，想依靠着园中的镇静，看看是否应该把那篇小说放弃。我刚刚把车停下，就见前面不远处有几个人在戏耍一个少女，作出怪样子来吓她，又喊又笑地追逐她拦截她，少女在几棵大树间惊惶地东跑西躲，却不松手揪卷在怀里的裙裾，两条腿袒露着也似毫无察觉。我看出少女的智力是有些缺陷，却还没看出她是谁。我正要驱车上前为少女解围，就见远处飞快地骑车来了个小伙子，于是那几个戏耍少女的家伙望风而逃。小伙子把自行车支在少女近旁，怒目望着那几个四散逃窜的家伙，一声不吭喘着粗气。脸色如暴雨前的天空一样一会比一会苍白。这时我认出了他们，小伙子和少女就是当年那对小兄妹。我几乎是在心里惊叫了一声，或者是哀号。世上的事常常使上帝的居心变得可疑。小伙子向他的妹妹走去。少女松开了手，裙裾随之垂落了下来，很多很多她捡的小灯笼便洒落了一地，铺散在她脚下。她仍然算得漂亮，但双眸迟滞没有光彩。她呆呆地望那群跑散的家伙，望着极目之处的空寂，凭她的智力绝不可能把这个世界想明白吧？大树下，破碎的阳光星星点点，风把遍地的小灯笼吹得滚动，仿佛暗哑地响着无数小铃铛。哥哥把妹妹扶上自行车后座，带着她无言地回家去了。

无言是对的。要是上帝把漂亮和弱智这两样东西都给了这个小姑娘，就只有无言和回家去是对的。

谁又能把这世界想个明白呢？世上的很多事是不堪说的。你可以抱怨上帝何以要降诸多苦难给这人间，你也可以为消灭种种苦难而奋斗，并为此享有崇高与骄傲，但只要你再多想一步你就会坠入深深的迷茫了：假如世界上没有了苦难，世界还能够存在么？要是没有愚钝，机智还有什么光荣呢？要是没了丑陋，漂亮又怎么维系自己的幸运？要是没有了恶劣和卑下，善良与高尚又将如何界定自己又如何成为美德呢？要是没有了残疾，健全会否因其司空见惯而变得腻烦和乏味呢？我常梦想着在人间彻底消灭残疾，但可以相信，那时将由患病者代替残疾人去承担同样的苦难。如果能够把疾病也全数消灭，那么这份苦难又将由(比如说)像貌丑陋的人去承担了。就算我们连丑陋，连愚昧和卑鄙和一切我们所不喜欢的事物和行为，也都可以统统消灭掉，所有的人都一味健康、漂亮、聪慧、高尚，结果会怎样呢？怕是人间的剧目就全要收场了，一个失去差别的世界将是一条死水，是一块没有感觉没有肥力的沙漠。

看来差别永远是要有的。看来就只好接受苦难——人类的全部剧目需要它，存在的本身需要它。看来上帝又一次对了。于是就有一个最令人绝望的结论等在这里：由谁去充任那些苦难的角色？又有谁去体现这世间的幸福，骄傲和快乐？只好听凭偶然，是没有道理好讲的。就命运而言，休论公道。那么，一切不幸命运的救赎之路在哪里呢？设若智慧的悟性可以引领我们去找到救赎之路，难道所有的人都能够获得这样的智慧和悟性吗？我常以为是丑女造就了美人。我常以为是愚氓举出了智者。我常以为是懦夫衬照了英雄。我常以为是众生度化了佛祖。

设若有一位园神，他一定早已注意到了，这么多年我在这园里坐着，有时候是轻松快乐的，有时候是沉郁苦闷的，有时候优哉游哉，有时候恓惶落寞，有时候平静而且自信，有时候又软弱，又迷茫。其实总共只有三个问题交替着来骚扰我，来陪伴我。第一个是要不要去死？第二个是为什么活？第三个，我干嘛要写作？

让我看看，它们迄今都是怎样编织在一起的吧。

你说，你看穿了死是一件无需乎着急去做的事，是一件无论怎样耽搁也不会错过的事，便决定活下去试试？是的，至少这是很关键的因素。为什么要活下去试试呢？好像仅仅是因为不甘心，机会难得，不试白不试，腿反正是完了，一切仿佛都要完了，但死神很守信用，试一试不会额外再有什么损失。说不定倒有额外的好处呢是不是？我说过，这一来我轻松多了，自由多了。为什么要写作呢？作家是两个被人看重的字，这谁都知道。为了让那个躲在园子深处坐轮椅的人，有朝一日在别人眼里也稍微有点光彩，在众人眼里也能有个位置，哪怕那时再去死呢也就多少说得过去了，开始的时候就是这样想，这不用保密，这些已经不用保密了。

我带着本子和笔，到园中找一个最不为人打扰的角落，偷偷地写。那个爱唱歌的小伙子在不远的地方一直唱。要是有人走过来，我就把本子合上把笔叼在嘴里。我怕写不成反落得尴尬。我很要面子。可是你写成了，而且发表了。人家说我写的还不坏，他们甚至说：真没想到你写得这么好。我心说你们没想到的事还多着呢。我确实有整整一宿高兴得没合眼。我很想让那个唱歌的小伙子知道，因为他的歌也毕竟是唱得不错。我告诉我的长跑家朋友的时候，那个中年女工程师正优雅地在园中穿行；长跑家很激动，他说好吧，我玩命跑，你玩命写。这一来你中了魔了，整天都在想哪一件事可以写，哪一个人可以让你写成小说。是中了魔，我走到哪儿想到哪儿，在人山人海里只寻找小说，要是有一种小说试剂就好了，见人就滴两滴看他是不是一篇小说，要是有一种小说显影液就好了，把它泼满全世界看看都是哪儿有小说，中了魔了，那时我完全是为了写作活着。结果你又发表了几篇，并且出了一点小名，可这时你越来越感到恐慌。我忽然觉得自己活得像个人质，刚刚有点像个人了却又过了头，像个人质，被一个什么阴谋抓了来当人质，不定哪天被处决，不定哪天就完蛋。你担心要不了多久你就会文思枯竭，那样你就又完了。凭什么我总能写出小说来呢？凭什么那些适合作小说的生活素材就总能送到一个截瘫者跟前来呢？人家满世界跑都有枯竭的危险，而我坐在这园子里凭什么可以一篇接一篇地写呢？你又想到死了。我想见好就收吧。当一名人质实在是太累了太紧张了，太朝不保夕了。我为写作而活下来，要是写作到底不是我应该干的事，我想我再活下去是不是太冒傻气了？你这么想着你却还在绞尽脑汁地想写。我好歹又拧出点水来，从一条快要晒干的毛巾上。恐慌日甚一日，随时可能完蛋的感觉比完蛋本身可怕多了，所谓怕贼偷就怕贼惦记，我想人不如死了好，不如不出生的好，不如压根儿没这个世界的好。可你并没有去死。我又想到那是一件不必着急的事。可是不必着急的事并不证明是一件必要拖延的事呀？你总是决定活下来，这说明什么？是的，我还是想活。人为什么活着？因为人想活着，说到底是这么回事，人真正的名字叫作：欲望。可我不怕死，有时候我真的不怕死。有时候，——说对了。不怕死和想去死是两回事，有时候不怕死的人是有的，一生下来就不怕死的人是没有的。我有时候倒是怕活。可是怕活不等于不想活呀？可我为什么还想活呢？因为你还想得到点什么、你觉得你还是可以得到点什么的，比如说爱情，比如说，价值之类，人真正的名字叫欲望。这不对吗？我不该得到点什么吗？没说不该。可我为什么活得恐慌，就像个人质？后来你明白了，你明白你错了，活着不是为了写作，而写作是为了活着。你明白了这一点是在一个挺滑稽的时刻。那天你又说你不如死了好，你的一个朋友劝你：你不能死，你还得写呢，还有好多好作品等着你去写呢。这时候你忽然明白了，你说：只是因为我活着，我才不得不写作。或者说只是因为你还想活下去，你才不得不写作。是的，这样说过之后我竟然不那么恐慌了。就像你看穿了死之后所得的那份轻松？一个人质报复一场阴谋的最有效的办法是把自己杀死。我看出我得先把我杀死在市场上，那样我就不用参加抢购题材的风潮了。你还写吗？还写。你真的不得不写吗？人都忍不住要为生存找一些牢靠的理由。你不担心你会枯竭了？我不知道，不过我想，活着的问题在死前是完不了的。

　　这下好了，您不再恐慌了不再是个人质了，您自由了。算了吧你，我怎么可能自由呢？别忘了人真正的名字是：欲望。所以您得知道，消灭恐慌的最有效的办法就是消灭欲望。可是我还知道，消灭人性的最有效的办法也是消灭欲望。那么，是消灭欲望同时也消灭恐慌呢？还是保留欲望同时也保留人生？

我在这园子里坐着，我听见园神告诉我，每一个有激情的演员都难免是一个人质。每一个懂得欣赏的观众都巧妙地粉碎了一场阴谋。每一个乏味的演员都是因为他老以为这戏剧与自己无关。每一个倒霉的观众都是因为他总是坐得离舞台太近了。

我在这园子里坐着，园神成年累月地对我说：孩子，这不是别的，这是你的罪孽和福祉。

要是有些事我没说，地坛，你别以为是我忘了，我什么也没忘，但是有些事只适合收藏。不能说，也不能想，却又不能忘。它们不能变成语言，它们无法变成语言，一旦变成语言就不再是它们了。它们是一片朦胧的温馨与寂寥，是一片成熟的希望与绝望，它们的领地只有两处：心与坟墓。比如说邮票，有些是用于寄信的，有些仅仅是为了收藏。

如今我摇着车在这园子里慢慢走，常常有一种感觉，觉得我一个人跑出来已经玩得太久了。有一天我整理我的旧像册，一张十几年前我在这园子里照的照片——那个年轻人坐在轮椅上，背后是一棵老柏树，再远处就是那座古祭坛。我便到园子里去找那棵树。我按着照片上的背景找很快就找到了它，按着照片上它枝干的形状找，肯定那就是它。但是它已经死了，而且在它身上缠绕着一条碗口粗的藤萝。有一天我在这园子碰见一个老太太，她说："哟，你还在这儿哪？"她问我："你母亲还好吗？""您是谁？""你不记得我，我可记得你。有一回你母亲来这儿找你，她问我您看没看见一个摇轮椅的孩子？……"我忽然觉得，我一个人跑到这世界上来真是玩得太久了。有一天夜晚，我独自坐在祭坛边的路灯下看书，忽然从那漆黑的祭坛里传出一阵阵唢呐声；四周都是参天古树，方形祭坛占地几百平米空旷坦荡独对苍天，我看不见那个吹唢呐的人，唯唢呐声在星光寥寥的夜空里低吟高唱，时而悲怆时而欢快，时而缠绵时而苍凉，或许这几个词都不足以形容它，我清清醒醒地听出它响在过去，一直在响，回旋飘转亘古不散。

必有一天，我会听见喊我回去。

那时您可以想象一个孩子，他玩累了可他还没玩够呢。心里好些新奇的念头甚至等不及到明天。也可以想象是一个老人，无可置疑地走向他的安息地，走得任劳任怨。还可以想象一对热恋中的情人，互相一次次说"我一刻也不想离开你"，又互相一次次说"时间已经不早了"。时间不早了可我一刻也不想离开你，一刻也不想离开你可时间毕竟是不早了。

我说不好我想不想回去。我说不好是想还是不想，还是无所谓。我说不好我是像那个孩子，还是像那个老人，还是像一个热恋中的情人。很可能是这样：我同时是他们三个。我来的时候是个孩子，他有那么多孩子气的念头所以才哭着喊着闹着要来；他一来一见到这个世界便立刻成了不要命的情人；而对一个情人来说，不管多么漫长的时光也是稍纵即逝，那时他便明白，每一步每一步，其实一步步都是走在回去的路上。当牵牛花初开的时节，葬礼的号角就已吹响。

但是太阳，他每时每刻都是夕阳也都是旭日。当他熄灭着走下山去收尽苍凉残照之际，正是他在另一面燃烧着爬上山巅布散烈烈朝辉之时。那一天，我也将沉静着走下山去，扶着我的拐杖。有一天，在某一处山洼里，势必会跑上来一个欢蹦的孩子，抱着他的玩具。

当然，那不是我。

但是，那不是我吗？

宇宙以其不息的欲望将一个歌舞炼为永恒。这欲望有怎样一个人间的姓名，大可忽略不计。

1. 废弃 fèiqì (동) 폐기하다.
2. 开展 kāizhǎn (동) (작은 범위에서 큰 범위로 점차) 넓히다, 확대하다, 전개하다. 벌리다. 펼 치다.
3. 仿佛 fǎngfú (부) 마치…인 듯하다.
4. 狂妄 kuángwàng (형) 몹시 방자하고 오만하다. 시건방지다.
5. 琉璃 liú lí (명) 유리.
6. 淡褪 dàn tùn (동) 희미해지다.
7. 循着 xún zhe (전) ~을 따라
8. 轮椅 lúnyǐ (명) 휠체어
9. 金煌煌 jīnhuānghuāng (형) 누렇게 빛나다. 금빛 찬란하다. 번쩍번쩍 빛나다.
10. 祈祷 qídǎo (동) 기도하다. 빌다.
11. 压弯 yāwān (동) 부러지다.
12. 衰败 shuāibài (동) 쇠패하다. 쇠미(衰微)해지다.

스텐셩(史铁生)
《나와 디탄》(我与地坛)

[해석]

我在好几篇小说中都提到过一座废弃的古园，实际就是地坛。许多年前旅游业还没有开展，园子荒芜冷落得如同一片野地，很少被人记起。

地坛离我家很近。或者说我家离地坛很近。总之，只好认为这是缘分。地坛在我出生前四百多年就座落在那儿了，而自从我的祖母年轻时带着我父亲来到北京，就一直住在离它不远的地方——五十多年间搬过几次家，可搬来搬去总是在它周围，而且是越搬离它越近了。我常觉得这中间有着宿命的味道：仿佛这古园就是为了等我，而历尽沧桑在那儿等待了四百多年。

它等待我出生，然后又等待我活到最狂妄的年龄上忽地残废了双腿。四百多年里，它一面剥蚀了古殿檐头浮夸的琉璃，淡褪了门壁上炫耀的朱红，坍圮2了一段段高墙又散落了玉砌雕栏，祭坛四周的老柏树愈见苍幽，到处的野草荒藤也都茂盛得自在坦荡。这时候想必我是该来了。十五年前的一个下午，我摇着轮椅进入园中，它为一个失魂落魄的人把一切都准备好了。那时，太阳循着亘古3不变的路途正越来越大，也越红。在满园弥漫的沉静光芒中，一个人更容易看到时间，并看见自己的身影。

디탄 공원은 내가 태어나기 훨씬 오래전에, 그곳이 황폐한 황무지였을 때부터 나와 얽힌 운명처럼 존재해 왔다. 그 시절, 관광산업의 발전이 미처 미치지 못한 그곳은 누구의 발길도 닿지 않는 쓸쓸한 땅이었고, 그 분위기는 세월이 흐르면

86

서 더할 나위 없이 고요하고 스산했다. 그러나 그곳은 언제나 내게 가까운 존재였다. 사실은 내가 그곳에 가까운 집에서 자랐다고 할 수도 있다. 아니, 오히려 내 집이 그곳 가까이에 있었다고 해야 할까. 아무튼 디탄은 나와 아주 깊은 인연을 맺고 있었다.

디탄이 내가 태어나기 400여 년 전부터 그 자리에 있었고, 그때부터 우리의 이야기는 시작되었다. 내 가족은 내가 태어나기 훨씬 전, 할머니가 젊은 시절 어린 아버지를 데리고 베이징에 처음 왔을 때부터 그 근처에 살았고, 그 이후로 50여 년 간 여러 번 이사를 했지만 언제나 그곳과 인연을 맺으며 살았다. 시간이 지날수록 그 인연은 더욱 깊어졌고, 어쩌면 내가 디탄을 찾아갔을 때, 그 공원이 나를 기다렸던 것은 아닐까 하는 생각이 들기도 했다.

400년이라는 긴 시간 동안, 그곳의 오래된 건물들은 부식되고, 화려했던 장식들은 퇴색해갔다. 주홍빛의 문과 담장은 색을 잃었고, 높은 담은 어느새 무너졌으며, 돌계단과 옥장식들은 여기저기 부서져 있었다. 그러나 그럼에도 불구하고 제단 근처의 나이 든 측백나무는 점점 푸르러졌고, 곳곳에 자란 잡초와 넝쿨은 거리낌 없이 자라며 공원의 분위기를 더욱 신비롭고 고요하게 만들었다.

그때, 나는 그곳에 가야 할 순간이었음을 느꼈다. 15년 전 어느 늦은 오후, 나는 휠체어를 타고 그곳에 들어갔다. 공원은 마치 잃어버린 영혼을 위해 준비된 듯, 고요하고 따스한 햇살 속에서 내게 모든 것을 내어주었다. 태양은 그저 변하지 않는 길을 따라 움직였고, 그 빛은 점점 더 커지며 붉어지며 내 주변을 감쌌다. 그 속에서 나는 나만의 시간을 보낼 수 있었다. 혼자서 내 그림자를 보며, 그 고요함 속에서 시간이 흐르는 걸 느꼈다. 마치 그 공원이 나를 위해, 나와 함께 시간을 속삭이며 존재하는 듯했다.

自从那个下午我无意中进了这园子，就再没长久地离开过它。我一下子就理解了它的意图。正如我在一篇小说中所说的：“在人口密聚的城市里，有这样一个宁静的去处，像是上帝的苦心安排。"

两条腿残废后的最初几年，我找不到工作，找不到去路，忽然间几乎什么都找不到了，我就摇了轮椅总是到它那儿去，仅为着那儿是可以逃避一个世界的另一个世界。

我在那篇小说中写道："没处可去我便一天到晚耗在这园子里。跟上班下班一样，别人去上班我就摇了轮椅到这儿来。园子无人看管，上下班时间有些抄近路的人们从园中穿过，园子里活跃一阵，过后便沉寂下来。""园墙在金晃晃的空气中斜切下一溜荫凉，我把轮椅开进去，把椅背放倒，坐着或是躺着，看书或者想事，撅一枝树枝左右拍打，驱赶那些和我一样不明白为什么要来这世上的小昆虫。""蜂儿如一朵小雾稳稳地停在半空；蚂蚁摇头晃脑捋着触须，猛然间想透了什么，转身疾行而去；瓢虫爬得不耐烦了，累了祈祷一回便支开翅膀，忽悠一下升空了；树干上留着一只蝉蜕，寂寞如一间空屋；露水在草叶上滚动、聚集，压弯了草叶轰然坠地摔开万道金光。""满园子都是草木竞相生长弄出的响动，窸窸窣窣窸窸窣窣片刻不息。"这都是真实的记录，园子荒芜但并不衰败。

두 다리가 불구가 되고, 처음 몇 년 동안 나는 아무 일도 할 수 없었다. 갈 곳도 없었고, 찾을 길도 없었다. 갑자기 모든 것을 잃은 나는, 그저 휠체어를 밀며 공원으로 향했다. 그곳은 내가 속한 세계를 벗어날 수 있는 또 다른 세계였다.

내 소설 속의 디탄은 이랬다. 딱히 갈 곳도 없고, 해야 할 일도 없던 나는 아침부터 저녁까지 그 공원에서 시간을 보냈다. 그곳에는 특별한 관리자가 없었다. 사람들이 출퇴근 길에 짧은 지름길로 공원을 가로지르면 잠시 활기를 띠다가도, 금세 다시 고요해졌다. 그때가 되면 나는 담장 아래에서 휠체어를 세우고 앉거나, 눕거나, 책을 읽거나, 깊은 생각에 잠기곤 했다. 간혹 나뭇가지를 흔들어 나처럼 이 세상에서 어디로 가야 할지 모르는 벌레들을 쫓기도 했다.

벌들은 낮은 곳에서 안개처럼 고요히 머물며 윙윙거렸고, 개미는 더듬이를 세우고 의기양양하게 앞으로 나아가다가도, 갑자기 깨달은 듯 몸을 돌려 미친 듯이 기어갔다. 무당벌레는 나무 위를 기어가다가 문득 귀찮아졌는지 날개를 펼치고는, 순식간에 위로 날아올랐다. 나무 위에 남아 있는 매미의 허물은 텅 빈 집처럼 외롭고 적막했다. 풀잎 위에 맺힌 이슬은 이리저리 움직이다가, 하나로 모이더니 그 무게에 힘이 빠져 풀잎의 허리를 꺾어 바닥으로 떨어지며 금빛으로 부서졌다.

공원은 풀과 나무가 서로 바스락거리는 소리로 가득 차 있었다. 그 소리는 마치 서로 경쟁하듯 자라나는 소리였고, 그 속에서 나는 모든 것이 거짓 없는 진실의 기록처럼 느껴졌다. 공원은 황량했지만, 결코 쇠락하지 않았다.

除去几座殿堂我无法进去, 除去那座祭坛我不能上去而只能从各个角度张望它, 地坛的每一棵树下我都去过, 差不多它的每一米草地上都有过我的车轮印。无论是什么季节, 什么天气, 什么时间, 我都在这园子里呆过。有时候呆一会儿就回家, 有时候就呆到满地上都亮起月光。记不清都是在它的哪些角落里了。我一连几小时专心致志地想关于死的事, 也以同样的耐心和方式想过我为什么要出生。这样想了好几年, 最后事情终于弄明白了：一个人, 出生了, 这就不再是一个可以辩论的问题, 而只是上帝交给他的一个事实；上帝在交给我们这件事实的时候, 已经顺便保证了它的结果, 所以死是一件不必急于求成的事, 死是一个必然会降临的节日。这样想过之后我安心多了, 眼前的一切不再那么可怕。比如你起早熬夜准备考试的时候, 忽然想起有一个长长的假期在前面等待你, 你会不会觉得轻松一点? 并且庆幸并且感激这样的安排?

剩下的就是怎样活的问题了, 这却不是在某一个瞬间就能完全想透的、不是一次性能够解决的事, 怕是活多久就要想它多久了, 就像是伴你终生的魔鬼或恋人。所以, 十五年了, 我还是总得到那古园里去, 去它的老树下或荒草边或颓墙旁，去默坐，去呆想，去推开耳边的嘈杂理一理纷乱的思绪，去窥看自己的心魂。十五年中，这古园的形体被不能理解它的人肆意雕琢，幸好有些东西是任谁也不能改变它的。譬如祭坛石门中的落日，寂静的光辉平铺的一刻，地上的每一个坎坷都被映照得灿烂；譬如在园中最为落寞的时间，一群雨燕便出来高歌，把天地都叫喊得苍凉；譬如冬天雪地上孩子的脚印，总让人猜想他们是谁，曾在哪儿做过些什么，然后又都到哪儿去了；譬如那些苍黑的古柏，你忧郁的时候它们镇静地站在那儿，你欣喜的时候它们依然镇静地站在那儿，它们没日没夜地站在那儿从你没有出生一直站到这个世界上又没了你的时候；譬如暴雨骤临园中，激起一阵阵灼烈4而清纯的草木和泥土的气味，让人想起无数个夏天的事件；譬如秋风忽至，再有一场早霜，落叶或飘摇歌舞或坦然安卧，满园中播散着熨帖5而微苦的味道。味道是最说不清楚的。味道不能写只能闻，要你身临其境去闻才能明了。味道甚至是难于记忆的，只有你又闻到它你才能记起它的全部情感和意蕴。所以我常常要到那园子里去。

　　내가 들어갈 수 없는 전각과 오를 수 없는 제단을 제외하고, 나는 디탄 공원의 거의 모든 나무 아래를 지나갔고, 잔디밭 곳곳에 내 휠체어 바퀴 자국을 남겼다. 어느 계절이든, 어떤 날씨든, 나는 그곳에 있었다. 때로는 공원에 도착하자마자 곧바로 돌아온 날도 있었고, 달빛이 공원을 가득 채울 때까지 머물렀던 날도 있었다. 공원의 구석구석을 다 기억할 수는 없지만, 나는 몇 시간 동안 온 마음을 다해 죽음에 대해 생각했다. 그와 동시에, 왜 나는 태어났을까 하는 질문도 그 속에서 함께 떠올랐다. 그런 생각들이 몇 년 동안 반복되었고, 결국 나는 깨달았다.

　　사람이 태어나는 것은 결코 논쟁으로 결론을 내릴 수 있는 문제가 아니며, 하느님이 주신 그저 하나의 사실일 뿐이라는 걸. 하느님은 우리가 이 생명이라는 분명한 사실을 주실 때, 그에 따른 결과도 이미 준비해 두셨다. 그래서 죽음은 우리가 바람직하게 원하는 시점에 오는 것이 아니지만, 결국 누구에게나 반드시 찾아오는 기념일이라는 생각이 들었다. 그렇게 생각하니 마음이 편안해졌고, 눈

앞의 모든 것이 더 이상 두렵지 않았다.

마치 새벽에 일어나 밤새 공부하며 준비한 시험이 끝난 뒤, 긴 방학이 기다리고 있는 것처럼. 그렇게 생각하면 마음이 편해지고, 그 순서에 감사하고 안도하게 된다. 이제 남은 것은 "나는 어떻게 살아야 할까?"라는 문제였다. 그런데 이 질문은 금방 답을 얻을 수 없고, 한 번에 해결될 수 있는 것도 아니었다. 살아 있는 한 계속해서 생각해야 하는, 죽을 때까지 함께해야 할 악마이자 연인 같은 존재일지도 모른다.

그렇게 15년이 흘렀다. 나는 여전히 그 공원을 찾는다. 나무 아래나 잡초 옆, 부서진 담장 옆에서 조용히 앉아 있다. 멍하니 생각에 잠기기도 하고, 귀를 열고 주변의 소리를 들으며 복잡한 마음을 정리하고, 나의 영혼을 응시하기도 한다.

15년 동안 공원은, 그곳을 이해하지 못하는 이들에 의해 제멋대로 단장되었지만, 다행히도 아무리 손질을 해도 바뀌지 않는 것들이 있었다. 예를 들어, 제단의 돌문 사이로 떨어지는 태양의 고요한 빛이 넓게 퍼지는 순간, 울퉁불퉁한 땅 위의 모든 것들이 빛을 받아 반짝이는 모습. 공원이 가장 적막하고 쓸쓸한 시간에, 한 무리의 제비가 높이 노래를 부를 때, 그 소리로 온 천지가 처량하게 느껴지는 광경. 겨울의 눈 위에 찍힌 아이들의 발자국을 보며, 그 아이가 누구였을까, 어디서 무엇을 했을까, 이제 또 어디로 갔을까? 상상하던 일들, 우울할 때나 기쁠 때나 여전히 고요히 서 있던 검푸른 측백나무, 그 모든 것들은 내가 태어나지 않았던 그때부터, 내가 이세상에서 사라진 뒤에도 변함없이 그 자리에서 있을 것이다.

폭풍우가 쏟아지면 공원에 퍼지는 단순하면서도 강렬한 풀 냄새와 진흙 냄새는 여름의 숱한 일들을 떠올리게 한다. 가을 바람이 불고, 서리가 내리며, 낙엽이 바람에 흩날려 땅에 조용히 누울 때, 그 속에서 향긋하면서도 쌉쌀한 냄새가 공원에 가득 퍼진다.

냄새는 말로 설명하기 가장 어려운 감각이다. 가까이 다가가 맡아보지 않으면 그 진짜 느낌을 알 수 없다. 기억하기도 어렵다. 그러나 냄새를 직접 맡아야 비로소 그 안에 담긴 모든 감정과 의미를 되살릴 수 있다.

그래서 나는 항상 그 공원을 찾는다.

我才想到，当年我总是独自跑到地坛去，曾经给母亲出了一个怎样的难题。

她不是那种光会疼爱儿子而不懂得理解儿子的母亲。她知道我心里的苦闷，知道不该阻止我出去走走，知道我要是老呆在家里结果会更糟，但她又担心我一个人在那荒僻的园子里整天都想些什么。我那时脾气坏到极点，经常是发了疯一样地离开家，从那园子里回来又中了魔似的什么话都不说。母亲知道有些事不宜问，便犹犹豫豫地想问而终于不敢问，因为她自己心里也没有答案。她料想我不会愿意她跟我一同去，所以她从未这样要求过，她知道得给我一点独处的时间，得有这样一段过程。她只是不知道这过程得要多久，和这过程的尽头究竟是什么。每次我要动身时，她便无言地帮我准备，帮助我上了轮椅车，看着我摇车拐出小院；这以后她会怎样，当年我不曾想过。

혼자 공원을 찾던 내 모습이 그 당시 어머니에게 얼마나 보기 힘든 일이었을지, 이제야 비로소 조금은 이해가 간다. 어머니는 무조건 자식을 감싸고만 살았던 분이 아니었다. 당신은 내 마음속의 고통과 번뇌를 잘 알고 있었고, 내가 밖으로 나가는 걸 막아서는 안 된다는 것, 집에만 있는 것이 오히려 더 나쁘다는 것도 잘 알고 계셨다. 그럼에도 불구하고, 내가 혼자 공원에 가서 하루 종일 무슨 생각을 하는지 알 수 없었기에, 어머니는 늘 걱정이 많으셨다.

그때의 나는 엉망진창으로 뒤틀려 있었다. 마치 귀신에 홀린 듯, 미친 사람처럼 집을 뛰쳐나갔다가 공원에서 돌아오면 꿀 먹은 벙어리처럼 아무 말도 하지 않았다. 부모 자식 사이에도 쉽게 물어볼 수 없는 일이 있다는 것을 아는 어머니는 몇 번을 망설였지만, 결국 아무 말 없이 내게 아무 것도 묻지 않으셨다.

어쩌면 어머니도 그때 내가 겪고 있는 이 고통의 해답을 모르셨을 것이다. 내가 당신과 함께 나가기를 원치 않는다는 것을 알고 계셨기에, 한 번도 그런 부탁을 하지 않으셨다. 내게 혼자 있는 시간이 필요하고, 이런 과정도 겪어야 한다는 것을 이해하셨지만, 다만 그 시기가 얼마나 길어질지, 또 이 과정을 지나면 무엇이 기다리고 있을지 알지 못했기에 늘 걱정하셨다.

내가 몸을 움직이려 할 때마다, 어머니는 아무 말 없이 나를 도와주셨다. 휠체어에 앉히고, 내가 휠체어를 밀며 대문을 나서는 모습을 지켜보셨다. 그때의 나는 그런 어머니의 마음을 헤아리지 못한 채, 그저 혼자 있는 시간만을 갈망했다. 그 후 어머니는 무엇을 하실지 나는 전혀 생각하지 않았다. 그저 나는 공원으로 나가면서, 어머니의 마음이 내게 얼마나 많은 사랑과 걱정을 담고 있는지 몰랐다.

有一回我摇车出了小院；想起一件什么事又返身回来，看见母亲仍站在原地，还是送我走时的姿势，望着我拐出小院去的那处墙角，对我的回来竟一时没有反应。待她再次送我出门的时候，她说："出去活动活动，去地坛看看书，我说这挺好。"许多年以后我才渐渐听出，母亲这话实际上是自我安慰，是暗自的祷告，是给我的提示，是恳求与嘱咐。只是在她猝然去世之后，我才有余暇设想。当我不在家里的那些漫长的时间，她是怎样心神不定坐卧难宁、兼着痛苦与惊恐与一个母亲最低限度的祈求。我可以断定，以她的聪慧和坚忍，在那些空落的白天后的黑夜，在那不眠的黑夜后的白天，她思来想去最后准是对自己说："反正我不能不让他出去，未来的日子是他自己的，如果他真的要在那园子里出了什么事，这苦难也只好我来承担。"在那段日子里--那是好几年长的一段日子，我想我一定使母亲作过了最坏的准备了，但她从来没有对我说过："你为我想想"。事实上我也真的没为她想过。那时她的儿子，还太年轻，还来不及为母亲想，他被命运击昏了头，一心以为自己是世上最不幸的一个，不知道儿子的不幸在母亲那儿总是要加倍的。她有一个长到二十岁上忽然截瘫了的儿子，这是她唯一的儿子；她情愿截瘫的是自己而不是儿子，可这事无法代替；她想，只要儿子能活下去哪怕自己去死呢也行，可她又确信一个人不能仅仅是活着，儿子得有一条路走向自己的幸福；而这条路呢，没有谁能保证她的儿子终于能找到。——这样一个母亲，注定是活得最苦的母亲。

有一次与一个作家朋友聊天，我问他学写作的最初动机是什么？他想了一会说："为我母亲。为了让她骄傲。"我心里一惊，良久无言。回想自己最初写小说的动机，虽不似这位朋友的那般单纯，但如他一样的愿望我也有，且一经细想，发现这愿望也在全部动机中占了很大比重。这位朋友说："我的动机太低俗了吧？"我光是摇头，心想低俗并不见得低俗，只怕是这愿望过于天真了。他又说："我那时真就是想出名，出了名让别人羡慕我母亲。"我想，他比我坦率。我想，他又比我幸福，因为他的母亲还活着。而且我想，他的母亲也比我的母亲运气好，他的母亲没有一个双腿残废的儿子，否则事情就不这么简单。

한 번은 집을 나섰다가 무언가를 잊고 돌아온 적이 있다. 그때 어머니는 내가 나가던 골목 끝을 바라보며 그대로 서 계셨다. 돌아온 나를 보고도 아무런 반응을 보이지 않으셨다. 다시 문을 나설 때, 어머니는 이렇게 말씀하셨다.

"나가서 움직이고, 공원에 가서 책을 보는 건 참 좋은 일이지."

아주 오랜 시간이 지난 뒤, 그 말의 의미를 조금씩 알게 되었다. 그 말씀은 어머니 스스로를 위로하는 말이자, 내 마음을 위한 기도였으며, 내게 하고 싶었던 부탁이기도 했다. 어머니가 세상을 떠나신 후, 나는 비로소 어머니의 마음을 조금은 헤아릴 수 있었다. 내가 집에 없던 그 오랜 시간 동안, 어머니가 얼마나 불안하고 초조하셨을지, 그 마음을 짐작할 여유가 생겼다. 아마도 고통과 두려움 속에서 할 수 있는 최대한의 기도를 드리며, 하루하루를 견뎌내셨을 것이다. 어머니는 당신의 지혜와 인내로 쓸쓸한 낮을 지나고, 불면의 밤을 보내며, 또 다른 낮이 오기까지 온갖 생각을 하며 스스로를 다잡으셨을 것이다.

그럼에도 불구하고, 어머니는 나를 막을 수 없었고, 내가 나아갈 길은 결국 나의 몫이었다. 만약 공원에서 정말 무슨 일이 생긴다면, 그 고난은 내가 짊어져야 할 내 몫이라는 것을 어머니는 알았을 것이다. 그런 세월 속에서 어머니는 최악의 상황에 대비하며 살아갔지만, 단 한 번도 자신의 마음을 내게 말하지 않으셨다. 그리고 나 역시 어머니의 입장에서 생각해본 적이 없다. 그때의 나는 너무 어렸다. 운명에 의해 크게 흔들린 자신이 세상에서 가장 불행하다고 생각했기에, 자식의 불행이 어머니에게 얼마나 더 큰 고통이 될지 알지 못했다. 스물한 살, 나는 갑자기 반신불구가 되었다. 어머니는 아마도 기꺼이 아들 대신 자신이 불구가 되기를 바랐겠지만, 그럴 수 없는 일임을 알고 계셨을 것이다. 그러나 아무도 아들이 그 길을 반드시 찾아낼 것이라고 보장할 수 없었을 테니, 어머니의 삶은 누구보다 고통스럽게 결정된 것이었다.

어느 날, 한 작가와 이야기를 나누다가 그가 글을 쓰게 된 동기가 무엇인지 물었다. 그는 잠시 생각하더니 이렇게 말했다.

"어머니를 위해서, 어머니가 자랑스러워하시라고."

그 말에 나는 한참을 아무 말도 할 수 없었다. 내가 처음 글을 쓰게 된 동기를 떠올리니, 그 친구처럼 단순하지는 않았지만, 나 역시도 그런 바람이 있었던 것을 깨달았다. 더 깊이 생각해보니, 그 바람이 내게 꽤 큰 부분을 차지하고 있었다.

"내 동기가 너무 세속적이지?"

친구의 말에 나는 고개를 저었다. 그것은 세속적인 것이 아니라 오히려 너무 순진한 것 같다고 생각했다.

"그때는 정말 유명해지고 싶었어. 유명해져서 다들 어머니를 부러워하게 만들고 싶었어."

그는 나보다 훨씬 단순했다. 또 그는 나보다 행운아였다. 그의 어머니는 아직 살아 계시고, 그의 어머니는 내 어머니보다 운이 좋았다. 나 같은 반신불구 아들이 없었으니까. 만약 그 친구의 어머니도 내 어머니처럼 아들을 잃어버렸다면, 그는 그렇게 단순하지 않았을 것이다.

在我的头一篇小说发表的时候，在我的小说第一次获奖的那些日子里，我真是多么希望我的母亲还活着。我便又不能在家里呆了，又整天整天独自跑到地坛去，心里是没头没尾的沉郁和哀怨，走遍整个园子却怎么也想不通：母亲为什么就不能再多活两年？为什么在她儿子就快要碰撞开一条路的时候，她却忽然熬不住了？莫非她来此世上只是为了替儿子担忧，却不该分享我的一点点快乐？她匆匆离我去时才只有四十九呀！有那么一会，我甚至对世界对上帝充满了仇恨和厌恶。后来我在一篇题为"合欢树"的文章中写道：

"我坐在小公园安静的树林里，闭上眼睛，想，上帝为什么早早地召母亲回去呢？很久很久，迷迷糊糊的我听见了回答：'她心里太苦了，上帝看她受不住了，就召她回去。'我似乎得了一点安慰，睁开眼睛，看见风正从树林里穿过。"小公园，指的也是地坛。

只是到了这时候，纷纭的往事才在我眼前幻现得清晰，母亲的苦难与伟大才在我心中渗透得深彻。上帝的考虑，也许是对的。

摇着轮椅在园中慢慢走，又是雾罩的清晨，又是骄阳高悬的白昼，我只想着一件事：母亲已经不在了。在老柏树旁停下，在草地上在颓墙边停下，又是处处虫鸣的午后，又是鸟儿归巢的傍晚，我心里只默念着一句话：可是母亲已经不在了。把椅背放倒，躺下，似睡非睡挨到日没，坐起来，心神恍惚，呆呆地直坐到古祭坛上落满黑暗然后再渐渐浮起月光，心里才有点明白，母亲不能再来这园中找我了。

처음 소설을 발표하고, 상을 받았을 때마다, 그 순간마다 나는 어머니의 부재가 가장 아쉬웠다. 그런 마음에 집에 있을 수 없어서, 나는 또 다시 디탄으로 갔다. 하루 종일 우울하고 무거운 마음으로 공원을 헤집고 다녀도, 생각은 좀처럼 가라앉지 않았다.

"어머니가 2년만 더 사셨더라면?"

"아들 앞에 새로운 길이 열리는 그 순간, 어머니는 왜 더 버티지 못하셨을까?"

"이 세상에 와서, 그들의 아픔만 나누고 기쁨은 함께 누리지 못하고 이렇게 가시다니!"

어머니는 겨우 마흔아홉 살에 내 곁을 떠나셨다. 한동안 나는 세상과 하늘에 원망과 미움만 품고 살았다. 그 후, 나는 산문《자귀나무》에 이렇게 썼다.

"작은 공원 속 조용한 숲에 앉아 눈을 감고 생각했다. 하느님은 왜 어머니를 이렇게 일찍 데려갔을까... 오래 그렇게 있다가 나는 답을 들었다. 어머니가 너무 힘들어해서 더는 볼 수 없어 데려갔다고. 나는 위로받은 것 같았다. 눈을 뜨고, 바람이 나무 사이를 가로질러 가는 것을 보았다."

글 속의 그 작은 공원이 바로 디탄이었다. 어머니가 돌아가신 계절이 되면, 지난 일들이 선명하게 떠오르고, 어머니의 아픔과 위대함이 내 마음속에 깊이 파고든다. 하느님의 배려는 어쩌면... 맞았던 것일지도 모른다.

나는 휠체어를 밀고 공원을 천천히 돌았다. 안개가 가득한 이른 아침에도, 태양이 하늘 높이 걸려 있는 낮에도, 오직 한 가지만 생각했다.

어머니는 이제 없다. 나이 든 측백나무 옆에 앉아서, 풀밭 위 무너진 담 옆에 멈춰서, 또 곳곳에서 풀벌레 울음소리가 들리는 오후와 새들이 집으로 돌아가는 저녁 무렵에도, 마음으로 한 구절만 되뇌었다.

"그런데 이제 어머니는 안 계신다."

휠체어를 아무렇게나 놓아두고, 마치 자는 듯 마는 듯 해가 질 때까지 누워 있었다. 다시 앉아서 몽롱한 상태로 멍하니 공원 제단 위로 어둠이 내리고, 천천히 달빛이 비칠 때까지 있었다. 그때 문득 깨달았다.

어머니는 이제 다시는 나를 찾아 이곳으로 오실 수 없다는 것을…

　曾有过好多回，我在这园子里呆得太久了，母亲就来找我。她来找我又不想让我发觉，只要见我还好好地在这园子里，她就悄悄转身回去，我看见过几次她的背影。我也看见过几回她四处张望的情景，她视力不好，端着眼镜像在寻找海上的一条船，她没看见我时我已经看见她了，待我看见她也看见我了我就不去看她，过一会我再抬头看她就又看见她缓缓离去的背影。我单是无法知道有多少回她没有找到我。有一回我坐在矮树丛中，树丛很密，我看见她没有找到我；她一个人在园子里走，走过我的身旁，走过我经常呆的一些地方，步履茫然又急迫。我不知道她已经找了多久还要找多久，我不知道为什么我决意不喊她--但这绝不是小时候的捉迷藏，这也许是出于长大了的男孩子的倔强或羞涩？但这倔只留给我痛悔，丝毫也没有骄傲。我真想告诫所有长大了的男孩子，千万不要跟母亲来这套倔强，羞涩就更不必，我已经懂了可我已经来不及了。

　儿子想使母亲骄傲，这心情毕竟是太真实了，以致使"想出名"这一声名狼藉的念头也多少改变了一点形象。这是个复杂的问题，且不去管它了罢。随着小说获奖的激动逐日暗淡，我开始相信，至少有一点我是想错了：我用纸笔在报刊上碰撞开的一条路，并不就是母亲盼望我找到的那条路。年年月月我都到这园子里来，年年月月我都要想，母亲盼望我找到的那条路到底是什么。母亲生前没给我留下过什么隽永的哲言，或要我恪守的教诲，只是在她去世之后，她艰难的命运，坚忍的意志和毫不张扬的爱，随光阴流转，在我的印象中愈加鲜明深刻。

有一年，十月的风又翻动起安详的落叶，我在园中读书，听见两个散步的老人说："没想到这园子有这么大。"我放下书，想，这么大一座园子，要在其中找到她的儿子，母亲走过了多少焦灼的路。多年来我头一次意识到，这园中不单是处处都有过我的车辙，有过我的车辙的地方也都有过母亲的脚印。

공원에 너무 오래 있으면, 어머니는 나를 찾아 공원으로 오셨지만, 혹시 내가 그 사실을 알아챌까 봐, 어머니는 내가 잘 있는지만 확인하고는 바로 돌아가시곤 했다.

나는 그런 어머니의 뒷모습도, 여기저기 살피는 모습도 여러 번 보았다. 시력이 좋지 않으신 어머니는 두꺼운 안경을 쓰고 바다에 있는 배를 찾듯 여기저기 살폈다. 어머니가 나를 발견하기 전에 내가 먼저 어머니를 발견했고, 어머니가 나를 찾아냈을 때는 못 본 척했다. 조금 있다가 고개를 들어보면 조용히 돌아가시는 어머니의 뒷모습이 보였다.

어머니가 나를 찾아 공원에 몇 번이나 오셨는지 나는 모른다.

한 번은 낮은 풀숲 사이에 있었는데, 풀이 워낙 빽빽해서 내 쪽에서는 어머니가 보였지만, 어머니는 나를 찾지 못했다. 공원에 들어오신 어머니는 내 옆을 지나쳤고, 내가 자주 머물던 곳들을 가보았지만 나를 찾을 수 없자 발걸음이 다급해졌고 표정은 넋이 나갔다. 어머니가 얼마나 나를 찾아다녔고, 또 얼마나 더 찾아다닐지 나는 모른다. 그때 왜 어머니를 소리쳐 부르지 않았는지도 모르겠다.

어릴 때 하던 숨바꼭질은 분명 아니었는데, 어쩌면 다 큰 남자아이의 고집이나 수줍음이 아니었을까. 하지만 이 고집은 자부심이라기보다는 오로지 후회만 남겨주었다.

성장한 모든 남자아이들에게 말해주고 싶다. 어머니를 향한 이런 식의 고집이나 수줍음은 필요 없다고… 이제야 겨우 알게 되었지만, 이미 늦었다.

어머니의 자랑이고 싶다는 마음만은 정말 진심이어서, "유명해지고 싶다"는 마음이 세속적이란 생각도 조금은 바뀌었다. 사실 이런 건 복잡한 문제니 그냥 신경 쓰지 않으면 그만이다. 아무튼, 소설이 상을 받는 흥분도 점차 가라앉자, 적어도 한 가지는 틀렸다는 믿음이 들기 시작했다. 나는 내가 종이와 펜으로 연 이 길이, 어머니가 내게 바라던 그 길은 아니라 믿었다. 그런데 그 생각이 틀렸다는 생각이 들기 시작했다.

매일매일 이 공원에 와서, 매일매일 생각했다. 어머니는 대체 내가 어떤 길을 찾기를 바랐을까? 생전에 어머니는 영원히 지켜야 할 철학이나 교훈 같은 걸 말씀하신 적이 없었다. 다만 세상을 떠나시고 난 뒤, 어머니의 고단한 운명, 강인한 의지와 놀라운 사랑이 날이 갈수록 점점 더 깊고 선명하게 새겨졌다.

어느 해, 바람에 낙엽이 떨어지던 10월의 어느 날, 나는 공원에서 책을 읽다가 산책하는 두 노인들의 이야기를 들었다.

"이 공원이 이렇게 넓은 줄 미처 몰랐어."

나는 책을 내려놓고 생각했다. 이 넓은 공원에서, 어머니는 아들을 찾으려고 이 숱한 길을 얼마나 초조하게 걸었을까? 그 오랜 시간이 흐르고서야 처음으로 깨달았다. 공원 곳곳에는 나의 휠체어 바퀴자국뿐만 아니라, 휠체어가 지나간 자리마다 어머니의 발자취도 함께 남아 있음을…

如果以一天中的时间来对应四季，当然春天是早晨，夏天是中午，秋天是黄昏，冬天是夜晚。如果以乐器来对应四季，我想春天应该是小号，夏天是定音鼓，秋天是大提琴，冬天是圆号和长笛。要是以这园子里的声响来对应四季呢？那么，春天是祭坛上空漂浮着的鸽子的哨音，夏天是冗长的蝉歌和杨树叶子哗啦啦地对蝉歌的取笑，秋天是古殿檐头的风铃响，冬天是啄木鸟随意而空旷的啄木声。

하루의 시간을 계절에 대응한다면, 봄은 이른 아침, 여름은 정오, 가을은 황혼, 겨울은 깊은 밤일 것이다. 악기로 비유한다면 봄은 트럼펫, 여름은 팀파니, 가을은 첼로, 겨울은 호른과 플루트가 아닐까 싶다.

이 공원 안의 소리를 계절에 대응한다면? 그렇다면 봄은 제단 위를 날아다니는 비둘기 소리, 여름은 길게 퍼지는 매미 소리와 그 소리를 비웃는 듯한 바람에 사그락거리는 사시나무잎 소리, 가을은 나이 든 건물 처마에 걸려 있는 풍경 소리, 겨울은 '따따닥' 나무를 찍어대는 딱따구리 소리다.

以园中的景物对应四季，春天是一径时而苍白时而黑润的小路，时而明朗时而阴晦的天上摇荡着串串杨花；夏天是一条条耀眼而灼人的石凳，或阴凉而爬满了青苔的石阶，阶下有果皮，阶上有半张被坐皱的报纸；秋天是一座青铜的大钟，在园子的西北角上曾丢弃着一座很大的铜钟，铜钟与这园子一般年纪，浑身挂满绿锈，文字已不清晰；冬天，是林中空地上几只羽毛蓬松的老麻雀。以心绪对应四季呢？春天是卧病的季节，否则人们不易发觉春天的残忍与渴望；夏天，情人们应该在这个季节里失恋，不然就似乎对不起爱情；秋天是从外面买一棵盆花回家的时候，把花搁在阔别了的家中，并且打开窗户把阳光也放进屋里，慢慢回忆慢慢整理一些发过霉的东西；冬天伴着火炉和书，一遍遍坚定不死的决心，写一些并不发出的信。还可以用艺术形式对应四季，这样春天就是一幅画，夏天是一部长篇小说，秋天是一首短歌或诗，冬天是一群雕塑。以梦呢? 以梦对应四季呢? 春天是树尖上的呼喊, 夏天是呼喊中的细雨, 秋天是细雨中的土地, 冬天是干净的土地上的一只孤零的烟斗。

디탄 공원의 정물을 계절에 빗댄다면, 봄은 하얗다가 또 검고 촉촉한 오솔길이고, 밝았다가 흐렸다가 하며 하늘에서 살랑살랑 흔들리는 버들가지이다. 여름은 햇빛을 받아 반짝이며 사람의 시선을 뺏는 쭉 늘어서 있는 돌 의자거나, 서늘하고 푸른 이끼가 뒤덮인 돌계단이다. 돌계단 아래에는 해바라기씨 껍데기가 수북이 쌓여 있고, 위에는 누군가 읽다 버리고 간 반으로 접힌 신문이 놓여 있다. 가을은 청동으로 만든 종이다. 공원 서북쪽 귀퉁이에는 버려진 큰 종이 있는데, 공원과 같은 나이를 먹은 그 종은 온몸이 푸른 녹으로 가득 덮여 있고, 문자는 이미 희미해져 알아보기 어렵다. 겨울은 숲속 빈터에서 놀고 있는 털이 덥수룩한 늙은 참새 몇 마리이다.

마음은 어떻게 계절을 대해야 할까? 봄은 와병의 계절이다. 그렇지 않다면 사람은 봄의 잔인함과 갈망을 쉽게 알아차릴 수 없을 테니까. 여름은 연인들이 이별해야 하는 계절이다. 그렇지 않다면 사랑에 미안할 테니 가을은 밖에서 꽃을 사와서 집 안에 놓고, 창문을 열어 햇빛을 방 안으로 들인 다음 곰팡이가 핀 물건들을 천천히 기억해내고, 천천히 정리하는 계절이다. 겨울은 화로와 책을 옆에 두고, 절대로 무너지지 않겠다고 결심하며, 말로 할 수 없는 이야기를 편지로 쓰는 계절이다.

예술의 형식을 계절로 비유한다면, 봄은 한 폭의 그림이다. 여름은 장편소설이고, 가을은 짧은 노래나 시 한 수, 겨울은 조각 작품이다.

꿈은? 꿈을 계절에 빗댄다면, 봄은 나뭇가지 끝의 외침이고, 여름은 외침 속의 가랑비이며, 가을은 가랑비 속의 땅이고, 겨울은 깨끗한 땅 위에 외로운 담뱃대이다.

因为这园子, 我常感恩于自己的命运。

我甚至就能清楚地看见，一旦有一天我不得不长久地离开它，我会怎样想念它，我会怎样想念它并且梦见它，我会怎样因为不敢想念它而梦也梦不到它。

이 공원이 있어서 나는 늘 나의 운명에 감사한다. 나는 지금이라도 분명히 떠올릴 수 있다. 어느 날 어쩔 수 없이 오랫동안 이곳을 떠나게 되면 이 공원을 어떻게 그리워할지를⋯ 어떻게 이 공원을 그리워하고, 꿈에서 어떻게 만날지를, 내가 이 공원을 그리워할 수도, 꿈에서도 볼 수도 없을 때 어떤 모습일지를 나는 알고 있다.

让我想想，十五年中坚持到这园子来的人都是谁呢? 好像只剩了我和一对老人。

十五年前，这对老人还只能算是中年夫妇，我则货真价实还是个青年。他们总是在薄暮时分来园中散步，我不大弄得清他们是从哪边的园门进来，一般来说他们是逆时针绕这园子走。男人个子很高，肩宽腿长，走起路来目不斜视，胯以上直至脖颈挺直不动；他的妻子攀了他一条胳膊走，也不能使他的上身稍有松懈。女人个子却矮，也不算漂亮，我无端地相信她必出身于家道中衰的名门富族；她攀在丈夫胳膊上像个娇弱的孩子，她向四周观望似总含着恐惧，她轻声与丈夫谈话，见有人走近就立刻怯怯地收住话头。我有时因为他们而想起冉阿让与柯赛特，但这想法并不巩固，他们一望即知是老夫老妻。两个人的穿着都算得上考究，但由于时代的演进，他们的服饰又可以称为古朴了。他们和我一样，到这园子里来几乎是风雨无阻，不过他们比我守时。我什么时间都可能来，他们则一定是在暮色初临的时候。

15년 동안 이 공원을 빠지지 않고 찾아온 사람들이 누구일까, 생각해 보았다. 아마 나와 그 노부부뿐인 것 같다. 13년 전, 그들은 중년부부였고 나는 젊은 청년이었다. 두 사람은 언제나 저녁 노을이 질 무렵에 산책을 나왔는데, 어느 문으로 들어왔는지는 모르겠다. 다만 그들은 시계 반대방향으로 공원을 걸었다.

남자는 키가 크고 어깨가 넓고 다리가 길었다. 사타구니부터 목까지 몸을 곧게 펴고 한눈팔지 않고 앞만 보고 걸었다. 아내가 한쪽 팔에 매달리듯 잡고 걸어가는데도 그의 몸은 조금도 흐트러지지 않았다. 여자는 키가 작았고, 그리 예쁘지 않았다. 나는 아무 근거도 없이 내 맘대로 그녀가 쇠락한 명문가 출신일 것이라고 생각했다. 작고 약한 아이처럼 남편의 팔에 매달려 걷는 그녀는 두려운 듯 사방을 두리번거렸다. 작은 소리로 남편과 이야기하다가 누가 가까이 걸어오면 이내 이야기를 멈췄다. 가끔 그들을 보면 장발장과 코제트가 생각나기도 했다. 누가 봐도 두 사람은 아주 오래 함께 산 부부였다.

두 사람은 옷차림에도 꽤 신경을 썼지만, 시대가 발전하면서 그들의 옷차림은 점점 옛스럽고 소박해 보이기 시작했다. 그들은 나처럼 날씨와 상관없이 공원에 나왔고, 나보다 시간을 더 정확히 지켰다. 아무 때나 나왔던 나와 달리 두 사람은 항상 해가 막 질 무렵에 공원에 왔다.

刮风时他们穿了米色风衣, 下雨时他们打了黑色的雨伞, 夏天他们的衬衫是白色的裤子是黑色的或米色的, 冬天他们的呢子大衣又都是黑色的, 想必他们只喜欢这三种颜色。他们逆时针绕这园子一周, 然后离去。他们走过我身旁时只有男人的脚步响, 女人像是贴在高大的丈夫身上跟着漂移。我相信他们一定对我有印象, 但是我们没有说过话, 我们互相都没有想要接近的表示。十五年中, 他们或许注意到一个小伙子进入了中年, 我则看着一对令人羡慕的中年情侣不觉中成了两个老人。

바람이 부는 날에는 연한 베이지색 바람막이를 입었고, 비가 오는 날에는 검정 우산을 썼다. 여름에는 하얀 셔츠에 검은색 또는 베이지색 바지를 입었고, 겨울에는 검정색 울 코트를 입었다. 이 세 가지 색을 좋아하는 것 같았다. 두 사람은 공원을 시계 반대방향으로 한 바퀴 돌고 난 뒤, 집으로 돌아갔다. 내 근처로 걸어올 때면 남자의 발자국 소리만 들렸고, 여자는 키 큰 남편에 매달려 몸이 붕

떠서 움직이는 것 같았다. 두 사람도 분명 나를 알았겠지만 우리는 서로 이야기를 나눈 적도, 가까워지고 싶다는 표시를 한 적도 없었다. 그들이 15년 동안 한 청년이 중년이 되는 모습을 주의 깊게 보았는지는 모르겠지만, 나는 중년 부부가 노년의 부부가 되는 모습을 부럽게 지켜보았다.

曾有过一个热爱唱歌的小伙子, 他也是每天都到这园中来, 来唱歌, 唱了好多年, 后来不见了。他的年纪与我相仿, 他多半是早晨来, 唱半小时或整整唱一个上午, 估计在另外的时间里他还得上班。我们经常在祭坛东侧的小路上相遇, 我知道他是到东南角的高墙下去唱歌, 他一定猜想我去东北角的树林里做什么。我找到我的地方, 抽几口烟, 便听见他谨慎地整理歌喉了。他反反复复唱那么几首歌。文化革命没过去的时候, 他唱"蓝蓝的天上白云飘, 白云下面马儿跑……"我老也记不住这歌的名字。文革后, 他唱《货郎与小姐》中那首最为流传的咏叹调。"卖布--卖布嘞, 卖布--卖布嘞!"我记得这开头的一句他唱得很有声势, 在早晨清澈的空气中, 货郎跑遍园中的每一个角落去恭维小姐。"我交了好运气, 我交了好运气, 我为幸福唱歌曲……"然后他就一遍一遍地唱, 不让货郎的激情稍减。依我听来, 他的技术不算精到, 在关键的地方常出差错, 但他的嗓子是相当不坏的, 而且唱一个上午也听不出一点疲惫。太阳也不疲惫, 把大树的影子缩小成一团, 把疏忽大意的蚯蚓晒干在小路上, 将近中午, 我们又在祭坛东侧相遇, 他看一看我, 我看一看他, 他往北去, 我往南去。日子久了, 我感到我们都有结识的愿望, 但似乎都不知如何开口, 于是互相注视一下终又都移开目光擦身而过; 这样的次数一多, 便更不知如何开口了。终于有一天——一个丝毫没有特点的日子, 我们互相点了一下头。他说:"你好。"我说:"你好。"他说:"回去啦?"我说:"是, 你呢?"他说:"我也该回去了。"我们都放慢脚步(其实我是放慢车速), 想再多说几句, 但仍然是不知从何说起, 这样我们就都走过了对方, 又都扭转身子面向对方。他说:"那就再见吧。"我说："好，再见。"便互相笑笑各走各的路了。但是我们没有再见，那以后，园中再没了他的歌声，我才想到，那天他或许是有意与我道别的，也许他考上了哪家专业文工团或歌舞团了吧？真希望他如他歌里所唱的那样，交了好运气。

또 노래 부르기를 좋아하던 청년도 기억에 남는다. 나와 비슷한 또래였던 그는 몇 년 동안 매일 공원에 와서 노래를 불렀는데, 어느 날부터는 더 이상 볼 수 없었다. 보통 이른 아침에 와서 짧게는 30분, 길게는 오전 내내 노래를 부르다 가는 것으로 봐서 다른 시간에는 일을 하는 듯했다. 우리는 제단 동쪽에 있는 좁은 길에서 자주 마주쳤다. 그가 동남쪽의 높은 담장 아래서 노래하는 것을 내가 알고 있듯이, 그 또한 내가 동북쪽 물가에서 무언가 할 것이라고 추측했을 것이다. 내 자리를 찾아서 담배 몇 모금을 빨고 있으면 그가 신중하게 목을 가다듬는 소리가 들렸다.

그는 몇 곡을 반복해서 불렀다. "문화대혁명이 미처 끝나지 않았을 때는 푸른 하늘 위에 흰 구름이 흘러가고, 흰 구름 아래로 말들이 달린다…"라는 가사의 노래를 불렀는데, 어찌 된 일인지 나는 그 노래 제목이 도통 기억이 나지 않는다. 문화대혁명이 끝나고 나서 그는 가극 <짐꾼과 아가씨> 중에서 인기 있는 노래를 불렀다. 그 노래의 도입부는 나도 알고 있었는데, 그는 아주 힘차게 불렀다.

"내가 행운을 줄게, 내가 행운을 줄게, 행복을 위해 노래를 부르네…"

노래는 기술적으로 완벽하다고 할 수는 없었지만, 가장 중요한 부분에서 가끔씩 틀리곤 했다. 그럼에도 불구하고 그의 목청은 정말 좋아서, 오전 내내 불러도 전혀 피로감을 느끼지 못했다. 태양은 피곤하지 않은지 쉬지 않고 부지런히 움직여 하늘 가장 높이 올라가 큰 나무 그림자를 짧게 줄여버리고, 길 위를 기어가는 지렁이도 무심하게 바짝 말려버렸다.

정오가 다가오면 우리는 제단의 동쪽에서 자주 마주쳤다. 그는 나를 보고, 나는 그를 보고, 그는 북쪽으로 가고 나는 남쪽으로 갔다. 하루하루 시간이 쌓이면서, 우리 둘 다 서로를 알고 싶어하는 마음이 있다는 것을 느꼈다. 다만, 어떻게 입을 열어야 할지 몰라서 그저 눈치만 보고, 스쳐 지나가기를 몇 차례 반복했다.

그러던 어느 날, 특별할 것 없던 평범한 날, 우리는 서로 고개를 끄덕였다. 그가 내게 "안녕하세요"라고 인사를 건넸고, 나도 그에게 "안녕하세요"라고 말했다.

"이제 가세요?"라는 그의 말에 나는 "네, 당신은 요?"라고 물었고, 그도 "저도 이제 가야죠!"라고 답했다. 우리 둘 다 천천히 걸었고, 나는 휠체어 바퀴를 천천히 밀었다. 몇 마디 더 말하고 싶었지만, 무엇을 해야 할지 몰랐다. 우리는 그렇게 서로를 지나쳤고, 또 둘 다 뒤돌아 서로를 바라보았다.

"그럼 다음에 또 봐요!"
"네, 그래요!"

그렇게 서로 웃으며 각자의 길을 갔다.

그런데 그날 이후, 우리는 다시 보지 못했고, 공원에서 그의 노래 소리도 들을 수 없었다. 그때서야 나는 그날의 인사가 어쩌면 나에게 작별을 고한 것이 아닐까 생각했다. 혹시 문화공연단이나 예술단에 붙었을까? 정말로 그가 부른 노래처럼, 그에게 좋은 운을 주고 싶었다.

还有一些人，我还能想起一些常到这园子里来的人。有一个老头，算得一个真正的饮者；他在腰间挂一个扁瓷瓶，瓶里当然装满了酒，常来这园中消磨午后的时光。他在园中四处游逛，如果你不注意你会以为园中有好几个这样的老头，等你看过了他卓尔不群的饮酒情状，你就会相信这是个独一无二的老头。他的衣着过分随便，走路的姿态也不慎重，走上五六十米路便选定一处地方，一只脚踏在石凳上或土埂上或树墩上，解下腰间的酒瓶，解酒瓶的当儿迷起眼睛把一百八十度视角内的景物细细看一遭，然后以迅雷不及掩耳之势倒一大口酒入肚，把酒瓶摇一摇再挂向腰间，平心静气地想一会什么，便走下一个五六十米去。

그리고 자주 공원에 오던 다른 사람들도 떠오른다. 특히, 진정한 술꾼이라 할 수 있는 노인이 있었다. 그는 보통 정오가 지나면 허리춤에 도자기 술병을 차고 공원에 나타났다. 그 병은 당연히 술로 가득 차 있었다.

그는 공원 여기저기를 돌아다녔다. 주의 깊게 살펴보지 않으면 공원에 비슷한 노인이 여러 명 있을 것처럼 보였지만, 그의 독특한 음주 습관을 한 번 보면 그가 한 사람임을 알게 된다. 그의 복장은 아무리 좋게 봐도 '편하게 입었다'는 수준에 한참 못 미쳤고, 걷는 모습도 제멋대로였다. 그는 비틀거리며 5~60미터를 걷기 시작했다.

还有一个捕鸟的汉子，那岁月园中人少，鸟却多，他在西北角的树丛中拉一张网，鸟撞在上面，羽毛虼在网眼里便不能自拔。他单等一种过去很多而现非常罕见的鸟，其它的鸟撞在网上他就把它们摘下来放掉，他说已经有好多年没等到那种罕见的鸟，他说他再等一年看看到底还有没有那种鸟，结果他又等了好多年。早晨和傍晚，在这园子里可以看见一个中年女工程师；早晨她从北向南穿过这园子去上班，傍晚她从南向北穿过这园子回家。事实上我并不了解她的职业或者学历，但我以为她必是学理工的知识分子，别样的人很难有她那般的素朴并优雅。当她在园子穿行的时刻，四周的树林也仿佛更加幽静，清淡的日光中竟似有悠远的琴声，比如说是那曲《献给艾丽丝》才好。我没有见过她的丈夫，没有见过那个幸运的男人是什么样子，我想象过却想象不出，后来忽然懂了想象不出才好，那个男人最好不要出现。她走出北门回家去。我竟有点担心，担心她会落入厨房，不过，也许她在厨房里劳作的情景更有另外的美吧，当然不能再是《献给艾丽丝》，是个什么曲子呢?

그리고 새를 잡던 한 남자도 기억난다. 그 시절 공원에는 사람보다 새가 훨씬 더 많았다. 그는 공원 서북쪽 숲속에 큰 그물망을 펼쳐 놓았다. 새가 그 그물에 부딪히거나 깃털이 걸리면, 움직이지 못하고 걸려 있었다. 과거에는 다양한 새들이 잡혔지만, 이제는 아주 드물게 보이는 새만 잡는다. 나머지 새들은 걸리면 곧바로 풀어주곤 했다. 그의 말로는, 자신이 기다리는 새는 몇 년째 한 번도 보지 못했다고 했다. "1년만 더 기다려보자"며 그렇게 시간이 흘렀다고 했다.

이른 아침과 저녁 무렵에는 한 중년 여성을 자주 볼 수 있었다. 이른 아침에는 북쪽 문으로 들어와 남쪽으로 공원을 가로질러 출근하고, 저녁에는 반대로 남쪽에서 북쪽으로 가로질러 집으로 돌아갔다. 그녀의 직업이나 학력은 알 수 없었지만, 왠지 그녀는 이공계 출신의 지식인이고 엔지니어일 것 같았다. 소박하면서도, 보통 사람에게서 볼 수 없는 우아하고 특별한 분위기가 있었다. 그녀가 공원을 가로지를 때면 사방의 나무들도 더 조용해지는 것 같았고, 맑고 깨끗한 햇빛 속에서 <엘리제를 위하여> 같은 아름다운 피아노 소리가 들리는 듯했다.

그녀의 남편을 본 적은 없다. 그 행운의 남자가 어떻게 생겼는지 상상해 보았지만, 도저히 그려지지 않았다. 나중에 생각해 보니 차라리 상상하지 못한 것이 나았고, 현실이든 상상이든 그가 나타나지 않는게 최선인 것 같았다. 북문을 통해 집으로 돌아가는 그녀가 귀가하면, 부엌에서 발을 동동 구르며 일하지 않을까 걱정되기도 했다. 하지만 어쩌면, 부엌에서 노동하는 장면조차 또 다른 아름다움일 수 있을 것이다.

그때는 <엘리제를 위하여>가 아니라, 어떤 곡이 어울렸을까?

还有一个人，是我的朋友，他是个最有天赋的长跑家，但他被埋没了。他因为在文革中出言不慎而坐了几年牢，出来后好不容易找了个拉板车的工作，样样待遇都不能与别人平等，苦闷极了便练习长跑。那时他总来这园子里跑，我用手表为他计时。他每跑一圈向我招下手，我就记下一个时间。每次他要环绕这园子跑二十圈，大约两万米。他盼望以他的长跑成绩来获得政治上真正的解放，他以为记者的镜头和文字可以帮他做到这一点。第一年他在春节环城赛上跑了第十五名，他看见前十名的照片都挂在了长安街的新闻橱窗里，于是有了信心。第二年他跑了第四名，可是新闻橱窗里只挂了前三名的照片，他没灰心。第三年他跑了第七名，橱窗里挂前六名的照片，他有点怨自己。第四年他跑了第三名，橱窗里却只挂了第一名的照片。第五年他跑了第一名——他几乎绝望了，橱窗里只有一幅环城赛群众场面的照片。那些年我们俩常一起在这园子里呆到天黑，开怀痛骂，骂完沉默着回家，分手时再互相叮嘱：先别去死，再试着活一活看。他已经不跑了，年岁太大了，跑不了那么快了。最后一次参加环城赛，他以三十八岁之龄又得了第一名并破了纪录，有一位专业队的教练对他说："我要是十年前发现你就好了。"他苦笑一下什么也没说，只在傍晚又来这园中找到我，把这事平静地向我叙说一遍。不见他已有好几年了，他和妻子和儿子住在很远的地方。

这些人都不到园子里来了，园子里差不多完全换了一批新人。十五年前的旧人，就剩我和那对老夫老妻了。有那么一段时间，这老夫老妻中的一个也忽然不来，薄暮时分唯男人独自来散步，步态也明显迟缓了许多，我悬心了很久，怕是那女人出了什么事。幸好过了一个冬天那女人又来了，两个人仍是逆时针绕着园子走，一长一短两个身影恰似钟表的两支指针；女人的头发白了许多，但依旧攀着丈夫的胳膊走得像个孩子。"攀"这个字用得不恰当了，或许可以用"搀"吧，不知有没有兼具这两个意思的字。

그리고 또 한 사람, 내 친구가 있다. 내가 아는 가장 뛰어난 재능을 가진 장거리 달리기 선수지만, 시대를 잘못 만나 결국 묻혀버리고 말았던 사람이다. 문화

혁명 시절, 조심성 없이 내뱉은 말 때문에 몇 년간 감옥살이를 했고, 나중에 어렵게 삼륜차 짐꾼을 하는 일을 얻었지만, 남들과 동등한 대우를 받지 못하는 상황에서 힘들어하다 달리기를 시작했다. 그는 항상 공원에 와서 달리기를 했고, 나는 그가 달리는 모습을 기억하고 있다.

친구가 달리기를 시작할 때마다 나는 시간을 재었다. 한 바퀴를 돌 때마다 그는 약 200미터 정도의 거리를 달렸고, 그가 달리는 동안 나는 그의 뒤를 따라 걸으며 그가 정치적으로 진정한 해방을 얻기를 희망하는 마음을 느꼈다. 그는 성적만 좋으면 기자들이 사진과 글로 그를 도와 문제를 해결해줄 것이라고 믿었다. 처음 참가한 정기 달리기 대회에서 그는 15등을 했고, 베이징의 가장 번화한 거리인 창안제 밖 신문구 창문에 그의 사진이 걸린 것을 보고 그는 큰 믿음을 가지게 되었다. 두 번째 대회에서는 5등을 했고, 신문국 정문에 3등 사진이 걸렸지만 그는 여전히 실망하지 않았다. 세 번째 대회에서는 7등을 했고, 6등 사진이 걸리자 그는 자기를 원망했다. 네 번째 대회에서는 3등을 했지만, 창문에는 1등 사진만 걸렸고, 다섯 번째 대회에서는 마침내 1등을 했지만, 신문국 창문에 달리기 참가자들의 단체 사진만 걸렸다는 사실에 그는 깊은 절망에 빠졌다.

그 세월 동안 우리는 공원에 와서 함께 밤 늦게까지 있었다. 마음속의 말들을 꺼내며 한탄하고 욕을 했고, 실컷 욕을 한 후엔 조용히 집으로 향했다. 헤어질 때마다 우리는 서로에게 당부했다. "일단 죽지 말고, 조금 더 살아가보자"고. 이제 그는 더 이상 달리지 않는다. 나이가 많아져서 더 이상 빠르게 달릴 수 없게 되었다. 서른여덟 살 때 마지막으로 참가한 대회에서 그는 신기록을 세우며 1등을 했다. 그때 한 코치가 이렇게 말했다.

"너를 10년만 일찍 발견했더라면 얼마나 좋았을까?"

그의 말에 친구는 쓸쓸하게 웃었을 뿐 아무 말도 하지 않았다. 다만 그날 저녁,

그는 공원으로 찾아와 이 이야기를 담담하게 들려주었다. 그를 못 본 지도 몇 년이 지났다. 지금 그는 아내와 아들과 함께 아주 먼 곳에서 살고 있다. 이제 공원에 오던 사람들은 모두 사라졌다. 공원 안은 이제 완전히 새로운 사람들로 가득차 있다. 15년 전의 옛 사람들 중 나와 그 노부부만 남았다. 어느 날인가부터 아내가 나오지 않더니 한동안 저녁 무렵에는 남편 혼자 산책을 하곤 했다. 걷는 모습이 예전보다 느려지고 기운이 없어 보였기에, 나는 필시 아내에게 무슨 일이 생긴 것이라 걱정했다. 다행히 겨울의 어느 날, 아내가 다시 나왔다. 두 사람은 여전히 시계 반대 방향으로 공원을 걸었다. 길고 짧은 두 개의 그림자는 마치 시계의 시침과 분침 같았다.

아내의 머리는 하얗게 변했지만, 여전히 남편의 팔에 매달려 아이처럼 걸었다. 그런데, '매달려'라는 단어는 그다지 적당하지 않은 것 같다. 어쩌면 '부축하며'라는 단어가 더 맞는 것 같았다. 그들 사이에는 서로를 의지하며 걷는 깊은 애정과 힘이 묻어 있었다.

我也没有忘记一个孩子，一个漂亮而不幸的小姑娘。十五年前的那个下午，我第一次到这园子里来就看见了她，那时她大约三岁，蹲在斋宫西边的 小路上捡树上掉落的"小灯笼"。那儿有几棵大梨树，春天开一簇簇细小而稠密的黄花，花落了便结出无数如同三片叶子合抱的小灯笼，小灯笼先是绿色，继尔转白，再变黄，成熟了掉落得满地都是。小灯笼精巧得令人爱惜，成年人也不免捡了一个还要捡一个。小姑娘咿咿呀呀地跟自己说着话，一边捡小灯笼；她的嗓音很好，不是她那个年龄所常有的那般尖细，而是很圆润甚或是厚重，也许是因为那个下午园子里太安静了。我奇怪这么小的孩子怎么一个人跑来这园子里？我问她住在哪儿？她随便指一下，就喊她的哥哥，沿墙根一 带的茂草之中便站起一个七八岁的男孩，朝我望望，看我不像坏人便对他的妹 妹说："我在这儿呢"，又伏下身去，他在捉什么虫子。他捉到螳螂，蚂蚱，知了和蜻蜓，来取悦他的妹妹。有那么两三年，我经常在那几棵大梨树下见到他们，兄妹俩总是在一起玩，玩得和睦融洽，都渐渐长大了些。之后有很多年没 见到他们。我想他们都在学校里吧，小姑娘也到了上学的年龄，必是告别了孩 提时光，没有很多机会来这儿玩了。这事很正常，没理由太搁在心上，若不是 有一年我又在园中见到他们，肯定就会慢慢把他们忘记。

그 아이도 잊지 못한다. 아름답지만 불행한 소녀. 15년 전 어느 오후 공원에서 처음 본 그 소녀는 대략 세 살 정도였던 것 같다. 아이는 공원 한쪽 길 위에 무릎을 꿇고 앉아 나무에서 떨어진 꽃을 만지고 있었다. 길에는 큰 모감주나무 몇 그루가 있었고, 그때 불을 받아 작은 노란 모감주 꽃들이 빼곡하게 피어 있었다. 땅에 떨어진 꽃들은 세 개의 꽃잎이 감싸면서 작은 초롱처럼 보였다. 모감주나무 꽃은 처음에는 초록색이었다가 점차 하얀색으로 변하고, 다시 노란색으로 변한 뒤, 성숙하면 그 노란 색깔 그대로 땅에 떨어진다. 그 모습이 얼마나 사랑스러운지 어른들도 지나가다 하나씩 주워들었다. 아이는 혼자서 중얼거리며 꽃들을 주웠다. 아이의 목소리는 정말 듣기 좋았다. 그 나이대의 아이들처럼 날카로운 소리가 아니라 둥글고 부드러우며, 심지어 풍성하고 묵직하기까지 했다.

어쩌면 그날 오후의 공원이 너무 조용했기 때문일지도 모른다. 어린아이 혼자 공원에서 놀고 있는 게 이상해서 어디 사느냐고 묻자, 아이는 손가락으로 가리키면서 큰 소리로 오빠를 불렀다. 담을 따라 무성하게 자란 잡초 사이에서 예닐곱 살쯤 되는 남자아이가 벌떡 일어나더니 내 쪽을 쳐다보았다. 내가 나쁜 사람 같지 않았는지 오빠는 동생에게 말했다.

"나 여기 있어!"

그 후 아이는 다시 풀숲으로 몸을 낮췄다. 사내아이는 풀숲에서 사마귀, 메뚜기, 매미와 잠자리를 잡아 동생을 기쁘게 해주었다.

그렇게 2, 3년 동안 나는 모감주나무 아래에서 노는 남매를 자주 보았다. 둘은 항상 함께 다니며 사이좋게 놀았고, 조금씩 자라갔다. 시간이 지나면서 몇 년 동안 둘을 볼 수 없었기에, 둘 다 학교에 갔을 거라고 생각했다. 어린 소녀도 이제 학교에 갈 나이가 되었으니 예전처럼 이곳에 와서 마음껏 뛰어놀 수는 없을 것이다. 자연스러운 일이었기에 마음에 크게 담아두지 않았다. 그런데 어느 해 공원에서 그 남매를 다시 만나지 않았다면, 아마 나는 천천히 그들을 잊었을 것이다.

那是个礼拜日的上午。那是个晴朗而令人心碎的上午, 时隔多年, 我竟发现那个漂亮的小姑娘原来是个弱智的孩子。我摇着车到那几棵大梨树下去, 恰又是遍地落满了小灯笼的季节；当时我正为一篇小说的结尾所苦, 既不知为什么要给它那样一个结尾, 又不知何以忽然不想让它有那样一个结尾, 于是从家里跑出来, 想依靠着园中的镇静, 看看是否应该把那篇小说放弃。我刚刚把车停下, 就见前面不远处有几个人在戏要一个少女, 作出怪样子来吓她, 又喊又笑地追逐她拦截她, 少女在几棵大树间惊惶地东跑西躲, 却不松手揪卷在怀里的裙裾, 两条腿袒露着也似毫无察觉。我看出少女的智力是有些缺陷, 却还没看出她是谁。我正要驱车上前为少女解围, 就见远处飞快地骑车来了个 小伙子, 于是那几个戏要少女的家伙望风而逃。小伙子把自行车支在少女近旁, 怒目望着那几个四散逃窜的家伙, 一声不吭喘着粗气。脸色如暴雨前的天 空一样一会比一会苍白。这时我认出了他们, 小伙子和少女就是当年那对小 兄妹。我几乎是在心里惊叫了一声, 或者是哀号。世上的事常常使上帝的居心变得可疑。小伙子向他的妹妹走去。少女松开了手, 裙裾随之垂落了下来, 很多很多她捡的小灯笼便洒落了一地, 铺散在她脚下。她仍然算得漂亮, 但双眸迟滞没有光彩。她呆呆地望那群跑散的家伙, 望着极目之处的空寂, 凭她的智力绝不可能把这个世界想明白吧? 大树下, 破碎的阳光星星点点, 风把遍地的小

114

灯笼吹得滚动，仿佛暗哑地响着无数小铃铛。哥哥把妹妹扶上自行车后座，带着她无言地回家去了。

어느 일요일 오전, 날씨가 너무 좋았고 그만큼 마음이 아픈 오전이었다. 나는 시간이 많이 흘러 그 예쁜 소녀에게 지적장애가 있다는 사실을 알게 되었다. 휠체어를 밀고 모감주나무 아래로 갔을 때, 사방에 꽃이 가득 떨어지는 계절이었다. 그때 나는 소설의 결말에 대해 고민하고 있었다. 이미 정해둔 결말이 갑자기 마음에 들지 않았고, 그런 결말을 쓰고 싶지 않아 집을 나왔다. 공원의 고요한 분위기 속에서 결말을 다시 생각하고 싶었다. 휠체어를 멈추고 앞을 보니 몇 명의 아이들이 한 소녀를 놀리고 있었다. 그들은 괴상한 모습으로 겁을 주거나 소리치며 소녀를 쫓아갔다. 소녀는 놀라고 당황한 채 나무들 사이를 뛰어다녔다. 가슴에 치맛자락을 꽉 쥐고 있어 두 다리가 드러나 있었지만 그녀는 전혀 신경 쓰지 않는 듯했다. 나는 그 소녀가 지적장애가 있다는 걸 알아챘지만 바로 그녀를 알아보지 못했다. 소녀를 도와주려고 휠체어를 밀고 가던 중, 멀리서 한 소년이 자전거를 타고 빠르게 달려오는 게 보였다. 소녀를 괴롭히던 아이들은 소년을 보고 도망갔다. 소년은 자전거를 소녀 옆에 세운 후, 화난 표정으로 도망가는 아이들을 쳐다봤다. 아무 말 없이 거칠게 숨을 쉬었고, 얼굴은 폭풍 전 하늘처럼 점점 어두워지고 창백해졌다. 그제야 나는 그들을 알아보았다. 그때 그 남매였다. 나는 놀랐다, 아니 어쩌면 슬펐다. 세상의 일들은 종종 신의 의도와 생각을 의심하게 만든다. 소년이 동생에게 다가가자 소녀는 손을 놓았다. 그 순간 치맛자락이 아래로 떨어지며 소녀가 주워 담은 꽃들이 날아가며 소녀의 발을 덮었다. 소녀는 여전히 예뻤지만 두 눈은 빛을 잃었다. 소녀는 멍하니 도망가는 아이들을 바라보았고, 눈길이 닿은 그곳의 적막함을 바라보고 있었다. 소녀의 지적 능력으로는 이 세상을 이해하기 어려웠을 것이다. 나무 아래 햇빛이 별처럼 부서지고, 바람은 땅에 떨어진 꽃잎을 멀리 날려버렸다. 꽃잎이 날아가는 모습은 마치 소리 없이 울리는 방울 같았다. 소년은 동생을 자전거 뒤에 앉히고 아무 말 없이 그녀를 데리고 집으로 돌아갔다.

　无言是对的。要是上帝把漂亮和弱智这两样东西都给了这个小姑娘,就只有无言和回家去是对的。谁又能把这世界想个明白呢? 世上的很多事是不堪说的。你可以抱怨上帝何以要降诸多苦难给这人间, 你也可以为消灭种种苦难而奋斗, 并为此享有崇高与骄傲, 但只要你再多想一步你就会坠入深深的迷茫了: 假如世界上没有了苦难, 世界还能够存么? 要是没有愚钝, 机智还有什么光荣呢? 要是没了丑陋, 漂亮又怎么维系自己的幸运? 要是没有了恶劣和卑下,善良与高尚又将 如何界定自己又如何成为美德呢? 要是没有了残疾, 健全会否因其司空见惯而变得腻烦和乏味呢? 我常梦想着在人间彻底消灭残疾, 但可以相信, 那时将由患病者代替残疾人去承担同样的苦难。如果能够把疾病也全数消灭, 那么这份苦难又将由(比如说) 像貌丑陋的人去承担了。就算我们连丑陋, 连愚昧和卑 鄙和一切我们所不喜欢的事物和行为, 也都可以统统消灭掉, 所有的人都一味 健康、漂亮、聪慧、高尚, 结果会怎样呢? 怕是人间的剧目就全要收场了, 一个失去差别的世界将是一条死水, 是一块没有感觉没有肥力的沙漠。看来差别永远是要有的。看来就只好接受苦难——人类的全部剧目需要它, 存在的本身需要它。看来上帝又一次对了。于是就有一个最令人绝望的结论等在这里:由谁去充任那些苦难的角色? 又有谁去体现这世间的幸福, 骄傲和快乐? 只好听凭偶然, 是没有道理好讲的。就命运而言, 休论公道。那么, 一切不幸命运的救赎之路在哪里呢? 设若智慧的悟性可以引领我们去 找到救赎之路, 难道所有的人都能够获得这样的智慧和悟性吗? 我常以为是丑女造就了美人。我常以为是愚氓举出了智者。我常以为是懦夫 衬照了英雄。我常以为是众生度化了佛祖。

　무언이 옳다. 신이 아름다움과 지적장애라는 두 가지를 소녀에게 주었다면, 그저 아무 말 없이 집으로 가는 것이 맞다. 누가 이 세상을 온전히 이해할 수 있을까? 세상에는 말로 설명할 수 없는 일이 너무나 많다. 왜 이런 고통을 인간에게 주느냐고 신을 원망할 수도 있다. 또한 고통을 없애기 위해 노력하고, 그로 인해 고함과 자부심을 누릴 수도 있다. 그러나 한 걸음 더 나아가 생각하면 더 깊고 깊은 미망에 빠지게 될 것이다. 만약 이 세상에 고난이 없다면, 세상은 존재할 수 있을까? 우매함이 없다면 영민함은 무엇이 그리 자랑스러울까? 추함이 없다면 아름다움은 어떻게 그 고유의 행운을 유지할 수 있을까? 악함과 비천함이 없다면 선함과 숭고함은 어떻게 경계를 정하고, 어떻게 미덕이 될 수 있을까? 장애가 없다면 건강함은 너무나 흔해서 지루하고 무미건조한 단어가 되지 않을까?

　나는 항상 인간세상에서 장애가 완전히 사라지기를 꿈꾼다. 그러나 그렇게 되면 장애인이 겪었던 고통을 병든 사람들이 대신 겪게 될 것이라 생각한다. 만약 병든 이들이 다 사라진다면, 그 고통은 또 다른 누군가에게 넘어갈 것이다. 예를 들어, 외모가 뒤떨어지는 사람들이 그것을 감당하게 될 것이다. 그렇다면 추함과 우매함, 비천함은 물론 사람들이 싫어하는 습관과 행동들이 모두 사람들에게 부여되어, 세상 모든 사람들이 건강하고 아름다우며 똑똑하고 고상해진다면 그 결과는 어떨까? 그렇게 된다면 인간사의 다양함은 모두 사라지지 않을까? 차이가 없는 세상은 죽은 물과 같을 것이다. 감각도 없고, 사람을 키운 양분도 없는 죽은 사막과 같다. 이 세상에서 다툼과 차이는 언제까지나 존재해야 할 것 같다. 그로 인해 어쩔 수 없이 고통을 겪어야 할 것 같다. 인류의 모든 레퍼토리는 그것을 필요로 하며, 그 존재 자체를 필요로 한다. 이번에도 신이 옳은 것 같다. 그래서 가장 절망적인 결론만이 여기 남았다. 누가 이런 고통을 떠맡을 것인가? 또 누가 이 세상의 행복과 오만과 즐거움을 체현할 것인가? 그저 우연에 맡길 뿐이다. 자신 있게 말할 수 있는 훌륭한 도리 따위는 없다. 운명을 이야기하며 공정함을 논할 수는 없다. 그렇다면 모든 불행한 운명을 구원할 길은 어디에 있을까? 만약 지혜나 깨달음이 우리를 이끌어 구원을 찾아낸다면, 모든 사람이 다 그런 지혜와 깨달음을 얻게 될까? 나는 추녀가 미인을 만든다고 생각한다. 우매함이 지혜로운 자를 만들었고, 평범한 사람이 영웅을 돋보이게 만들었다고 생각한다. 나는 중생이 부처를 만든다고 생각한다.

　设若有一位园神, 他一定早已注意到了, 这么多年我在这园里坐着, 有时候是轻松快乐的, 有时候是沉郁苦闷的, 有时候优哉游哉, 有时候恓惶落寞, 有时候平静而且自信, 有时候又软弱, 又迷茫。其实总共只有三个问题交替着来骚扰我, 来陪伴我。第一个是要不要去死? 第二个是为什么活? 第三个, 我干嘛要写作? 让我看看, 它们迄今都是怎样编织在一起的吧。

　你说, 你看穿了死是一件无需乎着急去做的事, 是一件无论怎样耽搁也不会错过的事, 便决定活下去试试? 是的, 至少这是很关键的因素。为什么要活下去试试呢? 好像仅仅是因为不甘心, 机会难得, 不试白不试, 腿反正是完了, 一切仿佛都要完了, 但死神很守信用, 试一试不会额外再有什么损失。说不定倒有额外的好处呢是不是? 我说过, 这一来我轻松多了, 自由多了。为什么要写作呢? 作家是两个被人看重的字, 这谁都知道。为了让那个躲在园子深处坐轮椅的人, 有朝一日在别人眼里也稍微有点光彩, 在众人眼里也能有个位置, 哪怕那时再去死呢也就多少说得过去了, 开始的时候就是这样想, 这不用保密, 这些已经不用保密了。我带着本子和笔, 到园中找一个最不为人打扰的角落, 偷偷地写。那个爱唱歌的小伙子在不远的地方一直唱。要是有人走过来, 我就把本子合上把笔叼在嘴里。我怕写不成反落得尴尬。我很要面子。可是你写成了, 而且发表了。人家说我写的还不坏, 他们甚至说:真没想到你写得这么好。我心说你们没想到的事还多着呢。我确实有整整一宿高兴得没合眼。我很想让那个唱歌的小伙子知道, 因为他的歌也毕竟是唱得不错。我告诉我的长跑家朋友的时候, 那个中年女工程师正优雅地在园中穿行;长跑家很激动, 他说好吧, 我玩命跑, 你玩命写。这一来你中了魔了, 整天都在想哪一件事可以写, 哪一个人可以让你写成小说。是中了魔了, 我走到哪儿想到哪儿, 在人山人海里只寻找小说, 要是有一种小说试剂就好了, 见人就滴两滴看他是不是一篇小说,要是有一种 小说显影液就好了, 把它泼满全世界看看都是哪儿有小说, 中了魔了, 那时我完全是为了写作活着。结果你又发表了几篇, 并且出了一点小名, 可这时你越来越感到恐慌。我忽然觉得自己活得像个人质, 刚刚有点像个人了却又过了头, 像个人质, 被一个什么阴谋抓了来当人质, 不定哪天被处决, 不定哪天就完蛋。你担心要不了多久你就会文思枯竭, 那样你就又完了。凭什么我总能写出小说来呢? 凭什么那些适合作小说的生活素材就总能送到一个截瘫者跟前来呢? 人家满世界跑都有枯竭的危险, 而我坐在这园子里凭什么可以一篇接一篇地写呢?

이 공원을 지키는 신이 있다면, 아마 오래전부터 나를 지켜보았을 것이다. 나는 아주 오랫동안 이 공원을 찾았다. 그 길은 가볍고 즐거웠으며, 때로는 무겁고 힘들었고, 때로는 유유자적했으며, 때로는 황망하고 쓸쓸했으며, 때로는 평온했으며, 때로는 자신 있었고, 때로는 유약했으며, 때로는 미망에 빠지기도 했다. 많은 것들이 있을 것 같지만, 사실은 단 세 가지 문제가 그렇게 괴로우면서 나를 따라다녔다. 첫 번째는 이제 그만 죽을까? 두 번째는 왜 살아야 하는가? 세 번째는 대체 왜 글을 쓰려 하는가? 지금도 이 세 가지 명제는 여전히 나와 얽혀서 함께 하고 있다. 사람들은 말한다. 죽음은 그렇게 서둘러서 해야 할 일이 아니고, 아무리 시간을 늦추고 피하려 해도 결국 피할 수 없는 일이니 우선 한번 살아보는 것이 어떻겠느냐고. 맞다. 정답은 아니더라도 적어도 아주 핵심적인 부분이다. 그런데 왜 꼭 살아봐야 하는가? 그저 아쉬워서가 아닐까? 기회는 얻기 어려운데 해보지도 않고 어떻게 알겠는가? 다리가 끝장났다고 모든 것이 다 끝나야 하는가? 죽음의 신은 아주 약속을 잘 지킨다. 한번 손해를 입었다고 해서 더 큰 손해가 발생하는 것도 아니고, 혹시 다시 좋은 점이 있을지 누가 알겠는가? 그렇게 생각하니 마음이 편해졌고, 자유로워졌다.

글은 왜 써야 할까? 작가는 모두에게 존경받는다. 이는 누구나 다 아는 사실이다. 휠체어에 앉아 공원 깊은 곳에 숨어 있는 사람이 다른 사람의 눈에 조금이라도 빛나 보이고, 사람들이 보기에도 조금 나아 보이려고. 설사 죽더라도 이야기를 해보고 싶었던 것이다. 처음 시작은 이런 마음이었다. 이제 와서 이 마음을 숨길 필요는 없다. 나는 노트와 펜을 챙겨 공원에서 사람들이 방해하지 않을 구석을 찾아 몰래 글을 썼다. 노래를 부르던 그 청년은 멀지 않은 곳에서 노래를 계속 불렀다. 누군가가 가까이 오면 나는 급히 노트를 덮고 펜을 입에 물었다. 제대로 쓰지도 못하고 그냥 끝날까 봐 두려웠다. 나는 체면을 중요하게 여기는 사람이다. 그런데 글을 썼고, 발표도 했다. 사람들이 나쁘지 않다고 했고, 어떤 이는 내가 이렇게 잘 쓸지 몰랐다고도 했다. 나는 마음속으로 "당신들이 생각지도 못한 일이 아직 많다"고 생각했다. 정말 기뻐서 밤새 잠을 이루지 못했다. 이 말을 그 노래하는 청년에게 꼭 해주고 싶었다. "당신의 노래도 나쁘지 않으니, 언젠가는 좋은 일이 있을 거예요." 달리기 선수 친구에게 이런 얘기를 하던 중, 우아하게 공원을 가로질러 가는 중년의 여성 엔지니어가 보였다. 내 친구는 몹시 흥분하며 내 손을 잡고 말했다. "좋아! 나는 필사적으로 달릴 테니, 너도 필사적으로 써!" 그날 이후 나는 글쓰기에 완전히 빠져들었다. 하루 종일 어떤 일을 쓸 수 있을지, 어떤 사람을 소설에 담을 수 있을지 생각했다. 정말이다. 나는 완전히 빠져 있었다. 어디를 가든, 무엇을 생각하든, 사람들 속에서도 오로지 소설만을 찾았다. 사람을 보면 시약 한두 방울을 떨어뜨려 소설이 될지 확인할 수 있는 소설 시약이 있었으면 좋겠다고 생각했다. 이 세상 어디에나 뿌려서 글감이 어디에 있는지 알아낼 수 있는 소설 현상액이 있었으면 좋겠다고 생각했다. 나는 정말로 글쓰기에 미쳤었다.

그때의 나는 오로지 쓰기 위해 살아갔다. 그 결과 몇 편의 소설을 발표했고 약간의 명성도 얻었다. 그러자 점차 두려움이 생기기 시작했다. 갑자기 내가 삶의 인질이 된 것 같았다. 간신히 사람처럼 살아가게 되었는데, 갑자기 어떤 음모에 휘말려 언제 처벌을 받을지, 언제 끝날지 모른 채 두려움에 떨고 있는 인질이 된 기분이었다. 곧 소재가 고갈될 것 같아 두려웠다. 무엇을 믿고 계속 쓸 수 있다고 생각했을까? 이런 반신불수 장애인의 눈앞에 적당한 소재가 계속 나타날 것이라고 어떻게 자신할 수 있었을까? 인간 세상의 모든 것들이 고갈될 위험에 처한 상황에서, 이렇게 작은 공원에 앉아서 무엇으로 한 편 또 한 편 계속 쓸 수 있을까?

你又想到死了。我想见好就收吧。当一名人质实在是太累了太紧张了, 太朝不保夕了。我为写作而活下来, 要是写作到底不是我应该干的事, 我想我再活下去是不是太冒傻气了? 你这么想着你却还在绞尽脑汁地想写。我好歹又拧出点水来, 从一条快要晒干的毛巾上。恐慌日甚一日, 随时可能完蛋的感觉比完蛋本身可怕多了, 所谓怕贼偷就怕贼惦记, 我想人不如死了好, 不如不出生的好, 不如压根儿没有这个世界的好。可你并没有去死。我又想到那是一件不必着急的事。可是不必着急的事并不证明是一件必要拖延的事呀? 你总是决定活下来, 这说明什么? 是的, 我还是想活。人为什么活着? 因为人想活着, 说到底是这么回事, 人真正的名字叫作:欲望。可我不怕死, 有时候我真的不怕死。有时候, 说对了。不怕死和想去死是两回事, 有时候不怕死的人是有的, 一生下来就不怕死的人是没有的。我有时候倒是怕活。可是怕活不等于不想活呀? 可我为什么还想活呢? 因为你还想得到点什么、你觉 得你还是可以得到点什么的, 比如说爱情, 比如说, 价值之类, 人真正的名字叫欲望。这不对吗? 我不该得到点什么吗? 没说不该。可我为什么活得恐慌, 就像个人质? 后来你明白了, 你明白你错了, 活着不是为了写作, 而写作是为了活着。你明白了这一点是在一个挺滑稽的时刻。那天你又说你不如死了好, 你的一个朋友劝你:你不能死, 你还得写呢, 还有好多好作品等着你去写呢。这时候你忽然明白了, 你说:只是因为我活着, 我才不得不写作。或者说只是因为你还想活下去,你才不得不写作。是的，这样说过之后我竟然不那么恐慌了。就像你看穿了死之后所得的那份轻松？一个人质报复一场阴谋的最有效的办法是把自己杀死。我看出我得先把我杀死在市场上，那样我就不用参加抢购题材的风潮了。你还写吗？还写。你真的不得不写吗？人都忍不住要为生存找一些牢靠的理由。你不担心你会枯竭了？我不知道，不过我想，活着的问 题在死前是完不了的。

这下好了，您不再恐慌了不再是个人质了，您自由了。算了吧你，我怎么可能自由呢？别忘了人真正的名字是：欲望。所以您得知道，消灭恐慌的最有效的办法就是消灭欲望。可是我还知道，消灭人性的最有效的办法也是消灭欲望。那么，是消灭欲望同时也消灭恐慌呢？还是保留欲望同时也保留人生？

我在这园子里坐着，我听见园神告诉我，每一个有激情的演员都难免是一个人质。每一个懂得欣赏的观众都巧妙地粉碎了一场阴谋。每一个乏味的演员都是因为他老以为这戏剧与自己无关。每一个倒霉的观众都是因为他总是坐得离舞台太近了。我在这园子里坐着，园神成年累月地对我说：孩子，这不是别的，这是你的 罪孽和福祉。

다시 죽음을 생각했고. 그만 하고 싶었다. 인질로 사는 것이 내가 피곤했었다. 긴장의 연속 속에서, 나는 앞날을 예측할 수 없었다. 지금까지 글을 쓰기 위해 살아왔지만, 만약 글 쓰는 일이 내가 할 일이 아니라면? 그럼 계속 살아간다는 것이 너무 위험하고, 어리석은 일이 아닐까 싶었다. 그런 생각 속에서도 나는 쥐어짜듯이 글을 써 내려갔다. 마치 다 말라가는 수건을 비틀어 물기를 겨우 짜내듯이. 하루하루 두려움은 더해갔고, 언제든 끝이 올 것 같은 느낌은 끝이 다가오는 것보다 훨씬 더 두려웠다. 죽음이 두려운 게 아니라, 그 죽음을 기다리는 시간이 더 무서운 법이다. 나는 죽는 게 나을 것 같았고, 아예 태어나지 않는 게 더 나았을 거라 생각했으며, 이 세상이 아예 존재하지 않는 게 좋겠다고도 느꼈다. 하지만 나는 죽지 않았고, 죽음은 급하게 서둘러야 할 일이 아니라고도 생각했다. 그럼에도 불구하고, 서두를 필요가 없다고 해서 반드시 지연해야 한다는 법은 없다는 걸 깨달았다. 이렇게 오락가락하는 마음은 도대체 무엇을 의미하는 걸까? 맞다! 나는 아직 살고 싶었다. 사람은 왜 사는 걸까? 살고 싶기 때문이다. 사실, 그게 전부다. 인간의 다른 이름은 욕망이다. 그런데 나는 죽음이 두렵지 않다. 가끔은 정말로 두렵지 않다. 가끔은, 정말로… 죽음이 두렵지 않다는 것과 죽고 싶다는 건 또 다른 문제다. 죽음이 두렵지 않은 사람도 있지만, 태어나서부터 죽음을 두려워하지 않는 사람은 없다. 나는 때때로 살아가는 것이 두렵다. 하지만 살아가는 게 두렵다고 해서 살고 싶지 않다는 것과는 다르다. 그럼 나는 왜 살고 싶을까? 그건 살아서 무언가를 이루고 싶고, 그 속에서 나도 조금은 무엇인가를 얻을 수 있을 거라는 희망 때문이다. 예를 들어, 사랑이나 가치 같은 것들… 인간의 또 다른 이름은 욕망이다. 그게 나쁜가? 내가 무언가를 얻으려는 것이 나쁜 걸까? 아무도 그렇게 말하지 않는다. 그럼에도 나는 왜 살아가는 것이 두렵고, 마치 인질처럼 느껴질까? 한참 후에야 나는 내 모든 생각이 틀렸다는 걸 깨달았다. 글을 쓰기 위해 살았던 것이 아니라, 살기 위해 글을 썼다는 사실을! 그 사실을 아주 우스꽝스럽게 알게 되었다. 그날 또, 죽는 게 낫다고 생각하며 친구에게 말했을 때, 그 친구는 나를 따뜻하게 달래며 말했다.

"넌 죽으면 안 돼! 넌 글을 써야 하잖니. 여전히 아주 많은 작품들이 네가 써주길 기다리고 있다고"

그때, 갑자기 깨달았다. 아, 나는 살아 있기 때문에 어쩔 수 없이 글을 써야 하는구나. 아니면, 계속 살고 싶어서 어쩔 수 없이 글을 쓴다고도 할 수 있겠다. 맞아, 이렇게 생각하니 더 이상 그렇게 두렵지 않았다. 누군가 말한 대로, 죽고 나면 모든 것이 가벼워지는 것처럼? 인질이 자신을 향한 음모에 가장 효과적으로 대처할 수 있는 방법은, 스스로 목숨을 끊는 것이다. 나는 먼저 이 시장에서 나를 죽이고 나면, 그 다음에는 사람들의 흐름에 굳이 따라갈 필요가 없다는 걸 알게 되었다. 나는 계속 살아야 할까? 아마도 그런 것이다. 정말 어쩔 수 없이 글을 쓰는 것일까? 사람은 누구나 생존을 위해, 무언가에 기여할 이유를 찾는다. 이제 더 이상 소재의 고갈을 걱정한다고 묻는다면, 모르겠다. 다만, 살아가는 문제는 죽기 전까지는 결코 끝나지 않는다고 생각한다. 그럼 됐다. 나는 더 이상 두렵지 않으며, 더 이상 인질도 아니다. 나는 자유다. 무슨 소리인가? 내가 어떻게 자유로울 수 있겠어? 인간의 다른 이름은 욕망임을 잊지 말라. 그러니 알아야 한다. 두려움을 없애는 가장 효과적인 방법은 욕망을 없애는 것이다. 하지만 나는 또 알고 있다. 인성을 없애는 가장 효과적인 방법은 바로 욕망을 없애는 것임을. 그렇다면, 욕망을 없애는 동시에 두려움도 없앨까? 아니면 욕망을 남기고, 동시에 인성도 남길까?

나는 공원에 앉아, 공원의 신이 내게 하는 말을 들었다. "열정을 가진 배우는 인질일 수밖에 없다. 감상을 아는 관객은 배우의 한바탕 음모를 교묘히 부숴버린다. 무미건조한 연기를 하는 배우들은 자신은 이 연극과 관계가 없다고 생각한다. 운 나쁜 관객은 무대와 너무 가까이 앉아 있는 이들이다." 나는 그 공원에 앉아 있었고, 공원의 신은 오랜 세월 동안 말했다.

"얘야, 이건 정말 별거 아니란다. 이건 그저 너의 죄업이고, 또 행복일 뿐이란다"

要是有些事我没说，地坛，你别以为是我忘了，我什么也没忘，但是有些事只适合收藏，不能说，也不能想，却又不能忘。它们不能变成语言，它们无法变成语言，一旦变成语言就不再是它们了。它们是一片朦胧的温馨与寂寥，是一片成熟的希望与绝望，它们的领地只有两处：心与坟墓。比如说邮票，有些是用于寄信的, 有些仅仅是为了收藏。

如今我摇着车在这园子里慢慢走, 常常有一种感觉, 觉得我一个人跑出来已经玩得太久了。有一天我整理我的旧像册, 一张十几年前我在这园子里照的照片——那个年轻人坐在轮椅上, 背后是一棵老柏树, 再远处就是那座古祭坛。我便到园子里去找那棵树。我按着照片上的背景找很快就找到了它, 按着照片上它枝干的形状找, 肯定那就是它。但是它已经死了, 而且在它身上缠绕着一条碗口粗的藤萝。

有一天我在这园子碰见一个老太太, 她说:"哟, 你还在这儿哪?"她问我:"你母亲还好吗?""您是谁?""你不记得我, 我可记得你。有 一回你母亲来这儿找你, 她问我您看没看见一个摇轮椅的孩子?……"我忽然 觉得, 我一个人跑到这世界上来真是玩得太久了。有一天夜晚, 我独自坐在祭 坛边的路灯下看书, 忽然从那漆黑的祭坛里传出一阵阵唢呐声;四周都是参天古树, 方形祭坛占地几百平米空旷坦荡独对苍天, 我看不见那个吹唢呐的人, 唯唢呐声在星光寥寥的夜空里低吟高唱, 时而悲怆时而欢快, 时而缠绵时 而苍凉, 或许这几个词都不足以形容它, 我清清醒醒地听出它响在过去, 一直在响, 回旋飘转亘古不散。

必有一天, 我会听见喊我回去。

那时您可以想象一个孩子, 他玩累了可他还没玩够呢。心里好些新奇的念头甚至等不及到明天。也可以想象是一个老人, 无可置疑地走向他的安息地, 走得任劳任怨。还可以想象一对热恋中的情人, 互相一次次说"我一刻也不想离开你", 又互相一次次说"时间已经不早了"。时间不早了可我一刻也不想离开你, 一刻也不想离开你可时间毕竟是不早了。我说不好我想不想回去。我说不好是想还是不想, 还是无所谓。我说不好我是像那个孩子, 还是像那个老人, 还是像一个热恋中的情人。很可能是这样: 我同时是他们三个。我来的时候是个孩子, 他有那么多孩子气的念头所以才 哭着喊着闹着要来;他一来一见到这个世界便立刻成了不要命的情人;而对一个情人来说，不管多么漫长的时光也是稍纵即逝，那时他便明白，每一步每一步，其实一步步都是走在回去的路上。当牵牛花初开的时节，葬礼的号角就已吹响。但是太阳，他每时每刻都是夕阳也都是旭日。当他熄灭着走下山去收尽苍凉 残照之际，正是他在另一面燃烧着爬上山巅布散烈烈朝辉之时。那一天，我也 将沉静着走下山去，扶着我的拐杖。有一天，在某一处山洼里，势必会跑上来 一个欢蹦的孩子，抱着他的玩具。

当然，那不是我。但是，那不是我吗？宇宙以其不息的欲望将一个歌舞炼为永恒。这欲望有怎样一个人间的姓名，大可忽略不计。

나의 디탄! 말하지 않았다고 해서 내가 잊었다고 오해하지 말길. 나는 아무것도 잊지 않았으니까. 다만, 어떤 일은 마음에만 간직해야 한다. 말할 수도 없고, 생각해서도 안 되지만 절대 잊을 수는 없는 일이 있다. 그것들은 언어로 변할 수 없고, 언어로 바꿀 방법도 없다. 그리고 일단 언어로 변하게 되면, 그 자체가 더 이상 그들이 아니게 된다. 그것은 몽롱하고 아련한 따뜻함이며, 적막하고, 성숙한 희망과 절망이기도 하다. 그것의 영지는 오직 두 곳뿐이다. 마음과 무덤. 우표는 편지를 붙이는 데 사용되지만, 어떤 것들은 소장용으로만 두는 것과 같다. 지금 휠체어를 밀며 공원을 천천히 돌아다니다 보면, 늘 비슷한 감정이 든다. 나 혼자 나와서 너무 오랫동안 논 것 같은 느낌. 어느 날, 오래된 앨범을 정리하다가 십 수년 전, 이 공원에서 찍은 사진을 발견했다. 측백나무를 배경으로 휠체어에 앉은 젊은 청년이 있고, 저 멀리 공원의 제단이 보인다. 나는 그 사진에 있는 측백나무를 찾기 위해 걸음을 재촉했다. 사진 속 가지 모양을 보고 확신했다. 그것이 바로 그 나무임을... 하지만, 그것은 이미 죽었고, 그 위에는 그릇 입구만한 굵기의 덩굴이 감겨 있다.

그러다 어느날 공원에서 한 할머니를 만났다.

"어! 아직도 여기 있구나! 엄마는 잘 계시고?"

"누구세요?"

"자네는 나를 모르겠지만 나는 기억해 ... 한 번은 어머니가 여기 왔었어. 나한테 휠체어를 밀고 가는 아이 못봤나고 물었어."

그때 갑자기, 나는 이 세상에서 정말 너무 오래 혼자 놀았다는 생각이 들었다. 또 한 번은 밤, 혼자 제단 근처의 가로등 아래에서 책을 읽고 있었는데, 갑자기 칠흑처럼 어두운 제단 쪽에서 나팔소리가 울려 퍼졌다. 그곳은 사방이 하늘 높이 우뚝 솟은 고목으로 둘러싸여 있고, 수백 평의 넓고 텅 빈 평지 위에 네모난 제단이 하늘과 독대하는 장소였다. 나팔을 부는 이는 보이지 않았고, 오직 나팔소리만이 별빛이 반짝이는 한밤중에 낮고 높게 울려 퍼졌다. 그 소리는 슬펐다가 기뻤다가, 부드럽게 퍼지다가 갑자기 서글펐다. 사실, 몇 마디로는 그 감정을 다 표현할 수 없었다. 나는 그 나팔소리의 과거의 울림, 현재의 울림, 미래의 울림을 분명히 들을 수 있었다. 그 소리는 내 귓가를 맴돌며 아주 오랫동안 사라지지 않았다.

분명 언젠가, 나는 그 소리 속에서 '이제 돌아가라'는 말을 들을 것이다. 그때, 한 아이를 상상해보자. 아이는 노느라 피곤했지만, 여전히 더 놀고 싶어하며, 마음속엔 온갖 호기심으로 가득 차 내일까지 기다리지 못하는 그런 상황이다. 또, 아무 원망도 두려움도 없이 자신의 영원한 안식처로 걸어가는 노인도 상상해보자. 그리고 사랑에 빠진 연인들, 그들은 서로에게 잠시도 떨어질 수 없다고 말하며, 시간이 벌써 이렇게 됐냐고 묻는다. 시간이 이렇게 됐으니, 이제 잠시도 떨어질 수 없고, 잠시도 떨어지기 싫은데, 시간이 여전히 이르지 않다. 나는 돌아가고 싶은 건지, 아니면 생각하고 싶은 건지, 아니면 그저 둘 다 아무 상관없는 건지 잘 모르겠다. 내가 아이 같은지, 아니면 노인 같은지, 그 연인들처럼 사랑에 빠져 있는 것인지도 잘 모르겠다. 어쩌면 나는 그 모두일 것이다. 나는 동시에 그 세 사람이다.

내가 이곳에 올 때는 아이였다. 아이처럼 울고 소리치며, 부산스럽게 이 세계에 다가가려 했다. 이 세계를 보고 나면, 아이는 곧 연인이 된다. 그러나 연인에게는 아무리 긴 시간이 지나도 그 시간은 순식간에 지나간다. 그때, 우리는 깨닫는다. 내딛는 모든 걸음이 결국 돌아가는 길이라는 것을. 나팔꽃이 막 피어나는 계절에, 장례식의 나팔소리는 이미 울려 퍼지고 있음을. 하지만 태양은 매 순간마다 지고 또 동시에 떠오른다. 태양이 서서히 산 저편으로 사라지며 모든 빛을 거두어가는 순간, 다른 한편에서는 태양이 산을 타고 올라와 서서히 빛을 퍼뜨리며 온 세상에 퍼져 나간다. 그 어느 날, 나도 지팡이를 잡고 조용히 산을 내려가게 될 것이다. 그리고 또 어느 날, 어느 산골짜기에서는 품에 장난감을 안고 신나게 산으로 뛰어올라오는 아이가 있을 것이다.

물론, 그 아이는 내가 아니다.

하지만, 그게 내가 아닐까?

우주는 멈추지 않는 욕망의 춤과 노래로 영원히 이어져 간다. 이 욕망이 어떤 한 사람의 이름으로 불리게 될지는 그다지 중요한 일이 아니다.

스텐성(史铁生)
《나와 디탄》(我与地坛)
생각나누기/ 핵심 키워드: 정 붙일 곳, 나만의 장소

● **본문 탐구하기1: 단락 분석**

1. 1번째 단락 분석: 작가와 '디탄'공원

–디탄과 작가와의 거리

1. 地坛离我家很近。或者说我家离地坛很近。总之，只好认为这是缘分。
2. 五十多年间搬过几次家，可搬来搬去总是在它周围，而且是越搬离它越近了。
3. 我常觉得这中间有着宿命的味道：仿佛这古园就是为了等我，而历尽沧桑在那儿等待了四百多年。它等待我出生，然后又等待我活到最狂妄的年龄上忽地残废了双腿。

해설: 이 단락에서 작가는 디탄과 자신의 관계를 물리적, 심리적 측면에서 밀접하게 설명하고 있다. 물리적으로, 작자는 디탄과 자신의 거리가 가깝다고 서술하며, 이사 후에도 디탄은 언제나 자신의 생활 공간과 근접한 위치에 있다는 점을 강조한다. 즉, 물리적 거리 측면에서 디탄공원은 작자의 일상에 가까이 존재하는 장소로 설정된다.

한편, 심리적 거리는 더욱 깊고 복합적인 방식으로 표현된다. 작자는 디탄공원과의 관계를 단순한 공간적 연결을 넘어서, 개인적인 인연과 유대의 차원에서 다룬다. 그는 디탄공원이 마치 자신을 기다린 것 처럼, 출생 전부터 자신을 위한 공간으로 존재해왔다고 묘사한다. 또한, 작자는 자신의 삶에서 가장 어려운 시기들이 다가오기 전에 디탄공원이 그를 기다리고 있었다는 점을 강조하며, 이를 통해 공원과의 관계를 단순히 물리적 차원을 넘어선 심리적 동반자로 설정한다. 결국, 작자는 디탄과 자신이 불가분의 관계에 있다는 메시지를 전달하고 있으며, 두 존재는 서로의 삶에서 분리할 수 없는 깊은 연결을 맺고 있다는 점을 암시한다.

따라서, 이 글은 디탄공원과 작자 간의 관계를 물리적 근접성 뿐 만 아니라, 심리적, 정서적 연결로 강조하며, 두 존재가 서로에게 깊은 영향을 미치는 관계임을 논리적으로 설명하고 있다.

-필자가 디탄공원에게 정들어가는 시간

"没处可去我便一天到晚耗在这园子里。跟上班下班一样，别人去上班我就摇了轮椅到这儿来。园子无人看管，上下班时间有些抄近路的人们从园中穿过，园子里活跃一阵，过后便沉寂下来。""园墙在金晃晃的空气中斜切下一溜荫凉，我把轮椅开进去，把椅背放倒，坐着或是躺着，看书或者想事，撅一杈树枝左右拍打，驱赶那些和我一样不明白为什么要来这世上的小昆虫。""蜂儿如一朵小雾稳稳地停在半空；蚂蚁摇头晃脑捋着触须，猛然间想透了什么，转身疾行而去；瓢虫爬得不耐烦了，累了祈祷一回便支开翅膀，忽悠一下升空了；树干上留着一只蝉蜕，寂寞如一间空屋；露水在草叶上滚动、聚集，压弯了草叶轰然坠地摔开万道金光。""满园子都是草木竞相生长弄出的响动，窸窸窣窣窸窸窣窣片刻不息。

해설: 사람이 특정한 사물이나 사람에게 정을 느끼게 되는 과정은 단순한 감정적 반응을 넘어서, 그와의 지속적인 상호작용을 통해 형성되는 정서적 유대의 결과로 볼 수 있다. 물론, 일시적인 사건이나 예상치 못한 경험이 도파민과 같은 신경화학적 반응을 일으킬 수 있지만, 인간이 어떤 대상에 지속적으로 정을 붙이는 근본적인 이유는 그와 함께하는 사소한 일상과 경험에서 비롯된다.

예를 들어, 매일 방문하는 카페, 자주 먹는 음식, 꾸준히 연락하는 사람, 그리고 일상적으로 공유하는 작은 순간들이 인간 삶의 정을 형성하는 주요 요소들이다. 작가도 디탄공원과의 관계를 이러한 일상의 공유를 통해 서서히 쌓아가는 과정을 글을 통해 보여주고 있다. 그는 공원을 일상적인 출퇴근의 일환으로 방문하는 인물처럼 묘사되며, 휠체어를 밀고 들어가 의자에 앉거나 눕고, 책을 읽거나 사색을 하며, 작은 나뭇가지나 곤충을 쫓는 등의 평범한 행동을 반복한다. 이러한 일상적인 상호작용은 공원과의 관계를 점진적으로 발전시키며, 작자와 디탄공원 간의 정서적 거리감을 좁히는 중요한 과정으로 작용한다. 결국, 이러한 지속적인 접촉을 통해 두 존재는 서로에게 정을 느끼게 되며, 이는 단순한 물리적 근접성을 넘어서는 깊은 유대감을 형성하는 계기가 된다. 따라서 작가가 디탄공원과 공유한 일상적인 순간들은 그의 심리적, 감정적 유대감을 강화하고, 두 존재 간의 관계가 점차 깊어지고 있음을 나타낸다.

−추억으로 함께 물든 디탄

十五年了，我还是总得到那古园里去，去它的老树下或荒草边或颓墙旁，去默坐，去呆想，去推开耳边的嘈杂理一理纷乱的思绪，去窥看自己的心魂。十五年中，这古园的形体被不能理解它的人肆意雕琢，幸好有些东西是任谁也不能改变它的。譬如祭坛石门中的落日，寂静的光辉平铺的一刻，地上的每一个坎坷都被映照得灿烂；譬如在园中最为落寞的时间，一群雨燕便出来高歌，把天地都叫喊得苍凉；譬如冬天雪地上孩子的脚印，总让人猜想他们是谁，曾在哪儿做过些什么，然后又都到哪儿去了；譬如那些苍黑的古柏，你忧郁的时候它们镇静地站在那儿，你欣喜的时候它们依然镇静地站在那儿，它们没日没夜地站在那儿从你没有出生一直站到这个世界上又没了你的时候；譬如暴雨骤临园中，激起一阵阵灼烈4而清纯的草木和泥土的气味，让人想起无数个夏天的事件；譬如秋风忽至，再有一场早霜，落叶或飘摇歌舞或坦然安卧，满园中播散着熨帖5而微苦的味道。味道是最说不清楚的。味道不能写只能闻，要你身临其境去闻才能明了。味道甚至是难于记忆的，只有你又闻到它你才能记起它的全部情感和意蕴。所以我常常要到那园子里去。

해설: 작가는 15년 동안 디탄공원에서 시간을 보내며, 그곳의 자연 환경 속에서 깊은 사색의 시간을 가졌다고 회상한다. 그는 공원의 오래된 나무 아래나 풀밭, 무너진 담벼락 옆에 자주 앉아, 멍하니 생각을 정리하고, 혼란스러운 마음을 비워냈다. 또한 그는 자신을 돌아보고, 마음의 깊은 곳을 들여다보려 했다고 말한다. 이러한 묘사는 단순한 물리적 방문을 넘어, 작가가 디탄공원을 정신적 안식처로 삼고 있음을 시사한다. 공원에서의 시간이 그에게는 감정적 성장을 위한 공간으로 작용하며, 그곳에서의 경험을 통해 감정의 정리와 성찰이 이루어진다.

작가는 공원의 자연 환경을 감상하고 그 안에서 떠오르는 감정과 의미들을 기억하며, 그 경험들이 그에게 중요한 정서적 자원으로 작용한다고 밝힌다. 공원은 단순한 물리적 공간이 아니라, 감정의 정화와 내면의 성찰을 위한 장소로서 기능하며, 이는 작가가 이곳을 자주 방문하는 이유이기도 하다. 따라서 디탄공원은 물질적 이득을 위한 장소가 아니라, 작가에게 중요한 정서적 유대감을 형성하는 장소로 작용한다. 공원은 그에게 정을 붙일 수 있는 공간이자, 추억이 쌓인 기억의 장소이기도 하다. 이 단락을 통해 우리는 작가와 디탄공원 간의 정서적 유대감이 상당히 깊다는 것을 알 수 있으며, 이는 단순히 물리적인 방문을 넘어서, 감정적 및 심리적 의미가 내포된 관계임을 확인할 수 있다.

2. 2번째 단락 분석: 디탄을 매개체로 한 어머니에 대한 그리움

　我才想到, 当年我总是独自跑到地坛去, 曾经给母亲出了一个怎样的难题。
　她不是那种光会疼爱儿子而不懂得理解儿子的母亲。她知道我心里的苦闷, 知道不该阻止我出去走走, 知道我要是老呆在家里结果会更糟, 但她又担心我一个人在那荒僻的园子里整天都想些什么。我那时脾气坏到极点, 经常是发了疯一样地离开家, 从那园子里回来又中了魔似的什么话都不说。母亲知道有些事不宜问, 便犹犹豫豫地想问而终于不敢问, 因为她自己心里也没有答案。她料想我不会愿意她跟我一同去, 所以她从未这样要求过, 她知道得给我一点独处的时间, 得有这样一段过程。她只是不知道这过程得要多久, 和这过程的尽头究竟是什么。每次我要动身时, 她便无言地帮我准备, 帮助我上了轮椅车, 看着我摇车拐出小院; 这以后她会怎样, 当年我不曾想过。
　有一回我摇车出了小院; 想起一件什么事又返身回来, 看见母亲仍站在原地, 还是送我走时的姿势, 望着我拐出小院去的那处墙角, 对我的回来竟一时没有反应。待她再次送我出门的时候, 她说:"出去活动活动, 去地坛看看书, 我说这挺好。"许多年以后我才渐渐听出, 母亲这话实际上是自我安慰, 是暗自的祷告, 是给我的提示, 是恳求与嘱咐。只是在她猝然去世之后, 我才有余暇设想。当我不在家里的那些漫长的时间, 她是怎样心神不定坐卧难宁, 兼着痛苦与惊恐与一个母亲最低限度的祈求。我可以断定，以她的聪慧和坚忍，在那些空落的白天后的黑夜，在那不眠的黑夜后的白天，她思来想去最后准是对自己说："反正我不能不让他出去，未来的日子是他自己的，如果他真的要在那园子里出了什么事，这苦难也只好我来承担。"在那段日子里--那是好几年长的一段日子，我想我一定使母亲作过了最坏的准备了，但她从来没有对我说过："你为我想想"。事实上我也真的没为她想过。那时她的儿子，还太年轻，还来不及为母亲想，他被命运击昏了头，一心以为自己是世上最不幸的一个，不知道儿子的不幸在母亲那儿总是要加倍的。她有一个长到二十岁上忽然截瘫了的儿子，这是她唯一的儿子；她情愿截瘫的是自己而不是儿子，可这事无法代替；她想，只要儿子能活下去哪怕自己去死呢也行，可她又确信一个人不能仅仅是活着，儿子得有一条路走向自己的幸福；而这条路呢，没有谁能保证她的儿子终于能找到。——这样一个母亲，注定是活得最苦的母亲。

　　有一次与一个作家朋友聊天，我问他学写作的最初动机是什么？他想了一会说："为我母亲。为了让她骄傲。"我心里一惊，良久无言。回想自己最初写小说的动机，虽不似这位朋友的那般单纯，但如他一样的愿望我也有，且一经细想，发现这愿望也在全部动机中占了很大比重。这位朋友说："我的动机太低俗了吧？"我光是摇头，心想低俗并不见得低俗，只怕是这愿望过于天真了。他又说："我那时真就是想出名，出了名让别人羡慕我母亲。"我想，他比我坦率。我想，他又比我幸福，因为他的母亲还活着。而且我想，他的母亲也比我的母亲运气好，他的母亲没有一个双腿残废的儿子，否则事情就不这么简单。

　　在我的头一篇小说发表的时候，在我的小说第一次获奖的那些日子里，我真是多么希望我的母亲还活着。我便又不能在家里呆了，又整天整天独自跑到地坛去，心里是没头没尾的沉郁和哀怨，走遍整个园子却怎么也想不通：母亲为什么就不能再多活两年？为什么在她儿子就快要碰撞开一条路的时候，她却忽然熬不住了？莫非她来此世上只是为了替儿子担忧，却不该分享我的一点点快乐? 她匆匆离我去时才只有四十九呀! 有那么一会, 我甚至对世界对上帝充满了仇恨和厌恶。后来我在一篇题为"合欢树"的文章中写道: "我坐在小公园安静的树林里, 闭上眼睛, 想, 上帝为什么早早地召母亲回去呢? 很久很久, 迷迷糊糊的我听见了回答: '她心里太苦了, 上帝看她受不住了, 就召她回去。' 我似乎得了一点安慰, 睁开眼睛, 看见风正从树林里穿过。"小公园, 指的也是地坛。

只是到了这时候, 纷纭的往事才在我眼前幻现得清晰, 母亲的苦难与伟大才在我心中渗透得深彻。上帝的考虑, 也许是对的。

摇着轮椅在园中慢慢走, 又是雾罩的清晨, 又是骄阳高悬的白昼, 我只想着一件事: 母亲已经不在了。在老柏树旁停下, 在草地上在颓墙边停下, 又是处处虫鸣的午后, 又是鸟儿归巢的傍晚, 我心里只默念着一句话: 可是母亲已经不在了。把椅背放倒, 躺下, 似睡非睡挨到日没, 坐起来, 心神恍惚7, 呆呆地直坐到古祭坛上落满黑暗然后再渐渐浮起月光, 心里才有点明白, 母亲不能再来这园中找我了。

曾有过好多回, 我在这园子里呆得太久了, 母亲就来找我。她来找我又不想让我发觉, 只要见我还好好地在这园子里, 她就悄悄转身回去, 我看见过几次她的背影。我也看见过几回她四处张望的情景, 她视力不好, 端着眼镜像在寻找海上的一条船, 她没看见我时我已经看见她了, 待我看见她也看见我了我就不去看她, 过一会我再抬头看她就又看见她缓缓离去的背影。我单是无法知道有多少回她没有找到我。有一回我坐在矮树丛中, 树丛很密, 我看见她没有找到我; 她一个人在园子里走, 走过我的身旁, 走过我经常呆的一些地方, 步履茫然又急迫。我不知道她已经找了多久还要找多久, 我不知道为什么我决意不喊她--但这绝不是小时候的捉迷藏, 这也许是出于长大了的男孩子的倔强或羞涩? 但这倔只留给我痛悔, 丝毫也没有骄傲。我真想告诫所有长大了的男孩子, 千万不要跟母亲来这套倔强, 羞涩就更不必, 我已经懂了可我已经来不及了。

儿子想使母亲骄傲,这心情毕竟是太真实了,以致使"想出名"这一声名狼藉的念头也多少改变了一点形象。这是个复杂的问题,且不去管它了罢。随着小说获奖的激动逐日暗淡,我开始相信,至少有一点我是想错了:我用纸笔在报刊上碰撞开的一条路,并不就是母亲盼望我找到的那条路。年年月月我都到这园子里来,年年月月我都要想,母亲盼望我找到的那条路到底是什么。母亲生前没给我留下过什么隽永的哲言,或要我恪守的教诲,只是在她去世之后,她艰难的命运,坚忍的意志和毫不张扬的爱,随光阴流转,在我的印象中愈加鲜明深刻。

有一年,十月的风又翻动起安详的落叶,我在园中读书,听见两个散步的老人说:"没想到这园子有这么大。"我放下书,想,这么大一座园子,要在其中找到她的儿子,母亲走过了多少焦灼的路。多年来我头一次意识到,这园中不单是处处都有过我的车辙,有过我的车辙的地方也都有过母亲的脚印。

-후회

1. 我才想到,当年我总是独自跑到地坛去,曾经给母亲出了一个怎样的难题。

2. 母亲知道有些事不宜问,便犹犹豫豫地想问而终于不敢问,

3. 那时她的儿子,还太年轻,还来不及为母亲想,他被命运击昏了头,一心以为自己是世上最不幸的一个,不知道儿子的不幸在母亲那儿总是要加倍的。

해설: 갑작스럽게 장애인이 되어버린 작가가 자신의 대한 연민과 감정에 취하여 자신과 가장 가까운 사람인 어머니에게 소홀해한 것을 후회하고 있다.

-모정

1. 因为她自己心里也没有答案。她料想我不会愿意她跟我一同去，所以她从未这样要求过，她知道得给我一点独处的时间，得有这样一段过程。她只是不知道这过程得要多久，和这过程的尽头究竟是什么。每次我要动身时，她便无言地帮我准备，帮助我上了轮椅车，看着我摇车拐出小院；这以后她会怎样，当年我不曾想过。

2. 她说："出去活动活动，去地坛看看书，我说这挺好。"许多年以后我才渐渐听出，母亲这话实际上是自我安慰，是暗自的祷告，是给我的提示，是恳求与嘱咐。

3. 只是在她猝然去世之后，我才有余暇设想。当我不在家里的那些漫长的时间，她是怎样心神不定坐卧难宁，兼着痛苦与惊恐与一个母亲最低限度的祈求。

해설: 작가는 장애를 가진 아들을 걱정하는 어머니의 마음을 세밀하게 묘사하고 있다. 아들은 하반신 마비로 신체적으로 제약을 받게 되었고, 이에 따라 그의 외부 활동에 대한 어머니의 우려와 염려가 커질 수밖에 없었다. 그러나 어머니는 아들의 자아와 독립적인 삶을 존중하며, 공원에 나가 답답한 마음을 해소하는 아들의 활동을 묵묵히 받아들인다. 어머니는 아들의 바깥 활동에 대해 아무런 반대의 말을 하지 않으며, 아들에게 불편한 감정을 드러내지 않는다. 어머니의 마음속에는 아들이 무사히 집에 돌아오기를 바라는 마음이 깊이 자리잡고 있다. 이는 어머니가 아들의 안전과 건강을 최우선으로 생각하는 마음에서 비롯된 것으로, 아들의 자율성을

존중하면서도 여전히 그를 보호하고자 하는 내면적인 갈등이 드러난다. 어머니는 아들의 외출에 대해 부정적인 감정을 억누르고, 그가 집으로 돌아올 때까지 조용히 기다리며, 아무런 불편한 내색을 하지 않는다.

이로써 작가는 어머니의 깊은 사랑과 무조건적인 희생을 강조하고 있으며, 어머니가 아들을 위해 자신의 욕심과 불안을 억제하고 있다는 점에서 어머니의 마음이 매우 헌신적이고 일방적임을 보여준다. 이는 아들의 장애를 받아들이고, 그가 행복하게 살아가기를 바라는 어머니의 진심 어린 태도를 잘 드러내고 있다.

-디탄을 통해 알게 된 어머니의 부재

1. 母亲已经不在了。在老柏树旁停下，在草地上在颓墙边停下，又是处处虫鸣的午后，又是鸟儿归巢的傍晚，我心里只默念着一句话：可是母亲已经不在了。把椅背放倒，躺下，似睡非睡挨到日没，坐起来，心神恍惚，呆呆地直坐到古祭坛上落满黑暗然后再渐渐浮起月光，心里才有点明白，母亲不能再来这园中找我了。

2. 要在其中找到她的儿子，母亲走过了多少焦灼的路。多年来我头一次意识到，这园中不单是处处都有过我的车辙，有过我的车辙的地方也都有过母亲的脚印。

해설: 작가는 어머니의 부재로 인한 깊은 상실감을 표현하며, 이를 자연의 변화와 함께 묘사하고 있다. 이전에는 항상 자신을 걱정해주고, 말없이 뒤쫓아오던 어머니의 존재가 이제 더 이상 이 세상에 없다는 사실을 통해 작가는 감정적으로 큰 공허함과 우울감을 경험하고 있다. 이 감정은 특히

해가 저물어가는 저녁 하늘의 묘사를 통해 간접적으로 드러난다. 저녁 하늘의 변화는 시간의 흐름과 상실을 상징하며, 어머니와의 추억과 그리움을 더욱 부각시킨다.

작가는 어머니가 더 이상 이 공원에 와서 자신을 찾지 않을 것이라는 사실을 통해, 그동안 어머니가 보여준 사랑과 관심을 되새기며 늦은 후회를 표현한다. 어머니의 부재는 단순한 현실의 변화가 아니라, 작가에게 있어 중요한 존재의 상실이자, 과거와의 단절을 의미한다. 이로써 작가는 어머니와의 추억을 상기하며, 그리움과 후회의 감정을 복합적으로 풀어낸다.

이 단락을 통해 작가는 어머니와의 관계에서 느꼈던 따뜻함과, 그 상실로 인한 감정의 변화 과정을 진지하게 탐구하고 있다. 또한, 자연과 환경을 통한 감정의 비유는 독자에게 작가의 내면적 갈등과 감정을 효과적으로 전달하는 중요한 역할을 한다.

3. 3번째 단락 분석: 사계절을 함께한 나의 디탄

如果以一天中的时间来对应四季, 当然春天是早晨, 夏天是中午, 秋天是黄昏, 冬天是夜晚。如果以乐器来对应四季, 我想春天应该是小号, 夏天是定音鼓, 秋天是大提琴, 冬天是圆号和长笛。要是以这园子里的声响来对应四季呢? 那么, 春天是祭坛上空漂浮着的鸽子的哨音, 夏天是冗长的蝉歌和杨树叶子哗啦啦地对蝉歌的取笑, 秋天是古殿檐头的风铃响, 冬天是啄木鸟随意而空旷的啄木声。以园中的景物对应四季, 春天是一径时而苍白时而黑润的小路, 时而明朗时而阴晦的天上摇荡着串串杨花; 夏天是一条条耀眼而灼人的石凳, 或阴凉而爬满了青苔的石阶, 阶下有果皮, 阶上有半张被坐皱的报纸; 秋天是一座青铜的大钟, 在园子的西北角上曾丢弃着一座很大的铜钟, 铜钟与这园子一般年纪，浑身挂满绿锈，文字已不清晰；冬天，是林中空地上几只羽毛蓬松的老麻雀。以心绪对应四季呢？春天是卧病的季节，否则人们不易发觉春天的残忍与渴望；夏天，情人们应该在这个季节里失恋，不然就似乎对不起爱情；秋天是从外面买一棵盆花回家的时候，把花搁在阔别了的家中，并且打开窗户把阳光也放进屋里，慢慢回忆慢慢整理一些发过霉的东西；冬天伴着火炉和书，一遍遍坚定不死的决心，写一些并不发出的信。还可以用艺术形式对应四季，这样春天就是一幅画，夏天是一部长篇小说，秋天是一首短歌或诗，冬天是一群雕塑。以梦呢？以梦对应四季呢？春天是树尖上的呼喊，夏天是呼喊中的细雨，秋天是细雨中的土地，冬天是干净的土地上的一只孤零的烟斗。

因为这园子，我常感恩于自己的命运。

我甚至就能清楚地看见，一旦有一天我不得不长久地离开它，我会怎样想念它，我会怎样想念它并且梦见它，我会怎样因为不敢想念它而梦也梦不到它。

-비유의 연속

1. 如果以一天中的时间来对应四季，当然春天是早晨，夏天是中午，秋天是黄昏，冬天是夜晚。

2. 春天是祭坛上空漂浮着的鸽子的哨音，夏天是冗长的蝉歌和杨树叶子哗啦啦地对蝉歌的取笑，秋天是古殿檐头的风铃响，冬天是啄木鸟随意而空旷的啄木声。以园中的景物对应四季，春天是一径时而苍白时而黑润的小路，时而明朗时而阴晦的天上摇荡着串串杨花；夏天是一条条耀眼而灼人的石凳，或阴凉而爬满了青苔的石阶，阶下有果皮，阶上有半张被坐皱的报纸；秋天是一座青铜的大钟

3. 春天是卧病的季节，夏天，情人们应该在这个季节里失恋，秋天是从外面买一棵盆花回家的时候，把花搁在阔别了的家中，并且打开窗户把阳光也放进屋里，慢慢回忆慢慢整理一些发过霉的东西；冬天伴着火炉和书

4. 还可以用艺术形式对应四季，这样春天就是一幅画，夏天是一部长篇小说，秋天是一首短歌或诗，冬天是一群雕塑。以梦呢？以梦对应四季呢？春天是树尖上的呼喊，夏天是呼喊中的细雨，秋天是细雨中的土地，冬天是干净的土地上的一只孤零的烟斗。

해설: 작가는 이 글에서 비유적 표현을 빈번하게 사용하고 있으며, 그 빈도가 상당히 높다. 이러한 비유적 언어의 사용은 작자가 디탄 공원에서 보내온 수많은 사계절을 상징적으로 표현하고자 하는 의도를 드러낸다. 봄, 여름, 가을, 겨울의 변화는 단순한 자연의 계절적 변화를 넘어서, 작자의 내면적 변화와 감정의 흐름을 반영하는 중요한 장치로 작용한다. 이러한 계절의 변화는 글에서 여러 번 비유적으로 등장하며, 이를 통해 작자는 자신이 디탄과 함께했던 시간 속에서 겪은 감정적 변화와 고민을 은유적으로 표현하고 있다.

비유는 단순히 계절의 변화만을 반영하는 것이 아니라, 하루의 시간, 공원의 공기, 마음의 상태, 예술의 형식, 그리고 꿈에 이르기까지 다양한 차원에서 나타난다. 각기 다른 맥락에서 반복되는 사계절의 비유는 작자가 그 시간들 속에서 경험한 복합적인 감정의 변화와 내면적 고뇌를 함축적으로 보여준다. 이는 작자가 공원과 함께하며 겪었던 감정적 여정과 내적 성찰을 강조하는 방식으로, 독자에게 더 깊은 감동과 공감을 불러일으킨다.

따라서 작가의 비유적 언어 사용은 단순한 문학적 장치에 그치지 않고,

그가 겪은 정서적 변화와 내면의 복잡함을 효과적으로 전달하는 중요한 역할을 한다. 이 비유들은 작자와 디탄 공원 간의 감정적 유대를 더욱 뚜렷하게 형상화하고, 그 유대 속에서 이루어진 성찰과 성장을 강조하는 데 기여한다.

-계절과 사람 그리고 운명

因为这园子，我常感恩于自己的命运。我甚至就能清楚地看见，一旦有一天我不得不长久地离开它，我会怎样想念它，我会怎样想念它并且梦见它，我会怎样因为不敢想念它而梦也梦不到它。

해설: 작가는 자신이 갑작스럽게 장애를 겪고, 그로 인해 수많은 시련과 좌절을 겪었음에도 불구하고, 디탄 공원이 그 삶의 고통 속에서 늘 자신에게 위안을 주고 정을 붙여준 장소였음을 강조하고 있다. 비록 자신의 신체적 상태와 삶의 여정에서 많은 어려움을 겪었지만, 디탄 공원은 그에게 정신적 지지와 안식처 역할을 하며, 삶을 포기하지 않게 만든 중요한 요소였다고 말한다. 그래서 작가는 "나는 이 운명에 감사한다"고 표현하며, 공원과의 깊은 유대감을 드러낸다.

작가는 공원과의 관계를 단순한 장소와의 연결이 아닌, 자신의 삶과 밀접하게 얽혀 있는 감정적, 정신적 유대라고 본다. 그는 디탄 공원이 자신에게 단순히 물리적인 공간을 넘어서, 삶의 고통 속에서 지속적으로 존재해준 '정붙일 수 있는 곳'으로 기능했다는 점에서, 그것이 자신에게 얼마나 중요한 의미였는지를 고백한다. 결국, 작가는 공원이 자신에게 제공한 위안과 안정감을 통해, 그동안의 고통을 이겨낼 수 있었다고 느끼며, 자신이 죽는 날까지 이 공원과의 관계가 계속될 것임을 암시한다.

마지막으로, 작가는 "내가 이 공원을 그리워할 수도, 꿈에서도 볼 수도 없을 때, 어떤 모습인지 나는 알고 있다"고 말함으로써, 디탄 공원이 그의 삶에서 더 이상 분리될 수 없는 존재임을 선언한다. 이는 단순히 공원이 그에게 물리적으로 가까운 장소라는 의미를 넘어서, 공원이 자신의 삶과 존재의 중요한 일부였음을 나타낸다. 작자는 디탄 공원과의 관계를, 그 어떤 외적인 변화나 사라짐에도 불구하고 자신의 존재의 일부로 간주하고 있으며, 이 공원이 자신의 삶에 지속적으로 영향을 미쳤음을 확신하는 것이다.

4. 4번째 단락 분석: 수많은 사람들과의 장소

让我想想, 十五年中坚持到这园子来的人都是谁呢? 好像只剩了我和一对老人。

十五年前, 这对老人还只能算是中年夫妇, 我则货真价实还是个青年。他们总是在薄暮时分来园中散步, 我不大弄得清他们是从哪边的园门进来, 一般来说他们是逆时针绕这园子走。男人个子很高, 肩宽腿长, 走起路来目不斜视, 胯以上直至脖颈挺直不动；他的妻子攀了他一条胳膊走, 也不能使他的上身稍有松懈。女人个子却矮, 也不算漂亮, 我无端地相信她必出身于家道中衰的名门富族；她攀在丈夫胳膊上像个娇弱的孩子, 她向四周观望似总含着恐惧, 她轻声与丈夫谈话, 见有人走近就立刻怯怯地收住话头。我有时因为他们而想起冉阿让与柯赛特, 但这想法并不巩固, 他们一望即知是老夫老妻。两个人的穿着都算得上考究, 但由于时代的演进, 他们的服饰又可以称为古朴了。他们和我一样, 到这园子里来几乎是风雨无阻, 不过他们比我守时。我什么时间都可能来, 他们则一定是在暮色初临的时候。刮风时他们穿了米色风衣, 下雨时他们打了黑色的雨伞，夏天他们的衬衫是白色的裤子是黑色的或米色的，冬天他们的呢子大衣又都是黑色的，想必他们只喜欢这三种颜色。他们逆时针绕这园子一周，然后离去。他们走过我身旁时只有男人的脚步响，女人像是贴在高大的丈夫身上跟着漂移。我相信他们一定对我有印象，但是我们没有说过话，我们互相都没有想要接近的表示。十五年中，他们或许注意到一个小伙子进入了中年，我则看着一对令人羡慕的中年情侣不觉中成了两个老人。

曾有过一个热爱唱歌的小伙子，他也是每天都到这园中来，来唱歌，唱了好多年，后来不见了。他的年纪与我相仿，他多半是早晨来，唱半小时或整整唱一个上午，估计在另外的时间里他还得上班。我们经常在祭坛东侧的小路上相遇，我知道他是到东南角的高墙下去唱歌，他一定猜想我去东北角的树林里做什么。我找到我的地方，抽几口烟，便听见他谨慎地整理歌喉了。他反反复复唱那么几首歌。文化革命没过去的时候，他唱"蓝蓝的天上白云飘，白云下面马儿跑……"我老也记不住这歌的名字。文革后，他唱《货郎与小姐》中那首最为流传的咏叹调。"卖布--卖布嘞，卖布--卖布嘞！"我记得这开头的一句他唱得很有声势，在早晨清澈的空气中，货郎跑遍园中的每一个角落去恭维小姐。"我交了好运气，我交了好运气，我为幸福唱歌曲……"然后他就一遍一遍地唱，不让货郎的激情稍减。依我听来，他的技术不算精到，在关键的地方常出差错，但他的嗓子是相当不坏的，而且唱一个上午也听不出一点疲惫。太阳也不疲惫，把大树的影子缩小成一团，把疏忽大意的蚯蚓晒干在小路上，将近中午，我们又在祭坛东侧相遇，他看一看我，我看一看他，他往北去，我往南去。日子久了，我感到我们都有结识的愿望，但似乎都不知如何开口，于是互相注视一下终又都移开目光擦身而过；这样的次数一多，便更不知如何开口了。终于有一天——一个丝毫没有特点的日子，我们互相点了一下头。他说："你好。"我说："你好。"他说："回去啦？"我说："是，你呢？"他说："我也该回去了。"我们都放慢脚步（其实我是放慢车速），想再多说几句，但仍然是不知从何说起，这样我们就都走过了对方，又都扭转身子面向对方。他说："那就再见吧。"我说："好，再见。"便互相笑笑各走各的路了。但是我们没有再见，那以后，园中再没了他的歌声，我才想到，那天他或许是有意与我道别的，也许他考上了哪家专业文工团或歌舞团了吧？真希望他如他歌里所唱的那样，交了好运气。

　　还有一些人，我还能想起一些常到这园子里来的人。有一个老头，算得一个真正的饮者；他在腰间挂一个扁瓷瓶，瓶里当然装满了酒，常来这园中消磨午后的时光。他在园中四处游逛，如果你不注意你会以为园中有好几个这样的老头，等你看过了他卓尔不群的饮酒情状，你就会相信这是个独一无二的老头。他的衣着过分随便，走路的姿态也不慎重，走上五六十米路便选定一处地方，一只脚踏在石凳上或土埂上或树墩上，解下腰间的酒瓶，解酒瓶的当儿迷起眼睛把一百八十度视角内的景物细细看一遭，然后以迅雷不及掩耳之势倒一大口酒入肚，把酒瓶摇一摇再挂向腰间，平心静气地想一会什么，便走下一个五六十米去。还有一个捕鸟的汉子，那岁月园中人少，鸟却多，他在西北角的树丛中拉一张网，鸟撞在上面，羽毛饯在网眼里便不能自拔。他单等一种过去很多而现非常罕见的鸟，其它的鸟撞在网上他就把它们摘下来放掉，他说已经有好多年没等到那种罕见的鸟，他说他再等一年看看到底还有没有那种鸟，结果他又等了好多年。早晨和傍晚，在这园子里可以看见一个中年女工程师；早晨她从北向南穿过这园子去上班，傍晚她从南向北穿过这园子回家。事实上我并不了解她的职业或者学历，但我以为她必是学理工的知识分子，别样的人很难有她那般的素朴并优雅。当她在园子穿行的时刻，四周的树林也仿佛更加幽静，清淡的日光中竟似有悠远的琴声，比如说是那曲《献给艾丽丝》才好。我没有见过她的丈夫，没有见过那个幸运的男人是什么样子，我想象过却想象不出，后来忽然懂了想象不出才好，那个男人最好不要出现。她走出北门回家去。我竟有点担心，担心她会落入厨房，不过，也许她在厨房里劳作的情景更有另外的美吧，当然不能再是《献给艾丽丝》，是个什么曲子呢？

还有一个人，是我的朋友，他是个最有天赋的长跑家，但他被埋没了。他因为在文革中出言不慎而坐了几年牢，出来后好不容易找了个拉板车的工作，样样待遇都不能与别人平等，苦闷极了便练习长跑。那时他总来这园子里跑，我用手表为他计时。他每跑一圈向我招下手，我就记下一个时间。每次他要环绕这园子跑二十圈，大约两万米。他盼望以他的长跑成绩来获得政治上真正的解放，他以为记者的镜头和文字可以帮他做到这一点。第一年他在春节环城赛上跑了第十五名，他看见前十名的照片都挂在了长安街的新闻橱窗里，于是有了信心。第二年他跑了第四名，可是新闻橱窗里只挂了前三名的照片，他没灰心。第三年他跑了第七名，橱窗里挂前六名的照片，他有点怨自己。第四年他跑了第三名，橱窗里却只挂了第一名的照片。第五年他跑了第一名——他几乎绝望了，橱窗里只有一幅环城赛群众场面的照片。那些年我们俩常一起在这园子里呆到天黑，开怀痛骂，骂完沉默着回家，分手时再互相叮嘱：先别去死，再试着活一活看。他已经不跑了，年岁太大了，跑不了那么快了。最后一次参加环城赛，他以三十八岁之龄又得了第一名并破了纪录，有一位专业队的教练对他说："我要是十年前发现你就好了。"他苦笑一下什么也没说，只在傍晚又来这园中找到我，把这事平静地向我叙说一遍。不见他已有好几年了，他和妻子和儿子住在很远的地方。

这些人都不到园子里来了，园子里差不多完全换了一批新人。十五年前的旧人，就剩我和那对老夫老妻了。有那么一段时间，这老夫老妻中的一个也忽然不来，薄暮时分唯男人独自来散步，步态也明显迟缓了许多，我悬心了很久，怕是那女人出了什么事。幸好过了一个冬天那女人又来了，两个人仍是逆时针绕着园子走，一长一短两个身影恰似钟表的两支指针；女人的头发白了许多，但依旧攀着丈夫的胳膊走得像个孩子。"攀"这个字用得不恰当了，或许可以用"搀"吧，不知有没有兼具这两个意思的字。

-노부부

1. 十五年前，这对老人还只能算是中年夫妇，我则货真价实还是个青年。

2. 十五年中，他们或许注意到一个小伙子进入了中年，我则看着一对令人羡慕的中年情侣不觉中成了两个老人。

해설: 작가는 장애를 겪으면서 누군가와 결혼을 하여 부부로서의 연을 이어가기가 점점 더 어려워짐을 깊이 느끼며, 그로 인한 아쉬움과 자아의 고립감을 표현한다. 이러한 변화 속에서 그는 중년에서 노년으로 변해가는 부부의 모습을 바라보며, 그들이 함께한 수많은 시간의 흐름에 대한 경외감과 동시에 자신에게 비춰지는 연민을 느낀다. 작가는 자신이 겪고 있는 고통과 아픔을 통해, 중년부부가 노년으로 나아가는 과정에서 겪을 수 있는 인생의 고요한 통찰과 애정을 그리워하며, 그들의 삶에 대한 깊은 아쉬움과 함께 자신이 놓친 것들에 대한 미련을 감추지 않는다.

-청년

1. 曾有过一个热爱唱歌的小伙子，他也是每天都到这园中来，来唱歌，唱了好多年，后来不见了。

2. 文化革命没过去的时候，他唱"蓝蓝的天上白云飘，白云下面马儿跑……"我老也记不住这歌的名字。文革后，他唱《货郎与小姐》中那首最为流传的咏叹调。"卖布--卖布嘞，卖布--卖布嘞！"我记得这开头的一句他唱得很有声势，在早晨清澈的空气中，货郎跑遍园中的每一个角落去恭维小姐。"我交了好运气，我交了好运气

해설: 청년은 열정 넘치는 모습으로 디탄공원에 나타나 노래를 불렀다. 이는 작가가 자신이 더 이상 누릴 수 없는 건강과 열정에 대한 갈망을 그 청년을 통해 대리 경험하고 있음을 의미한다. 청년의 활력 넘치는 모습은 작가에게는 잃어버린 젊음과 강인함에 대한 깊은 동경을 불러일으켰고, 그는 그를 통해 자신이 놓친 시간과 가능성에 대한 아쉬움을 더욱 뚜렷이 느끼게 된다.

-술꾼노인 중년여성, 새를 잡던 남자(문화 대혁명과 관련된 인물들) 그리고 친구

1. 有一个老头，算得一个真正的饮者/ 在这园子里可以看见一个中年女工程师/ 还有一个捕鸟的汉子

2. 还有一个人，是我的朋友，他是个最有天赋的长跑家，但他被埋没了。他因为在文革中出言不慎而坐了几年牢，出来后好不容易找了个拉板车的工作，样样待遇都不能与别人平等，苦闷极了便练习长跑。不见他已有好几年了，他和妻子和儿子住在很远的地方。

해설: 디탄공원에서 만났던 다양한 사람들의 모습을 통해 작가는 그들이 각자 품고 있는 사연과 삶의 무게를 엿보며, 자신과의 비교와 성찰을 거듭

한다. 이들을 통해 그는 자신의 삶을 돌아보고, 그동안 공원에서 보낸 시간들을 되새기며 마음속 깊이 간직하게 된다. 각기 다른 삶의 궤적을 가진 이들의 이야기는 작가에게 그 자체로 의미 있는 반성의 기회를 제공하며, 디탄공원에서의 시간은 이제 그의 내면에 고요히 새겨져 있다.

5. 5번째 단락 분석: 장애인의 삶

　我也没有忘记一个孩子——一个漂亮而不幸的小姑娘。十五年前的那个下午，我第一次到这园子里来就看见了她，那时她大约三岁，蹲在斋宫西边的小路上捡树上掉落的"小灯笼"。那儿有几棵大梨树，春天开一簇簇细小而稠密的黄花，花落了便结出无数如同三片叶子合抱的小灯笼，小灯笼先是绿色，继尔转白，再变黄，成熟了掉落得满地都是。小灯笼精巧得令人爱惜，成年人也不免捡了一个还要捡一个。小姑娘咿咿呀呀地跟自己说着话，一边捡小灯笼；她的嗓音很好，不是她那个年龄所常有的那般尖细，而是很圆润甚或是厚重，也许是因为那个下午园子里太安静了。我奇怪这么小的孩子怎么一个人跑来这园子里？我问她住在哪儿？她随便指一下，就喊她的哥哥，沿墙根一带的茂草之中便站起一个七八岁的男孩，朝我望望，看我不像坏人便对他的妹妹说："我在这儿呢"，又伏下身去，他在捉什么虫子。他捉到螳螂，蚂蚱，知了和蜻蜓，来取悦他的妹妹。有那么两三年，我经常在那几棵大梨树下见到他们，兄妹俩总是在一起玩，玩得和睦融洽，都渐渐长大了些。之后有很多年没见到他们。我想他们都在学校里吧，小姑娘也到了上学的年龄，必是告别了孩提时光，没有很多机会来这儿玩了。这事很正常，没理由太搁在心上，若不是有一年我又在园中见到他们，肯定就会慢慢把他们忘记。
　那是个礼拜日的上午。那是个晴朗而令人心碎的上午，时隔多年，我竟发现那个漂亮的小姑娘原来是个弱智的孩子。我摇着车到那几棵大梨树下去,恰又是遍地落满了小灯笼的季节;当时我正为一篇小说的结尾所苦,既不知为什么要给它那样一个结尾,又不知何以忽然不想让它有那样一个结尾,于是从家里跑出来,想依靠着园中的镇静,看看是否应该把那篇小说放弃。我刚刚把车停下,就见前面不远处有几个人在戏耍一个少女,作出怪样子来吓她,又喊又笑地追逐她拦截她,少女在几棵大树间惊惶地东跑西躲,却不松手揪卷在怀里的裙裾,两条腿袒露着也似毫无察觉。我看出少女的智力是有些缺陷,却还没看出她是谁。我正要驱车上前为少女解围,就见远处飞快地骑车来了个小伙子,于是那几个戏耍少女的家伙望风而逃。小伙子把自行车支在少女近旁,怒目望着那几个四散逃窜的家伙,一声不吭喘着粗气。脸色如暴雨前的天空一样一会比一会苍白。这时我认出了他们,小伙子和少女就是当年那对小兄妹。我几乎是在心里惊叫了一声,或者是哀号。世上的事常常使上帝的居心变得可疑。小伙子向他的妹妹走去。少女松开了手,裙裾随之垂落了下来,很多很多她捡的小灯笼便洒落了一地,铺散在她脚下。她仍然算得漂亮,但双眸迟滞没有光彩。她呆呆地望那群跑散的家伙,望着极目之处的空寂,凭她的智力绝不可能把这个世界想明白吧?大树下,破碎的阳光星星点点,风把遍地的小灯笼吹得滚动,仿佛暗哑地响着无数小铃铛。哥哥把妹妹扶上自行车后座,带着她无言地回家去了。

无言是对的。要是上帝把漂亮和弱智这两样东西都给了这个小姑娘,就只有无言和回家去是对的。

谁又能把这世界想个明白呢?世上的很多事是不堪说的。你可以抱怨上帝何以要降诸多苦难给这人间,你也可以为消灭种种苦难而奋斗,并为此享有崇高与骄傲,但只要你再多想一步你就会坠入深深的迷茫了:假如世界上没有了苦难,世界还能够存在么?要是没有愚钝,机智还有什么光荣呢?要是没了丑陋,漂亮又怎么维系自己的幸运?要是没有了恶劣和卑下,善良与高尚又将如何界定自己又如何成为美德呢？要是没有了残疾，健全会否因其司空见惯而变得腻烦和乏味呢？我常梦想着在人间彻底消灭残疾，但可以相信，那时将由患病者代替残疾人去承担同样的苦难。如果能够把疾病也全数消灭，那么这份苦难又将由（比如说）像貌丑陋的人去承担了。就算我们连丑陋，连愚昧和卑鄙和一切我们所不喜欢的事物和行为，也都可以统统消灭掉，所有的人都一味健康、漂亮、聪慧、高尚，结果会怎样呢？怕是人间的剧目就全要收场了，一个失去差别的世界将是一条死水，是一块没有感觉没有肥力的沙漠。

看来差别永远是要有的。看来就只好接受苦难——人类的全部剧目需要它，存在的本身需要它。看来上帝又一次对了。

于是就有一个最令人绝望的结论等在这里：由谁去充任那些苦难的角色？又有谁去体现这世间的幸福，骄傲和快乐？只好听凭偶然，是没有道理好讲的。

就命运而言，休论公道。

那么，一切不幸命运的救赎之路在哪里呢？设若智慧的悟性可以引领我们去找到救赎之路，难道所有的人都能够获得这样的智慧和悟性吗？

我常以为是丑女造就了美人。我常以为是愚氓举出了智者。我常以为是懦夫衬照了英雄。我常以为是众生度化了佛祖。

−소녀

1. 我也没有忘记一个孩子——一个漂亮而不幸的小姑娘。十五年前的那个下午，我第一次到这园子里来就看见了她，

2. 我竟发现那个漂亮的小姑娘原来是个弱智的孩子。

해설: 작가는 처음에 소녀를 단순히 오빠와 함께 공원에서 놀던 평범한 아이로 인식했다. 그 당시, 그녀가 공원에서 거닐던 장면들을 수차례 묘사하며 소녀의 일상적인 모습을 그려냈고, 그녀의 건강하고 자유로운 신체에 대한 부러움을 드러냈다. 그러나 소녀가 지적장애를 가진 사실을 알게 된 이후, 작가는 소녀와 자신을 동일시하며, 그에 대한 깊은 안타까움과 동병상련의 감정을 느끼게 된다. 이 시점부터는 소녀의 외형적 특성이나 행동보다는, 그녀가 겪고 있는 장애와 그로 인한 고통이 중심이 된다. 작가는 그 과정에서 장애에 대한 자신의 진지한 고뇌와 슬픔을 진심으로 표현하며, 이를 통해 소녀와의 깊은 정서적 교감을 이루어낸다.

-고난을 이겨내는 자신만의 위로

谁又能把这世界想个明白呢? 世上的很多事是不堪说的。你可以抱怨上帝何以要降诸多苦难给这人间, 你也可以为消灭种种苦难而奋斗, 并为此享有崇高与骄傲, 但只要你再多想一步你就会坠入深深的迷茫了：假如世界上没有了苦难, 世界还能够存在么? 要是没有愚钝, 机智还有什么光荣呢? 要是没了丑陋, 漂亮又怎么维系自己的幸运? 要是没有了恶劣和卑下, 善良与高尚又将如何界定自己又如何成为美德呢? 要是没有了残疾, 健全会否因其司空见惯而变得腻烦和乏味呢? 我常梦想着在人间彻底消灭残疾, 但可以相信, 那时将由患病者代替残疾人去承担同样的苦难。如果能够把疾病也全数消灭, 那么这份苦难又将由 (比如说) 像貌丑陋的人去承担了。就算我们连丑陋, 连愚昧和卑鄙和一切我们所不喜欢的事物和行为, 也都可以统统消灭掉, 所有的人都一味健康、漂亮、聪慧、高尚, 结果会怎样呢? 怕是人间的剧目就全要收场了, 一个失去差别的世界将是一条死水, 是一块没有感觉没有肥力的沙漠。

해설: 작가는 장애를 받아들이는 데 큰 어려움을 겪었다. 그러나 그는 결국 모든 인간의 삶이 공평함 속에 자리잡고 있다는 깨달음을 얻는다. 고난이 없다면 기쁨도 없고, 우매함이 없다면 영민함도 존재할 수 없다는 이치를 통해, 장애는 인간이 살아가는 사회에서 반드시 존재해야 하는 일종의 기준으로 여겨야 한다는 관점에 이르게 된다. 이를 통해 작가는 스스로를 위로하며, 자신에게 주어진 고통을 받아들이려 한다. 또한, 그는 자신의 고통을 신의 뜻으로 돌리며, 신이라는 존재에게 위로를 구한다. 이는 자신이 감당하기 어려운 고난을 신에게 맡기며, 그로부터 정신적 평안을 얻고자 하는 마음의 표현이라 할 수 있다.

6. 6번째 단락 분석: 삶에 대한 태도

设若有一位园神, 他一定早已注意到了, 这么多年我在这园里坐着, 有时候是轻松快乐的, 有时候是沉郁苦闷的, 有时候优哉游哉, 有时候恓惶落寞, 有时候平静而且自信, 有时候又软弱, 又迷茫。其实总共只有三个问题交替着来骚扰我, 来陪伴我。第一个是要不要去死? 第二个是为什么活? 第三个, 我干嘛要写作?

让我看看, 它们迄今都是怎样编织在一起的吧。

你说, 你看穿了死是一件无需乎着急去做的事, 是一件无论怎样耽搁也不会错过的事, 便决定活下去试试? 是的, 至少这是很关键的因素。为什么要活下去试试呢? 好像仅仅是因为不甘心, 机会难得, 不试白不试, 腿反正是完了, 一切仿佛都要完了, 但死神很守信用, 试一试不会额外再有什么损失。说不定倒有额外的好处呢是不是? 我说过, 这一来我轻松多了, 自由多了。为什么要写作呢? 作家是两个被人看重的字, 这谁都知道。为了让那个躲在园子深处坐轮椅的人，有朝一日在别人眼里也稍微有点光彩，在众人眼里也能有个位置，哪怕那时再去死呢也就多少说得过去了，开始的时候就是这样想，这不用保密，这些已经不用保密了。

我带着本子和笔，到园中找一个最不为人打扰的角落，偷偷地写。那个爱唱歌的小伙子在不远的地方一直唱。要是有人走过来，我就把本子合上把笔叼在嘴里。我怕写不成反落得尴尬。我很要面子。可是你写成了，而且发表了。人家说我写的还不坏，他们甚至说：真没想到你写得这么好。我心说你们没想到的事还多着呢。我确实有整整一宿高兴得没合眼。我很想让那个唱歌的小伙子知道，因为他的歌也毕竟是唱得不错。我告诉我的长跑家朋友的时候，那个中年女工程师正优雅地在园中穿行；长跑家很激动，他说好吧，我玩命跑，你玩命写。这一来你中了魔了，整天都在想哪一件事可以写，哪一个人可以让你写成小说。是中了魔了，我走到哪儿想到哪儿，在人山人海里只寻找小说，要是有一种小说试剂就好了，见人就滴两滴看他是不是一篇小说，要是有一种小说显影液就好了，把它泼满全世界看看都是哪儿有小说，中了魔了，那时我完全是为了写作活着。结果你又发表了几篇，并且出了一点小名，可这时你越来越感到恐慌。我忽然觉得自己活得像个人质，刚刚有点像个人了却又过了头，像个人质，被一个什么阴谋抓了来当人质，不定哪天被处决，不定哪天就完蛋。你担心要不了多久你就会文思枯竭，那样你就又完了。凭什么我总能写出小说来呢？凭什么那些适合作小说的生活素材就总能送到一个截瘫者跟前来呢？人家满世界跑都有枯竭的危险，而我坐在这园子里凭什么可以一篇接一篇地写？你又想到了死。我想见好就收吧。当一名人质实在是太累了太紧张了，太朝不保夕了。我为写作而活下来，要是写作到底不是我应该干的事，我想我再活下去是不是太冒傻气了？你这么想着你却还在绞尽脑汁地想写。我好歹又拧出点水来，从一条快要晒干的毛巾上。恐慌日甚一日，随时可能完蛋的感觉比完蛋本身可怕多了，所谓怕贼偷就怕贼惦记，我想人不如死了好，不如不出生的好，不如压根儿没有这个世界的好。可你并没有去死。我又想到那是一件不必着急的事。可是不必着急的事并不证明是一件必要拖延的事呀？你总是决定活下来，这说明什么？是的，我还是想活。人为什么活着？因为人想活着，说到底是这么回事，人真正的名字叫作：欲望。可我不怕死，有时候我真的不怕死。有时候，——说对了。不怕死和想去死是两回事，有时候不怕死的人是有的，一生下来就不怕死的人是没有的。我有时候倒是怕活。可是怕活不等于不想活呀？可我为什么还想活呢？因为你还想得到点什么、你觉得你还是可以得到点什么的，比如说爱情，比如说，价值之类，人真正的名字叫欲望。这不对吗？我不该得到点什么吗？没说不该。可我为什么活得恐慌，就像个人质？后来你明白了，你明白你错了，活着不是为了写作，而写作是为了活着。你明白了这一点是在一个挺滑稽的时刻。那天你又说你不如死了好，你的一个朋友劝你：你不能死，你还得写呢，还有好多好作品等着你去写呢。这时候你忽然明白了，你说：只是因为我活着，我才不得不写作。或者说只是因为你还想活下去，你才不得不写作。是的，这样说过之后我竟然不那么恐慌了。就像你看穿了死之后所得的那份轻松？一个人质报复一场阴谋的最有效的办法是把自己杀死。我看出我得先把我杀死在市场上，那样我就不用参加抢购题材的风潮了。你还写吗？还写。你真的不得不写吗？人都忍不住要为生存找一些牢靠的理由。你不担心你会枯竭了？我不知道，不过我想，活着的问题在死前是完不了的。

这下好了，您不再恐慌了不再是个人质了，您自由了。算了吧你，我怎么可能自由呢？别忘了人真正的名字是：欲望。所以您得知道，消灭恐慌的最有效的办法就是消灭欲望。可是我还知道，消灭人性的最有效的办法也是消灭欲望。那么，是消灭欲望同时也消灭恐慌呢？还是保留欲望同时也保留人生？

我在这园子里坐着，我听见园神告诉我，每一个有激情的演员都难免是一个人质。每一个懂得欣赏的观众都巧妙地粉碎了一场阴谋。每一个乏味的演员都是因为他老以为这戏剧与自己无关。每一个倒霉的观众都是因为他总是坐得离舞台太近了。

我在这园子里坐着，园神成年累月地对我说：孩子，这不是别的，这是你的罪孽和福祉。

– 작가가 우리에게 던지는 질문:죽어야 하나? 왜 살아야 할까?

해설: 작가는 이 작품을 출간한 후 인터뷰에서 죽음에 대해 조급히 생각할 필요가 없다고 언급했다. 그는 죽음은 모든 이에게 결국 찾아오는 필연적인 것이며, 우리가 살아가기로 결심했다면 그 자체로 충분히 의미가 있다고 말했다. 또한 그는 "왜 살아가려 하는가?"라는 질문을 끊임없이 던지는 것이 중요하다고 강조했다. 사람의 진정한 이름은 욕망이며, 그러므로 살아가는 것 자체가 본능에 충실하는 일이라고 표현했다. 이는 삶의 본질을 진지하게 성찰하며, 인간 존재의 근본적인 동기를 탐구하는 철학적 사유를 담고 있다.

[연습문제 풀어보기]

–下列对文章的理解与分析, 不正确的一项是

A、第四段人称变换, 既拉近与读者的距离, 增加亲切感, 又便于感情交流, 增强抒情性。

B、节选部分在内容上以思辨为主, 语言隽永而富有哲理给人启迪, 令人回味无穷。

C、选文多用设问修辞手法, 能够深刻地表达作者对生命的感悟, 并引起读者的深思。

D、作者不幸致残，十分苦闷，命运不断捉弄，如此生命体验，因而言辞激
烈，愤慨不平。

답:D

-请结合文章内容，理解加点词语在文中的含义。
(1) 罪孽：
(2) 福祉：

답: 1) 罪孽是指人为了满足自己的欲望而活着。对于作者而言，只是因为
活着，才不得不写作；或者说只是因为还想活下去，才不得不写作。

(2) 福祉是指生命存在的意义和价值。对于作者而言，自己虽然身处轮
椅，是一个身体伤残的人，但却能通过写作，在别人眼里也稍微有点
光彩在众人眼里也能有个位置。

7. 7번째 단락 분석: 나의 디탄, 사람이 살아가는 정든 그곳

要是有些事我没说，地坛，你别以为是我忘了，我什么也没忘，但是有些事
只适合收藏。不能说，也不能想，却又不能忘。它们不能变成语言，它们无法
变成语言，一旦变成语言就不再是它们了。它们是一片朦胧的温馨与寂寥，是
一片成熟的希望与绝望，它们的领地只有两处：心与坟墓。比如说邮票，有些
是用于寄信的，有些仅仅是为了收藏。

如今我摇着车在这园子里慢慢走，常常有一种感觉，觉得我一个人跑出来

已经玩得太久了。有一天我整理我的旧像册，一张十几年前我在这园子里照的照片——那个年轻人坐在轮椅上，背后是一棵老柏树，再远处就是那座古祭坛。我便到园子里去找那棵树。我按着照片上的背景找很快就找到了它，按着照片上它枝干的形状找，肯定那就是它。但是它已经死了，而且在它身上缠绕着一条碗口粗的藤萝。有一天我在这园子碰见一个老太太，她说："哟，你还在这儿哪？"她问我："你母亲还好吗？""您是谁？""你不记得我，我可记得你。有一回你母亲来这儿找你，她问我您看没看见一个摇轮椅的孩子？……"我忽然觉得，我一个人跑到这世界上来真是玩得太久了。有一天夜晚，我独自坐在祭坛边的路灯下看书，忽然从那漆黑的祭坛里传出一阵阵唢呐声；四周都是参天古树，方形祭坛占地几百平米空旷坦荡独对苍天，我看不见那个吹唢呐的人，唯唢呐声在星光寥寥的夜空里低吟高唱，时而悲怆时而欢快，时而缠绵时而苍凉，或许这几个词都不足以形容它，我清清醒醒地听出它响在过去，一直在响，回旋飘转亘古不散。

必有一天，我会听见喊我回去。

那时您可以想象一个孩子，他玩累了可他还没玩够呢。心里好些新奇的念头甚至等不及到明天。也可以想象是一个老人，无可置疑地走向他的安息地，走得任劳任怨。还可以想象一对热恋中的情人，互相一次次说"我一刻也不想离开你"，又互相一次次说"时间已经不早了"。时间不早了可我一刻也不想离开你，一刻也不想离开你可时间毕竟是不早了。

我说不好我想不想回去。我说不好是想还是不想，还是无所谓。我说不好我是像那个孩子，还是像那个老人，还是像一个热恋中的情人。很可能是这样：我同时是他们三个。我来的时候是个孩子，他有那么多孩子气的念头所以才哭着喊着闹着要来；他一来一见到这个世界便立刻成了不要命的情人；而对一个情人来说，不管多么漫长的时光也是稍纵即逝，那时他便明白，每一步每一步，其实一步步都是走在回去的路上。当牵牛花初开的时节，葬礼的号角就已吹响。

但是太阳，他每时每刻都是夕阳也都是旭日。当他熄灭着走下山去收尽苍凉残照之际，正是他在另一面燃烧着爬上山巅布散烈烈朝辉之时。那一天，我也将沉静着走下山去，扶着我的拐杖。有一天，在某一处山洼里，势必会跑上来一个欢蹦的孩子，抱着他的玩具。

当然，那不是我。

但是，那不是我吗？

宇宙以其不息的欲望将一个歌舞炼为永恒。这欲望有怎样一个人间的姓名，大可忽略不计。

-이 단락이 의미하는 것은 무엇일까?

要是有些事我没说，地坛，你别以为是我忘了，我什么也没忘，但是有些事只适合收藏。不能说，也不能想，却又不能忘。它们不能变成语言，它们无法变成语言，一旦变成语言就不再是它们了。它们是一片朦胧的温馨与寂寥，是一片成熟的希望与绝望，它们的领地只有两处：心与坟墓。比如说邮票，有些是用于寄信的，有些仅仅是为了收藏。

如今我摇着车在这园子里慢慢走，常常有一种感觉，觉得我一个人跑出来已经玩得太久了。

해설:《나와 디탄》의 결말은 단순히 어머니에 대한 감정의 표현을 넘어, 삶에 대한 깊은 철학적 성찰을 담고 있다. 작품 곳곳에서 스텐셩은 디탄공원에서의 일상과 경험을 통해 어머니에 대한 그리움과 고마움을 되새긴다. 특히, 그는 공원을 거닐던 노인이 공원의 넓이에 감탄하는 모습을 듣고, 어머니가 자신을 찾기 위해 걸었던 길을 떠올리며 그 여정을 되짚는다.

이 순간, 그는 공원에 남겨진 자신의 발자국뿐만 아니라, 어머니의 무수한 발자국과 그로부터 이어진 끊임없는 염려가 함께 남아 있다는 사실을 깨닫는다. 이 깨달음은 그에게 어머니의 헌신적 사랑과 깊은 의미를 진지하게 이해하도록 이끈다.

결국, 《나와 디탄》의 결말은 삶의 진정한 의미에 대해 독자들에게 깊은 메시지를 전달한다. 그것은 고난과 역경에 맞서 용감하게 살아가는 것, 그리고 주변 사람들과 사물에 대한 깊은 존중과 애정을 바탕으로 인생을 더욱 풍요롭고 의미 있게 만드는 과정이 중요하다는 메시지를 전하고 있다.

−《나와 디탄》이 우리에게 주는 키워드는 무엇인가?

해설: 1. 생명에 대한 사유: 이 작품에서 스텐셩은 디탄공원에 대한 섬세한 관찰과 자신의 경험을 바탕으로 생명에 대한 깊은 성찰을 표현한다. 그는 큰 고통을 겪은 후에도 여전히 삶을 평온한 마음으로 바라보며, 그 속에서 아름다움을 발견할 수 있었다. 이 과정에서 그는, 비록 삶이 우리에게 시련과 고통을 안겨줄지라도, 그럼에도 불구하고 삶에 대한 사랑과 열망은 결코 포기할 수 없다는 중요한 깨달음을 얻는다.

2. 어머니에 대한 그리움: 스텐셩은 작품을 통해 어머니에 대한 깊은 그리움을 진지하게 표현한다. 그의 어머니는 아들이 겪는 불행과 고통을 묵묵히 감내하며, 그를 향한 끝없는 사랑과 무조건적인 지지를 보내는 인물로 그려진다. 모성애에 대한 묘사는 감동적으로 펼쳐지며, 그 사랑이 얼마나 위대하고 사심 없는지를 보여준다. 스텐셩은 어머니가 그의 인생 마지막 여정을 함께하지 못한 사실에 대해 깊은 미안함과 그리움을 글을 통해 풀어낸다. 이는 어머니와의 관계가 얼마나 소중하고, 그 사랑이 삶에 미친

영향이 컸는지를 강하게 느끼게 한다.

3. 삶에 대한 강인한 태도: 이 책에서 스텐셩은 삶에 대한 강인한 태도를 여실히 보여준다. 그는 엄청난 고통과 시련을 겪으면서도 결코 좌절하지 않고 끈기 있게 극복해 나아간다. 그의 정신력은 독자들에게, 어려움에 처했을 때도 포기하지 않고 버텨내는 힘을 북돋아 준다. 이 책은 생명의 무한한 가능성에 대한 확신과 희망으로 가득 차 있으며, 사람들에게 트라우마와 역경 속에서도 새로운 경험을 얻을 수 있다는 믿음을 전달한다. 또한, 무지개가 나타나는 순간은 언제나 비바람이 지나간 후인 것을 믿게 만든다.

스텐셩(史铁生)
《스물한 살 그해》(我21岁那年)

[원문]

 友谊医院神经内科病房有十二间病室, 除去一号二号, 其余十间我都住过。当然, 决不为此骄傲。即便多么骄傲的人, 据我所见, 一躺上病床也都谦恭。一号和二号是病危室, 是一步登天的地方, 上帝认为我住那儿为时尚早。

 十九年前, 父亲搀扶着我第一次走进那病房。那时我还能走, 走得艰难, 走得让人伤心就是了。当时我有过一个决心: 要么好, 要么死, 一定不再这样走出来。

 正是晌午, 病房里除了病人的微鼾, 便是护士们轻极了的脚步, 满目洁白, 阳光中飘浮着药水的味道, 如同信徒走进了庙宇我感觉到了希望。一位女大夫把我引进十号病室。她贴近我的耳朵轻轻柔柔地问: "午饭吃了没?" 我说: "您说我的病还能好吗?" 她笑了笑。记不得她怎样回答了, 单记得她说了一句什么之后, 父亲的愁眉也略略地舒展。女大夫步履轻盈地走后, 我永远留住了一个偏见: 女人是最应该当大夫的, 白大褂是她们最优雅的服装。

 那天恰是我二十一岁生日的第二天。我对医学对命运都还未及了解, 不知道病出在脊髓上将是一件多么麻烦的事。我舒心地躺下来睡了个好觉。心想: 十天, 一个月, 好吧就算是三个月, 然后我就又能是原来的样子了。和我一起插队的同学来看我时, 也都这样想; 他们给我带来很多书。

 十号有六个床位。我是六床。五床是个农民, 他天天都盼着出院。"光房钱一天就一块一毛五，你算算得啦，"五床说，"死呗可值得了这么些?"三床就说：
"得了嘿你有完没完! 死死死，数你悲观。"四床是个老头，说："别介别介，咱
毛主席有话啦——既来之，则安之。"农民便带笑地把目光转向我，却是对他
们说："敢情你们都有公费医疗。"他知道我还在与贫下中农相结合。一床不
说话，一床一旦说话即可出院。二床像是个有些来头的人，举手投足之间便赢
得大伙的敬畏。二床幸福地把一切名词都忘了，包括忘了自己的姓名。二床讲
话时，所有名词都以"这个""那个"代替，因而讲到一些轰轰烈烈的事迹却听
不出是谁人所为。四床说："这多好，不得罪人。"

我不搭茬儿。刚有的一点舒心顷刻全光。一天一块多房钱都要从父母的工
资里出，一天好几块的药钱，饭钱都要从父母的工资里出，何况为了给我治病
家中早已是负债累累了。我马上就想那农民之所想了：什么时候才能出院呢?
我赶紧松开拳头让自己放明白点：这是在医院不是在家里，这儿没人会容忍
我发脾气，而且砸坏了什么还不是得用父母的工资去赔? 所幸身边有书，想
来想去只好一头埋进书里去，好吧好吧，就算是三个月! 我平白地相信这样一
个期限。

可是三个月后我不仅没能出院，病反而更厉害了。

那时我和二床一起住到了七号。二床果然不同寻常，是位局长、十一级干部，
但还是多了一级，非十级以上者无缘去住高干病房的单间。七号是这普通病
房中唯一仅设两张病床的房间，最接近单间，故一向由最接近十级的人去住。
据说刚有个十三级从这儿出去。二床搬来名正言顺。我呢? 护士长说是"这
孩子爱读书"，让我帮助二床把名词重新记起来。"你看他连自己是谁都闹不
清了。"护士长说。但二床却因此越来越让人喜欢，因为"局长"也是名词也在
被忘之列，我们之间的关系日益平等、融洽。有一天他问我："你是干什么的?"
我说："插队的。"二床说他的"那个"也是，两个"那个"都是，他在高出他半个
头的地方比划一下："就是那两个，我自己养的。""您是说您的两个儿子?"他

说对，儿子。他说好哇，革命嘛就不能怕苦，就是要去结合。他说："我们当初也是从那儿出来的嘛。"我说："农村？""对对对。什么？""农村。""对对对农村。别忘本呀！"我说是。我说："您的家乡是哪儿？"他于是抱着头想好久。这一回我也没办法提醒他。最后他骂一句，不想了，说："我也放过那玩意儿。"他在头顶上伸直两个手指。"是牛吗？"他摇摇头，手往低处一压。"羊？""对了，羊。我放过羊。"他躺下，双手垫在脑后，甜甜蜜蜜地望着天花板老半天不言语。大夫说他这病叫做"角回综合症，命名性失语"，并不影响其他记忆，尤其是遥远的往事更都记得清楚。我想局长到底是局长，比我会得病。他忽然又坐起来："我的那个，喂，小什么来？""小儿子？""对！"他怒气冲冲地跳到地上，说："那个小玩意儿，娘个！"说："他要去结合，我说好嘛我支持。"说："他来信要钱，说要办个这个。"他指了指周围，我想"那个小玩意儿"可能是要办个医疗站。他说："好嘛，要多少？我给。可那个小玩意儿！"他背着手气哼哼地来回走，然后停住，两手一摊："可他又要在那儿结婚！""在农村？""对，农村。""跟农民？""跟农民。"无论是根据我当时的思想觉悟，还是根据报纸电台当时的宣传倡导，这都是值得肃然起敬的。"扎根派。"我钦佩地说。"娘了个派！"他说："可你还要不要回来嘛？"这下我有点发蒙。见我愣着，他又一跺脚，补充道："可你还要不要革命?!"这下我懂了，先不管革命是什么，二床的坦诚都令人欣慰。

不必去操心那些玄妙的逻辑了。整个冬天就快过去，我反倒拄着拐杖都走不到院子里去了，双腿日甚一日地麻木，肌肉无可遏止地萎缩，这才是需要发愁的。

我能住到七号来，事实上是因为大夫护士们都同情我。因为我还这么年轻，因为我是自费医疗，因为大夫护士都已经明白我这病的前景极为不妙，还因为我爱读书——在那个"知识越多越反动"的年代，大夫护士们尤为喜爱一个爱读书的孩子。他们都还把我当孩子。他们的孩子有不少也在插队。护士长好几次在我母亲面前夸我，最后总是说："唉，这孩子……"这一声叹，暴露了当代医学的爱莫能助。他们没有别的办法帮助我，只能让我住得好一点，安静些，读读书吧——他们可能是想，说不定书中能有"这孩子"一条路。可我已经没了读书的兴致。整日躺在床上，听各种脚步从门外走过；希望他们停下来，推门进来，又希望他们千万别停，走过去走你们的路去别来烦我。心里荒荒凉凉地祈祷：上帝如果你不收我回去，就把能走路的腿也给我留下！我确曾在没人的时候双手合十，出声地向神灵许过愿。多年以后才听一位无名的哲人说过：危卧病榻，难有无神论者。如今来想，有神无神并不值得争论，但在命运的混沌之点，人自然会忽略着科学，向虚冥之中寄托一份虔敬的祈盼。正如迄今人类最美好的向往也都没有实际的验证，但那向往并不因此消灭。

主管大夫每天来查房，每天都在我的床前停留得最久："好吧，别急。"按规矩主任每星期查一次房，可是几位主任时常都来看看我："感觉怎么样？嗯，一定别着急。"有那么些天全科的大夫都来看我，八小时以内或以外，单独来或结队来，检查一番各抒主张，然后都对我说："别着急，好吗？千万别急。"从他们谨慎的言谈中我渐渐明白了一件事：我这病要是因为一个肿瘤的捣鬼，把它找出来切下去随便扔到一个垃圾桶里，我就还能直立行走，否则我多半就把祖先数百万年进化而来的这一优势给弄丢了。

窗外的小花园里已是桃红柳绿，二十二个春天没有哪一个像这样让人心抖。我已经不敢去羡慕那些在花丛树行间漫步的健康人和在小路上打羽毛球的年轻人。我记得我久久地看过一个身着病服的老人，在草地上踱着方步晒太阳：只要这样我想只要这样！只要能这样就行了就够了！我回忆脚踩在软软的草地上是什么感觉？想走到哪儿就走到哪儿是什么感觉？踢一颗路边的石子，踢着它走是什么感觉？没这样回忆过的人不会相信，那竟是回忆不出来的！老人走后我仍呆望着那块草地，阳光在那儿慢慢地淡薄、脱离，凝作一缕孤哀凄寂的红光一步步爬上墙，爬上楼顶……我写下一句歪诗：轻拨小窗看春色，漏入人间一斜阳。日后我摇着轮椅特意去看过那块草地，并从那儿张望7号窗口，猜想那玻璃后面现在住的谁？上帝打算为他挑选什么前程？当然，上帝用不着征求他的意见。

　　我乞求上帝不过是在和我开着一个临时的玩笑——在我的脊椎里装进了一个良性的瘤子。对对，它可以长在椎管内，但必须要长在软膜外，那样才能把它剥离而不损坏那条珍贵的脊髓。"对不对，大夫？""谁告诉你的？""对不对吧？"大夫说："不过，看来不太像肿瘤。"我用目光在所有的地方写下"上帝保佑"，我想，或许把这四个字写到千遍万遍就会赢得上帝的怜悯，让它是个瘤子，一个善意的瘤子。要么干脆是个恶毒的瘤子，能要命的那一种，那也行。总归得是瘤子，上帝！

　　朋友送了我一包莲子，无聊时我捡几颗泡在瓶子里，想：赌不赌一个愿？要是它们能发芽，我的病就不过是个瘤子。但我战战兢兢地一直没敢赌。谁料几天后莲子竟都发芽。我想好吧我赌！我想其实我压根儿是倾向于赌的。我想倾向于赌事实上就等于是赌了。我想现在我还敢赌——它们一定能长出叶子！（这是明摆着的。）我每天给它们换水，早晨把它们移到窗台西边，下午再把它们挪到东边，让它们总在阳光里；为此我抓住床栏走，扶住窗台走，几米路我走得大汗淋漓。这事我不说，没人知道。不久，它们长出一片片圆圆的叶子来。"圆"，又是好兆。我更加周到地侍候它们，坐回到床上气喘吁吁地望着它们，夜里醒来在月光中也看看它们：好了，我要转运了。并且忽然注意到"莲"与"怜"谐音，毕恭毕敬地想：上帝终于要对我发发慈悲了吧？这些事我不说没人知道。叶子长出了瓶口，闲人要去摸，我不让，他们硬是摸了呢，我便在心里加倍地祈祷几回。这些事我不说，现在也没人知道。然而科学胜利了，它三番五次地说那儿没有瘤子，没有没有。果然，上帝直接在那条娇嫩的脊髓上做了手脚！定案之日，我像个冤判的屈鬼那样疯狂地作乱，挣扎着站起来，心想干吗不能跑一回给那个没良心的上帝瞧瞧？后果很简单，如果你没摔死你必会明白：确实，你干不过上帝。

我终日躺在床上一言不发，心里先是完全的空白，随后由着一个死字去填满。王主任来了。（那个老太太，我永远忘不了她。还有张护士长。八年以后和十七年以后，我有两次真的病到了死神门口，全靠这两位老太太又把我抢下来。）我面向墙躺着，王主任坐在我身后许久不说什么，然后说了，话并不多，大意是：还是看看书吧，你不是爱看书吗？人活一天就不要白活。将来你工作了，忙得一点时间都没有，你会后悔这段时光就让它这么白白地过去了。这些话当然并不能打消我的死念，但这些话我将受用终生，在以后的若干年里我频繁地对死神抱有过热情，但在未死之前我一直记得王主任这些话，因而还是去做些事。使我没有去死的原因很多（我在另外的文章里写过），"人活一天就不要白活"亦为其一，慢慢地去做些事于是慢慢地有了活的兴致和价值感。有一年我去医院看她，把我写的书送给她，她已是满头白发了，退休了，但照常在医院里从早忙到晚。我看着她想，这老太太当年必是心里有数，知道我还不至去死，所以她单给我指一条活着的路。可是我不知道当年我搬离7号后，是谁最先在那儿发现过一团电线？并对此作过什么推想？那是个祕密，现在也不必说。假定我那时真的去死了呢？我想找一天去问问王主任。我想，她可能会说"真要去死那谁也管不了"，可能会说"要是你找不到活着的价值，迟早还是想死"，可能会说"想一想死倒也不是坏事，想明白了倒活得更自由"，可能会说"不，我看得出来，你那时离死神还远着呢，因为你有那么多好朋友"。

友谊医院——这名字叫得好。"同仁""协和""博爱""济慈"，这样的名字也不错，但或稍嫌冷静，或略显张扬，都不如"友谊"听着那么平易、亲近。也许是我的偏见。二十一岁末尾，双腿彻底背叛了我，我没死，全靠着友谊。还在乡下插队的同学不断写信来，软硬兼施劝骂并举，以期激起我活下去的勇气；已转回北京的同学每逢探视日必来看我，甚至非探视日他们也能进来。"怎么进来的你们？""咳，闭上一只眼睛想一会儿就进来了。"这群插过队的，当年可以凭一张站台票走南闯北，甭担心还有他们走不通的路。那时我搬到了加号。加号原本不是病房，里面有个小楼梯间，楼梯间弃置不用了，余下的地方仅够放一张床，虽然窄小得像一节烟囱，但毕竟是单间，光景固不可比十级，却又非十一级可比。这又是大夫护士们的一番苦心，见我的朋友太多，都是少男少女难免说笑得不管不顾，既不能影响了别人又不可剥夺了我的快乐，于是给了我9.5级的待遇。加号的窗口朝向大街，我的床紧挨着窗，在那儿我度过了二十一岁中最惬意的时光。每天上午我就坐在窗前清清静静地读书，很多名著我都是在那时读到的，也开始像模像样地学着外语。一过中午，我便直着眼睛朝大街上眺望，尤其注目骑车的年轻人和5路汽车的车站，盼着朋友们来。有那么一阵子我暂时忽略了死神。朋友们来了，带书来，带外面的消息来，带安慰和欢乐来，带新朋友来，新朋友又带新的朋友来，然后都成了老朋友。以后的多少年里，友谊一直就这样在我身边扩展，在我心里深厚。把加号的门关紧，我们自由地嬉笑怒骂，毫无顾忌地议论世界上所有的事，高兴了还可以轻声地唱点什么——陕北民歌，或插队知青自己的歌。晚上朋友们走了，在小台灯幽寂而又喧嚣的光线里，我开始想写点什么，那便是我创作欲望最初的萌生。我一时忘记了死，还因为什么？还因为爱情的影子在隐约地晃动。那影子将长久地在我心里晃动，给未来的日子带来幸福也带来痛苦，尤其带来激情，把一个绝望的生命引领出死谷。无论是幸福还是痛苦，都会成为永远的珍藏和神圣的纪念。

二十一岁、二十九岁、三十八岁，我三进三出友谊医院，我没死，全靠了友谊。后两次不是我想去勾结死神，而是死神对我有了兴趣。我高烧到40多度，朋友们把我抬到友谊医院，内科说没有护理截瘫病人的经验，柏大夫就去找来王主任，找来张护士长，于是我又住进神内病房。尤其是二十九岁那次，高烧不退，整天昏睡、呕吐，差不多三个月不敢闻饭味，光用血管去喝葡萄糖，血压也不安定，先是低压升到120接着高压又降到60，大夫们一度担心我活不过那年冬天了——肾，好像是接近完蛋的模样，治疗手段又像是接近于无了。我的同学找柏大夫商量，他们又一起去找唐大夫：要不要把这事告诉我父亲？他们决定：不。告诉他，他还不是白着急？然后他们分了工：死的事由我那同学和柏大夫管，等我死了由他们去向我父亲解释；活着的我由唐大夫多多关照。唐大夫说："好，我以教学的理由留他在这儿，他活一天就还要想一天办法。"真是人不当死鬼神奈何其不得，冬天一过我又活了，看样子极可能活到下一个世纪去。唐大夫就是当年把我接进十号的那个女大夫，就是那个步履轻盈温文尔雅的女大夫，但八年过去她已是两鬓如霜了。又过了9年，我第三次住院时唐大夫已经不在。听说我又来了，科里的老大夫、老护士们都来看我，问候我，夸我的小说写得还不错，跟我叙叙家常，惟唐大夫不能来了。我知道她不能来了，她不在了。我曾摇着轮椅去给她送过一个小花圈，大家都说：她是累死的，她肯定是累死的！我永远记得她把我迎进病房的那个中午，她贴近我的耳边轻轻柔柔地问："午饭吃了没？"倏忽之间，怎么，她已经不在了？她不过才五十岁出头。这事真让人哑口无言，总觉得不大说得通，肯定是谁把逻辑摆弄错了。但愿柏大夫这一代的命运会好些。实际只是当着众多病人时我才叫她柏大夫。平时我叫她"小柏"，她叫我"小史"。她开玩笑时自称是我的"私人保健医生"，不过这不像玩笑这很近实情。近两年我叫她"老柏"她叫我"老史"了。十九前的深秋，病房里新来了个卫生员，梳着短辫儿，戴一条长围巾穿一双黑灯芯绒鞋，虽是一口地道的北京城里话，却满身满脸的乡土气尚未退尽。"你也是插队的？"我问她。"你也是？"听得出来，她早已知道了。"你哪届？""老初二，你呢？""我六八，老初一。你哪儿？""陕北。你哪儿？""我内蒙。"这就行了，全明白了，这样的招呼是我们这代人的专利，这样的问答立刻把我们拉近。我料定，几十年后这样的对话仍会在一些白发苍苍的人中间流行，仍是他们之间最亲切的问候和最有效的沟通方式；后世的语言学者会煞费苦心地对此作一番考证，正儿八经地写一篇论文去得一个学位。而我们这代人是怎样得一个学位的呢？十四五岁停学，十七八岁下乡，若干年后回城，得一个最被轻视的工作，但在农村呆过了还有什么工作不能干的呢，同时学心不死业余苦读，好不容易上了个大学，毕业之后又被轻视——因为真不巧你是个"工农兵学员"，你又得设法摘掉这个帽子，考试考试考试这代人可真没少考试，然后用你加倍的努力让老的少的都服气，用你的实际水平和能力让人们相信你配得上那个学位——这就是我们这代人得一个学位的典型途径。这还不是最坎坷的途径。"小柏"变成"老柏"，那个卫生员成为柏大夫，大致就是这么个途径，我知道，因为我们已是多年的朋友。她的丈夫大体上也是这么走过来的，我们都是朋友了；连她的儿子也叫我"老史"。闲下来细细去品，这个"老史"最令人羡慕的地方，便是一向活在友谊中。真说不定，这与我二十一岁那年恰恰住进了"友谊"医院有关。因此偶尔有人说我是活在世外桃源，语气中不免流露了一点讥讽，仿佛这全是出于我的自娱甚至自欺。我颇不以为然。我既非活在世外桃源，也从不相信有什么世外桃源。但我相信世间桃源，世间确有此源，如果没有恐怕谁也就不想再活。倘此源有时弱小下去，依我看，至少讥讽并不能使其强大。千万年来它作为现实，更作为信念，这才不断。它源于心中再流入心中，它施于心又由于心，这才不断。欲其强大，舍心之虔诚又向何求呢？

也有人说我是不是一直活在童话里？语气中既有赞许又有告诫。赞许并且告诫，这很让我信服。赞许既在，告诫并不意指人们之间应该加固一条防线，而只是提醒我：童话的缺憾不在于它太美，而在于它必要走进一个更为纷繁而且严酷的世界，那时只怕它太娇嫩。

事实上在二十一岁那年，上帝已经这样提醒我了，他早已把他的超级童话和永恒的谜语向我略露端倪。住在四号时，我见过一个男孩。他那年七岁，家住偏僻的山村，有一天传说公路要修到他家门前了，孩子们都翘首以待好梦联翩。公路终于修到，汽车终于开来，乍见汽车，孩子们惊讶兼着胆怯，远远地看。日子一长孩子便有奇想，发现扒住卡车的尾巴可以威风凛凛地兜风，他们背着父母玩得好快活。可是有一次，只一次，这七岁的男孩失手从车上摔了下来。他住进医院时已经不能跑，四肢肌肉都在萎缩。病房里很寂寞，孩子一瘸一瘸地到处审；淘得过分了，病友们就说他："你说说你是怎么伤的？"孩子立刻低了头，老老实实地一动不动。"说呀？""说，因为什么？"孩子嗫嚅着。"喂，怎么不说呀？给忘啦？""因为扒汽车，"孩子低声说，"因为淘气。"孩子补充道。他在诚心诚意地承认错误。大家都沉默，除了他自己谁都知道：这孩子伤在脊髓上，那样的伤是不可逆的。孩子仍不敢动，规规矩矩地站着用一双正在萎缩的小手擦眼泪。终于会有人先开口，语调变得哀柔："下次还淘不淘了？"孩子很熟悉这样的宽容或原谅，马上使劲摇头："不，不，不了！"同时松了一口气。但这一回不同以往，怎么没有人接着向他允诺"好啦，只要改了就还是好孩子"呢？他睁大眼睛去看每一个大人，那意思是：还不行吗？再不淘气了还不行吗？他不知道，他还不懂，命运中有一种错误是只能犯一次的，并没有改正的机会，命运中有一种并非是错误的错误，（比如淘气，是什么错误呢？）但这却是不被原谅的。那孩子小名叫"五蛋"，我记得他，那时他才七岁，他不知道，他还不懂。未来，他势必有一天会知道，可他势必有一天就会懂吗？但无论如何，那一天就是一个童话的结尾。在所有童话的结尾处，让我们这样理解吧：上帝为了锤炼生命，将布设下一个残酷的谜语。

　　住在六号时，我见过有一对恋人。那时他们正是我现在的年纪，四十岁。他们是大学同学。男的二十四岁时本来就要出国留学，日期已定，行装都备好了，可命运无常，不知因为什么屁大的一点事不得不拖延一个月，偏就在这一个月里因为一次医疗事故他瘫痪了。女的对他一往情深，等着他，先是等着他病好，没等到；然后还等着他，等着他同意跟她结婚，还是没等到。外界的和内心的阻力重重，一年一年，男的既盼着她来又说服着她走。但一年一年，病也难逃爱也难逃，女的就这么一直等着。有一次她狠了狠心，调离北京到外地去工作了，但是斩断感情却不这么简单，而且再想调回北京也不这么简单，女的只要有三天假期也迢迢千里地往北京跑。男的那时病更重了，全身都不能动了，和我同住一个病室。女的走后，男的对我说过：你要是爱她，你就不能害她，除非你不爱她，可那你又为什么要结婚呢？男的睡着了，女的对我说过：我知道他这是爱我，可他不明白其实这是害我，我真想一走了事，我试过，不行，我知道我没法不爱他。女的走了男的又对我说过：不不，她还年轻，她还有机会，她得结婚，她这人不能没有爱。男的睡了女的又对我说过：可什么是机会呢？机会不在外边而在心里，结婚的机会有可能在外边，可爱情的机会只能在心里。女的不在时，我把她的话告诉男的，男的默然垂泪。我问他："你干吗不能跟她结婚呢？"他说："这你还不懂。"他说："这很难说得清，因为你活在整个这个世界上。"他说："所以，有时候这不是光由两个人就能决定的。"我那时确实还不懂。我找到机会又问女的："为什么不是两个人就能决定的？"她说："不，我不这么认为。"她说："不过确实，有时候这确实很难。"她沉吟良久，说："真的，跟你说你现在也不懂。"十九年过去了，那对恋人现在该已经都是老人。我不知道现在他们各自在哪儿，我只听说他们后来还是分手了。十九年中，我自己也有过爱情的经历了，现在要是有个二十一岁的人问我爱情都是什么？大概我也只能回答：真的，这可能从来就不是能说得清的。无论她是什么，她都很少属于语言，而是全部属于心的。还是那位台湾作家三毛说得对：爱如禅，不能说不能说，一说就错。那也是在一个童话的结尾处，上帝为我们能够永远地追寻着活下去，而设置的一个残酷却诱人的谜语。

二十一岁过去，我被朋友们抬着出了医院，这是我走进医院时怎么也没料到的。我没有死，也再不能走，对未来怀着希望也怀着恐惧。在以后的年月里，还将有很多我料想不到的事发生，我仍旧有时候默念着"上帝保佑"而陷入茫然。但是有一天我认识了神，他有一个更为具体的名字——精神。在科学的迷茫之处，在命运的混沌之点，人唯有乞灵于自己的精神。不管我们信仰什么，都是我们自己的精神的描述和引导。

단어

1. 骄傲 qīnpèi (동) 우러러 탄복하다.
2. 上帝 shàngdì (명) 하느님. 상천(上天)
3. 鼾 hān (명) 코고는 소리.
4. 飘浮 piāofú (동) 떠있다.
5. 庙宇 miàoyǔ (명) 묘우. 사당
6. 愁眉 chóuméi (명) 근심으로 찡그려진 눈썹. 근심스러운 안색(顏色).
7. 敬畏 jìngwèi (명,동) 경외(하다)
8. 轰轰烈烈 hōng hōng liè liè (성어) 기세가 드높다
9. 融洽 róngqià (형) 사이가 좋다. 조화롭다. 융화하다.
10. 综合症 jiǎohuízōnghézhèng (명) 증후군
11. 遥远 yáoyuǎn (형) 아득히 멀다. 요원하다.
12. 钦佩 qīnpè (동) 경복(敬服)하다. 우러러 탄복하다.

스톈성(史铁生)
《스물한 살 그해》(我21岁那年)

[해석]

　　友谊医院神经内科病房有十二间病室，除去一号二号，其余十间我都住过。当然，决不为此骄傲。即便多么骄傲的人，据我所见，一躺上病床也都谦恭。一号和二号是病危室，是一步登天的地方，上帝认为我住那儿为时尚早。

　　十九年前，父亲搀扶着我第一次走进那病房。那时我还能走，走得艰难，走得让人伤心就是了。当时我有过一个决心：要么好，要么死，一定不再这样走出来。

　　正是晌午，病房里除了病人的微鼾，便是护士们轻极了的脚步，满目洁白，阳光中飘浮着药水的味道，如同信徒走进了庙宇我感觉到了希望。一位女大夫把我引进十号病室。她贴近我的耳朵轻轻柔柔地问："午饭吃了没？"我说："您说我的病还能好吗？"她笑了笑。记不得她怎样回答了，单记得她说了一句什么之后，父亲的愁眉也略略地舒展。女大夫步履轻盈地走后，我永远留住了一个偏见：女人是最应该当大夫的，白大褂是她们最优雅的服装。

　　那天恰是我二十一岁生日的第二天。我对医学对命运都还未及了解，不知道病出在脊髓上将是一件多么麻烦的事。我舒心地躺下来睡了个好觉。心想：十天，一个月，好吧就算是三个月，然后我就又能是原来的样子了。和我一起插队的同学来看我时，也都这样想；他们给我带来很多书。

　　十号有六个床位。我是六床。五床是个农民，他天天都盼着出院。

우의병원 신경내과 병동에는 12개의 병실이 있다. 나는 1호실과 2호실을 제외한 나머지 10개 병실에 모두 입원해 본 적이 있다. 물론, 자랑할 만한 일은 아니다. 아무리 오만한 사람이라도 병실 침대에 누우면 누구나 겸손해지기 마련이다. 1호실과 2호실은 중환자실로, 언제든지 하늘나라로 떠나도 이상하지 않은 상태의 환자들이 있는 곳이다. 신은 아마도 내가 그곳에 갈 때는 아직 이르다고 판단한 것 같았다.

19년 전, 나는 아버지의 부축을 받고 처음 그 병원에 들어갔다. 그때는 아직 걸을 수 있었다. 다만, 그 걸음은 매우 힘들었고, 보는 사람의 마음을 아프게 할 만큼 불편한 모습이었다. 그때 나는 결심했다. 완치되든지 죽든지, 절대로 이런 모습으로 병원을 나가지 않겠다고.

마침 정오였다. 병실 안은 환자들의 낮은 코고는 소리만 가득했고, 간호사들의 가벼운 발걸음 소리만 들렸다. 하얗고 깨끗한 병실을 비추는 햇빛 사이로 진한 약냄새가 떠다녔다. 그 냄새는 마치 사당에 들어가는 신자처럼 희망을 안겨주었다. 그러던 중 한 여의사가 나를 10호실로 이끌며 부드럽게 물었다.

"점심은 드셨나요?"

"제 병이 나을 수 있을까요?"

그녀는 웃으며 대답을 했지만, 그 대답은 기억에 남지 않는다. 다만 그녀가 말을 마친 후, 아버지의 찌푸려 있던 미간이 조금 펴졌다는 것만 기억에 남는다. 여의사가 경쾌한 발걸음으로 떠난 뒤, 나는 한 가지 편견을 가지게 되었다. 여자는 의사가 되어야 한다고. 하얀색 가운이 여자들에게 가장 우아한 복장이라고 생각했다.

그날은 내 스물 한 살 생일의 다음 날이었다. 나는 의학이나 운명에 대해 잘 알지 못했고, 척수에 생긴 질환이 얼마나 고통스러운 것인지도 몰랐다. 나는 그저 편안한 마음으로 침대에 누워 달콤한 잠을 잤다. 마음속으로는 '열흘, 한 달, 아니면 길게 잡아 석 달' 정도면 원래 모습으로 돌아갈 수 있을 거라 믿었다. 나와 함께 생산대에 참가했던 학교 친구들도 비슷한 생각을 했는지, 문병 올 때 책을 잔뜩 들고 왔다. 10호실에는 여섯 개의 침대가 있었고, 나는 6호 침대에 있었다. 5호 침대의 주인은 농민으로, 매일매일 하루라도 빨리 퇴원하기만 바랐다.

　　"光房钱一天就一块一毛五，你算算得啦，"五床说，"死呗可值得了这么些？"三床就说："得了嘿你有完没完！死死死，数你悲观。"四床是个老头，说："别介别介，咱毛主席有话啦——既来之，则安之。"农民便带笑地把目光转向我，却是对他们说："敢情你们都有公费医疗。"他知道我还在与贫下中农相结合。一床不说话，一床一旦说话即可出院。二床像是个有些来头的人，举手投足之间便赢得大伙的敬畏。二床幸福地把一切名词都忘了，包括忘了自己的姓名。二床讲话时，所有名词都以"这个""那个"代替，因而讲到一些轰轰烈烈的事迹却听不出是谁人所为。四床说："这多好，不得罪人。"
　　我不搭茬儿。刚有的一点舒心顷刻全光。一天一块多房钱都要从父母的工资里出，一天好几块的药钱、饭钱都要从父母的工资里出，何况为了给我治病家中早已是负债累累了。我马上就想那农民之所想了：什么时候才能出院呢？我赶紧松开拳头让自己放明白点：这是在医院不是在家里，这儿没人会容忍我发脾气，而且砸坏了什么还不是得用父母的工资去赔？所幸身边有书，想来想去只好一头埋进书里去，好吧好吧，就算是三个月！我平白地相信这样一个期限。
　　可是三个月后我不仅没能出院，病反而更厉害了。
　　那时我和二床一起住到了七号。二床果然不同寻常，是位局长，十一级干部，但还是多了一级，非十级以上者无缘去住高干病房的单间。七号是这普通病房中唯一仅设两张病床的房间，最接近单间，故一向由最接近十级的人去住。据说刚有个十三级从这儿出去。二床搬来名正言顺。我呢？护士长说是"这孩子爱读书"，让我帮助二床把名词重新记起来。"你看他连自己是谁都闹不清了。"护士长说。但二床却因此越来越让人喜欢，因为"局长"也是名词也在被忘之列，我们之间的关系日益平等、融洽。

"병실비로만 하루에 1.5위안이라고, 대체 다 얼마야! 어차피 죽을텐데."

5호의 걱정스런 말에 3호가 말했다.

"그만해, 또 시작이야! 맨날 죽는다는 말. 너무 비관적이야!"

3호의 말에 4호가 말했다.

"돈 돈 하지 말라고, 우리 마오쩌둥 주석께서 이왕 왔으니 즐기라고 했어!"

5호 침대 농민은 쓴웃음을 지으며 나를 바라보더니 그들을 향해 말했다.

"당신들은 당연히 나랏돈으로 치료받겠지!" 그는 나도 자기와 같은 처지인 걸 알았던 것 같다.

1호 침대는 말이 없었다. 그는 곧 퇴원할 것이라 했다. 2호는 힘 있는 사람 같았다. 그의 말과 행동 하나하나에 다른 사람 모두 경외심을 갖고 대했다. 2호는 행복하게도 자신의 이름을 포함한 거의 모든 명사를 잊어버렸다. 그래서 말할 때 모든 명사를 이것이나 그것 같은 대명사로 대체했기 때문에, 그가 말하는 그 놀라운 일들을 대체 누가 했는지 알 수가 없었다. 4호는 말했다.

"얼마나 좋아. 그 누구의 기분도 상하게 하지 않고, 욕먹을 일도 없으니."

나는 끼어들지 않았다. 방금까지 가졌던 약간의 기대와 편안한 마음이 싹 사라져버렸다. 하루 1.5위안의 병실료는 모두 부모님 봉급으로 충당해야 한다. 거기에 약값과 식비까지 더해진다. 내 병 때문에 집안의 빚은 이미 상당했다. 나는 바로 농민과 같은 입장이 되었다. 언제 퇴원할 수 있을까? 나는 주먹을 움켜쥐었다 얼른 풀었다.

여기는 병원이지 집이 아니다. 여기서는 누구도 내 성질을 참아주지 않을테고, 무언가 부수면 부모님의 월급으로 배상해야 한다. 다행히 책이 있어서 나는 책만 읽었다.

그래! 석 달, 석 달만 버티자!

나는 그 기한을 믿어 의심치 않았다.

하지만 3개월 후, 나는 퇴원은 커녕 상태가 더 나빠졌다. 그 당시 나와 2호는 7호실로 옮겨 지내고 있었다. 2호는 과연 보통 사람이 아니라 국장으로 11급 간부였다. 하지만 1급 차이로 10급 이상만 갈 수 있는 고급병실 1인실은 갈 수 없었다. 7호실은 일반병실 중에서 유일한 2인실이었다. 1인실에 가깝기 때문에 10급에 가장 가까운 이가 갈 수 있었는데, 13급 간부가 퇴원해서 이곳으로 오게 된 것이다. 그렇다면 나는? 수 간호사는 내가 책 읽는 걸 좋아하니, 2호가 명사를 기억할 수 있도록 도우라고 말했다.

"저 사람은 자기가 누군지도 모르잖니? 네가 좀 도와주렴!" 그런 이유 때문에 사람들은 물론 나도 2호를 점점 좋아하게 되었다.

因为"局长"也是名词也在被忘之列，我们之间的关系日益平等、融洽。有一天他问我："你是干什么的？"我说："插队的。"二床说他的"那个"也是，两个"那个"都是，他在高出他半个头的地方比划一下："就是那两个，我自己养的。""您是说您的两个儿子？"他说对，儿子。他说好哇，革命嘛就不能怕苦，就是要去结合。他说："我们当初也是从那儿出来的嘛。"我说："农村？""对对对。什么？""农村。""对对对农村。别忘本呀！"我说是。我说："您的家乡是哪儿？"他于是抱着头想好久。这一回我也没办法提醒他。最后他骂一句，不想了，说："我也放过那玩意儿。"他在头顶上伸直两个手指。"是牛吗？"他摇

178

摇头，手往低处一压。"羊？""对了，羊。我放过羊。"他躺下，双手垫在脑后，甜甜蜜蜜地望着天花板老半天不言语。大夫说他这病叫做"角回综合症，命名性失语"，并不影响其他记忆，尤其是遥远的往事更都记得清楚。我想局长到底是局长，比我会得病。他忽然又坐起来："我的那个，喂，小什么来？""小儿子？""对！"他怒气冲冲地跳到地上，说："那个小玩意儿，娘个！"说："他要去结合，我说好嘛我支持。"说："他来信要钱，说要办个这个。"他指了指周围，我想"那个小玩意儿"可能是要办个医疗站。他说："好嘛，要多少？我给。可那个小玩意儿！"他背着手气哼哼地来回走，然后停住，两手一摊："可他又要在那儿结婚！""在农村？""对，农村。""跟农民？""跟农民。"无论是根据我当时的思想觉悟，还是根据报纸电台当时的宣传倡导，这都是值得肃然起敬的。"扎根派。"我钦佩地说。"娘了个派！"他说："可你还要不要回来嘛？"这下我有点发蒙。见我愣着，他又一跺脚，补充道："可你还要不要革命？！"这下我懂了，先不管革命是什么，二床的坦诚都令人欣慰。

不必去操心那些玄妙的逻辑了。整个冬天就快过去，我反倒拄着拐杖都走不到院子里去了，双腿日甚一日地麻木，肌肉无可遏止地萎缩，这才是需要发愁的。

자신의 직위인 국장도 명사라, 그것도 잊다보니 우리 관계는 갈수록 평등해졌고 사이가 집접 더 좋아졌다. 어느 날 그가 물었다.

"너는 무슨 일을 하니?"

"생산대에서 일했어요."

"우리 그거도 했어. 우리 그거 둘 다!"

2호는 자기 머리보다 조금 높은 지점에다 손짓을 하며 말했다.

"그거 둘. 내가 키웠어."

"두 아들을 말씀하시는?"

"맞아, 아들! 혁명을 하려면 고생을 겁내면 안 되지. 얼른 가서 함께해야지! 우리도 처음에 거기서 나왔다고!"

"농촌이요?"

"어…. 맞아 맞아 뭐라고?"

"농촌이요!"

"맞아 맞아 농촌! 본분을 잊지 말라고!"

"네. 그럼 고향이 어디세요?"
그는 머리를 감싸 쥐고 한참을 생각했다. 그건 나도 일깨워줄 방법이 없었다. 결국 그는 한바탕 욕을 하며 그만 생각하겠다고 했다. 그러곤 머리 위에 손가락 두 개를 펴며 말했다.

"나도 그거 키웠어!"

"소요?"

그가 고개를 저으며 손을 아래로 항해 눌렀다.

"양이요?"

"맞아. 양! 내가 양을 키웠어!"

그리고 침대에 팔을 깍지 껴서 머리에 대고 눕더니, 행복한 표정으로 아무 말 없이 천장을 올려다보았다. 의사 말로는 그는 거스트만 증후군과 명칭실어증으로 다른 기억에는 전혀 영향이 없다고 했다. 특히 오래된 일일수록 더 분명히 기억한다고 했다. 나는 국장이라 역시 뭔가 어려운 병에 걸렸다고 생각했다. 갑자기 그가 다시 벌떡 일어나 앉더니 말했다.

"내 그거…… 이봐. 작은 뭐지? 그게?"

"작은 아들이요?"

"맞아!"

그는 갑자기 화를 내며 바닥으로 뛰어내리며 말했다.

"그거 하찮은 거 한다고… 그 놈이! 간다고 해서 내가 좋다고 지지한다고 했는데 가서는 필요하다고 편지를 보내왔어. 이거 만든다고!"

그가 주변을 가리키며 말했다. 아마 진료소를 만든다는 것이라 생각했다.

"좋아 얼마냐 필요한데 내가 준다 했지. 근데!"

그가 화가 난 듯 뒷짐을 지고 병실 안에서 왔다 갔다 하다가 갑자기 멈추더니 두 손을 합쳤다.

"그런데 거기서 결혼한대!"

"농촌에서요?"

"그래! 농촌."

"농민이랑요?"

"응. 농민이랑."

그 당시 나의 사상적 깨달음에서든, 당시 신문 방송의 선전 홍보든, 어디로 봐도 그런 분명 엄숙하고 존경받아야 마땅한 일이었다.

"현장에 뿌리를 내리는 거로군요!" 나는 탄복하며 말했다.

"개소리지! 아무튼 넌 돌아와야지!" 그의 말에 조금 멍해졌다. 내 표정을 보더니 발을 툭 차며 말을 보탰다.

"그래도 혁명을 하겠다고?"

그 말은 이해가 되었다. 혁명이 뭐든 우선은 신경 쓰지 말라는 2호의 솔직함이 위로가 되었다. 하지만 그 뒤 그의 현묘한 논리들을 신경 쓰거나 걱정할 필요가 없어졌다. 겨울은 빨리 지나갔지만 나는 지팡이를 끌고 병원 앞 정 지도 걷지 못했다. 다리는 점점 더 무뎌졌고, 근육은 위축되어 갔다! 이거야말로 걱정이 필요한 일이었다.

我能住到七号来，事实上是因为大夫护士们都同情我。因为我还这么年轻，因为我是自费医疗，因为大夫护士都已经明白我这病的前景极为不妙，还因为我爱读书——在那个"知识越多越反动"的年代，大夫护士们尤为喜爱一个爱读书的孩子。他们都还把我当孩子。他们的孩子有不少也在插队。护士长好几次在我母亲面前夸我，最后总是说："唉，这孩子……"这一声叹，暴露了当代医学的爱莫能助。他们没有别的办法帮助我，只能让我住得好一点，安静些，读读书吧——他们可能是想，说不定书中能有"这孩子"一条路。可我已经没了读书的兴致。整日躺在床上，听各种脚步从门外走过；希望他们停下来，推门进来，又希望他们千万别停，走过去走你们的路去别来烦我。心里荒荒凉凉地祈祷：上帝如果你不收我回去，就把能走路的腿也给我留下！我确曾在没人的时候双手合十，出声地向神灵许过愿。多年以后才听一位无名的哲人说过：危卧病榻，难有无神论者。如今来想，有神无神并不值得争论，但在命运的混沌之点，人自然会忽略着科学，向虚冥之中寄托一份虔敬的祈盼。正如迄今人类最美好的向往也都没有实际的验证，但那向往并不因此消灭。

내가 7호실에 입원할 수 있었던 이유는 전 의사들과 간호사들이 나를 불쌍히 여겼기 때문이다. 나는 나이가 어렸고, 치료비는 자비로 해결해야 했다. 또한 그들은 내 병이 점점 더 악화될 것이라는 것을 이미 알고 있었고, 내가 책을 좋아한다는 사실도 알고 있었다. 그 당시에는 지식이 많을수록 부정적인 영향을 미친다는 시대적 분위기였기에, 의사들과 간호사들은 특히 책을 좋아하는 아이를 귀

여워했다. 그들은 나를 어린아이로 생각했다. 그들의 자녀들도 대부분 생산대에 있었다. 수간호사는 몇 번이고 어머니 앞에서 나를 칭찬했으며, 그 칭찬은 항상 이렇게 마무리되곤 했다.

"아.. 이 아이를.."

당시 그것은 의학의 한계를 드러내는 탄식이었다. 나를 도울 다른 방법은 없었다. 그저 조금 더 편안하고 조용하게 지내며 책을 읽게 해주는것밖에… 어쩌면 그들은 책 속에서 이 아이의 길을 찾을 수 있을지도 모른다고 생각했을지도 모른다.

하지만 나는 이미 독서에 대한 흥미를 완전히 잃어버렸다. 하루 종일 침대에 누워 문 밖을 오가는 사람들의 발소리만 듣고 있었다. 그들이 멈춰서 문을 열고 들어오기를 바랐고, 또 절대로 멈추지 않고 자기 길을 가기를 바랐다. 황량한 마음으로, 나를 데려가지 않을 거면 적어도 걸을 수 있는 다리를 달라고 신에게 빌고 또 빌었다. 사람들이 없을 때는 두 손을 모아 소리 내어 신에게 기도했다. 아주 오랜 후에, 한 무명의 철학자가 한 말을 들었다. 병상에 누우면 누구나 신을 찾게 된다고. 지금 생각해보면 신의 존재에 대해 논하는 것은 무의미하다. 다만, 운명의 흔들림 속에 빠지면 사람은 자연스럽게 과학을 소홀히 하고, 심오한 대상을 향해 경건하게 갈망하게 된다는 것이다. 지금도 인류의 가장 아름다운 갈망은 실질적으로 증명되지 않았지만, 여전히 사라지지 않고 남아 있는 것과 같다.

主管大夫每天来查房，每天都在我的床前停留得最久："好吧，别急。"按规矩主任每星期查一次房，可是几位主任时常都来看看我："感觉怎么样？嗯，一定别着急。"有那么些天全科的大夫都来看我，八小时以内或以外，单独来或结队来，检查一番各抒主张，然后都对我说："别着急，好吗？千万别急。"从他们谨慎的言谈中我渐渐明白了一件事：我这病要是因为一个肿瘤的捣鬼，把它找出来切下去随便扔到一个垃圾桶里，我就还能直立行走，否则我多半就把祖先数百万年进化而来的这一优势给弄丢了。

　　窗外的小花园里已是桃红柳绿，二十二个春天没有哪一个像这样让人心抖。我已经不敢去羡慕那些在花丛树行间漫步的健康人和在小路上打羽毛球的年轻人。我记得我久久地看过一个身着病服的老人，在草地上踱着方步晒太阳：只要这样我想只要这样！只要能这样就行了就够了！我回忆脚踩在软软的草地上是什么感觉？想走到哪儿就走到哪儿是什么感觉？踢一颗路边的石子，踢着它走是什么感觉？没这样回忆过的人不会相信，那竟是回忆不出来的！老人走后我仍呆望着那块草地，阳光在那儿慢慢地淡薄、脱离，凝作一缕孤哀凄寂的红光一步步爬上墙，爬上楼顶……我写下一句歪诗：轻拨小窗看春色，漏入人间一斜阳。日后我摇着轮椅特意去看过那块草地，并从那儿张望7号窗口，猜想那玻璃后面现在住的谁？上帝打算为他挑选什么前程？当然，上帝用不着征求他的意见。

　　내 담당의사는 매일 병실에 왔고, 내 병상에 가장 오래 머물렀다.

"좋아. 조급해하지 말고."

　　병원 규정에 따르면 과장은 일주일에 한 번 오는데, 몇몇 과장들은 그보다 훨씬 자주 와서 나를 보고 갔다.

"기분 어때? 흠... 절대 조급해하지 말고."

또 한동안은 관련과의 의사들이 전부 오기도 하고, 혼자 혹은 여럿이 와서 각자의 의견을 말하며 상의하곤 했고, 그러고는 모두 같은 이야기를 했다.

"너무 조급해 말아라. 알았지? 절대 서두르지 말고." 그들의 신중한 말에서 나는 조금씩 알게 되었다.

내 병이 만약 하나의 종양 때문이라면, 그것을 찾아내어 제거하고 아무 쓰레기통에나 던져버리면 나는 다시 정상적으로 걸을 수 있을 것이다. 그렇지 않다면, 나는 앞으로 인류가 수백만 년에 걸쳐 이룬 진화의 결과물인 직립보행을 할 수 없게 될 것이다. 창밖 작은 화단은 다양한 꽃들로 화려하게 피어 있었다. 스물두 번째 봄은 전혀 설렘이 없었다. 나는 이미 화단 사이를 천천히 걷는 건강한 사람이나 길가에서 배드민턴을 치는 젊은이를 부러워할 자신이 없어졌다. 환자복을 입은 노인을 아주 오랫동안 지켜본 적이 있다. 잔디 위를 느릿느릿 걸으며 햇볕을 쬐던 그 노인, 그 정도면, 그렇게만 걸을 수 있다면 나는 충분할 텐데! 부드러운 풀밭을 걷는 느낌을 떠올려보았다. 가고 싶은 곳으로 어디든 걸어갈 수 있는 기분을 떠올렸다. 길가에 떨어져 있는 돌멩이를 차는 느낌은 어떨까. 이런 것들을 상상해본 사람들은 아마 믿지 못할 것이다. 이런 감각은 절대 떠오르지 않는다! 노인이 떠난 후에도 나는 잔디밭을 한동안 바라보았다. 햇빛은 천천히 옅어지며 사라지고, 다시 쓸쓸하고 처량한 붉은 빛이 되어 천천히 담장을 넘고, 건물 꼭대기까지 올라가는 모습을 지켜보았다. 그리고 나는 제멋대로 시를 썼다.

'가만히 창문을 열어서 봄의 색깔을 쳐다 본다. 인간 세상에 빠져버린 저녁의 태양'

아주 긴 시간이 지난 후, 나는 휠체어를 밀며 그 잔디밭으로 갔고, 그곳에서 7

호실의 창문을 바라보았다. 지금 그 유리창 너머에는 누가 입원해 있을까 상상해보았고, 신이 그를 위해 어떤 미래를 준비해두었을까도 떠올렸다. 물론 신은 그에게 의견을 묻거나, 물어볼 필요는 없을 것이다.

　我乞求上帝不过是在和我开着一个临时的玩笑——在我的脊椎里装进了一个良性的瘤子。对对，它可以长在椎管内，但必须要长在软膜外，那样才能把它剥离而不损坏那条珍贵的脊髓。"对不对，大夫？""谁告诉你的？""对不对吧？"大夫说："不过，看来不太像肿瘤。"我用目光在所有的地方写下"上帝保佑"，我想，或许把这四个字写到千遍万遍就会赢得上帝的怜悯，让它是个瘤子，一个善意的瘤子。要么干脆是个恶毒的瘤子，能要命的那一种，那也行。总归得是瘤子，上帝！

　朋友送了我一包莲子，无聊时我捡几颗泡在瓶子里，想：赌不赌一个愿？——要是它们能发芽，我的病就不过是个瘤子。但我战战兢兢地一直没敢赌。谁料几天后莲子竟都发芽。我想好吧我赌！我想其实我压根儿是倾向于赌的。我想倾向于赌事实上就等于是赌了。我想现在我还敢赌——它们一定能长出叶子！(这是明摆着的。) 我每天给它们换水，早晨把它们移到窗台西边，下午再把它们挪到东边，让它们总在阳光里；为此我抓住床栏走，扶住窗台走，几米路我走得大汗淋漓。这事我不说，没人知道。不久，它们长出一片片圆圆的叶子来。"圆"，又是好兆。我更加周到地侍候它们，坐回到床上气喘吁吁地望着它们，夜里醒来在月光中也看看它们：好了，我要转运了。并且忽然注意到"莲"与"怜"谐音，毕恭毕敬地想：上帝终于要对我发发慈悲了吧？这些事我不说没人知道。叶子长出了瓶口，闲人要去摸，我不让，他们硬是摸了呢，我便在心里加倍地祈祷几回。这些事我不说，现在也没人知道。然而科学胜利了，它三番五次地说那儿没有瘤子，没有没有。果然，上帝直接在那条娇嫩的脊髓上做了手脚！定案之日，我像个冤判的屈鬼那样疯狂地作乱，挣扎着站起来，心想干吗不能跑一回给那个没良心的上帝瞧瞧? 后果很简单, 如果你没摔死你必会明白: 确实, 你干不过上帝。

我终日躺在床上一言不发, 心里先是完全的空白, 随后由着一个死字去填满。王主任来了。(那个老太太, 我永远忘不了她。还有张护士长。八年以后和十七年以后, 我有两次真的病到了死神门口, 全靠这两位老太太又把我抢下来。) 我面向墙躺着, 王主任坐在我身后许久不说什么, 然后说了, 话并不多, 大意是: 还是看看书吧, 你不是爱看书吗? 人活一天就不要白活。将来你工作了, 忙得一点时间都没有, 你会后悔这段时光就让它这么白白地过去了。这些话当然并不能打消我的死念, 但这些话我将受用终生, 在以后的若干年里我频繁地对死神抱有过热情, 但在未死之前我一直记得王主任这些话, 因而还是去做些事。使我没有去死的原因很多(我在另外的文章里写过), "人活一天就不要白活"亦为其一, 慢慢地去做些事于是慢慢地有了活的兴致和价值感。有一年我去医院看她, 把我写的书送给她, 她已是满头白发了, 退休了, 但照常在医院里从早忙到晚。我看着她想, 这老太太当年必是心里有数, 知道我还不至去死, 所以她单给我指一条活着的路。可是我不知道当年我搬离7号后, 是谁最先在那儿发现过一团电线? 并对此作过什么推想? 那是个秘密, 现在也不必说。假定我那时真的去死了呢? 我想找一天去问问王主任。我想, 她可能会说"真要去死那谁也管不了", 可能会说"要是你找不到活着的价值, 迟早还是想死", 可能会说"想一想死倒也不是坏事, 想明白了倒活得更自由", 可能会说"不, 我看得出来, 你那时离死神还远着呢, 因为你有那么多好朋友"。

나는 간절히 원했다. 신께서 잠깐 나를 놀리느라 내 척추에 양성 종양을 넣어둔 것뿐이기를, 수술로 아무런 척추에 흔적없이 깔끔하게 뗄 수 있는 자리에 있는 것이라고...

"선생님, 그렇죠?"

"누가 그런 말을 했어?"

"그런 거죠?"

"하지만 종양이라 확신할 수 없지"

나는 눈이 닿는 모든 곳에 눈빛으로 '하느님, 도와주세요'라고 썼다. 그 글자를 수천 번, 수만 번 쓰면 신이 불쌍히 여겨서 그냥 착한 종양으로 바꿔주지 않을까 하는 생각이 들었다. 아니면 그냥 아주 독하고 나쁜 종양이라서 나를 바로 데려가도 괜찮다고 생각했다. 그래서 다른 건 필요 없고, 종양으로만 해달라고, 꼭 종양을 달라고 빌었다.

친구가 연자(연밥)를 가져다주었다. 심심할 때면 물이 담긴 병에 연자 몇 알을 떨어뜨리며 생각했다. 소원을 빌고 내기를 해볼까? 하고. 연자가 싹을 틔우면 내 병은 단순한 종양일 뿐일 거라고. 하지만 두려워서 감히 내기를 걸지 못했다. 그런데 며칠 뒤, 연자들은 모두 싹을 틔웠다. 나는 내기를 하기로 결심했다. 사실 나는 계속하고 싶었고, 계속하고 싶다는 것은 이미 내기를 건 것과 다름없다고 생각했다. 아무튼 나는 다시 그 연자들이 잎을 내는 데 내 병을 걸었다. 이번에는 확실히 했다. 매일 물을 갈아주었고, 하루 종일 햇빛을 받을 수 있도록 아침엔 창가 서쪽으로, 오후엔 다시 창가 동쪽으로 옮겼다. 그렇게 하려면 침대 난간을 잡고 창턱을 붙잡고 걸어야 했다. 겨우 몇 미터를 걷는데도 온몸이 흠뻑 젖었다. 내가 이러고 있는 줄 아는 사람은 아무도 없었다. 얼마 후, 연자에서 둥근 잎이 나왔다. 둥근 것은 좋은 징조라고 들었다. 나는 더 세심하게 돌보았다. 침대로 돌아와 앉아 가쁜 숨을 내쉬며 그들을 바라보았고, 깊은 밤 깨어서 달빛 속에서 그들을 보았다.

그래! 운이 좋아지고 있어!

게다가 문득 蓮(연꽃 연)과 憐(불쌍히 여길 연)이 같은 발음임을 깨달으며, 공손하게 생각했다. 신이 드디어 내게 자비를 베푸시기로 결심하신 거라고! 이런 일은 아무에게도 말하지 않았다. 잎이 병 입구 밖으로 자라나자 사람들이 만지려 했지만, 나는 강력하게 말렸다. 그래도 그들이 만지면 속으로 몇 배는 더 열심히 기도했다. 역시 이 또한 아무에게도 말하지 않았고, 지금까지 아는 사람은 없다. 하지만 결국 과학이 이겼다. 내 척추에는 종양이 없었다. 정말로 없었다. 신은 나의 부드러운 척추에 직접 손을 대셨다. 그 사실을 알게 된 날, 나는 억울한 판결을 받은 사람처럼 미친 듯이 발광했다. 얼른 일어나서 달려가서 양심 없는 신에게 보여주고 싶었다. 그 결과는 간단했다. 우리는 결코 신의 상대가 될 수 없다.

나는 하루 종일 누워서 한 마디도 하지 않았다. 처음에는 텅 빈 마음에 점차 죽음이라는 글자가 가득 차기 시작했다. 담당 의사였던 왕주임이 나를 찾아왔다. 나이가 꽤 있었던 그녀를 나는 영원히 잊지 못할 것이다. 그리고 장 간호사도 8년 후와 17년 뒤, 두 번이나 죽음의 문턱까지 갔는데, 그때마다 이 두 여성이 내 목숨을 구해주었다. 벽을 바라보며 누워 있는 내 옆에 왕주임이 앉았다. 한동안 아무 말 없이 있었고, 그 후에 말을 시작했다.

"책을 읽어. 너 책 읽는거 좋아하잖니? 사람은 하루라도 헛되이 살면 안 된단다. 후에 일을하게 되고 바빠지면 시간이 없을 거야. 그때는 지금 이 순간을 헛되이 보낸 걸 후회하게 될걸."

그때 그 말이 죽고 싶은 마음을 없애주지는 못했지만, 나는 평생 그 말을 마음에 새겼다. 그 이후에도 자주 죽음을 생각했지만 죽지 않은 나는 왕주임의 그 말을 되새기며 할 일을 찾아갔다. 내가 죽지 않은 이유는 아주 많지만, 다른 글에서 썼듯이 사람은 하루라도 헛되이 살지 말아야 한다는 그녀의 말도 그 이유 중 하나였다. 천천히 할 일을 찾아 하면서, 점차 삶에 대한 흥미와 가치를 되찾았다.

어느 해 병원으로 왕주임을 찾아가 내가 쓴 책을 선물했다. 백발이 성성한 그녀는 이미 퇴직했지만 여전히 병원에서 바쁘게 지내고 있었다. 그녀를 보며, 나는 이분이 분명 내가 죽지 않을 것임을 알고, 내게 살아갈 길을 알려준 게 아닌가 하는 생각이 들었다. 하지만 나는 내가 7호실을 떠난 뒤, 그곳에 두고 온 긴 전선줄을 누가 가장 먼저 발견했는지 알지 못한다. 또 그걸 보고 무슨 추측을 했을지도. 그건 비밀이고, 지금도 말할 필요는 없다. 만약 그때 내가 정말 죽었다면? 언젠가 왕주임을 찾아가 물어보고 싶다. 그녀는 무엇이라고 말했을까?

"정말 죽겠다고 마음먹는다면 아무도 막을 수 없었겠지!" 아니면 "죽음을 생각해보는 것도 나쁜 일은 아니야. 그렇게 해서 살아갈 이유를 찾게 되면 더 자유로워질 거야!" 혹은 "아니, 나는 알 수 있었어! 그때 너는 사신과 아주 멀리 있었어. 왜냐면 네게는 좋은 친구들이 많았으니까"라고 했을까

友谊医院——这名字叫得好。"同仁""协和""博爱""济慈", 这样的名字也不错, 但或稍嫌冷静, 或略显张扬, 都不如"友谊"听着那么平易、亲近。也许是我的偏见。二十一岁末尾, 双腿彻底背叛了我, 我没死, 全靠着友谊。还在乡下插队的同学不断写信来, 软硬兼施劝骂并举, 以期激起我活下去的勇气; 已转回北京的同学每逢探视日必来看我, 甚至非探视日他们也能进来。"怎么进来的你们?""咳, 闭上一只眼睛想一会儿就进来了。"这群插过队的, 当年可以凭一张站台票走南闯北, 甭担心还有他们走不通的路。那时我搬到了加号。加号原本不是病房, 里面有个小楼梯间, 楼梯间弃置不用了, 余下的地方仅够放一张床, 虽然窄小得像一节烟囱, 但毕竟是单间, 光景固不可比十级, 却又非十一级可比。这又是大夫护士们的一番苦心, 见我的朋友太多, 都是少男少女难免说笑得不管不顾, 既不能影响了别人又不可剥夺了我的快乐, 于是给了我9.5级的待遇。加号的窗口朝向大街, 我的床紧挨着窗, 在那儿我度过了二十一岁中最惬意的时光。每天上午我就坐在窗前清清静静地读书, 很多名著我都是在那时读到的, 也开始像模像样地学着外语。一过中午, 我便直着眼睛朝大街上眺望, 尤其注目骑车的年轻人和5路汽车的车站, 盼着朋友们来。有那么一阵子我暂时忽略了死神。朋友们来了, 带书来, 带外面的消息来, 带安慰和欢乐来, 带新朋友来, 新朋友又带新的朋友来, 然后都成了老朋友。以后的多少年里, 友谊一直就这样在我身边扩展, 在我心里深厚。把加号的门关紧, 我们自由地嬉笑怒骂, 毫无顾忌地议论世界上所有的事, 高兴了还可以轻声地唱点什么——陕北民歌, 或插队知青自己的歌。晚上朋友们走了, 在小台灯幽寂而又喧嚣的光线里, 我开始想写点什么, 那便是我创作欲望最初的萌生。我一时忘记了死, 还因为什么? 还因为爱情的影子在隐约地晃动。那影子将长久地在我心里晃动, 给未来的日子带来幸福也带来痛苦, 尤其带来激情, 把一个绝望的生命引领出死谷。无论是幸福还是痛苦, 都会成为永远的珍藏和神圣的纪念。

우의병원은 아주 좋은 이름이다. 동인, 협화, 박애, 제자... 이런 이름도 좋지만 좀 차갑거나 지나치게 큰 의미를 둔 명칭이라 '우의'처럼 쉽거나 친근하지 않다. 물론 나의 선입견 일지도 모른다. 스물한 살 끝에 나의 두 다리는 나를 철저히 배신했다. 내가 죽지 않은 건, 우정때문이었다. 여전히 시골 생산대에 있던 친구들은 계속 내게 편지를 보냈다. 당근과 채찍, 격려와 욕을 병행하며 내가 살아갈 용기를 찾도록 자극했다. 진작 베이징으로 돌아온 친구들은 매주 면회때마다 나를 보러왔고, 면회일이 아니더라도 왔다.

"어떻게 들어왔니?"

"그거야 잠시 생각하면 방법이 있어!"

　그 당시 생산대에 참가했던 친구들은 기차역 입장권 한 장으로 동서남북 어디든 갈 수 있었으니, 그들에게 이 정도는 전혀 어려운 일이 아니었을 것이다. 당시나는 원래 병실이 아닌 임시 병실에 있었다. 병원 건물에는 사용하지 않는 계단사이 공간이 있었는데, 침대 하나는 충분히 들어갈 만한 크기였다. 성냥갑처럼작았지만 그래도 1인실이니 10급에 비길 만했다. 이 또한 의사와 간호사들의 고심이 있었다. 나를 보러 오는 친구들이 많았고, 어린 소년 소녀들이었기 때문에웃고 떠드는 경우가 많아 다른 환자들에게 영향을 줄 수밖에 없었다. 그렇다고나의 즐거움을 뺏을 수는 없으니 10.5급의 대우를 해준 것이었다. 창문은 거리쪽으로 나 있었는데, 나는 침대를 그쪽으로 바짝 붙였다. 그곳에서 스물한 살의가장 만족스러운 시간을 보냈다. 매일 오전, 창문 옆에 앉아 조용히 책을 읽었다.많은 명작을 그때 대부분 읽었고, 그럭저럭 외국어 공부도 시작했다. 점심 무렵이면 눈을 크게 뜨고 창밖 거리를 바라보았다. 특히 자전거를 타는 젊은이들이나 5번 버스 정류장을 유심히 쳐다보며 친구들이 오기를 기다렸다. 그 시기에는잠시 죽음을 잊었던 것 같다. 친구들은 책과 바깥 소식을 가져왔고, 위로와 즐거움을 가져왔으며, 새로운 친구를 데려왔다. 새 친구는 또 다른 새로운 친구를 데려왔고, 나중에는 모두 친구가 되었다. 이후 오랫동안 우정은 이렇게 내 주변에서 넓어졌고, 내 마음은 깊고 두터워졌다. 우리는 병실 문을 굳게 닫고 자유롭게웃고, 떠들고, 화내고 싸우며, 아무런 금기 없이 세상의 모든 일에 대해 이야기했다. 기분이 좋으면 나지막이 노래도 불렀는데, 산베이 민요나 생산대 청년 지식인의 노래들이었다. 저녁에 친구들이 돌아가고 나면 탁자에 놓인 등불의 고요하면서도 강한 불빛 아래서 무엇을 쓸까 생각했다. 나의 창작 욕구가 최초로 발아한 때였다. 나는 한동안 죽음을 잊었다. 무엇 때문이었을까? 그건 아마 마음속에 사랑의 그림자가 조용히 드리우며 일렁였기 때문일 것이다. 그 그림자는 아주 오랫동안 내 마음에 일렁이며, 미래의 날들에 행복도 주었고 아픔도 주었다. 무엇보다 열정을 데려와 절망에 빠진 한 생명을 죽음의 계곡에서 끌어냈다. 행복이든 고통이든, 모두 다 영원히 간직하고픈 신성함이 되었다.

二十一岁、二十九岁、三十八岁, 我三进三出友谊医院, 我没死, 全靠了友谊。后两次不是我想去勾结死神, 而是死神对我有了兴趣。我高烧到40多度, 朋友们把我抬到友谊医院, 内科说没有护理截瘫病人的经验, 柏大夫就去找来王主任, 找来张护士长, 于是我又住进神内病房。尤其是二十九岁那次, 高烧不退, 整天昏睡、呕吐, 差不多三个月不敢闻饭味, 光用血管去喝葡萄糖, 血压也不安定, 先是低压升到120接着高压又降到60, 大夫们一度担心我活不过那年冬天了——肾, 好像是接近完蛋的模样, 治疗手段又像是接近于无了。我的同学找柏大夫商量, 他们又一起去找唐大夫: 要不要把这事告诉我父亲? 他们决定: 不。告诉他, 他还不是白着急? 然后他们分了工: 死的事由我那同学和柏大夫管, 等我死了由他们去向我父亲解释; 活着的我由唐大夫多多关照。唐大夫说: "好, 我以教学的理由留他在这儿, 他活一天就还要想一天办法。" 真是人不当死鬼神奈何其不得, 冬天一过我又活了, 看样子极可能活到下一个世纪去。唐大夫就是当年把我接进十号的那个女大夫, 就是那个步履轻盈温文尔雅的女大夫, 但八年过去她已是两鬓如霜了。又过了9年, 我第三次住院时唐大夫已经不在。听说我又来了, 科里的老大夫、老护士们都来看我, 问候我, 夸我的小说写得还不错, 跟我叙叙家常, 惟唐大夫不能来了。我知道她不能来了, 她不在了。我曾摇着轮椅去给她送过一个小花圈, 大家都说: 她是累死的, 她肯定是累死的!我永远记得她把我迎进病房的那个中午, 她贴近我的耳边轻轻柔柔地问: "午饭吃了没?" 倏忽之间, 怎么, 她已经不在了? 她不过才

194

五十岁出头。这事真让人哑口无言，总觉得不大说得通，肯定是谁把逻辑摆弄错了。

但愿柏大夫这一代的命运会好些。实际只是当着众多病人时我才叫她柏大夫。平时我叫她"小柏"，她叫我"小史"。她开玩笑时自称是我的"私人保健医生"，不过这不像玩笑这很近实情。近两年我叫她"老柏"她叫我"老史"了。十九年前的深秋，病房里新来了个卫生员，梳着短辫儿，戴一条长围巾穿一双黑灯芯绒鞋，虽是一口地道的北京城里话，却满身满脸的乡土气尚未退尽。"你也是插队的?"我问她。"你也是?"听得出来，她早已知道了。"你哪届?""老初二，你呢?""我六八，老初一。你哪儿?""陕北。你哪儿?""我内蒙。"这就行了，全明白了，这样的招呼是我们这代人的专利，这样的问答立刻把我们拉近。我料定，几十年后这样的对话仍会在一些白发苍苍的人中间流行，仍是他们之间最亲切的问候和最有效的沟通方式；后世的语言学者会煞费苦心地对此作一番考证，正儿八经地写一篇论文去得一个学位。而我们这代人是怎样得一个学位的呢? 十四五岁停学，十七八岁下乡，若干年后回城，得一个最被轻视的工作，但在农村呆过了还有什么工作不能干的呢，同时学心不死业余苦读，好不容易上了个大学，毕业之后又被轻视——因为真不巧你是个"工农兵学员"，你又得设法摘掉这个帽子，考试考试考试这代人可真没少考试，然后用你加倍的努力让老的少的都服气，用你的实际水平和能力让人们相信你配得上那个学位——这就是我们这代人得一个学位的典型途径。这还不是最坎坷的途径。"小柏"变成"老柏"，那个卫生员成为柏大夫，大致就是这么个途径，我知道，因为我们已是多年的朋友。她的丈夫大体上也是这么走过来的，我们都是朋友了；连她的儿子也叫我"老史"。闲下来细细去品，这个"老史"最令人羡慕的地方，便是一向活在友谊中。真说不定，这与我二十一岁那年恰恰住进了"友谊"医院有关。

스물한 살, 스물아홉 살, 서른여덟 살. 나는 이렇게 세 번 우의병원에 입원했다가 나왔다. 내가 죽지 않은 건 전부 우의 덕분이다. 뒤에 두 번은 내가 죽고 싶어서가 아니라, 죽음의 신이 내게 흥미를 보였기 때문이다. 40도가 넘는 고열로 쓰러진 나를 친구들이 업고 데려왔다. 내과에서는 하반신 마비 환자를 치료한 경험이 없어서, 내 주치의인 왕주임과 장간호사를 찾아갔다. 그래서 나는 다시 신경내과 병실에 입원했다. 특히 스물아홉 살 때는 열이 내리지 않아 하루 종일 혼수상태에 빠져 구토를 했고, 대략 3개월 동안 음식 냄새도 맡지 못하고 포도당 주사로만 연명했다. 혈압도 불안정해서 120에서 60까지 떨어졌다가 다시 오르내리기를 반복했다. 의사들은 내가 그 겨울을 넘기지 못할까 걱정했다. 신장이 거의 제 기능을 잃었고, 치료 방법도 거의 바닥을 쳤다. 친구들은 내과의 닥터 보를 찾았고, 다시 닥터 탕을 찾아 이 상황을 내 아버지에게 알려야 할지 상의했으며, 결국 알려봐야 걱정만 드릴 뿐 달라지는 것이 없다는 결론을 내렸다. 그 후, 일을 나누었다. 죽음에 관한 일은 친구들과 닥터 보가 맡고, 만약 내가 죽으면 그들이 아버지께 설명하기로 했다. 살아 있는 나는 닥터 탕이 맡기로 했다. 닥터 탕은 말했다.

"좋아요! 어떻게든 그를 여기에 붙잡아 둘께요. 그가 살 수 있는 방법을 하루하루 찾아내겠습니다!"

물론 이 모든 것은 나중에 알게 된 이야기다. 겨울이 지나고 다시 살아난 나는 마치 다음 세기까지 살 것처럼 건강해 보였다. 닥터 탕은 처음 이 병원에 왔을 때 나를 10호실로 데려갔던 따뜻하고 우아한 여의사였다. 8년이 지나면서 양쪽 귀밑머리에 하얀 서리가 앉았다. 그리고 9년 후, 세 번째로 입원했을 때 닥터 탕은 더 이상 없었다. 내가 또 입원했다는 소식에 병원의 나이 든 의사와 간호사들은 모두 몰려와 나를 보고, 안부를 묻고, 내 소설을 칭찬하며 여러 가지 이야기를 나누었다. 유일하게 닥터 탕만 없었다. 그녀는 이곳에 없었고, 올 수도 없었다. 언젠가 휠체어를 타고 꽃을 들고 그녀를 찾아간 적이 있었다.

"그녀는 여기에 없습니다. 이세상을 떠났어요. 분명히 너무 과로해서 그런거예요!" 모두 다 그렇게 말했다.

나는 그녀가 병실로 나를 안내하던 그 오후를 결코 잊지 못한다. 내 귀에 대고 밥은 먹었냐고 다정하게 묻던 그 모습이 어제처럼 생생한데... 갑자기 그녀는 이제 없다. 겨우 쉰에 불과한 나이였는데. 무슨 말을 해야 할지 몰랐다. 아무리 생각해도 이해가 되지 않았다. 분명 누군가가 논리를 어지럽혔던 것 같았다. 나는 닥터 보 세대의 삶이 조금 더 나아지기를 바란다. 사실 환자들 앞에서는 닥터 보를 선생님이라 부르지만, 평소에는 서로 이름을 부른다. 그녀는 농담을 할 때 자신을 나의 개인의사라고 부른다.

19년 전, 깊은 가을 어느 날, 병실에 새로운 위생원이 왔다. 짧게 땋은 머리에 긴 목도리를 두르고 검은 면 신발을 신은 소녀는 베이징 사투리를 쓰지만, 전체적으로 약간 촌스러운 느낌을 지울 수 없었다.

"너도 생산대지?"

"너도? 그럴 줄 알았어!"

"몇 회야?"

"중2, 너는?"

"난68, 중1. 어디서?"

"산베이, 넌 어디인데?"

"난 내몽고야."

이것으로 끝. 우리는 서로 모든 것을 알 수 있다. 이런 '호칭'은 우리 세대만의 특권이라, 이런 질문과 대답만으로도 바로 가까워질 수 있었다. 이런 대화는 몇 십 년 후, 백발이 성성한 노인들 사이에서 유행할지도 모른다고 생각해본다. 그 들 사이에서 가장 친근하게 안부를 묻고, 가장 효율적으로 소통하는 방식이 될 것이다. 후세의 언어학자들은 어쩌면 이 말들을 논의하기 위해 고심하며 엄숙하 고 진지한 논문을 쓰고 학위를 받을지도 모르겠다.

하지만 우리 세대는 그런 학위를 받을 수 있을까? 열네 살에 학교가 휴교되었 고, 열일곱 살에 하방을 갔다 돌아와 가장 천대받는 일을 했다. 하지만 우리는 농 촌에서 할 수 없는 일이 없었고, 하지 않는 일도 없었다. 그러면서 공부가 하고 싶어서 남는 시간에 공부를 해 겨우 대학에 진학했고, 진학 후에도 또 무시받았 다. 어이없게도 우리는 '공농병 학생'이었기 때문이다. 그랬다고 해서 그 굴레에 서 벗어날 수 없었다. 이 세대의 사람들은 몇 배의 노력으로 사람들의 시선을 이 겨내야 했고, 실력과 능력으로 이런 학위를 받았다는 사실을 믿게 만들어야 했 다. 이것이 우리 세대가 학위를 얻는 전형적인 과정이었다. 그래도 가장 파란만 장한 고난은 아니었다. 어린 소녀가 아줌마가 되고, 위생원이 의사가 되기까지 어떤 과정을 겪었는지 나는 안다. 우리는 오랜 친구니까. 그녀의 남편도 같은 과 정을 겪었기에 우리는 모두 친구가 되었다. 그녀의 아들은 나를 아저씨라고 부 른다. 사람들이 나를 가장 부러워하는 점은 바로 이 우의이고, 나는 이 우의 속에 서 살았고, 살아났다. 어쩌면 내가 스물한 살에 하필이면 이 우의병원에 들어갔 던 것이 그와 관련이 있을지도 모른다.

因此偶尔有人说我是活在世外桃源, 语气中不免流露了一点讥讽, 仿佛这全是出于我的自娱甚至自欺。我颇不以为然。我既非活在世外桃源, 也从不相信有什么世外桃源。但我相信世间桃源, 世间确有此源, 如果没有恐怕谁也就不想再活。倘此源有时弱小下去, 依我看, 至少讥讽并不能使其强大。千万年来它作为现实, 更作为信念, 这才不断。它源于心中再流入心中, 它施于心又由于心, 这才不断。欲其强大, 舍心之虔诚又向何求呢?

　　也有人说我是不是一直活在童话里? 语气中既有赞许又有告诫。赞许并且告诫, 这很让我信服。赞许既在, 告诫并不意指人们之间应该加固一条防线, 而只是提醒我 : 童话的缺憾不在于它太美, 而在于它必要走进一个更为纷繁而且严酷的世界, 那时只怕它太娇嫩。

　　누군가는 내가 비현실적인 이상향에서 살고 있다고 말했지만, 그 말에는 조롱과 비웃음이 담겨 있었다. 마치 내가 자기연민과 기만에 빠져 있는 것처럼 말했지만, 결코 그렇지 않다. 나는 세상 밖의 이상향에서 살지 않았으며, 비현실적인 이상향을 믿지 않는다. 대신 나는 현실 속에서 존재하는 이상향을 믿는다. 이 세상에는 분명 이상향이 존재한다. 만약 그것이 없다면, 누구도 다시 삶을 원하지 않을 것이다. 만약 그 이상향이 작아지고 약해진다고 해도, 내가 본 바로는 조롱과 비웃음이 그것을 더 강하게 만들 수는 없다. 수천 년 동안 그 이상향은 현실이자 신념으로 이어져 왔기 때문에 끊어지지 않았다. 그 이상향은 사람의 마음에서 다른 마음으로 흘러가며, 마음으로 베풀고 마음에 의해 움직여야 지속될 수 있다. 욕망이 커지면, 그 욕망을 버릴 수 있는 경건한 마음을 어떻게 찾을 수 있을까? 또 어떤 이들은 나를 동화 속 세상에서 살고 있는 사람 같다고 했다. 그 말에는 칭찬도, 충고도 섞여 있었다. 칭찬과 함께 충고도 해주었기에, 나는 그 말을 기꺼이 받아들인다. 그 충고는 내가 방어할 필요가 아니라, 단지 나를 일깨워 주기 위한 것일 것이다. 동화가 유감스러운 것은 그 자체가 너무 아름다워서가 아니라, 우리가 그것보다 훨씬 더 복잡하고, 훨씬 더 잔혹한 세계로 들어가야 하기 때문이다. 그럴 때 동화는 그저 너무 약할 뿐이다.

事实上在二十一岁那年, 上帝已经这样提醒我了, 他早已把他的超级童话和永恒的谜语向我略露端倪。住在四号时, 我见过一个男孩. 他那年七岁, 家住偏僻的山村, 有一天传说公路要修到他家门前了, 孩子们都翘首以待好梦联翩. 公路终于修到, 汽车终于开来, 乍见汽车, 孩子们惊讶兼着胆怯, 远远地看. 日子一长孩子便有奇想, 发现扒住卡车的尾巴可以威风凛凛地兜风, 他们背着父母玩得好快活. 可是有一次, 只一次, 这七岁的男孩失手从车上摔了下来. 他住进医院时已经不能跑, 四肢肌肉都在萎缩. 病房里很寂寞, 孩子一瘸一瘸地到处审; 淘得过分了, 病友们就说他: "你说说你是怎么伤的?" 孩子立刻低了头, 老老实实地一动不动. "说呀?" "说, 因为什么?" 孩子嗫嚅着. "喂, 怎么不说呀? 给忘啦?" "因为扒汽车," 孩子低声说, "因为淘气." 孩子补充道. 他在诚心诚意地承认错误. 大家都沉默, 除了他自己谁都知道: 这孩子伤在脊髓上, 那样的伤是不可逆的. 孩子仍不敢动, 规规矩矩地站着用一双正在萎缩的小手擦眼泪. 终于会有人先开口, 语调变得哀柔: "下次还淘不淘了?" 孩子很熟悉这样的宽容或原谅, 马上使劲摇头: "不, 不, 不了!" 同时松了一口气. 但这一回不同以往, 怎么没有人接着向他允诺 "好啦, 只要改了就还是好孩子" 呢? 他睁大眼睛去看每一个大人, 那意思是: 还不行吗? 再不淘气了还不行吗? 他不知道, 他还不懂, 命运中有一种错误是只能犯一次的, 并没有改正的机会, 命运中有一种并非是错误的错误, (比如淘气, 是什么错误呢?) 但这却是不被原谅的. 那孩子小名叫 "五蛋", 我记得他, 那时他才七岁, 他不知道, 他还不懂. 未来, 他势必有一天会知道, 可他势必有一天就会懂吗? 但无论如何, 那一天就是一个童话的结尾. 在所有童话的结尾处, 让我们这样理解吧: 上帝为了锤炼生命, 将布设下一个残酷的谜语.

住在六号时, 我见过一对恋人. 那时他们正是我现在的年纪, 四十岁. 他们是大学同学。男的二十四岁时本来就要出国留学，日期已定，行装都备好了，可命运无常，不知因为什么屁大的一点事不得不拖延一个月，偏就在这一个月里因为一次医疗事故他瘫痪了。女的对他一往情深，等着他，先是等着他病好，没等到；然后还等着他，等着他同意跟她结婚，还是没等到。外界的和内心的阻力重重，一年一年，男的既盼着她来又说服着她走。但一年一年，病也难逃爱也难逃，女的就这么一直等着。有一次她狠了狠心，调离北京到外地去工作了，但是斩断感情却不这么简单，而且再想调回北京也不这么简单，女的只要有三天假期也迢迢千里地往北京跑。男的那时病更重了，全身都不能动了，和我同住一个病室。女的走后，男的对我说过：你要是爱她，你就不能害她，除非你不爱她，可那你又为什么要结婚呢？男的睡着了，女的对我说过：我知道他这是爱我，可他不明白其实这是害我，我真想一走了事，我试过，不行，我知道我没法不爱他。女的走了男的又对我说过：不不，她还年轻，她还有机会，她得结婚，她这人不能没有爱。男的睡了女的又对我说过：可什么是机会呢？机会不在外边而在心里，结婚的机会有可能在外边，可爱情的机会只能在心里。女的不在时，我把她的话告诉男的，男的默然垂泪。我问他："你干吗不能跟她结婚呢？"他说："这你还不懂。"他说："这很难说得清，因为你活在整个这个世界上。"他说："所以，有时候这不是光由两个人就能决定的。"我那时确实还不懂。我找到机会又问女的："为什么不是两个人就能决定的？"她说："不，我不这么认为。"她说："不过确实，有时候这确实很难。"她沉吟良久，说："真的，跟你说你现在也不懂。"十九年过去了，那对恋人现在该已经都是老人。我不知道现在他们各自在哪儿，我只听说他们后来还是分手了。十九年中，我自己也有过爱情的经历了，现在要是有个二十一岁的人问我爱情都是什么？大概我也只能回答：真的，这可能从来就不是能说得清的。无论她是什么，她都很少属于语言，而是全部属于心的。还是那位台湾作家三毛说得对：爱如禅，不能说不能说，一说就错。那也是在一个童话的结尾处, 上帝为我们能够永远地追寻着活下去, 而设置的一个残酷却诱人的谜语。

二十一岁过去, 我被朋友们抬着出了医院, 这是我走进医院时怎么也没料到的。我没有死, 也再不能走, 对未来怀着希望也怀着恐惧。在以后的年月里, 还将有很多我料想不到的事发生, 我仍旧有时候默念着"上帝保佑"而陷入茫然。但是有一天我认识了神, 他有一个更为具体的名字——精神。在科学的迷茫之处, 在命运的混沌之点, 人唯有乞灵于自己的精神。不管我们信仰什么, 都是我们自己的精神的描述和引导。

스물한 살이 되던 해, 신은 나에게 이미 깨달음을 주셨다. 신은 미리 준비해둔 탈동화적 현실과 끊임없이 이어지는 수수께끼의 단서를 살짝 보여주셨다. 4호 병실에 있을 때, 나는 일곱 살짜리 소년을 보았다. 그 소년은 산골짜기의 작은 마을에서 살았고, 마을 앞까지 도로가 포장된다는 소문이 돌면서 아이들은 그날을 손꼽아 기다렸다. 드디어 도로가 포장되었고, 마을에는 차들이 오가기 시작했다. 처음 보는 차는 신기하고 두려워서 아이들은 그저 멀리서만 바라봤다. 시간이 지나 차가 익숙해지자, 아이들은 기발한 생각을 하게 되었다. 달리는 트럭 뒤에 올라타면 시원한 바람을 맞을 수 있다는 걸 깨달은 아이들은 부모님 몰래 그렇게 신나게 놀았다

그런데 어느 날, 한 번 실수가 발생했다. 그 일곱 살 남자아이가 뛰다가 손이 미끄러워서 떨어진 것이었다. 그 아이가 병원에 들어올때는 이미 뛸수 없었고. 사지 근육은 모두다 위축되어서 제 힘을 쓰지 못했다. 병실 안은 조용했다. 아이는 젤뚝거리면서도 여기저기 돌아다니면서 장난을 쳤다. 병실 사람들이 아이에게 물었다.

"너는 어쩌다 다쳤어?"

나의 말에 아이는 고개를 숙이더니 움직이지 않고 가만히 있었다.

"말해~ 왜 다친 거야?" 그러나 그 아이는 우물거리며 대답하지 못했다.

"왜 말을 안 해? 잊어버린거야?"

"차에 뛰어 올라타다가요." 아이는 작게 말했다.

"장난치다가..."

그 아이는 다시 말을 이었다. 자신이 한 잘못을 성실하게 인정했다. 모두가 아무 말도 하지 못했다. 아이를 제외한 모두는 알고 있었다. 그 아이가 척수에 손상을 입었고, 그 상처는 결코 되돌릴 수 없다는 사실을... 아이는 여전히 움직이지 않고 똑바로 서서 오그라든 두 손으로 눈물을 닦고 있었다. 결국, 누군가 입을 열었다. 그 말투는 슬프고 부드러웠다.

"다음에 또 장난칠 거니?"

아이는 이런한 말에 익숙한 듯 곧바로 고개를 강하게 저었다.

"아니! 아니에요!"

동시에 모두가 한숨을 내쉬었다. 하지만 이전과는 달리 아무도 괜찮다고 말하거나, 다음에 고치면 된다고 하지 않았다. 아이는 눈을 크게 뜨고 어른들을 차례로 쳐다보았다. 그 표정은 마치 "그걸로 끝인가요? 장난 안 친다고 했잖아요?"

라고 묻는 것 같았다.

아이에게는 아직 이해되지 않았다. 그는 아직 어떤 실수는 한 번으로도 되돌리거나 고칠 기회가 없다는 것을 알지 못했다. 인생에는 장난이나 실수처럼 잘못이 아닌 일들이 있고, 그런 일들은 용서받지 못하는 경우가 있다는 것을... 그 아이는 아직도 기억된다. 겨우 일곱 살이었다. 미래의 어느 날, 아이는 분명히 이를 알게 될 것이다. 그런데 그 어느 날을 미리 알 필요가 있을까? 어쨌든 다가올 그 어느 날이 바로 그 동화의 끝이다. 모든 동화의 결말을 우리는 이렇게 받아들여야 한다. 신은 생명의 성장과 단련을 위해 이런 잔인한 수수께끼를 놓아두었다고...

6호실에 있었을 때 한 연인을 보았다. 그때 두 사람은 지금의 내 나이, 마흔이었다. 그들은 대학 동기였고, 스물네 살에 유학을 떠날 예정이었던 남자는 출국 날짜도 정하고 모든 준비를 마친 상태였다. 그러나 운명의 장난인지 출국 날짜가 한 달 연기되었고, 그 사이에 의료사고가 일어나 남자는 반신불수가 되고 말았다. 사랑이 깊었던 여자는 그를 기다렸다.

처음에는 그의 병이 나아지기를 기다렸지만, 그리 쉽게 이루어지지 않았다. 그 다음에는 그가 결혼해주기를 바랐지만, 그것도 역시 이루어지지 않았다. 외부의 방해와 내적인 갈등은 점점 쌓여갔고, 시간이 흘러갔다. 그동안 남자는 여자가 올 것을 바라면서도, 실제로 오면 떠나라고 종용했다. 그의 병은 나을 기미가 보이지 않았고, 그의 사랑도 떠날 기미가 없었다. 여자는 그렇게 계속 기다렸다. 한 번은 마음을 단단히 먹고 베이징에서 아주 먼 곳으로 직장을 옮겼지만, 감정을 끊어내는 것은 그렇게 간단한 일이 아니었고, 베이징에 다시 일자리를 구하는 것도 쉬운 일이 아니었다. 여자는 연휴나 휴가만 있으면 천릿길도 마다하지 않고 달려 베이징으로 왔다. 이제 남자의 병은 더 심각해져서 전신을 움직일 수 없었다. 그때 남자는 나와 같은 병실에 있었다. 여자가 떠난 후, 남자는 나를 보며 혼잣말을 했다.

"그녀를 사랑한다면 아프게 하면 안돼지 ! 근데 왜 결혼을 하려는 거니?"
남자가 잠이 들자, 여자가 나를 보며 스스로 말했다.

"당신이 날 사랑해서 이러는 거 알지… 근데 그런것이 날 더 아프게한단 말이야. 나도 떠나고 싶지… 시도도 했었어. 근데 안 돼. 당신을 사랑 하지 않을 수 없단말이야!"

여자가 가고 나면 남자는 또 내게 말했다.

"안 돼! 그녀는 아직 젊어, 기회가 있단 말이야. 그래서 그녀는 결혼을 해야 해, 그녀는 사랑 없이는 안돼고.."

남자가 잠이들자 또 여자가 말했다.

"대체 뭐가 기회인데? 기회는 밖이 아니라 마음에 있는거야. 결혼 기회는 밖에 존재하지만, 사랑의 기회는 오로지 마음에만 있다는거야."

여자가 없을 때 나는 남자에게 말을 전해주었고., 남자는 말 없이 눈물을 흘렸다.

"그냥 둘이 결혼하면 안되나요?"

"너는 몰라. 우리는 이 세상에서 살아가야 해. 그래서 어떤 일은 둘이서만 결정할 수 없어."

그때 나는 전혀 이해가 되지 않아서 다시 여자에게 물었다.
"그냥 두 사람이 결정해서 하면 안 돼요?"

"안 돼. 그럴 수 없어. 가끔은 정말 아주 어려워." 여자는 한참 침묵하더니 다시 말을 이었다.

"정말이야. 지금 넌 이해 못할 거야."

19년이 지났다. 그들은 지금쯤 예순을 넘겼을 것이다. 지금 그들이 어디에 살고 있는지는 알 수 없다. 나는 그들이 결국 헤어졌다는 소식만 들었다. 19년 동안 나도 사랑을 경험했다. 만약 지금 스물한 살의 청년이 나에게 사랑이 무엇이냐고 묻는다면, 아마 나는 이렇게밖에 대답할 수 없을 것이다.

정말로, 사랑은 정확하게 설명할 수 없는 것이다. 어떤 사랑이든, 사랑이라는 것은 언어로 표현할 수 있는 부분은 아주 적고, 대부분은 마음에 속한다. 타이완의 작가 산마오의 말이 맞다. 사랑은 참선처럼 말해서는 안 된다. 말을 하면 틀려버린다.

그것 역시 동화의 결말이다. 우리가 영원히 추구하며 살아가기를 바라는 신은, 잔인하지만 유혹적인 수수께끼를 우리 앞에 놓아둔 것이다. 스물한 살이 그렇게 흘렀고, 나는 친구들에게 이야기하며 병원을 떠났다. 병원에 들어갈 때는 이런 일이 일어날 줄은 몰랐다. 나는 죽지 않았고, 다시는 걸을 수 없게 되었다.

미래에 대한 희망도 있었고, 두려움도 있었다. 그 이후의 삶에서 예상치 못한 수많은 일이 일어났고, 나는 여전히 예전처럼 '하느님, 저를 지켜주세요'를 반복하며 실망에 빠져 살아갔다. 그러던 어느 날, 나는 한 신을 알게 되었다. 그에게는 구체적인 이름이 있다. 바로 정신(精神)이다. 과학의 거짓에 빠졌을 때, 삶이 혼란스러워졌을 때, 사람이 유일하게 의지할 곳은 바로 자신의 정신이다. 우리가 믿는 모든 것은 결국 자신의 정신이 그려내고 이끄는 것이다.

스텐셩(史铁生)
《스물한 살 그해》(我21岁那年)
생각나누기/ 핵심 키워드: 죽음과 삶에 대한 태도

▶ 질문

1. 죽음과 삶에 대한 태도
2. 신이 자주 등장하는 이유

● 본문 탐구하기1: 하방운동과 지식이 많으면 반동하는 시대

이 두 가지 물음에 대한 의미는 문화대혁명으로 설명할 수 있다. 문화대혁명은 마오쩌둥을 중심으로 한 극단적인 사회주의 운동으로, 중국 내에 존재하던 부르주아 문화와 자본주의적 요소들을 타파하고 사회주의를 실천하려는 목적으로 전개되었다. 이 운동은 중국의 수천 년에 걸친 유교적 전통과 공자 사상의 영향력을 전면적으로 해체하고, 계급투쟁을 강조하는 대중 운동으로 확산되었다. 문화대혁명이 시작된 배경은 대약진 운동의 실패에 대한 마오쩌둥의 반발에서 비롯된다. 대약진운동의 실패로 인해 정치적으로 2선으로 물러나 있던 마오쩌둥은 정치적 재기를 위한 기회를 노리고 있었다. 이때 마오쩌둥의 재기를 돕는 중요한 사건이 발생한다. 1965년, 상하이시 당위원회 서기였던 야오원위안(姚文元)은 베이징 시 부

시장 우한(吳晗)이 쓴 역사극 〈해서파관[1]〉(海瑞罷官)을 비판하는 글을 발표하였고, 이 사건이 마오쩌둥의 주목을 끌게 된다.

〈해서파관〉은 명나라의 충신 해서가 가정제 황제에게 간언하다가 파면된 사건을 다룬 작품이다. 마오쩌둥은 이 작품에서 해서의 충성심과 강직함을 높이 평가하며, 자신이 당 지도층에서 겪은 고난과 맞물려 이 작품을 교훈으로 삼고 있었다. 마오쩌둥은 1959년에 해서 정신을 제창할 것을 언급하며, 해서를 자신과 유사한 정치적 위치에 있는 인물로 묘사하며 충성스럽고 아첨하지 않는 간언의 중요성을 강조했다. 그리하여 마오쩌둥은 해서의 정신을 공식적으로 선전하기 시작했다.

그러나 1959년 루산회의에서 국방부장 펑더화이(彭德懷)가 마오쩌둥에게 직언을 하며 대약진 운동을 비판하자, 〈해서파관〉의 내용이 마오쩌둥과 펑더화이의 관계를 암시하는 것으로 해석되기 시작했다. 1962년 7천인 대회에서 펑더화이를 해서에 비유한 발언들이 나오면서 마오쩌둥은 이 작품이 자신에 대한 비판으로 인식되기 시작했으며, 이로 인해 〈해서파관〉의 상영이 금지되었으나 각본은 여전히 인쇄되어 중국 내에서 큰 인기를 끌었다.이러한 상황을 마오쩌둥은 조직적인 반당 음모로 간주하였고, 이를 계기로 당시 실권파의 정치적 기반이었던 베이징시 당위원회는 마오쩌둥의 추종자들로부터 강도 높은 비판을 받게 되었다. 결국 1966년 4월, 마오쩌둥은 베이징 시장 펑전(彭真)을 해임하고, 8월 8일 중국 공산당 중앙위원회에서 〈프롤레타리아 문화대혁명에 관한 결정〉(16개 조)을 발표함으로써 본격적인 문화 대혁명이 시작되었다.

---

1) 〈해서파관〉은 명나라의 청렴한 정치가 해서파의 삶과 업적을 다룬 작품으로, 그의 정직함과 부패한 체제에 대한 비판을 중심으로 진행된다. 작품은 해서파가 사회적 부조리와 부패한 관리들에 맞서 싸운 이야기를 그리며, 정의와 청렴을 강조한다. 이 작품은 후에 많은 사람들에게 도덕적 교훈을 주었고, 정치적 현실을 비판하는 동시에 개혁의 필요성을 성찰하게 한다.

1966년 8월 18일, 톈안먼 광장에서 백만 명의 홍위병(紅卫兵)[2] 이 모여 문화 대혁명을 지지하는 대규모 집회를 열었고, 이들은 전국 주요 도시로 퍼져 나가면서 마오쩌둥 사상을 찬양하고 낡은 문화를 일소하는 대대적인 시위를 전개했다. 이 과정에서 학교가 폐쇄되고, 전통적인 가치와 부르주아적 요소들이 공격받았다. 또한, 당의 관료들과 실권파들은 공개적으로 비판 받고, 홍위병은 각지에서 권력을 무력으로 탈취했다. 특히 자본가, 지식인, 예술인들을 '부르주아 계급'으로 몰아 탄압이 가해졌고, 심지어 동네 상점의 사장들도 자본가로 간주되어 인민재판을 받게 되었다.

그러나 실권파의 강력한 저항과 홍위병 내의 내분으로 인해 1967년 1월, 마오쩌둥은 군의 개입을 결심한다. 그는 인민해방군의 개입을 통해 문화 대혁명을 더욱 강화하고, 초기의 홍위병들은 군에 의해 산골로 추방되었다. 그 후 1968년, 전국 각지에 '혁명위원회'가 수립되면서 상황은 진정 국면에 접어들었다.

이와 같은 배경에서 하방운동(下放运动)[3]은 홍위병들이 도시에서 농촌으로 내려가는 현상을 의미하며, 이들 중 많은 지식인들이 엘리트 계층으로 간주되어 '반동분자'로 몰리게 되었다. 이는 문화 대혁명이 가져온 사회적, 정치적 변화를 잘 보여주는 사례로, 당시의 중국 사회는 극심한 혼란과 갈등 속에서 변화를 겪게 되었다.

---

2) 홍위병(紅卫兵)은 1966년부터 1976년까지 문화대혁명 기간 동안 마오쩌둥의 지도 아래 형성된 청소년 혁명 조직으로, 주로 중고등학생들이 마오쩌둥 사상을 신봉하며 전통 문화와 사회 질서를 파괴하고 반대파를 처벌했다. 이들은 고대 문화와 역사적 유산을 철저히 파괴하고, 지식인들을 대상으로 박해와 폭력을 일으켰으며, 중국 사회에 극심한 혼란을 초래했다. 문화대혁명이 끝난 후 홍위병은 해체되었고, 덩샤오핑의 개혁개방 정책과 함께 중국은 새로운 방향을 모색하게 되었다. 홍위병의 활동은 중국 현대사에서 중요한 교훈을 제공하는 사례로 여겨진다.

3) 하방운동(下放运动)은 1960년대 후반부터 1970년대 초까지 중국에서 도시 청년들을 농촌으로 강제로 보내 노동을 시킨 정책이다. 마오쩌둥은 청년들이 농촌에서 "혁명적 경험"을 쌓고 이념적으로 강화되길 원했다. 이 운동은 농촌의 경제적 발전을 촉진하기보다는, 오히려 사회적 혼란과 도시-농촌 간 격차를 심화시켰다. 1978년 덩샤오핑의 개혁개방 정책으로 하방운동은 종료되었으며, 이는 강압적이고 비효율적인 정책의 대표적인 사례로 평가된다.

● 본문 탐구하기2: 그가 죽지 않았던 이유.

1. 왕주임과 장간호사

왕 주임과 장 간호사는 작가 스텐셩에게 단순한 의료인 이상의 존재였다. 장애를 얻은 후, 작가는 사랑의 감정을 느끼는 것이 어려울 것이라는 점을 알고 있었고, 그럼에도 불구하고 자신을 열심히 치료하고 친절하게 대해 준 그녀들에게는 의료인 이상의 감정을 품게 되었다. 그녀들은 작가에게, 장애인으로서 다른 이들과 똑같이 사랑을 느낄 수 있게 해 준 은인들이었다. 그래서 작가는 탕 의사가 병실로 안내해 준 그날 오후를 결코 잊지 못한다고 말한 것이다.

2. 생산대 친구들

작가는 시골 생산대에서 함께했던 친구들의 편지와 끊임없는 방문을 통해 큰 위로와 용기를 얻었다. 장애를 얻고 병원에 신세 지게 되면서 세상과 단절된 듯한 마음의 고통을 겪기도 했지만, 자신을 잊지 않고 찾아와 준 친구들이 그를 다시 일으켜 세웠다.

3. 우의병원

자신도 포기한 자신의 삶을 우의병원은 그를 성심성의껏 치료했고 응원했다. 비록 그는 하반신 불구 장애를 얻었지만 우의병원이 있었기에 그는 다시 살아갈 수 있는 의미를 느꼈고 본문에서도 여러 차례 우의병원에 대한 추억과 자신이 삶을 포기하지 않은 이유도 그 때문이라고 직접 서술하고 있다.

● 본문 탐구하기3: 정신의 의미

작가는 본문에서 수많은 기도와 신에게 의지하며 희망을 구한다. 과학적 방법으로는 도저히 해결의 실마리를 찾을 수 없다고 판단하자, 자연스럽게 유사과학이나 비과학적인 접근에 마음을 기울이게 되었다. 그러나 여러 차례 신을 찾았음에도 불구하고 그는 결국 걸을 수 없게 되었고, 장애를 안고 병원을 퇴원할 수밖에 없었다. 글의 끝에서 작가는 이렇게 말한다. "어느 날, 나는 한 신을 알게 되었다. 그 신에게는 구체적인 이름이 있다. 바로 정신(精神)이다. 과학의 한계를 절감하고, 삶의 혼돈 속에 빠졌을 때, 사람이 유일하게 의지할 수 있는 곳은 바로 자신의 정신이다." 작가는 이 대사를 통해, 더 이상 외적인 신의 존재를 믿지 않으며, 오직 인간이 절망에서 벗어날 수 있는 유일한 방법은 자신의 의지, 인내, 긍정적인 사고 등 마인드컨트롤을 통해 스스로를 극복하는 것임을 강조하고 있다.

1. 개인의 자아와 정신적 갈등

스텐성의 작품에서 정신은 인간의 내면적인 갈등과 성찰을 나타내는 중요한 요소다. 《스물한 살 그해》에서는 주인공이 사회적 기대와 개인적인 욕망 사이에서 끊임없이 갈등하는 모습이 그려진다. 또한 《스물한 살 그해》에서는 '정신'은 단순히 정신적 능력이나 지식만을 의미하지 않으며, 주인공이 겪는 내적 고민과 자아 정체성에 대한 탐구를 나타낸다. 주인공은 자신이 처한 현실 속에서 스스로의 존재와 의미를 고민하며, 그 과정에서 '정신적' 성장을 이루려 한다. 이 과정에서 '정신'은 자신을 이해하고, 사회적 규범과 마주하는 방식, 그리고 개인적인 자유와 억압을 어떻게 조화시킬지에 대한 문제를 탐구한다.

2. 사회적 비판과 정신적 각성

두 번째로, 스텐셩은 '정신'을 사회적, 문화적 비판의 도구로 사용한다. 여기서 '정신'은 단지 개인의 문제를 넘어서, 사회와 정치의 영향을 받는 집단적, 역사적 정신을 반영한다. 특히 작가는 과거와 현재의 복잡한 상처와 갈등을 내포하는 존재로, 그가 겪는 정신적 고통은 현대 중국 사회의 혼란과 불안정을 상징하는 요소로 작용한다. 작품 속에서 정신적 각성은 단순한 개인적 성취를 넘어, 사회적 문제에 대한 인식과 저항을 의미한다.

3. 정신의 해방

마지막으로, '정신'은 자유와 해방의 개념과도 밀접하게 연결된다. 스텐셩의 작품에서 주인공들이 자신을 찾고 내면의 갈등을 해결해 나가는 과정은 결국 정신적 해방의 과정을 상징한다. 디탄이 겪는 정신적 고통과 갈등은 외부 세계와의 충돌에서 비롯되지만, 그가 이를 극복해 나가는 여정은 정신의 해방을 향한 길이라고 할 수 있다. 결국, 이 작품에서 '정신'은 단순한 내면의 상태를 넘어서, 외부 세계에 대한 비판적 인식과 그로 인한 자유와 해방을 추구하는 동력으로 작용한다.

결론적으로, 스텐셩의《스물한 살 그해》에서 '정신'의 의미는 개인의 내적 갈등과 자아 탐구뿐만 아니라, 사회적, 문화적 배경 속에서 정신적 고통과 각성을 통해 얻어지는 자유와 해방을 의미한다. 이 작품은 현대 중국 사회와 그 안에서 개인이 겪는 정신적 고뇌를 탐구하는 중요한 문학적 작업으로, 정신의 해방을 향한 끊임없는 투쟁을 그린다.

장아이링(张爱玲)
《사랑》(爱)

这是真的。

有个村庄的小康之家的女孩子，生得美，有许多人来做媒，但都没有说成。那年她不过十五六岁吧，是春天的晚上，她立在后门口，手扶着桃树。她记得她穿的是一件月白的衫子。对门的年轻人同她见过面，可是从来没有打过招呼的，他走了过来。离得不远，站定了，轻轻的说了一声："哦，你也在这里吗？"她没有说什么，他也没有再说什么，站了一会，各自走开了。

就这样就完了。

后来这女子被亲眷拐子卖到他乡外县去做妾，又几次三番地被转卖，经过无数的惊险的风波，老了的时候她还记得从前那一回事，常常说起，在那春天的晚上，在后门口的桃树下，那年轻人。

于千万人之中遇见你所遇见的人，于千万年之中，时间的无涯的荒野里，没有早一步，也没有晚一步，刚巧赶上了，那也没有别的话可说，惟有轻轻的问一声："哦，你也在这里吗？

장아이링(张爱玲)
《사랑》(爱)

[해석]

这是真的。

이것은 진실.

有个村庄的小康之家的女孩子，生得美，有许 多人来做媒，但都没有说成。那年她不过十五六岁吧，是春天的晚上，她立在后门口，手扶着桃树。她记得她穿的是一件月白的衫子。对门的年轻人同她见过面，可是从来没有打过招呼的，他走了过来。离得不远，站定了，轻轻的说了一声："哦，你也在这里吗？"她没有说什么，他也没有再说什么，站了一会，各自走开了。

한 마을의 평범한 집안에서 태어난 여자아이가 있었다. 외모가 예쁘장해서 많은 중매가 오고 갔지만, 성사되지는 않았다. 고작 열대여섯 살이었던 그녀는 어느 봄날 밤, 뒷문의 복숭아나무를 짚고 서 있었다. 그 날, 그녀는 하늘색 상의를 입고 있던 기억이 난다. 그때, 맞은편에 사는 청년이 그녀에게 다가왔다. 그와는 마주친 적이 있었지만, 인사를 나눈 적은 없었다. 청년은 그녀에게 가볍게 물었다. "아, 너도 여기 있었구나?" 그녀는 아무런 대답도 하지 않았고, 그도 더 이상 말을 하지 않았다. 그렇게 잠시 서 있다가, 각자 그대로 헤어졌다.

就这样就完了。

그냥 그렇게 끝났다.

后来这女子被亲眷拐子卖到他乡外县去做妾, 又几次三番地被转卖, 经过无数的惊险的风波, 老了的时候她还记得从前那一回事, 常常说起, 在那春天的晚上, 在后门口的桃树下, 那年轻人。

이후 여자아이는 친척에 의해 어느 마을로 첩으로 팔려갔다. 그리고 몇 번을 이곳저곳 팔려다니며 수많은 풍파를 겪고, 세월이 흐른 후 늙어서도 그녀는 여전히 옛날의 그 일을 기억했다. 늘 이렇게 말하곤 했다. "그 봄날 저녁, 뒷문 앞의 복숭아나무 아래, 그 청년…"

于千万人之中遇见你所遇见的人, 于千万年之中, 时间的无涯的荒野里, 没有早一步, 也没有晚一步, 刚巧赶上了, 那也没有别的话可说, 惟有轻轻的问一声: "哦, 你也在这里吗

수많은 사람 중에서 당신을 만난 것은, 수천 년의 시간 속, 끝없는 광야에서, 한 걸음도 앞서지 않고, 한 걸음도 늦지 않게, 마침 딱 맞춰 만난 것이다. 그 외에는 할 말이 없다. 그저 가만히 물어볼 뿐이다. "오, 당신도 여기 있었나요?"

단어

1. 村庄 cūnzhuāng (명) 촌, 마을
2. 小康 xiǎokāng (명) 중산층
3. 做媒 zuòméi (동) 중매하다
4. 扶 fú (동) 받치다
5. 桃树 táoshù (명) 복숭아나무
6. 月白 yuèbái (형) 옅은 남색
7. 衫子 shān zi (명) 부인의 복장
8. 几次三番 jǐ cì sān fān (성어) 여러 차례, 수많은
9. 惊险 jīngxiǎn (형) 아슬아슬하다.
10. 无涯 wúyá (형) 끝이없다
11. 荒野 huāngyě (명) 거친 들판

장아이링(张爱玲)
《사랑》(爱)
생각나누기/핵심 키워드: 첫사랑, 건강한 기억이 되길 바라며

▶ **질문**

1. 그들은 필연인가 우연인가?

● **본문 탐구하기1: 작가소개와 :《사랑》(爱) 창작배경**

장아이링(张爱玲)은 1940년대 초 등단한 중국의 대표적인 여성작가로, 그녀의 작품은 종종 인간 심리의 복잡성과 삶의 허무함, 사랑의 상실을 깊이 탐구한다. 장아이링의 산문《사랑》은 그녀가 1944년, 사랑에 빠져 있던 시기에 발표된 작품으로, 이 작품은 사랑과 운명에 대한 그녀의 깊은 통찰을 보여준다. 글에서 장아이링은 사랑의 비밀을 파란만장한 어조와 경솔한 필치로 풀어내며, 삶의 무상함과 사랑의 소중함을 일깨운다.

장아이링의《사랑》은 단순히 사랑에 대한 이야기만을 다루는 것이 아니라, 인간 존재의 엇갈림과 삶의 만남에 대한 철학적 성찰을 담고 있다. 특히 그녀는 이 작품을 통해 슬픔과 고통 속에서도 아름다움을 찾아내는 능력, 그리고 사랑이 가져오는 고통을 정면으로 마주하는 태도를 제시한다. '사랑'이라는 주제는 모든 시대를 관통하는 불변의 주제로, 장아이링은 그 주제를 300여 자 분량의 글로 간결하고도 담담하게 풀어내며, 작품의 심오함을 전달한다.

이 글에서 특히 중요한 부분은, 장아이링이 첫사랑에 대한 기억을 복숭아나무 아래의 봄날 밤의 풍경을 통해 회상하는 대목이다. 복숭아꽃은 중국 전통문화에서 사랑의 상징으로 오랫동안 쓰여 왔다. 예를 들어, 《시경(诗经)》의 "주남·도요(周南·桃夭)"에서는 복숭아꽃을 통해 아름다운 여인을 찬양하며 결혼을 축하했고, 삼국 시대의 조식(曹植)은 복숭아와 자두를 통해 여인의 아름다움을 표현하였다. 또한 당나라 시인 최호는 "인면도화(人面桃花)"라는 유명한 구절을 통해 복숭아꽃과 사랑을 엮어 시의 주제로 삼았다.[1] 이러한 전통을 배경으로, 장아이링은 복숭아꽃을 통해 그녀의 첫사랑을 회상하고, 사랑이 이루어지지 않은 채로 끝나는 허무함과 그리움을 묘사한다. 특히 장아이링의 문학적 기법은 복숭아꽃의 이미지를 통해 사랑을 다룬다. 그녀의 작품 속에서 복숭아꽃은 단순한 자연의 아름다움에 그치지 않고, 사랑의 순수함과 덧없음을 상징하는 중요한 요소로 작용한다. 복숭아꽃은 한편으로는 순수하고 아름다운 사랑의 시작을, 다른 한편으로는 결국 그 사랑이 이루어지지 않거나 끝나버린 슬픔을 암시한다. "그냥 그렇게 끝났다."라는 문장은 이 모든 감정을 함축하고 있으며, 그것이 전달하는 메시지는 사랑의 허무함과 동시에 그 속에 담긴 깊은 여운이다. 장아이링은 이 구절을 통해 첫사랑이 결코 실현되지 않는 사랑으로서 남는다는 사실을 받아들이고, 그러한 사랑의 기억이 오히려 더 강렬하고 아름다울 수 있다는 점을 강조한다. 그녀의 작품 속에서 '그냥 그렇게 끝났다.'라는 문장은 단순히 비극적 결말을 암시하는 것이 아니라, 그것이 또한 여운과 반추의 과정을 통해 더욱 강력한 감정적 충격을 남긴다는 의미를 내포하고 있다.

또한, 이 작품에서 장아이링은 사랑이 단순한 감정적 교류가 아니라, 인

---

1) '월간중국' 복숭아로 이어지는 중한문화. 2024년 2- 5-6호

간 존재의 근본적인 고뇌와 결합되어 있음을 보여준다. 복숭아꽃을 상징적인 매개로 삼아, 그녀는 이루어질 수 없는 첫사랑이 어떻게 인간에게 깊은 상처를 남기고, 그 상처 속에서 어떻게 사랑의 본질과 의미를 찾을 수 있는지를 탐구한다. 이처럼 《사랑》은 단순히 사랑의 실패를 그리는 것이 아니라, 그 실패 속에서 사랑의 의미를 되새기고, 결국 사랑이 가지는 깊은 아름다움과 그리움을 묘사하는 작품으로 해석될 수 있다.

장아이링은 복숭아꽃을 통해, 사랑의 감정이 무엇인지, 그것이 어떻게 사람의 삶 속에서 지속적인 영향을 미치는지를 탐구하며, 그 사랑이 이루어지지 않거나 끝나버린 후에도 여전히 사람에게 중요한 의미를 갖는다는 사실을 드러낸다. 그녀의 글은 결국 사랑이라는 복잡한 감정을 통해 인간 존재의 허무함과 그 속에서 찾을 수 있는 소중함을 일깨우며, 독자들에게 깊은 감동을 선사한다.

● 본문 탐구하기2: 문화적 분석

이 작품은 사랑, 특히 첫사랑을 주제로 다루고 있으며, 첫사랑의 의미에 대한 깊은 성찰을 제공한다. 첫사랑을 사전적으로 정의하면, 'first love' 또는 'Puppy love'로 표현되며, 이는 한 사람에게 처음으로 느끼거나 맺은 사랑을 가리킨다. 첫사랑은 보통 진심으로 사랑했던 첫 상대를 의미하며, 개인마다 첫사랑의 경험이나 그 의미는 다를 수 있다. 하지만 그럼에도 불구하고 '개개인의 기준은 다를지라도, 처음 진심으로 사랑했던 사람'이라는 본질적인 의미는 변하지 않는다. 즉, 첫사랑은 보편적인 경험으로, 독자에게는 과거의 누군가를 떠올리게 하여 가슴 한편에 따뜻한 감정을 불러일으킬 수 있다.

첫사랑을 다룬 문학 작품이나 영화는 매우 많다. 그 중 하나가 피천득의

《인연》이다. 이 작품에서 피천득은 아사코와의 첫사랑을 회상하며, 아홉 살, 열일곱 살, 스물두 살, 서른 살, 서른여덟, 마흔넷에 이르기까지 다양한 시점에서 자신의 첫사랑과의 만남을 되새긴다. 그 과정을 통해 피천득은 첫사랑이란 시간이 지나면서 어떻게 변화하고, 동시에 어떻게 깊은 감정으로 남아 있는지를 탐구한다. 또한, 에피톤 프로젝트의 노래 〈이화동〉도 첫사랑을 주제로 한 작품으로, 그 노래 가사는 첫사랑에 대한 애틋함과 그리움을 표현한다. 이처럼 첫사랑은 문학과 음악을 포함한 여러 매체에서 중요한 주제로 다뤄지며, 사람들에게 보편적인 감정의 연결고리로 작용한다. 첫사랑을 다룬 작품들은 주로 사랑의 시작과 그로 인한 감정의 변화를 그리며, 시간이 흐른 후에도 여전히 마음속에 남아 있는 첫사랑의 감정을 되새기게 한다. 이는 사람들에게 첫사랑의 기억을 떠올리게 하고, 그로 인해 과거의 순수한 감정이나 그리움을 자극하는 효과를 낳는다. 따라서 첫사랑은 단순한 연애 경험을 넘어서, 사람들의 정서와 기억에 깊은 영향을 미치는 중요한 경험으로 남아 있다.

에피톤프로젝트: 이화동

우리 두 손 마주잡고 걷던 서울 하늘 동네 좁은 이화동 골목길 여긴 아직 그대로야

그늘 곁에 그림들은 다시 웃어 보여줬고 하늘 가까이 오르니 그대 모습이 떠올라

아름답게 눈이 부시던

그 해 오월 햇살
푸르게 빛나던 나뭇잎까지 혹시 잊어버렸었니?
우리 함께 했던 날들 어떻게 잊겠니?
아름답게 눈이 부시던
그 해 오월 햇살
그대의 눈빛과 머릿결까지 손에 잡힐 듯 선명해

아직 난 너를 잊을 수가 없어 그래, 난 너를 지울 수가 없어…

이 노래의 가사에서 "좁은 이화동 골목길, 우리 함께 했던 날들, 선명해"라는 구절은 전체 서사의 핵심을 이루며, 마지막에는 "그래, 난 너를 지울 수가 없어…"라고 고백함으로써 첫사랑의 기억을 애절하게 회상하고 있다. 첫사랑은 누구에게나 존재하는 보편적인 경험이다. 그것이 장아이링의 작품에서 묘사된 짧은 만남이었든, 피천득이 아사코와 나눈 국경을 넘은 사랑이었든, 또는 에피톤 프로젝트의 노래에 등장하는 연인이었든, 첫사랑은 누구에게나 소중한 기억으로 남는다. 첫사랑은 종종 이루어질 수 없는 사랑으로 간직되지만, 그럼에도 불구하고 그 기억은 시간이 지나도 여전히 가슴에 깊은 자국을 남긴다.

이 영화에서 앞에 〈건축학개론〉[2] 역시 첫사랑을 주제로한 대표적인 작품이다. '첫사랑'은 단순히 감정적인 경험이 아니라, 시간이 지나면서 더

---

2) 《건축학개론》은 이용주 감독이 연출한 영화이다. 2012년 3월 22일에 대한민국에서 개봉하였으며, 건축학개론은 개봉 31일 만인 4월 22일에 누적 관객 수 321만 명을 동원하며 우리들의 행복한 시간을 제치고 한국 멜로 영화 역대 흥행 1위를 차지했다. 4월 27일 한국 정통멜로 영화 역사상 첫 350만명을 돌파했다.

욱 깊은 의미와 감동을 담아내는 존재로 형상화된다. 투르게네프[3]의 《첫
사랑》[4]이 그 신화적인 사랑의 이미지를 성장통으로 풀어내었다면, 영화 〈
건축학개론〉은 첫사랑이 남긴 불가항력적인 힘과 그로 인한 상처가 시간
의 흐름 속에서 어떻게 다시 되살아나는지를 세심하게 그려낸다. 영화의
주인공 승민은 건축학개론 수업에서 만난 서연과 첫사랑의 감정을 나누게
되지만, 순간적인 오해와 미처 하지 못한 고백으로 둘 사이의 관계는 깨지
게 된다. 그리고 15년 후, 건축가가 된 승민 앞에 서연이 다시 나타나면서,
그들은 오랜 세월이 지난 뒤에도 여전히 서로의 기억 속에서 살아있는 감
정을 마주하게 된다. 서연은 승민에게 자신을 위한 집을 설계해 달라고 요
청하고, 승민은 이를 자신의 첫 작품으로 맡게 된다. 집이 완성되어 가는
과정 속에서, 두 사람은 잊고 있던 첫사랑의 기억과 다시 마주하며, 그 오
래된 감정이 다시 현실 속에서 불씨를 되살린다.[5]

　이 영화는 90년대 학번에게는 특히 강한 향수를 불러일으키는 작품이
다. 그 시절의 문화적 코드:제우스 티셔츠, 전람회의 〈기억의 습작〉은 첫사
랑의 기억을 상징하는 하나의 중요한 배경이 된다. 이러한 복고적 요소들
은 영화를 보는 이로 하여금 과거와 현재를 잇는 감정의 흐름을 자연스럽
게 느끼게 만든다. 기술이 발전하고 세상이 빠르게 변화하는 가운데, 승민
과 서연의 첫사랑은 여전히 변하지 않으며, 그들이 다시 만난 순간, 그들은

---

3) 이반 세르게예비치 투르게네프는 러시아의 소설가이다. 그는 러시아 고전 작가들 가운데 가장 서구적인 작가
로 알려져 있으며 그의 작품들은 1840-1870년대의 모든 사회 문제를 주제로 삼고 있다. 특히, 서정미에 넘친
아름답고 맑은 문체, 아름다운 자연 묘사, 정확한 작품 구성, 줄거리와 인물 배치상의 균형, 높은 양식과 교양은
널리 알려져 있다. 인생의 많은 세월을 서유럽에서 보냈고 서구인들과의 교류도 활발했으며, 사상적 기반도 서구
주의적 입장이었기 때문이다. 따라서 그의 작품에는 러시아의 대자연과 시골 풍경이 섬세하고 수려한 필치로 묘
사되고 있으며, 동시에 서구의 자유주의 사상과 휴머니즘이 조화롭게 반영되어 있다.

4) 이 작품은 40대가 된 주인공 블라디미르가 16세에 겪었던 첫사랑을 회상하고 친구들에게 노트에 써서 남긴
수기 형식으로 되어있다. 아직 젊은 주인공이 요염한 히로인에게 농락당하는 등의 비도덕적인 내용을 시적으로
아름다운 문장으로 그리고 있다.

5) 씨네21, 첫사랑 신화에 대한 영화 〈건축학개론〉, 2012.03.22

각자의 삶에서 잃어버린 순수하고 떨리는 감정을 되찾게 된다.

첫사랑의 매력은 대개 이루어질 수 없는, 혹은 시작되지 못한 사랑의 아쉬운 기억에서 비롯된다. 승민이 서연에 대해 "썅년"이라는 말을 내뱉으며 현재의 사랑을 확신하려 했던 것처럼, 그 감정은 과거의 사랑이 여전히 그의 마음에 큰 영향을 미치고 있음을 시사한다. 과거의 실수와 오해가 시간이 흐르며 죄책감으로 남았고, 그것은 승민과 서연이 각자 삶을 살아가면서도 계속해서 억누르며 품고 있던 감정이었다. 그러나 집을 짓는 과정을 통해 그들은 상처를 치유하고, 오해를 풀며 과거의 무거운 기억들을 조금씩 덜어내기 시작한다. 영화에서 집은 단순한 물리적 공간을 넘어, 기억과 사랑이 결합된 상징적인 장소로 작용한다. "기억은 저마다 한 채씩 집을 짓는다"는 최명희 소설가의 말처럼, 승민과 서연의 집도 단순히 건축물이 아니라, 그들 사이의 사랑과 시간의 흔적이 담긴 감정의 집이다. 승민이 "이 집이 지겹지도 않냐?"고 묻자, 어머니는 "집이 지겨운 게 어딨어, 집은 그냥 집이지"라고 답한다. 이 대사는 첫사랑이자 기억의 상징인 집이 결국에는 그 자체로 중요한 의미를 지닌다는 사실을 강조하며, 그 어떤 상처와 시간이 지나도 그 기억은 어디에나 존재하고, 언제든지 되살아날 수 있다는 메시지를 전한다.[6]

이처럼 〈건축학개론〉은 첫사랑이 남긴 깊은 감정의 흔적을 시간과 공간을 초월한 감동적인 이야기로 풀어내며, 과거와 현재의 조화로운 교차를 통해 사랑의 기억을 새로운 시각에서 되돌아보게 만든다.

---

6) 중도일보, 〈영화-건축학개론〉 서툴고 미숙해서 더 아릿한 첫사랑의 기억, 2013.03.22

주쯔칭(朱自清)
《뒷모습》(背影)

[원문]

　　我与父亲不相见已二年余了，我最不能忘记的是他的背影。

　　那年冬天，祖母死了，父亲的差使也交卸了，正是祸不单行的日子。我从北京到徐州，打算跟着父亲奔丧回家。到徐州见着父亲，看见满院狼藉的东西，又想起祖母，不禁簌簌地流下眼泪。父亲说：“事已如此，不必难过，好在天无绝人之路！”

　　回家变卖典，父亲还了亏空；又借钱办了丧事。这些日子，家中光景很是惨澹，一半为了丧事，一半为了父亲赋。丧事完毕，父亲要到南京谋事，我也要回北京念书，我们便同行。

　　到南京时，有朋友约去游逛，勾留了一日；第二日上午便须渡江到浦口，下午上车北去。父亲因为事忙，本已说定不送我，叫旅馆里一个熟识的茶房陪我同去。他再三嘱咐茶房，甚是仔细。但他终于不放心，怕茶房不妥帖；颇踌躇了一会。其实我那年已二十岁，北京已来往过两三次，是没有什么要紧的了。他踌躇了一会，终于决定还是自己送我去。我再三劝他不必去；他只说：“不要紧，他们去不好！”

　　我们过了江，进了车站。我买票，他忙着照看行李。行李太多了，得向脚夫行些小费才可过去。他便又忙着和他们讲价钱。我那时真是聪明过分，总觉他说话不大漂亮，非自己插嘴不可，但他终于讲定了价钱；就送我上车。他给我拣定了靠车门的一张椅子；我将他给我做的紫毛大衣铺好座位。他嘱我路上小心，夜里要警醒些，不要受凉。又嘱托茶房好好照应我。我心里暗笑他的迂；他们只认得钱，托他们只是白托！而且我这样大年纪的人，难道还不能料理自己么？我现在想想，我那时真是太聪明了。

我说道："爸爸，你走吧。"他往车外看了看，说："我买几个橘子去。你就在此地，不要走动。"我看那边月台的栅栏外有几个卖东西的等着顾客。走到那边月台，须穿过铁道，须跳下去又爬上去。父亲是一个胖子，走过去自然要费事些。我本来要去的，他不肯，只好让他去。我看见他戴着黑布小帽，穿着黑布大马褂，深青布棉袍，蹒跚地走到铁道边，慢慢探身下去，尚不大难。可是他穿过铁道，要爬上那边月台，就不容易了。他用两手攀着上面，两脚再向上缩；他肥胖的身子向左微倾，显出努力的样子。这时我看见他的背影，我的泪很快地流下来了。我赶紧拭干了泪。怕他看见，也怕别人看见。我再向外看时，他已抱了朱红的橘子往回走了。过铁道时，他先将橘子散放在地上，自己慢慢爬下，再抱起橘子走。到这边时，我赶紧去搀他。他和我走到车上，将橘子一股脑儿放在我的皮大衣上。于是扑扑衣上的泥土，心里很轻松似的。过一会儿说："我走了，到那边来信！"我望着他走出去。他走了几步，回过头看见我，说："进去吧，里边没人。"等他的背影混入来来往往的人里，再找不着了，我便进来坐下，我的眼泪又来了。

近几年来，父亲和我都是东奔西走，家中光景是一日不如一日。他少年出外谋生，独力支持，做了许多大事。哪知老境却如此颓唐！他触目伤怀，自然情不能自已。情郁于中，自然要发之于外；家庭琐屑便往往触他之怒。他待我渐渐不同往日。但最近两年不见，他终于忘却我的不好，只是惦记着我，惦记着我的儿子。我北来后，他写了一信给我，信中说道："我身体平安，惟膀子疼痛厉害，举箸提笔，诸多不便，大约大去之期不远矣。"我读到此处，在晶莹的泪光中，又看见那肥胖的、青布棉袍黑布马褂的背影。唉！我不知何时再能与他相见!

1. 交卸 jiāoxiè (동) (후임자에게 사무를) 인계하다.
2. 簌簌地 sùsùde (부) 보슬보슬
3. 丧事 sāngshì (명) 장례. 장의.
4. 赋闲 fùxián (동) 직업이 없이 놀고 있다.
5. 勾留 gōuliú (동) 머무르다. 묵다. 체류하다.
6. 踌躇 chóuchú (동) 주저하다. 망설이다.
7. 嘱托 zhǔtuō (동) 의뢰하다. 부탁하다.
8. 蹒跚 pánshān (형) 비틀거리며 걷는 모양.
9. 晶莹 jīngyíng (형) 반짝반짝 빛나다. 투명하게 반짝이다. 밝고 투명하다. 영롱하다.

주쯔칭(朱自淸)
《뒷모습》(背影)

[해석]

我与父亲不相见已二年余了，我最不能忘记的是他的背影。那年冬天，祖母死了，父亲的差使也交卸了，正是祸不单行的日子。我从北京到徐州，打算跟着父亲奔丧回家。到徐州见着父亲，看见满院狼藉的东西，又想起祖母，不禁簌簌地流下眼泪。父亲说：“事已如此，不必难过，好在天无绝人之路！”回家变卖典质，父亲还了亏空；又借钱办了丧事。这些日子，家中光景很是惨澹，一半为了丧事，一半为了父亲赋闲。丧事完毕，父亲要到南京谋事，我也要回北京念书，我们便同行。

벌써 7년이 지났지만, 아직도 아버지를 뵙지 못했다. 지금도 잊을 수 없는 것은 아버지의 그 뒷모습이다. 그 해 겨울, 할머니께서 돌아가시고 아버지도 직장을 잃으셨다. 정말 불행이 겹쳐 온 그런 시간이었다. 나는 베이징에서 서주까지 와서 아버지와 함께 급히 고향집으로 돌아가 할머니의 상을 치를 준비를 해야 했다. 서주에 도착해 아버지를 뵙고, 정리되지 않은 엉망인 살림을 보니 또 할머니가 떠오르며 참지 못하고 눈물이 났다. 아버지는 "일이 이렇게 되었으니 그리 슬퍼하지 말고, 하늘이 살 길을 남겨두었을 거다"라고 말씀하셨다. 집에 돌아와 팔 수 있는 것은 팔고, 저당 잡힐 수 있는 것은 잡혀서 아버지의 빚을 갚았고, 돈을 빌려 할머니의 장례도 치렀다. 그 시기의 집안 모습은 정말 참담하기 그지 없었다. 그 이유의 절반은 할머니의 장례 때문이었고, 나머지 절반은 아버지의 실

직 때문이었다. 장례를 모두 마친 후, 아버지는 난징으로 가서 일자리를 구하고
자 하였고, 나 역시 베이징으로 돌아가 학업을 계속해야 했기 때문에 아버지와
나는 난징까지 함께 갔다.

　到南京时, 有朋友约去游逛, 勾留了一日 ; 第二日上午便须渡江到浦口, 下
午上车北去。父亲因为事忙, 本已说定不送我, 叫旅馆里一个熟识的茶房陪我
同去。他再三嘱咐茶房, 甚是仔细。但他终于不放心, 怕茶房不妥帖 ; 颇踌躇
了一会。其实我那年已二十岁, 北京已来往过两三次, 是没有什么要紧的了。
他踌躇了一会, 终于决定还是自己送我去。我再三劝他不必去 ; 他只说 :"不
要紧, 他们去不好!"我们过了江, 进了车站。我买票, 他忙着照看行李。行李
太多了, 得向脚夫行些小费才可过去。他便又忙着和他们讲价钱。我那时真是
聪明过分, 总觉他说话不大漂亮, 非自己插嘴不可, 但他终于讲定了价钱 ; 就
送我上车。他给我拣定了靠车门的一张椅子 ; 我将他给我做的紫毛大衣铺好
座位。他嘱我路上小心, 夜里要警醒些, 不要受凉。又嘱托茶房好好照应我。我
心里暗笑他的迂 ; 他们只认得钱, 托他们只是白托!而且我这样大年纪的人,
难道还不能料理自己么? 我现在想想, 我那时真是太聪明了。

　난징에 도착하였을 때, 그 곳에 있는 친구와 난징구경 약속을 해둔 터라 하루
더 난징에 머물렀다. 그 다음 날 오전에 곧바로 강을 건너 작은항구(포구)에 가
고 오후에는 베이징행 기차를 타고 북으로 갈 생각이었다. 아버지는 일이 바쁘
셔서 애초에는 나를 배웅하지 못하겠다 하시며, 여관의 안면이 있는 심부름꾼으
로 하여금 나와 동행토록 하였다. 아버지는 재차 그 심부름꾼에게 성심껏 동행
해 줄 것을 당부하셨다. 심지어는 세세히 주의할 점을 하나에서 열까지 열거하
면서 말이다. 하지만 아버지는 끝내 맘이 놓이지 않으셨는지, 심부름꾼이 꼼꼼
하지 못할 것을 걱정하며 한참을 어찌해야될지 망설이셨다. 사실 그 해 내 나이
가 벌써 스물이었고, 베이징도 이미 두 세번을 다녀봤기 때문에 어떤 것도 문제

될 것이 없었다. 아버지는 잠시 망설이더니 결국엔 그래도 자신이 가는 것이 좋겠다 하셨다. 나는 몇 번이고 그러실 필요 없다고 말했지만 아버지는 "아니다. 그까짓 놈들이 무엇을 한다고. 내가 가는 것이 낫겠다." 하시며 나를 따라 나셨다.

우리는 건너 역으로 들어섰다. 내가 표를 사는 동안에 아버지는 짐을 지키고 계셨다. 짐이 너무 많아서 짐꾼을 써야 짐을 다 옮길 수가 있었다. 그래서 아버지는 바로 짐꾼들과 가격 흥정에 나섰다. (지금 생각해보면) 나는 그 때 지나치도록 똑똑하게 굴었던 것 같다. 짐꾼들과 가격흥정을 하는 아버지의 말투가 아무래도 촌스러워서 참견하지 않을 수가 없었던 것이다. 결국 아버지의 고집대로 흥정을 하여 가격을 정했다. 나는 기차에 올랐고 아버지는 기차 안까지 올라오셔서 차창 쪽으로 자리를 잡아주셨다. 나는 그 위에다 아버지가 주신 자주색 외투를 깔았다. 아버지는 가는 길 밤 중에 짐을 잃어버리지 않게 신경쓰고 감기 조심하라 당부하셨다. 그리곤 재차 심부름꾼들에게 나를 잘 보살펴 줄 것을 부탁하셨다. 나는 속으로 아버지의 그러한 행동을 비웃었다. 그들은 오로지 돈만 알 뿐인데, 그런 이들에게 부탁하는 것은 쓸데없는 짓이라고 생각하며 말이다. 게다가 내 나이가 스물인데 내 일 하나 스스로 감당하지 못할까봐? 아. 생각해보면 그때 나는 너무나 똑똑하게 굴었다.

我说道："爸爸, 你走吧。"他往车外看了看, 说："我买几个橘子去。你就在此地, 不要走动。"我看那边月台的栅栏外有几个卖东西的等着顾客。走到那边月台, 须穿过铁道, 须跳下去又爬上去。父亲是一个胖子, 走过去自然要费事些。我本来要去的, 他不肯, 只好让他去。我看见他戴着黑布小帽, 穿着黑布大马褂, 深青布棉袍, 蹒跚地走到铁道边, 慢慢探身下去, 尚不大难。可是他穿过铁道, 要爬上那边月台, 就不容易了。他用两手攀着上面, 两脚再向上缩；他肥胖的身子向左微倾, 显出努力的样子。这时我看见他的背影, 我的泪很快地流下来了。我赶紧拭干了泪。怕他看见，也怕别人看见。我再向外看时，他已抱了朱红的橘子往回走了。过铁道时，他先将橘子散放在地上，自己慢慢爬下，再抱起橘子走。到这边时，我赶紧去搀他。他和我走到车上，将橘子一股脑儿放在我的皮大衣上。于是扑扑衣上的泥土，心里很轻松似的。过一会儿说：“我走了，到那边来信！”我望着他走出去。他走了几步，回过头看见我，说：“进去吧，里边没人。”等他的背影混入来来往往的人里，再找不着了，我便进来坐下，我的眼泪又来了。

"아버지, 이제 들어가 보세요." 내가 말하자, 아버지는 창밖을 잠시 바라보시며 "애야, 귤이나 좀 사 올 테니 여기 그대로 앉아 있거라. 절대 어디 가지 말고."라고 하셨다. 나는 건너편 플랫폼을 가만히 바라보았다. 노점상들이 손님을 기다리고 있는 모습이 보였다. 저쪽 플랫폼에 가려면, 철도를 건너야 하고, 내려갔다가 다시 올라가야 한다. 아버지는 뚱뚱한 분이라, 가는 데 시간이 좀 걸린다. 나는 원래 가려고 했지만, 아버지가 싫다고 하셔서, 어쩔 수 없이 아버지께 가게 했다.

검은색 천으로 만든 작은 모자를 쓰고, 검은 마고자에 남색 무명 두루마기를 입은 아버지가 뒤뚱뒤뚱 철로를 건너는 모습이 보였다. 아버지는 천천히 몸을 구부려 내려갔고, 아직 그렇게 어렵지는 않지만 철도를 건너서 저쪽 플랫폼에 올라가려면 쉽지 않았다. 아버지는 두 손으로 위를 붙잡고, 구부리며 힘겹게 기어오르셨다. 아버지의 뚱뚱한 몸이 왼쪽으로 살짝 기울며 균형을 잃을 때, 나는 아버지의 뒷모습을 보았다. 그 순간, 눈물이 저절로 흘러내렸다.

나는 급히 눈물을 닦았다. 사람들이 볼까 봐 걱정이 되어서였다. 다시 창밖을 보니, 아버지는 이미 주황색 귤을 한아름 안고 돌아오고 계셨다. 철로를 건널 때, 아버지는 먼저 귤을 땅에 내려놓고 천천히 벽을 타고 내려오셨다. 다시 귤을 품에 안고 나에게 다가오셨다. 나는 서둘러 나가서 아버지를 부축했다. 아버지는 나와 함께 기차 안으로 오르셔서, 사온 귤을 내 외투 위에 내려놓으셨다. 소매에 묻은 흙먼지를 털어내시며, 마음이 놓였는지 조금 더 편안한 표정이 되셨다. 잠시 숨을 고르고는 "나 이만 가마. 도착하면 편지하거라."라고 말씀하시며 기차 밖으로 걸음을 옮기셨다. 나는 아버지의 뒷모습을 따라 시선을 떼지 못했다. 아버지는 몇 발자국 걷다가 다시 돌아서시더니, "들어가거라. 안에 아무도 없는데…"라고 하셨다. 그 말이 끝나자, 아버지의 뒷모습은 오고 가는 인파 속으로 사라져갔다.

그 모습을 더 이상 볼 수 없을 때, 나는 기차 안으로 돌아와 자리에 앉았다. 그리고 다시 눈물이 쏟아졌다.

近几年来, 父亲和我都是东奔西走, 家中光景是一日不如一日。他少年出外谋生, 独力支持, 做了许多大事。哪知老境却如此颓唐! 他触目伤怀, 自然情不能自已。情郁于中, 自然要发之于外；家庭琐屑便往往触他之怒。他待我渐渐不同往日。但最近两年不见, 他终于忘却我的不好, 只是惦记着我, 惦记着我的儿子。我北来后, 他写了一信给我, 信中说道："我身体平安, 惟膀子疼痛厉害, 举箸提笔, 诸多不便, 大约大去之期(15)不远矣。"我读到此处, 在晶莹的泪光中, 又看见那肥胖的、青布棉袍黑布马褂的背影。唉! 我不知何时再能与他相见!

요 몇 년 동안, 우리 부자는 각자의 자리에서 끊임없이 바쁘게 지냈지만, 집안 사정은 점점 더 어려워져 갔다. 아버지는 젊었을 때, 많은 어려움을 이겨내며 사회에 발을 딛고 가정을 일으키셨다. 그리고 자립해 크고 작은 일들을 이루셨지만, 세월이 흐르고 나이가 드신 후, 이렇게 참담한 상황에 처할 줄 누가 알았겠는가. 아버지의 눈에 보이는 모든 것이 슬픔으로 다가왔을 것이고, 그 속에서 자신을 감당하기 어려운 감정들이 쌓여 갔을 것이다. 그런 아버지께서 그 괴로움을 종종 밖으로 드러내시며, 집안의 작은 일에도 자주 화를 내시던 모습이 떠오른다. 나를 대하는 태도 역시 예전과 같지 않게 변해 있었지만, 그럼에도 불구하고,

최근 2년 동안 아버지를 뵙지 못한 채 시간이 흐른 뒤, 아버지께서는 그 모든 잘못을 다 잊으시고, 오직 나와 손주들 걱정만 하셨다.

내가 베이징에 온 이후, 아버지는 나에게 편지 한 통을 보내셨다. 그 편지에는 이렇게 쓰여 있었다. "난 몸은 건강히 잘 지낸다. 다만 어깨가 아파서 젓가락이나 붓을 들기가 불편하다. 아마도 내 갈 날이 그리 멀지 않은 것 같다." 이 글을 읽고 나서, 나는 눈물을 멈출 수 없었다. 그 때 그 검은 마고자에 남색 두루마기를 입으시고, 힘겹게 철로를 넘으시던 아버지의 뒷모습이 다시 아른거렸다. 그 모습이 또렷이 떠오를 때, 나는 가슴이 먹먹해졌다. 아버지를 다시 만날 수 있는 날이 언제일까… 언제 다시 아버지의 얼굴을 뵐 수 있을까…

주쯔칭(朱自淸)

《뒷모습》(背影)

생각나누기/ 핵심 키워드: 부모와 자식

● **본문 탐구하기1: 작가소개와 작품소개**

작품 《뒷모습》은 중국 현대 문학 작가 주쯔칭이 1925년에 쓴 회고적 산문으로, 그의 아버지와의 감동적인 순간을 그린 작품이다. 이 작품은 주쯔칭이 아버지와 함께 난징을 떠나 베이징대학으로 향하던 여정에서, 푸커우 기차역에서 아버지가 그를 데려다주고 차에 태운 뒤 귤을 사주기 위해 플랫폼을 오르내리는 장면을 묘사하고 있다. 특히 이 장면에서 주목할 만한 것은 아버지가 대신 귤을 사기 위해 힘겹게 플랫폼을 오르내리는 모습이었으며, 그 뒷모습이 주쯔칭에게 강렬한 인상을 남긴다.

주쯔칭은 소박하고 단아한 문체를 사용하여 이 사건을 서술하며, 아버지의 아들에 대한 깊고 섬세한 사랑을 드러낸다. 그는 아버지의 배려와 애정을 평범한 일상 속에서 조용히, 그러나 강렬하게 포착한다. 이 산문은 아버지의 일상적이고도 사소한 행동 속에서 드러나는 사랑을 통해, 독자에게 진한 감동을 선사한다. 주쯔칭의 서술 방식은 묘사와 세부적인 측면을 강조하여 아버지의 따뜻한 마음과 그가 아들을 향한 애정을 얼마나 깊이 품고 있었는지를 명확히 보여준다.

주쯔칭의 삶에서 이 사건은 특별한 의미를 갖는다. 1917년, 스무 살의 나이에 할머니가 돌아가시자 그는 아버지와 함께 장례를 치르러 집으로 돌아갔고, 장례를 마친 후 베이징으로 돌아가려 했다. 아버지는 아들이 떠나는 것이 마음에 걸려 기차역까지 데려다주고자 했지만, 많은 짐 때문에 다른 사람에게 도움을 청해야 했다. 말이 서투르던 아버지는 아들을 돕기 위해 노력했으며, 결국 아들에게 귤을 사주기 위해 힘겹게 플랫폼을 오르내렸다. 이 일상적이지만 깊은 의미를 가진 순간은 주쯔칭의 마음에 깊이 새겨져, 수년 후에도 그의 아버지의 뒷모습을 떠올리며 그때의 감동을 잊지 못하게 했다.

이 작품은 단순한 기념비적 회고가 아니라, 아버지와 아들 간의 감정적 교류와 배려를 감동적으로 포착한 글이다. 주쯔칭은 이 글을 통해 자신이 경험한 아버지의 사랑을 표현하고, 시간이 흘러도 잊을 수 없는 그 순간의 감동을 독자와 공유한다. 1925년, 주쯔칭은 이 글을 통해 아버지의 사랑과 그리움을 고백하며, 아버지의 뒷모습이 가진 상징적 의미를 영원히 기억하고자 했다.

● 본문 탐구하기2: 작품감상과 표현수법

1. 부자의 상호 배려와 애틋한 감정의 표현

작품 《뒷모습》은 부자 간의 일상적인 교류 속에서 드러나는 깊은 감정을 중심으로 전개된다. 작품의 주요 내용은 아버지와 아들이 함께 고향으로 돌아가 장례를 치르는 과정과, 아버지가 아들을 걱정하며 기차역까지 데려다주고 귤을 사주는 장면을 묘사한 것이다. 이 에피소드는 아버지가 아들의 짐을 대신 들어주기 위해 짐꾼을 고용하는 장면, 기차 안에서 아들을 위한 자리를 고르는 모습, 그리고 아버지가 무거운 짐을 들고 플랫폼을 오르내려 아들에게 귤을 사주는 일련의 장면들을 통해 그들의 애정이 드러난다. 아버지와 아들은 서로를 깊이 걱정하고 배려하며, 이 평범한 사건 속에서 부모와 자식 간의 비범한 감정적 유대가 나타난다. 작품은 사소한 일상 속에서 부모의 사랑과 헌신을 세밀하게 그려내며, 독자에게 감동을 전달한다.

2. '뒷모습'의 상징적 의미와 서사적 전개

이 산문의 중요한 특징은 '뒷모습'이라는 주제를 중심으로 부자 간의 애틋한 감정을 서사적으로 풀어낸 점이다. '뒷모습'은 작품 내에서 네 차례 등장하는데, 각기 다른 상황에서 반복되지만 동일한 정서적 맥락을 전달한다. 첫 번째로 '뒷모습'이 등장할 때, 제목을 통해 작품 전반에 감정적으로 무거운 분위기를 설정한다. 두 번째 등장에서는 아버지가 아들을 배웅하는 장면에서 아버지의 뒷모습을 구체적으로 묘사하며, 세 번째로 아버지와 아들이 이별을 고하고 아버지의 뒷모습이 인파 속으로 사라지는 순간, 아들의 이별의 아픔이 절절하게 드러난다. 네 번째는 아버지의 편지를 읽으며 아들의 눈물 속에서 아버지의 뒷모습을 떠올리는 장면이다. 이 네 번의 등장 속에서 '뒷모습'은 부자 간의 진실한 감정을 잘 표현하며, 작품 전체에 걸쳐 아버지에 대한 아들의 그리움과 사랑을 깊이 있게 전달한다.

3. 묘사 기법과 심리적 요소의 정교한 활용

본 작품은 묘사 기법의 운용에서도 뛰어난 특징을 보인다. 작가는 아버지의 뒷모습을 통해 아버지가 아들에게 느끼는 사랑과 배려를 소박하고 간결한 문장으로 섬세하게 전달한다. 특히 아버지의 모습은 꾸밈없이 그려지며, 그의 체형과 옷차림을 통해 아버지의 나이와 힘겨운 상황을 자연스럽게 묘사한다. 예를 들어, 아버지가 무거운 체형을 지니고 있음에도 불구하고 아들에게 귤을 사러 가는 장면에서 그의 노력과 사랑이 잘 드러난다. 플랫폼을 오르내리며 귤을 사러 가는 일은 아버지에게 육체적으로 큰 어려움이지만, 아버지의 사랑은 그 어려움을 묵묵히 감내하며 아들에게 전달된다. 작가는 이 과정을 정교하게 묘사하면서, 아버지의 사랑이 단순히 물질적 제공에 그치지 않고, 그의 몸과 마음을 다한 헌신임을 강조한다.

또한, 이 작품은 부자 간의 감정을 더 깊이 이해할 수 있도록 아버지와 아들의 심리적 변화를 세밀하게 그려낸다. 아버지는 아들의 고생을 덜어주려는 마음에서 짐꾼을 고용하며, 기차역에서 아들의 짐을 대신 들어주기 위해 애쓰고, 아들을 위한 자리를 꼼꼼하게 고른다. 아버지가 귤을 사기 위해 힘겨운 여정을 감행하는 장면에서 아들의 마음은 복잡하게 얽히며, 이 과정에서 아버지의 사랑과 헌신에 대한 감동이 절정에 이른다. 또한, 아버지가 아들에게 귤을 사주기 위해 철로를 건너 플랫폼을 오르내리는 과정은 그 자체로 상징적인 의미를 지닌다. 아버지가 아들에게 물질적 도움이 아니라 정서적 유대를 전달하는 방식으로, 아버지의 사랑은 물리적인 힘을 넘어서는 깊은 의미를 갖는다.

마지막으로, 아버지가 아들을 역까지 데려다 줄까 말까 망설이는 장면에서, 아버지의 마음속 갈등과 결정을 세밀하게 묘사한다. 이 장면은 아버지가 아들을 얼마나 아끼고 걱정하는지를 잘 보여준다. 또한, 아버지의 망설임과 아들의 배려는 서로 얽혀 있으며, 이는 부자 간의 감정적 유대가 단순한 일방적 사랑을 넘어서는 상호작용임을 잘 드러낸다.

결론적으로, 이 산문은 묘사 기법과 심리적 요소를 적절히 결합하여, 부자 간의 깊은 애정과 헌신을 감동적으로 그려낸 작품이다. 작가는 평범한 일상적 사건 속에서 비범한 감정을 이끌어내며, 아버지와 아들 간의 진정한 사랑을 세밀하게 전달한다.

샤미엔준(夏丏尊)
《유머러스한 호객행위》(幽默的叫卖声)

[원문]

住在都市里，从早到晚，从晚到早，不知道要听到多少种类多少次数的叫卖声。深巷的卖花声是曾经入过诗的，当然富于诗趣，可惜我们现在实际上已不大听到。寒夜的"茶叶蛋""细沙粽子""莲心粥"等等，声音发沙，十之七八是"老枪"的喉咙，困在床上听去颇有些凄清。每种叫卖声，差不多都有着特殊的情调。

我在这许多叫卖者中，发见了两种幽默家。

一种是卖臭豆腐干的。每到下午五六点钟，弄堂日常有臭豆腐干担歇着或是走着叫卖，担子的一头是油锅，油锅里现炸着臭豆腐干，气味臭得难闻。卖的人大叫"臭豆腐干!""臭豆腐干!"态度自若。

我以为这很有意思。"说真方，卖假药"，"挂羊头，卖狗肉"，是世间一般的毛病，以香相号召的东西，实际往往是臭的。卖臭豆腐干的居然不欺骗大众，自叫"臭豆腐干"，把"臭"作为口号标语，实际的货色真是臭的。言行一致，名副其实，如此不欺骗别人的事情，怕世间再也找不出了吧! 我想。

"臭豆腐干!"这呼声在欺诈横行的现世，俨然是一种愤世嫉俗的激越的讽刺!

还有一种是五云日升楼卖报者的叫卖声。那里的卖报的和别处不同，没有十多岁的孩子，都是些三四十岁的老枪瘪三，身子瘦得像腊鸭，深深的乱头发，青屑屑的烟脸，看去活像个鬼。早晨是不看见他们的，他们卖的总是夜报。傍晚坐电车打那儿经过，就会听到一片发沙的卖报声。

他们所卖的似乎都是两个铜板的东西，如《新夜报》《时报号外》之类。叫卖的方法很特别，他们不叫"刚刚出版××报"，却把价目和重要新闻标题联在一起，叫起来的时候，老是用"两个铜板"打头，下面接着"要看到"三个字，再下去是当日的重要的国家大事的题目，再下去是一个"哪"字。"两个铜板要看到十九路军反抗中央哪！"在福建事变起来的时候，他们就这样叫。"两个铜板要看到日本副领事在南京失踪哪！"藏本事件开始的时候，他们就这样叫。

在他们的叫声里任何国家大事都只要花两个铜板就可以看到，似乎任何国家大事都只值两个铜板的样子。我每次听到，总深深地感到冷酷的滑稽情味。

"臭豆腐干！""两个铜板要看到××××哪！"这两种叫卖者颇有幽默家的风格。前者似乎富于热情，像个矫世的君子；后者似乎鄙夷一切，像个玩世的隐士。

단어

1. 幽默 yōumò (형,명) 유머스럽다
2. 凄清 qīqīng (형) 쓸쓸하다
3. 欺诈 qīzhà (형) 기만하다, 속이다
4. 深巷 shēnxiàng (명) 깊숙한 골목
5. 歇 xiē (동사) 쉬다
6. 横行 héngxíng (동) 날뛰다
7. 发痧 fāshā (형) 더위를 먹다
8. 自若 zìruò (형) 태연하다
9. 俨然 yǎnrán (형) 진지하고 위엄있다
10. 老枪 lǎoqiāng (명) 애연가
11. 号召 hàozhào (동) 호소하다

12. 愤世嫉俗 fèn shì jí sú (성) 불합리에 분개하다
13. 激越 jīyuè (형) (감정이) 격앙하다. 고조되다.
14. 玩世 wánshì (동) 업신여기다
15. 瘪三 biēsān (명) 뜨내기
16. 腊鸭 làyā (명) 절여말린 오리
17. 矫 jiáo (동) 교정하다
18. 屑屑 xièxiè (형) 시시하다, 사소하다
19. 鄙夷 bǐyí (동) 깔보다

238

샤미엔준(夏丏尊)
《유머러스한 호객행위》(幽默的叫卖声)

[해석]

住在都市里，从早到晚，从晚到早，不知道要听到多少种类多少次数的叫卖声。

도시에서 살다 보면 아침부터 저녁까지, 때로는 저녁부터 아침까지 몇 번이고 호객행위를 접하게 된다.

深巷的卖花声是曾经入过诗的，当然富于诗趣，可惜我们现在实际上已不大听到。

깊은 골목에서 들리던 꽃을 파는 소리는 한때 시로 표현될 만큼 시적 감흥이 있었지만, 지금은 거의 들리지 않는다.

寒夜的"茶叶蛋""细沙粽子""莲心粥"等等，声音发沙，十之七八"老枪"的喉咙，困在床上听去颇有些凄清。

추운 밤에는 "차엽단(茶叶蛋)"(차잎으로 삶은 달걀), "세사종자(细沙粽子)"(고운 모래같이 부드러운 찹쌀떡), "연심죽(莲心粥)"(연꽃 씨앗을 넣은 죽) 같은 음식을 파는 소리가 들려온다. 이들의 목소리는 십중팔구 노인의 쉰 목구멍 같은 소리가 섞여 있으며, 침대에 누워 들으면 다소 쓸쓸한 느낌이 든다.

每种叫卖声, 差不多都有着特殊的情调

모든 종류의 호객행위는 거의 모두 특별한 분위기를 가지고 있다.

我在这许多叫卖者中, 发见了两种幽默家。

나는 이 많은 호객꾼 중에서 두 부류의 유머가를 발견하였다.

一种是卖臭豆腐干的。每到下午五六点钟, 弄堂日常有臭豆腐干担歇着或是走着叫卖, 担子的 一头是油锅, 油锅里现炸着臭豆腐干, 气味臭得难闻。

첫 번째는 냄새 나는 두부를 파는 사람이다. 매일 오후 5~6시가 되면 골목에는 냄새 나는 두부를 파는 행상이 나타나고, 행상의 한쪽에는 기름 냄비가 있어 기름 냄비에서 두부를 즉석에서 튀겨내며 심한 냄새를 풍긴다.

卖的人大叫"臭豆腐干!""臭豆腐干!"态度自若。

이들은 "臭豆腐干(취두부)"이라고 크게 외친다. 또 이들은 두부의 '냄새'를 숨기지 않고, 오히려 이를 강조하며 자신감 있게 상품을 홍보한다.

我以为这很有意思。"说真方, 卖假药", "挂羊头, 卖狗肉", 是世间一般的毛病, 以香相号召的东西, 实际往往是臭的。

나는 이것이 매우 흥미롭다고 생각한다. "진짜 약을 판다면서 가짜 약을 팔고,", "양의 머리를 걸어 놓고 개고기를 파는" 것이 세상의 흔한 병폐이다. 향기를 내세우는 물건이 실제로는 종종 악취를 풍기는 경우가 많다.

卖臭豆腐干的居然不欺骗大众, 自叫"臭豆腐干", 把"臭"作为口号标语, 实际的货色真是臭的

하지만 냄새 나는 두부를 파는 사람은 대중을 속이지 않고, "臭豆腐干(취두부)"라고 스스로 외치며 '냄새'를 자신만의 슬로건으로 삼아, 실제로도 냄새 나는 물건을 판다.

言行一致, 名副其实, 如此不欺骗别人的事情, 怕世间再也找不出了吧! 我想。

언행일치, 즉 말과 행동이 일치하며 이름에 걸맞는 상품을 판매하는 이런 정직한 사례는 현대 사회에서 다시는 찾아볼 수 없을 것 같다. 나는 그렇게 생각했다.

"臭豆腐干!" 这呼声在欺诈横行的现世, 俨然是一种愤世嫉俗的激越的讽刺!

"취두부!" 이 외침은 사기가 횡행하는 현세에서 엄연히 냉소적인 격한 풍자와 같다.

还有一种是五云日升楼卖报者的叫卖声。

또 하나는 화려한 전각(五云日升楼:오운일승루)의 신문팔이꾼의 외침이다.

那里的卖报的和别处不同, 没有十多岁的孩子, 都是些三四十岁的老枪瘪三, 身子瘦得像腊鸭, 深深的乱头发, 青屑屑的烟脸, 看去活像个鬼。

그곳의 신문팔이는 다른 곳과 달리 10대 아이는 없고, 모두 30~40대의 깡마른 총과 깡마른 몸, 깊은 헝클어진 머리, 검푸른 얼굴 등이 보아하니 마치 귀신 같다.

早晨是不看见他们的, 他们卖的总是夜报。傍晚坐电车打那儿经过, 就会听到一片发沙的卖报声。

아침에는 이들을 볼 수 없고, 이들이 파는 것은 늘 야간 신문이다. 저녁에 전차를 타고 그곳을 지나갈 때면 신문을 파는 허스키한 외침 소리가 들려온다.

他们所卖的似乎都是两个铜板的东西, 如《新夜报》《时报号外》之类。叫卖的方法 很特别, 他们不叫"刚刚出版××报", 却把价目和重要新闻标题联在一起, 叫起来的时候, 老是用"两个铜板"打头, 下面接着"要看到"三个字, 再下去是当日的重要的 国家大事的题目, 再下去是一个"哪"字。

이들이 파는 신문은 《新夜报》(신야보), 《时报号外》(시보호외) 같은 두 동전짜리 신문인 것 같다. 그들의 판매 방식은 매우 특별하다. "방금 막 출판된 ××신문"이라고 외치지 않고, 가격과 주요 뉴스 제목을 결합시켜 외친다. 외침은 늘 '두 개의 동전'으로 시작하여 뒤에 '볼 수 있다'라는 말을 붙인다. 그리고 그날의 주요 국가적 사건 제목을 말한 뒤 '어디서!'라는 말로 끝을 맺는다.

"两个铜板要看到十九路军反抗中央哪!"在福建事变起来的时候, 他们就这样叫。"两个铜板 要看到日本副领事在南京失踪哪!"藏本事件开始的时候, 他们就这样叫。

"예를 들어 두 개의 동전으로 19로군이 중앙에 반항한 것을 볼 수 있다네!", "두 개의 동전으로 일본 부영사가 난징에서 실종된 것을 볼 수 있다네!"그들의 외침에서는 모든 국가적 대사가 단돈 두 동전으로 볼 수 있는 것처럼 들린다.

在他们的叫声里任何国家大事都只要花两个铜板就可以看到, 似乎任何国家大事都只值两个铜板的样子。我每次听到, 总深深地感到冷酷的滑稽情味。

마치 모든 국가적 대사가 두 동전의 가치밖에 되지 않는다는 느낌을 준다. 이들의 외침을 들을 때마다 나는 깊은 냉소적이고 희극적인 감정을 느꼈다.

"臭豆腐干!""两个铜板要看到××××哪!"这两种叫卖者颇有幽默家的风格。前者似乎富于热情, 像个矫世的君子 ; 后者似乎鄙夷一切, 像个玩世的隐士。

"취두부!", "동전 두 개로 ××××를 봐야 해!" 이 두 장사꾼들은 꽤 유머러스한 스타일이다. 전자는 열정적으로 세상을 다스리는 군자처럼 보이고, 후자는 모든 것을 경멸하는 은둔자처럼 보인다.

《유머러스한 호객행위》(幽默的叫卖声)
생각나누기/ 핵심 키워드: 우리는 거짓말을 어떻게 보아야 하는가

● **본문 탐구하기1: 작품해설**

《유머러스한 호객행위》에서는 여러 가지 요소를 통해 작품의 특징, 특정 역사적 사건, 그리고 특정 단어들의 의미를 분석하고 있다.

1. 작가의 작품 특징 및 표현 기법

작가 샤미엔준은 평범한 일상 속에서 사회적 상황(世态)과 자신의 감정을 서술하는 방식으로 독자의 공감을 이끌어낸다. 작품에서 등장하는 사소한 일상적인 사건을 통해 사회의 다양한 양상과 개인의 감정을 세밀하게 드러내며, 이로써 작품은 단순한 서사 이상의 의미를 갖는다. 작가가 일상적인 사건을 다루는 데 있어, 이 사건들이 함축하는 사회적 맥락과 작가의 내면적인 정서를 함께 풀어내고 있다는 점에서 작품의 깊이를 더한다.

2. 언어의 표현

본작품에서 사용되는 언어는 소박하면서도 화려한 특성을 지닌다. 문체는 격식이나 꾸밈 없이 간결하고 담백하게 전달되지만, 그 안에 담긴 의미는 엄격하고 엄숙하다. 이러한 표현 기법은 작가가 다루고자 하는 주제의 중대성과 사회적 맥락을 강조하는 데 중요한 역할을 한다. 특히, 일상생활에 대한 사실적 묘사는 주변 환경과 인물들의 감정 상태를 드러내며, 중국인 특유의 내성적이고 간접적인 성격을 반영한 표정 없이 상황을 묘사하는 기법을 사용한다. 이로써 작품의 인물들은 감정을 직설적으로 표출하지 않지만, 그들의 내면적 갈등이나 감정은 상황을 통해 간접적으로 드러난다.

3. 특정 단어의 의미 분석

- 푸젠사변(福建事変)과 19로군

푸젠사변은 1933년 11월 20일 발생한 정치적·군사적 사건으로, 국민당 19로군의 장성인 차이팅카이(蔡廷鍇)와 장광나이(蔣光鼐)가 주도한 사건이다. 이들은 장제스(蔣介石)정부의 통치에 반대하며 항일과 반장(反蔣) 정책을 주장하였다.

배경으로는 1932년의 128송호항전(宋顯抗战)[1] 이후, 장제스가 19로군을 푸젠성으로 이동시켜 공산당 토벌 작전에 투입시켰으나, 여러 차례의 작전 실패 이후, 19로군은 항일과 반장 방침을 내세운다. 이 과정에서 19로

---

1) 128 송호 항전은 1928년 중국 상하이에서 일어난 일본 제국의 침략에 대한 저항 운동이다. 당시 일본은 중국의 군사적, 경제적 영향력을 강화하려 했고, 이에 반대하는 송호(宋顯)가 주도하여 일본군의 확장을 저지하려 했다. 송호는 일본군의 상하이 군사 기지에 대한 공격을 계획했으나, 일본의 군사적 우위로 인해 항전은 실패로 끝났다. 그럼에도 불구하고 이 사건은 중국 민족주의와 독립 의식을 고취시켰으며, 이후 제2차 중일 전쟁으로 이어지는 중국의 항일 운동에 중요한 영향을 미쳤다. 128 송호 항전은 일본의 침략에 맞서 싸운 중국 초기 항일 운동의 중요한 사례로 기록된다.

군은 푸젠성 푸저우에서 중화인민공화국 인민혁명정부 수립을 선포하였고, 대내외적으로 반장 연합을 주장하였으나, 내부 갈등과 외부 압력으로 사변은 실패로 돌아갔다. 결과적으로 1934년, 장제스 군대가 푸저우를 함락하면서 사변은 끝을 맺었다. 푸젠 사변은 결국 실패했지만, 장제스의 독재정치에 대한 사회 불만을 반영하며, 항일 구국운동의 일환으로 이어졌다.

19로군은 국민혁명군의 중요한 부대로, 특히 북벌전쟁, 중원대전, 128 송호 항전에서 강력한 전투력을 발휘하였다. 이 군대는 광둥군 제1사단 제4연대에서 출발하여 국민혁명군 제4군으로 개편되었고, 이후 제60, 61, 78사단등과 통합되어 제19로군으로 명명되었다. 이들은 일본군과의 전투에서 심한 저항을 펼쳤고, "철군"이라는 별명을 얻었다.

- 취두부의 의미

취두부는 중국의 전통적인 발효식품으로, 그 특유의 강한 냄새로 잘 알려져 있다. 여기서 취두부는 단순히 음식의 의미를 넘어, 순수하고 꾸밈없는 정신을 상징한다. 이 음식은 그 자체로도 정신적 순수함과 건강함을 내포하며, 냄새를 숨기지 않고 돈을 내고 사 먹는 사람은 자기 자신의 본 모습을 드러내고, 속마음을 그대로 표출하는 사람을 의미한다. 즉, 취두부는 단순한 음식을 넘어서, 자신을 숨기지 않고 드러내는 태도와 관련된 상징적인 의미를 가진다.

- 신문의 의미

작품 내에서 신문은 '단 두개의 동전'으로 비유된다. 이는 신뢰할 수 없는 정보나 왜곡된 사실을 전달하는 매체를 의미한다. 신문에서 제공되는 내용은 진실되지 않으며, 그 자체로 불완전하고 편향된 관점을 내포하고 있다. 작가는 이를 통해 편향적이고 왜곡된 언론을 비판하고 있으며, 이를 '은둔자'라는 표현으로 묘사함으로써, 자신의 필요에 맞춘 편향적 접근을 지적하고 있다.

이 글은 작가가 일상적이고 평범한 사건을 통해 사회적 상황과 개인적 감정을 섬세하게 드러내는 방식을 강조하며, 특정 역사적 사건과 단어들에 대한 심도 깊은 분석을 통해 문화적, 정치적 배경을 명확히 하고 있다. 또한, 언어의 표현 기법과 상징적인 단어의 의미를 통해 독자에게 깊은 사회적 메시지와 정서적 감동을 전달하고 있다.

● **본문 탐구하기2: 현대적 사고-우리는 거짓말을 어떻게 보아야 하는가?**

우리는 오늘날 거짓말이 만연한 사회에서 살아가고 있다. 또한 정보의 습득과 일상적인 생활을 영위하기 위해서도 거짓말은 종종 필요악처럼 사용된다. 거짓말이 발생하는 가장 주요한 이유는 대개 자기 행동의 합리화와 관련이 있다. 사람들은 자주 자신의 행동을 정당화하기 위해 거짓말을 한다.

우리는 '거짓말'이라는 단어를 들으면 부정적인 감정을 느끼는 경향이 있다. 이는 어린 시절부터 부모님이나 교육자로부터 거짓말을 하지 말아야 한다는 교훈을 받아왔기 때문이다. 성인이 되어서는 사회적 규범에 따라 거짓말을 해서는 안 된다는 인식이 더욱 강하게 형성된다. 예를 들어, 법륜스님은 거짓말을 할 때 그 의도가 선의이든 악의이든 관계없이 어떠한 상황에서도 거짓말을 해서는 안 된다고 말한 바 있다. 그럼에도 불구하고 우리는 여전히 특정 상황에서는 거짓말을 하게 된다.

첫 번째로, 거짓말은 주로 타인을 속여 이득을 얻기 위한 수단으로 사용된다. 특히 이득이 금전적 이익과 연관될 경우, 이는 법적으로도 처벌을 받을 수 있는 사기라는 범죄로 간주된다. 반면 금전과 관련이 없는 경우에는 일반적인 거짓말, 혹은 일상적인 의미에서 '뻥' 혹은 '구라'로 분류된다.

두 번째로, 우리는 알면서도 모른 척하거나 정보를 은폐하는 거짓말을 할 때가 있다. 이는 주로 용기가 부족하거나, 상황이 적절하지 않다고 판단될 때 발생한다. 이러한 유형의 거짓말은 대개 단기적인 불편함을 피하려는 의도로 행해진다.

세 번째로, 자신이 거짓말을 하고 있다는 사실을 인식하지 못한 채 거짓말을 할 때도 있다. 이는 무지로 인한 경우나, 심리적인 문제로 인해 사실을 왜곡하는 리플리 증후군(Ripley Syndrome)[2]과 같은 정신건강 상태와 관련이 있을 수 있다.

따라서 거짓말은 그 의도와 상황에 따라 여러 형태로 나타날 수 있으며, 이는 사회적, 심리적 맥락에서 중요한 의미를 가진다. 거짓말을 평가하는 데 있어, 그 목적과 동기, 그리고 발생하는 상황을 종합적으로 고려할 필요가 있다.

–그렇다면 거짓말은 누구에게 배우는가?

사실, 거짓말은 대부분 누구에게 배우지 않아도 인간이 성장하는 과정에

---

2) 리플리 증후군은 심리적 상태에서 발생하는 자아의 분열과 정체성의 혼란을 의미한다. 이 증후군은 일반적으로 자기 자신을 다른 사람으로 속이거나, 다른 사람의 정체성을 차지하려는 행동을 특징으로 한다. 주로 자신의 삶에 대한 불만이나 불안감에서 비롯되며, 개인은 이를 통해 자신의 사회적 위치나 역할을 회피하려 할 수 있다. 이 증후군은 흔히 자기애적 성격장애나 심리적 스트레스와 연관이 있으며, 때로는 타인과의 관계에서의 문제나 불안정한 자아 이미지와 함께 나타날 수 있다. 리플리 증후군은 흔히 영화나 소설에서도 자주 등장하는 개념으로, 실제 진단명으로 사용되지는 않지만, 심리학적 의미에서 자주 언급된다.

서 자연스럽게 배우게 되는 행동이다. 인간은 나이가 들면서 자아를 형성하고, 이에 따라 생각과 말 한 마디, 한 마디에 목적성을 부여한다. 예를 들어, 가족 중 누군가가 물건을 깨뜨리고 시치미를 떼며 모르는 척할 때가 있다. 이 경우, 본인은 물건을 깨뜨리지 않았지만, 가족 구성원 간의 직접적인 충돌을 피하려는 심리적 방편으로 거짓말을 하게 된다. 또 다른 예로, 학교 생활에 어려움이 있더라도 부모님에게 걱정을 끼쳐드리기 싫어서 "잘 지내고 있다"고 거짓말을 하는 경우가 있다. 이와는 반대로, 어떤 상황에서는 자신이 얻을 수 있는 이익을 위해 거짓말을 하기도 한다. 처음에는 양심의 가책을 느끼며 살아가지만, 시간이 지나면서 거짓말의 빈도와 정도가 점점 늘어나고, 그에 따라 양심의 무감각도 커져간다. 이러한 경향은 개인의 도덕적 기준에 대한 변화와도 관련이 있다.

또 다른 유형의 거짓말은, 나와 상대방이 서로 거짓말을 하고 있다는 사실을 알고 있으면서도 심리적 합의를 이루는 경우이다. 예를 들어, 약속된 시간에 도착하지 못했을 때, "거의 다 와가" 혹은 "곧 도착할 거야"라고 말하는 경우가 있다. 이때, 상대방은 이미 그 말이 거짓이라는 것을 알면서도, 서로의 상황을 이해하고 용인하는 방식으로 거짓말을 허용하는 경우가 많다.

또한, 성별에 따라 거짓말에 대한 특성이나 접근 방식이 달라지는 경향이 있다. 남성과 여성은 사회적 역할이나 기대에 따라 거짓말을 하는 방식에서 차이를 보일 수 있으며, 이는 개인의 심리적 특성과 사회적 환경에 따라 달라질 수 있다. 이와 같은 성별에 따른 거짓말의 특성은 그들이 처한 사회적 위치나 관계의 맥락에서 더욱 뚜렷하게 나타날 수 있다.

결국, 거짓말은 단순한 행동이 아니라 개인의 심리적, 사회적, 문화적 배경과 밀접하게 연관된 복합적인 현상이다.

우리는 종종 원활한 사회적 관계를 유지하기 위해 진실을 숨기고 거짓말을 하는 경우가 많다. 특히, 속마음을 드러내는 것이 갈등을 일으킬 가능성이 크기 때문에, 의도적으로 진실을 감추거나 왜곡하는 일이 빈번하게 일어난다. 또한 사회적 맥락에서 아부나 기회주의적인 태도가 때때로 필요하다고 여겨지는 경우도 있다. 이와 같은 거짓말은 도덕적으로나 법적으로 처벌받지 않으며, 사회적으로도 용인되는 경우가 많다. 그 이유는 이러한 거짓말들이 사회적 규범과 관습에 의해 수용되기 때문이다. 이에 따라 법적으로 고소나 고발을 통해 상대를 처벌하려면 금전적인 피해가 발생해야만 한다.

흥미로운 점은, 우리가 같은 거짓말을 다루더라도 그 정도와 허용 범위가 각기 다르다는 것이다. 예를 들어, 장 루소(Jean-Jacques Rousseau)는 '자신과 타인에게 해를 끼치지 않는 말을 거짓말이 아니라 허구'라고 구분하였다.[3] 사실, '거짓말'과 '허구'는 사전적 의미로 거의 동일하다. 즉, 사실이 아닌 것을 사실인 것처럼 말하는 것이다. 그렇다면 과연 '거짓말'과 '허구'를 명확히 구분할 수 있을지 의문이 남는다. 그럼에도 불구하고 루소는 두 개념 사이에 차이를 두려 했던 것이다. 만약 이분법적인 구분을 하자면, '거짓말'은 악의적인 의도가 담긴 것이라면, '허구'는 선의의 의도를 가진 말일 수 있다. 그러나 거짓말을 단순히 흑백으로 나누는 것이 과연 적절한지에 대해서는 의문을 제기할 수 있다. 의도가 없고, 해를 끼치지 않더라도 그 자체가 선함으로 연결되는 거짓말을 인정하는 것은 불합리하다고 생각된다. 그래서 본장에서는 루소가 언급한 '허구'라는 개념을 '무채색 언어'로, '거짓말'을 '유채색 언어'로 바꾸어 설명하고자 한다. 만약 누군가 자신은 결코 거짓말을 하지 않는다고 주장한다면, 그 사람은 두 가지 중 하나에 해당할 것이다. 첫째, 그 사람이 자신이 거짓말을 하고 있다는 사실을 인식하지 못하고 있거나, 둘째, 거짓말을 하지 않는다고 주장하는 것 자체가 이미 거짓말일 수 있다. '무채색 언어'는 진실이 존재하는 한 인간 존재와 떼려야 뗄 수 없는 본질적 요소이며, 그것은 온·오프라인을 막론하고 지속적인 진실 공방을 야기하는 주요 원인이다. 사람들은 진실을 알고자 하지만,

---

3) 장 루소는 《사회계약론》에서 "자신과 타인에게 해를 끼치지 않는 말을 거짓말이 아니라 허구"라고 구분했다. 그는 거짓말을 사회적 규범과 도덕적 책임을 중심으로 해석하며, 일부 맥락에서는 해를 끼치지 않는 허구가 도덕적 잘못이 아니라고 보았다. 이 주장은 루소의 도덕적 철학에서 중요한 부분을 차지한다.

그 진실이 반드시 선하거나 유익한 것만은 아니라는 사실을 종종 간과한다.

진실은 언제나 긍정적인 결과를 초래하는 것은 아니다. 예를 들어, 오랜만에 만난 친구나 지인에게 "왜 이렇게 늙었어? 눈가에 주름이 자글자글하네"라는 말이 현실적일 수 있지만, 그 말은 듣는 사람에게 심리적인 상처를 주는 예의 없는 진실일 수 있다. 이와 같은 경우, 차라리 진실을 말하지 않는 것이 더 나은 선택일 수 있다. 때로는 진실을 말하지 않음으로써 관계의 평화를 유지할 수 있다. 예를 들어, "문학으로 돈을 벌지 못하는 이유는 사람들이 문학에 관심이 없어서"라고 말하는 것보다 "당신이 대중에게 인정받을 만한 작품을 쓰지 못했기 때문"이라는 것이 더 진실에 가까울 수 있다. 그러나 전자의 말은 감언이설을 동반한 은유적 거짓말로, 그 안에 숨겨진 진실이 존재한다.

또한, 무언가 항상 피해자라고 주장하는 사람은 자신의 잘못을 숨기기 위해 거짓으로 자신을 보호하고자 할 수 있으며, 다른 사람에게 동정을 얻어 이득을 취하려는 의도가 숨어 있을 수 있다. 별일 아닌 일에 과도하게 반응하는 사람에게는 그 사람과의 관계를 끊어내야 할 다른 이유가 있을 수 있으며, 이 또한 숨겨진 진실을 내포한다. '무채색 언어'는 종종 선의의 의도를 가장하며 진실인 척하지만, 그 속에는 숨겨진 동기가 존재한다는 사실을 인지할 필요가 있다.

결국, 거짓말과 진실은 단순한 이분법적인 구분으로 이해될 수 없는 복잡한 문제를 내포하고 있다. '무채색 언어'는 때로 진실을 왜곡하지 않으면서도 감추어진 의미를 전달하고, '유채색 언어'는 그 속에 다양한 감정적, 사회적 동기를 담고 있다는 점에서 그 구분은 실상 더 섬세한 분석을 요구한다.

–모두에게 사랑받을 필요는 없다. 비난 받을 용기를 가지자

거짓말의 가장 큰 문제는, 그것을 한 번이라도 시작하면 그 뒤로 자신이 말한 모든 거짓말을 기억하는 것이 사실상 불가능하다는 점에 있다. 어떤 사람이라도, 아무리 뛰어난 기억력과 두뇌를 가진다고 해도, 일상적인 대화에서 매번 거짓말을 섞어서 이야기하게 된다면, 시간이 지나면서 자신이 언제 누구에게 무엇을 말했는지, 어떤 거짓말을 했는지 기억하기 어려운 지경에 이른다. 더욱 심각한 문제는, 자신은 그 거짓말을 잊어버린 채 계속해서 살아가지만, 상대방은 여전히 그 거짓말을 기억하고 있을 수 있다는 점이다.

예를 들어, 상대방이 자신과의 지난 만남에서 했던 대화를 기억하고 있고, 그 대화에서 거짓말이 포함되었다는 사실을 알고 있다면 상황은 더욱 복잡해진다. 만약 거짓말이 대화 중에 다시 언급되었을 때, 나는 내가 과거에 한 거짓말을 기억해야 한다는 부담을 느끼게 된다. 그러나 문제는 내가 거짓말을 했다는 사실을 기억하지 못할 수도 있다는 것이다. 내가 기억을 되살리려 할 때, 나는 그 거짓말을 인정할 용기가 없거나, 그 거짓말을 덮어두기 위해 또 다른 거짓말을 덧붙이게 될 확률이 크다.

이와 같은 상황이 반복되면, 상대방은 내 말에 의심을 품기 시작한다. 한 번 의심이 시작되면, 그 의심을 불식시키는 것은 매우 어려워진다. 아무리 내가 진실을 이야기한다고 해도, 상대방은 내 말이 사실인지 아닌지에 대해 끊임없이 의문을 품게 될 것이다. 그런 의심이 쌓이면 결국 그 사람과의 관계는 약해지거나 끊어질 위험에 처하게 된다. 더욱 문제가 되는 점은, 내가 내 말에 대한 진위를 확인한 뒤에 여전히 내 거짓말을 믿었던 사람들이 다른 사람에게 그 사실을 전달할 가능성이다. 이는 내가 모르는 사이에 내 평판에 악영향을 미칠 수 있으며, 결국 '믿을 수 없는 사람', '거짓말쟁이'

라는 이미지가 내 주위 사람들에게 퍼지게 될 것이다. 이런 평판을 가진 채 인간관계를 유지하기는 매우 어렵다.

또한, 거짓말은 그 자체로 큰 정신적 부담과 압박을 초래한다. 사람들은 종종 거짓말을 통해 당장 눈앞의 문제를 피하려고 하지만, 결국 거짓말이 드러날 때의 부담과 그로 인한 스트레스는 점점 더 커진다. 거짓말을 하며 살아간다는 것은 자신이 언젠가는 그 거짓말이 발각될 것이라는 불안감을 안고 살아가는 것이다. 이 불안은 결국 정신적으로 큰 고통을 초래할 수 있다. 슬프게도 우리는 종종 이러한 압박을 이기지 못한 사람들이 심각한 상황에 처하는 경우를 신문 기사 등을 통해 접한다. 거짓말을 통해 일시적으로는 상황을 모면할 수 있지만, 결국 자신이 거짓말을 했다는 사실이 드러날 때 겪을 정신적 부담은 크고, 그로 인해 삶에 대한 희망을 잃기도 한다.

따라서 진실을 말하고 잘못을 인정하는 것이, 장기적으로 보면 자신에게 가장 유익하다. 진실을 말하는 것은 부끄럽고 어려울 수 있지만, 그 순간을 지나면 마음의 짐을 덜 수 있으며, 그로 인해 오히려 더 큰 신뢰를 얻을 수 있다. 잘못을 인정하고 솔직하게 말하는 사람은 시간이 지나면서 점점 더 많은 사람들에게 신뢰와 존경을 받을 수 있다. 반면, 거짓말을 지속적으로 하게 되면, 결국 그 거짓말이 쌓여 나를 옭아매게 될 뿐이다.

그렇기에 거짓말을 하지 않는 가장 중요한 이유는, 그것이 오히려 나와 다른 사람들 간의 관계에서 나의 매력과 신뢰를 높이는 방법이 될 수 있기 때문이다. 예를 들어, 일을 잘하는 사람이 있다고 가정해 보자. 그 사람이 믿을 수 없는 거짓말을 자주 한다면, 사람들은 그 사람과 일을 하고 싶지 않게 될 것이다. 반면, 일이 잘 되지 않더라도 진실을 말하고, 잘못된 점을 인정할 수 있는 사람이라면, 그 사람과 함께 일하고 싶어 할 것이다. 이는 사회적 관계에서 신뢰와 진실성의 중요성을 잘 보여준다.

이처럼 거짓말이 사소한 것이라 할지라도, 그 습관을 길들이지 않는 것이 중요하다. 처음에는 작은 거짓말이나 과장으로 시작될 수 있지만, 그 빈도와 정도가 커지면 결국 그 말은 나에게 돌아와 나를 괴롭히게 된다. 이런 습관을 바꾸지 않으면, 결국 어느 순간 거짓말이 드러날 때 모든 것이 무너질 수 있다. 그렇기에 진실을 말하는 습관을 들이는 것이 결국 나 자신과 사회적 관계를 지키는 가장 중요한 방법임을 인식해야 한다.

위다푸(郁达夫)
《고도의 가을》(故都的秋)

[원문]

秋天, 无论在什么地方的秋天, 总是好的；可是啊, 北国的秋, 却特别地来得清, 来得静, 来得悲凉。我的不远千里, 要从杭州赶上青岛, 更要从青岛赶上北平来的理由, 也不过想饱尝一尝这"秋", 这故都的秋味。

江南, 秋当然也是有的, 但草木凋得慢, 空气来得润, 天的颜色显得淡, 并且又时常多雨而少风；一个人夹在苏州上海杭州, 或厦门香港广州的市民中间, 混混沌沌地过去, 只能感到一点点清凉, 秋的味, 秋的色, 秋的意境与姿态, 总看不饱, 尝不透, 赏玩不到十足。秋并不是名花, 也并不是美酒, 那一种半开、半醉的状态, 在领略秋的过程上, 是不合适的。

不逢北国之秋, 已将近十余年了。在南方每年到了秋天, 总要想起陶然亭的芦花, 钓鱼台的柳影, 西山的虫唱, 玉泉的夜月, 潭柘寺的钟声。在北平即使不出门去吧, 就是在皇城人海之中, 租人家一椽破屋来住着, 早晨起来, 泡一碗浓茶, 向院子一坐, 你也能看得到很高很高的碧绿的天色, 听得到青天下驯鸽的飞声。从槐树叶底, 朝东细数着一丝一丝漏下来的日光, 或在破壁腰中, 静对着像喇叭似的牵牛花的蓝朵, 自然而然地也能够感觉到十分的秋意。说到了牵牛花, 我以为以蓝色或白色者为佳, 紫黑色次之, 淡红色最下。最好, 还要在牵牛花底，长着几根疏疏落落的尖细且长的秋草，使作陪衬。

北国的槐树，也是一种能使人联想起秋来的点缀。像花而又不是花的那一种落蕊，早晨起来，会铺得满地。脚踏上去，声音也没有，气味也没有，只能感出一点点极微细极柔软的触觉。扫街的在树影下一阵扫后，灰土上留下来的一条条扫帚的丝纹，看起来既觉得细腻，又觉得清闲，潜意识下并且还觉得有点儿落寞，古人所说的梧桐一叶而天下知秋的遥想，大约也就在这些深沉的地方。

秋蝉的衰弱的残声，更是北国的特产，因为北平处处全长着树，屋子又低，所以无论在什么地方，都听得见它们的啼唱。在南方是非要上郊外或山上去才听得到的。这秋蝉的嘶叫，在北方可和蟋蟀耗子一样，简直像是家家户户都养在家里的家虫。
还有秋雨哩，北方的秋雨，也似乎比南方的下得奇，下得有味，下得更像样。

在灰沉沉的天底下，忽而来一阵凉风，便息列索落地下起雨来了。一层雨过，云渐渐地卷向了西去，天又晴了，太阳又露出脸来了，着着很厚的青布单衣或夹袄的都市闲人，咬着烟管，在雨后的斜桥影里，上桥头树底下去一立，遇见熟人，便会用了缓慢悠闲的声调，微叹着互答着地说："唉，天可真凉了——"（这了字念得很高，拖得很长。）
"可不是吗？一层秋雨一层凉了！"
北方人念阵字，总老像是层字，平平仄仄起来，这念错的歧韵，倒来得正好。

北方的果树，到秋天，也是一种奇景。第一是枣子树，屋角，墙头，茅房边上，灶房门口，它都会一株株地长大起来。像橄榄又像鸽蛋似的这枣子颗儿，在小椭圆形的细叶中间，显出淡绿微黄的颜色的时候，正是秋的全盛时期，等枣树叶落，枣子红完，西北风就要起来了，北方便是沙尘灰土的世界，只有这枣子、柿子、葡萄，成熟到八九分的七八月之交，是北国的清秋的佳日，是一年之中最好也没有的GoldenDays。

有些批评家说，中国的文人学士，尤其是诗人，都带着很浓厚的颓废的色彩，所以中国的诗文里，赞颂秋的文字的特别的多。但外国的诗人，又何尝不然?我虽则外国诗文念的不多，也不想开出帐来，做一篇秋的诗歌散文钞，但你若去一翻英德法意等诗人的集子，或各国的诗文的Anthology来，总能够看到许多关于秋的歌颂和悲啼。各著名的大诗人的长篇田园诗或四季诗里，也总以关于秋的部分，写得最出色而最有味。足见有感觉的动物，有情趣的人类，对于秋，总是一样地特别能引起深沉、幽远、严厉、萧索的感触来的。不单是诗人，就是被关闭在牢狱里的囚犯，到了秋天，我想也一定能感到一种不能自已的深情，秋之于人，何尝有国别，更何尝有人种阶级的区别呢?不过在中国，文字里有一个"秋士"的成语，读本里又有着很普遍的欧阳子的《秋声》与苏东坡的《赤壁赋》等，就觉得中国的文人，与秋的关系特别深了，可是这秋的深味，尤其是中国的秋的深味，非要在北方，才感受得到底。

南国之秋，当然也是有它的特异的地方的，比如廿四桥的明月，钱塘江的秋潮，普陀山的凉雾，荔枝湾的残荷等等，可是色彩不浓，回味不永。比起北国的秋来，正像是黄酒之与白干，稀饭之与馍馍，鲈鱼之与大蟹，黄犬之与骆驼。
秋天，这北国的秋天，若留得住的话，我愿把寿命的三分之二折去，换得一个三分之一的零头。
一九三四年八月在北平

1. 润 rùn (형) 매끈매끈하고 윤이 나다.
2. 夹 jiā (동) 끼우다. 집다.
3. 浑沌 húndùn (형,명) 혼돈. 천지개벽 초에 아직 만물이 확실히 구별되지 않은 상태.
4. 意境 yìjìng (명) (문학·예술 작품에 표현된) 경지. 경계(境界). 정취. 정서. 무드
5. 姿态 zītài (명) 자태. 모습
6. 透 tòu (동사) (액체·광선·공기 따위가) 스며들다. 침투하다. 뚫고 들어오다. 통과하다.
   통하다.
7. 赏玩 shǎngwán (동) (경치·예술품 따위를) 감상하다. 완상하다. 즐기다.
8. 半开 bànkāi (동,명) ban kai 반쯤 열다/ 반절
9. 领路 lǐnglù (동사) 길을 인도하다. 길을 안내하다.
10. 逢 féng (동사) 만나다. 마주치다.
11. 芦花 lúhuā (명사) 갈대꽃
12. 即使 jíshǐ (접) 설령… 하더라도
13. 椽 chuán (명) 서까래
14. 碧绿 bìlǜ (형,명) 짙은 녹색(의). 청록색(의)
15. 驯 xùn (형) 온순하다. 얌전하다. 선량하다.
16. 喇叭 lǎba (명) 나팔.
17. 牵牛花 qiānniúhuā (명) 나팔꽃
18. 次之 cìzhī (동) …의 다음가다. …의 뒤다.
19. 疏落 shūluò (동) 드문드문하다. 흩어져 있다.
20. 陪衬 péichèn (동) 른 사물을 사용하여 중요한 사물을 돋보이게 하다.
    두드러지게 하다. 안받침하다.
21. 点缀 diǎnzhuì (동) 점철하다. 단장하다. 장식하다. 돋보이게 하다.
22. 蕊 ruǐ (명사) 꽃술.
23. 踏 tà (동사) (발) 밟다. 디디다.
24. 柔软 róuruǎn (형) 유연하다. 부드럽고 연하다.
25. 扫帚 sàozhou (명사) 비. 빗자루.
26. 细腻 xìnì (형) 보드랍고 매끄럽다.
27. 清 qīngxián (형) 한가하다.
28. 潜 qián (동) 숨기다. 잠복하다.
30. 落 luòmò (형) 적막하다. 쓸쓸하다.
31. 遥想 yáoxiǎng (동) 회상하다.

32. 秋蝉 qiūchán (명) 가을매미
33. 残 cán (형) 불완전하다. 흠이 있다.
34. 啼 tí (동) 울다. 훌쩍이다. 훌쩍훌쩍 울다.
35. 非要 fēiyào (부) 반드시 ~해야한다
36. 嘶叫 sījiào (동) 소리로 부르짖다. 울부짖다.
37. 蟋蟀 xīshuài (명사) 귀뚜라미
38. 耗子 hàozi (명사) 쥐
40. 像样 (형) xiàngyàng 그럴듯하다. 보기 좋다.
41. 灰沉沉 huīchénchén (형) 어둑어둑하다.
42. 索索 suǒsuǒ (형) (무서워) 벌벌 떠는 모양.
43. 烟管 yānguǎn (명) 담뱃대
44. 缓慢 huǎnmàn (형) 완만하다. 느리다. 더디다.
45. 悠 yōuxián (형) 유한하다. 유유하다.
46. 拖 tuō (동) 끌다. 잡아당기다.
47. 平仄 píngzè (명) 평측
48. 橄榄 gǎnlǎn (명) 올리브나무
49. 颓废 tuífèi (형) 퇴폐적이다
50. 颂赞 sòngzàn (동) 칭찬하다
51. 钞 chāo (명) 지폐, 돈
52. 悲啼 bēití (동) 슬피 울다
53. 出色 chūsè (형,동) 특별히 훌륭하다. 보통을 뛰어넘다.
54. 深沉 shēnchén (형) (정도가) 심하다. 깊다.
55. 萧索 Xiāosuǒ (형) 생기가 모자라다. 활기가 없다. 조용하다. 스산하다.
56. 囚犯 qiúfàn (명) 죄인
57. 荔枝 lìzhī (명) 여지
58. 回味 huíwèi 회상하다
59. 稀饭 xīfàn (명) (쌀이나 좁쌀 따위로 만든) 죽
60. 馍馍 mómo (명) 찐빵
61. 鲈鱼 lúyú (명) 농어
62. 蟹 xiè (명) 게
63. 黄犬 huángquǎn (명) 누렁이
64. 零头 líng tóu (명) (계산 단위 포장 단위 등에서) 일정한 단위가 되지 못하는 나머

위다푸(郁达夫):
《고도의 가을》(故都的秋)

[해석]

秋天, 无论在什么地方的秋天, 总是好的 ; 可是啊, 北国的秋, 却特别地来得清, 来得静, 来得悲凉。我的不远千里, 要从杭州赶上青岛, 更要从青岛赶上北平来的理由, 也不过想饱 尝一尝这 "秋", 这故都的秋味。

가을은 어디에서 맞이하든 언제나 멋진 계절이다. 그러나 북쪽에서 맞이하는 가을은 특히 맑고, 고요하며, 애잔한 느낌이 든다. 나는 먼 길을 떠나 항저우에서 칭다오로, 또 칭다오에서 베이징으로 한 달음에 달려왔다. 그 이유도 바로 이 가을을 맞이하기 위해서다. 옛 수도였던 이곳에서 가을을 제대로 느껴보려는 마음에서였다.

江南, 秋当然也是有的, 但草木凋得慢, 空气 来得润, 天的颜色显得淡, 并且又时常多雨而 少风 ; 一个人夹在苏州上海杭州, 或厦门香港 广州的市民中间, 混混沌沌地过去, 只能感到 一点点清凉, 秋的味, 秋的色, 秋的意境与姿态, 总看不饱, 尝不透, 赏玩不到十足。秋并 不是名花, 也并不是美酒, 那一种半开、半醉 的状态, 在领略秋的过程上, 是不合适的.

강남에도 물론 가을은 존재한다. 하지만 그곳의 가을은 초목이 천천히 시들고, 공기는 습하고, 하늘은 흐릿하며, 비도 자주 오고 바람은 드물다. 쑤저우, 상하이, 항저우, 샤먼, 홍콩, 광저우 같은 도시에서 사람들 사이에 섞여 있다 보면,

가을의 진정한 맛이나 색, 그리고 그 깊은 정취를 온전히 느끼기 어려운 것이다. 가을의 꽃이나 명주가 반쯤 피었거나 아슬아슬한 상태에서 즐기는 것도 나쁘지 않지만, 가을을 제대로 음미하기 위해서는 그런 방식은 적합하지 않다.

不逢北国之秋，已将近十余年了。在南方每年 到了秋天，总要想起陶然亭的芦花，钓鱼台的柳影，西山的虫唱，玉泉的夜月，潭柘寺的钟声。在北平即使不出门去吧，就是在皇城人海之中，租人家一椽破屋来住着，早晨起来，泡 一碗浓茶，向院子一坐，你也能看得到很高很 高的碧绿的天色，听得到青天下驯鸽的飞声。从槐树叶底，朝东细数着一丝一丝漏下来的日光，或在破壁腰中，静对着像喇叭似的牵牛花 (朝荣) 的蓝朵，自然而然地也能够感觉到十分的秋意。说到了牵牛花，我以为以蓝色或白 色者为佳，紫黑色次之，淡红色最下。最好，还要在牵牛花底，长着几根疏疏落落的尖细且长的秋草，使作陪衬。

북방에서 가을을 보내지 못한 지 벌써 십여 년이 되어간다. 남방에서 가을을 맞을 때면, 항상 베이핑 생각이 났다. 도연정의 갈대꽃이며, 조어대의 버들가지의 그늘, 서산의 벌레 울음소리, 옥천의 달밤, 담자사에서 울리는 종소리 같은 것들 말이다. 그래서 세 들어 살면서 아침에 일어나 진한 차 한 잔 우려내어 정원을 향해 앉으면 높디높은 파란 하늘을 볼 수 있고, 그 하늘 아래 날아가는 길들여진 비둘기 소리를 들을 수 있다. 회화나무 잎 사이로 동쪽을 향해 새어 나오는 햇빛의 수를 일일이 헤아리거나, 무너진 벽 틈 사이에 피어난 나팔꽃의 파란 꽃봉오리를 고요히 대하고 있노라면 자연스럽게 가을의 정취를 충분히 느낄 수 있다. 나팔꽃으로 말하자면, 나는 파란색이나 흰색이 가장 아름답고, 자흑색이 그다음이며, 담홍색이 제일 못하다고 여긴다. 가장 좋기로는 나팔꽃 아래에 드문드문한 가늘고 긴 가을 풀을 배치시키는 것이다.

北国的槐树，也是一种能使人联想起秋来的点缀。像花而又不是花的那一种落蕊，早晨起来，会铺得满地。脚踏上去，声音也没有，气味也没有，只能感出一点点极微细极柔软的触觉。扫街的在树影下一阵扫后，灰土上留下来的 一条条扫帚的丝纹，看起来既觉得细腻，又觉得清闲，潜意识下并且还觉得有点儿落寞，古人所说的梧桐一叶而天下知秋的遥想，大约也就在这些深沉的地方。

북국의 회화나무도 가을이 왔다는 생각을 연상시켜 준다. 아침에 일어나면 꽃 같기도 하고 아닌 것 같기도 한 낙화가 땅 위에 가득 깔려 있다. 발로 밟고 가노라면 소리도 없고 아무 냄새도 없이 그저 극히 미세하고 극히 부드러운 촉각만 약간 느낄 수 있을 뿐이다. 청소부가 나무 그림자 아래를 한 바탕 쓸고 난 뒤 땅 위에 남겨진 빗자루 무늬를 보노라면 부드러움을 느끼게되고, 또 청한함도 느끼고 잠재의식 속에서는 약간의 쓸쓸함도 느끼게 되는데, 옛사람이 말한 바 오동 잎 하나에 온 세상이 가을이 온 것을 알겠다는 아련한 생각도 대체로 이렇듯 깊은 곳에 있는 듯하다.

秋蝉的衰弱的残声，更是北国的特产，因为北平处处全长着树，屋子又低，所以无论在什么地方，都听得见它们的啼唱。在南方是非要上郊外或山上去才听得到的。这秋蝉的嘶叫，在北方可和蟋蟀耗子一样，简直像是家家户户都养在家里的家虫。还有秋雨哩，北方的秋雨，也似乎比南方 的下得奇，下得有味，下得更像样。

가을 매미의 쇠잔해 가는 울음소리는 더욱 북방의 특산으로 꼽을 만하다. 베이징에는 곳곳에 나무가 자라고 있고, 집들은 낮아 어느 곳이라 할 것 없이 그 소리를 들을 수 있다. 남방에서는 교외로 나가거나 산 위에 올라야만 들을 수 있다. 가을 매미 우는 소리는 베이징에서라면 귀뚜라미나 생쥐와 마찬가지로 가가호호 집안에서 키우는 집 벌레 같다. 가을비도 있다. 북방의 가을비는 남방에 비해 기이하면서도 운치 있고 맵시 있게 내린다.

北方的果树, 到秋天, 也是一种奇景。第一是枣子树, 屋角, 墙头, 茅房边上, 灶房门口, 它都会一株株地长大起来。像橄榄又像鸽蛋似的这枣子颗儿, 在小椭圆形的细叶中间, 显出在灰沉沉的天底下, 忽而来一阵凉风, 便息列 索落地下起雨来了。一层雨过, 云渐渐地卷向了西去, 天又晴了, 太阳又露出脸来了, 著着很厚的青布单衣或夹袄的都市闲人, 咬着烟管, 在雨后的斜桥影里, 上桥头树底下去一立, 遇见熟人, 便会用了缓慢悠闲的声调, 微叹着 互答着地说:"唉, 天可真凉了——"(这了字念得很高, 拖得很长。)

"可不是吗? 一层秋雨一层凉了!"北方人念阵字, 总老像是层字, 平平仄仄起来, 这念错的歧韵, 倒来得正好。淡绿微黄的颜色的时候, 正是秋的全盛时期, 等枣树叶落, 枣子红完, 西北风就要起来了, 北方便是沙尘灰土的世界, 只有这枣子、柿子、葡萄, 成熟到八九分的七八月之交, 是北国的清秋的佳日, 是一年之中最好也没有的 GoldenDays。

가을이 오면 북방의 과일나무도 기이한 경관이다. 첫 번째는 대추나무로, 집 안 귀퉁이나 담장 언저리, 변소 옆이나 부엌 입구에 모두 한 그루씩 자라고 있다. 올리브 같기도 하고 비둘기 알 같기도 한 대추 열매가 희뿌연한 하늘에서 갑자기 시원한 바람이 불더니 이내 부슬부슬 비가 내린다. 한 바탕 비가 지나간 뒤 구름은 점점 서쪽으로 물러가, 하늘은 다시 파란 색을 되찾고, 해도 모습을 드러내면, 비온 뒤 다리 그림자가 비껴 있는 가운데 푸른 홑옷이나 겹저고리를 입은 도시의 한가한 사람들이 담뱃대를 물고 다리 끝의 나무 아래 서서 우연히 아는 사람을 만나 느릿느릿하면서도 한가로운 목소리로 가늘게 탄식하며 서로 이야기를 나눈다.

"어허, 날씨가 정말 서늘해졌어요"

"그렇다마다요! 가을 비 한 번 지나가면 또 그 만큼 서늘해지는 법이지요."

북방사람들이 말하는 한 바탕은 항상 한 층과 같이 들리는데, 평측으로 따져 볼 때 이렇게 잘못 읽는 운이 오히려 맞아떨어진다. 작은 타원형의 가느다란 잎 사이로 옅은 누런색을 띤 녹색으로 바뀔 때가 바야흐로 가을이 무르익는 시기이다. 대추나무에서 잎이 지고, 열매가 완전히 붉어지고, 서북풍이 불기 시작하면 북방은 모래먼지와 잿빛 흙의 세계가 되며, 대추와 감, 포도가 8 할이나 9 할 정도 익어가는 칠팔월로 넘어가는 때가 북국의 늦가을의 가장 좋은날로 일년 중 가장 좋으면서도 더 없는 Golden days 이다.

有些批评家说, 中国的文人学士, 尤其是诗人, 都带着很浓厚的颓废的色彩, 所以中国的诗文里, 赞颂秋的文字的特别的多。但外国的诗人, 又何尝不然? 我虽则外国诗文念的不多, 也不想开出帐来, 做一篇秋的诗歌散文钞, 但你若去一翻英德法意等诗人的集子, 或各国的诗文的 Anthology 来, 总能够看到许多关于秋的歌颂和悲啼。各著名的大诗人的长篇田园诗或四季诗里, 也总以关于秋的部分, 写得最出色而最有味。足见有感觉的动物, 有情趣的人类, 对于秋, 总是一样地特别能引起深沉、幽远、严厉、萧索的感触来的。不单是诗人, 就是被关闭在牢狱里的囚犯, 到了秋天, 我想也 一定能感到一种不能自己的深情, 秋之于人, 何尝有国别, 更何尝有人种阶级的区别呢? 不过在中国, 文字里有一个"秋士"的成语, 读本里又有着很普遍的欧阳子的《秋声赋》与苏东坡的《赤壁赋》等, 就觉得中国的文人, 与秋的关系特别深了, 可是这秋的深味, 尤其是中国的秋的深味, 非要在北方, 才感受得到底。

어떤 비평가는 중국의 문인학사, 특히 시인들은 모두 퇴폐적인 색채를 아주 짙게 띠고 있어서 중국의 시문에는 가을을 찬미하는 글이 특별히 많다고 말했다. 하지만 외국의 시인들 역시 어찌 그렇지 않겠는가? 나는 외국의 시문을 그렇게 많이 읽어보지 않았고, 작품들을 열거해 가을에 대한 한 편의 시가산문초를 만들고 싶은 생각도 없지만, 그대가 영국이나 독일, 프랑스, 이탈리아 등의 시인들의 작품집이나 각국의 시문들의 Anthology 를 뒤적이다 보면 가을에 대한 찬송과 슬픔을 수없이 많이 볼 수 있다. 유명한 대시인의 장편 전원시나 사계절을 노래한 시 가운데서도 가을에 관한 부분이 가장 뛰어나고 가장 흥미롭게 묘사되어 있다. 이것으로 감각이 있는 동물이나 정취가 있는 인류라면 가을에 대해서는 항상 각별히 깊고 그윽하며 준엄하고 쓸쓸한 감각을 이끌어내는 데 있어서는 마찬가지라는 사실을 알 수 있다. 시인만 그런 게 아니라 감옥에 갇혀 있는 죄수도 가을이 되면 스스로 억누를 수 없는 깊은 감정을 느끼게 된다고 생각한다. 가을이 사람들에게 주는 의미에 어찌 나라의 구별이 있고, 나아가 인종과 계급의 구별이 있겠는가? 하지만 중국에는 문장 속에 '추사(秋士)'라는 단어가 있고, 문집에도 아주 유명짜한 오양수(歐陽修)의 《추성부》(秋聲賦)와 소동포(蘇東坡)의 《적벽부》(赤壁賦) 등이 있어, 중국의 문인들이 가을과 깊은 관계를 맺고 있다고 느끼게 된다. 그러나 이러한 가을의 깊은 맛, 그 중에서도 특히 중국의 가을의 깊은 맛은 북방이 아니면 도저하게 느낄 수 없다.

南国之秋，当然也是有它的特异的地方的，比如廿四桥的明月，钱塘江的秋潮，普陀山的凉雾，荔枝湾的残荷等等，可是色彩不浓，回味不永。比起北国的秋来，正像是黄酒之与白干，稀饭之与馍馍，鲈鱼之与大蟹，黄犬之与骆。秋天，这北国的秋天，若留得住的话，我愿把寿命的三分之二折去，换得一个三分之一的零头。

一九三四年八月在北平

남방의 가을에도 물론 독특한 풍격이 있다. 이십사교에 걸린 밝은 달 하나, 전당강의 가을 물결, 보타산의 서늘한 운무, 여지한의 시들어가는 연꽃 등이 대표적이다. 하지만 그 색깔은 희미하고 뒷맛이 오래 가지 않는다. 남방과 북방의 가을의 차이란, 마치 황주와 빼갈, 죽과 찐빵, 농어와 대게, 누렁개와 낙타의 차이와 같다 할 수 있다. 가을을, 북방에서 맛보는 가을을 잡아둘 수만 있다면 나는 내 목숨의 삼 분의 이를 내놓고, 나머지 삼 분의 일만 누려도 좋겠다.

1934년 8월, 베이핑에서

위다푸(郁达夫)
《고도의 가을》(故都的秋)
-생각나누기/ 핵심 키워드: 베이징의 가을

● **본문 탐구하기1: 작품 분석**

1. 출생과 배경
- 출생연도: 1895년
- 출생지: 절강성 부양(浙江省富阳)

위다푸(육달부)는 1895년에 절강성 부양에서 태어났으며, 그의 어린 시절은 경제적으로 매우 어려운 환경에서 자랐다. 아버지가 그가 3살 때 돌아가시고, 홀어머니 밑에서 형제들과 함께 성장했다. 위다푸의 불우한 출생배경과 가정 환경은 그가 일생 동안 느낀 열등감과 불안의 뿌리가 되었다.

2. 어린 시절과 문학적 성향

어릴 때부터 위다푸는 중국 고전문학에 큰 흥미를 느꼈다. 그는 유년 시절부터 旧体诗(고전시)를 창작하며 문학에 대한 관심을 보였고, 문학소년으로서의 자질을 드러냈다. 그러나 경제적 어려움 속에서 성장한 그는 외모와 가정 배경에 대한 열등감을 강하게 느꼈고, 이는 후에 그의 작품과 사상에 큰 영향을 미쳤다.

3. 학창 시절과 가정의 경제적 어려움

위다푸는 어린 시절 경제적으로 어려운 환경에서 성장했다. 어머니가 그의 형제들을 홀로 양육하였고, 그는 어머니의 보살핌을 받으며 학업에 전념했다. 초등학교 시절, 그는 성적이 뛰어나지만, 가난한 가정 배경으로 인한 열등감을 강하게 느꼈다. 특히 자신의 외모에 대해 신경을 썼고, 이는 그가 학창 시절 겪은 여러 감정적 갈등을 반영한다.

– 구두에 관한 일화
어린 시절 위다푸는 어머니에게 가죽 구두를 사 달라고 요구했다. 하지만 가정 형편이 어려운 어머니는 이를 거절할 수밖에 없었고, 여러 가게에서 외상을 부탁했으나 모두 거절당했다. 결국 어머니는 전당포에 가서 옷과 보따리를 팔아 구두를 마련하려 했으나, 이 광경을 본 위다푸는 그 자리에서 울음을 터뜨리며 어머니를 제지했다. 이 경험은 그에게 큰 트라우마를 남겼으며, 그는 평생 가죽 구두를 신지 않겠다고 결심했다. 이 일화는 그의 열등감과 세상에 대한 불만이 어떻게 형성되었는지를 잘 보여준다.

4. 일본 유학과 학문적 변화

위다푸는 1913년, 형을 따라 일본으로 유학을 갔다. 일본에서는 의학부에 입학했으나, 중국 사회의 열악한 처지를 직접 겪으면서 의학보다는 경제를 통해 중국을 일으킬 수 있다는 생각을 가지게 되었다. 이에 그는 경제학부로 전공을 변경했다. 하지만 일본에서 겪은 여러 어려움과 중국인에 대한 차별, 그리고 일본 제국주의의 위협은 그에게 강한 애국주의적 성향을 불러일으켰다. 이후 그는 문학으로 돌아서, 중국 민중의 정신적 해방을 위한 글쓰기를 결심하였다. 문학을 통해 중국 사회의 문제를 성찰하고, 나아가 해방을 위한 방법을 모색한 것이다.

5. 유학 경험과 문학적 성찰

위다푸는 일본에서의 유학 경험을 바탕으로, 자전적 소설인 《침륜》(沈轮)을 집필했다. 이 소설은 그의 유학 시절의 고뇌와 경험을 바탕으로, 중국 사회의 열등감을 자각하고, 성적 욕구와 관련된 갈등을 탐구한 작품이다. 《침륜》은 또한 그가 외모와 가정에 대해 가졌던 불만, 그리고 중국에 대한 실망감을 고백하는 형식으로 전개된다.

6. 귀국 후의 삶과 문학적 업적

위다푸는 귀국 후, 북경대학과 무창 사범대학에서 교수로 재직했다. 그의 문학적 여정은 일본 유학 시절의 상처에서 비롯된 불완전한 성의식과 밀접한 관계가 있다. 특히, 그는 여성에 대한 왜곡된 성적 관념을 작품 속에서 드러내었으며, 이는 그가 사회적, 경제적으로 자리 잡은 이후에도 지속적인 갈등을 일으켰다.

– 손전과의 연애

귀국 후 위다푸는 손전(孙贞)과 연애를 시작했다. 손전은 위다푸의 일본 유학 시절에 만난 인물로, 그녀의 순수함과 성품에 깊은 감동을 받은 위다푸는 그녀와의 관계를 이어갔다. 그러나 후에 그는 왕영하(王映霞)와의 관계로 손전과의 사이가 멀어졌다.

– 왕영하와의 만남

위다푸는 손전과 별거 후 왕영하와 사랑에 빠지게 된다. 자신의 과거와 열등감을 극복하려는 노력에도 불구하고 여전히 자신과 가족을 내팽개치는 모습을 보였다. 특히, 항일운동이 격화되면서 그는 북경을 떠나 남쪽으로 피신하게 되는데, 이 시기의 경험은 그의 문학적 성찰에 큰 영향을 미쳤다.

7. 고도의 가을과 그의 사상

《고도의 가을》은 위다푸가 항일운동 중 겪은 개인적 갈등과 사회적 고뇌를 담담히 풀어낸 산문작품이다. 이 작품에서 그는 자신의 내면의 갈등과 중국 사회의 현실을 성찰하며, 정치적, 사회적 상황에 대한 비판적인 시각을 드러낸다. 또한, 이 작품은 그가 성장하면서 느낀 가족에 대한 상실감과 자신의 정체성에 대한 고민을 심도 있게 다룬다.

8. 결론

위다푸의 문학은 그가 성장한 시대적 배경과 개인적인 경험에서 비롯된 깊은 성찰과 갈등을 반영한다. 그는 경제적 어려움과 가정의 결핍, 외모에 대한 열등감을 극복하려 했으나, 그 과정에서 나타난 애국적 성향과 사회적 비판은 그가 문학을 통해 전달하려 했던 핵심 메시지로 볼 수 있다. 그의 작품은 단순히 개인의 감정적인 고백에 그치지 않고, 중국 사회와 그 시대의 불안을 진지하게 성찰하는 데 초점을 맞추었다.

● 본문 탐구하기2: 괄호넣기

-본 작품은 위다푸의 작품으로 작품의 전체적인 심상은 감성적이고 강렬히 주관적이며, 서정색채를 띠고 있다.

-(   )과 비교됨

-중국현대문학 중에서 현실주의 작품의 정수는 루쉰이며 이와 반대로 낭만주의 작품의 정수는 위다푸이다. 위다푸는 낭만주의 작가답게 (   )을 숨기지 않았다. 느낀 그대로 표출하는 것이 그의 작품의 특징이다. 또한 고도의 가을에서는 (   ) 그리움 혹은 (   )를 비관했다. 또한 (   )의 아름다운 풍경을 주로 표현하고 있다.

-집착성:어릴적 결핍에서 생김

예) 끊임없는 (   )를 암시/ 애잔함, (   )이 느껴진다.

● 본문 탐구하기3: 주요단어의 의미

1. 고도(故都)-베이핑(北平)-베이징(北京)

1928년, 장제스는 북벌에 성공한 후 난징을 수도로 설정하고 국민당 정부를 수립하였다. 이 시점까지 베이징은 여전히 '구경(旧京)' 또는 '라오베이징(老北京)'으로 불리며, 전통적인 수도의 위상을 상실한 채 있었다. 당시 베이징은 정치적 중심지로서의 역할을 다하지 못하고 쇠퇴한 상태였다. "천하에 수도(京)는 하나다"라는 말에서 알 수 있듯, 수도는 국가의 정치적 상징으로서 중요한 위치를 차지하는데, 베이징은 그 기능을 상실한 채 북방의 고도(古都)로 남아 있었다.

1949년 10월 1일 중화인민공화국이 수립되면서, 베이징은 다시 한 번 국가의 수도로서의 역할을 회복하게 된다. 이로써 베이징은 정치적 중심지로서의 중요성을 되찾고, 중화인민공화국의 수도로서 새로운 전환점을 맞이하게 되었다.

2. 수미상관

수미상관(首尾相關)은 문학 기법 중 하나로, 주로 운문에서 첫 연(구)과 마지막 연(구)이 형태상 동일하거나 유사한 구조를 갖는 기법을 의미한다. 이 기법은 작품의 처음과 끝을 상호 연결하거나, 주제를 강조하고 전체적인 일관성을 유지하는 데 사용된다. 수미상관 또는 수미상응(首尾相應)이라는 유의어도 사용되며, 모두 첫 부분과 마지막 부분의 관계에 초점을 맞춘 기법을 지칭한다.

수미상관의 개념은 문학 작품에만 국한되지 않는다. 영화, 드라마, 애니메이션, 뮤직비디오 등 다양한 예술 매체에서도 이와 유사한 기법이 적용된다. 이들 매체에서 시작과 끝을 유사한 방식으로 묘사하는 기법도 '수미상관'이라는 용어를 빌려 설명되며, 작품의 구조적 일관성 및 의미 전달을 강화하는 역할을 한다.

[작품 속 수미상관이용의 예(괄호 넣기)]

-글의 처음과 끝   -글의 중간,

(   ) 대비 다채로운 가을 묘사
자연과 (   ) 의 조화로운 삶

답안 : 1.북과 남/2.인간

– 수미상관의 현대적 활용

수미상관은 전통적인 문학 기법에서 유래하였지만, 현대 사회에서도 그 원리와 가치가 다양한 분야에서 여전히 중요한 역할을 하고 있다. 특히 건축, 음식, 패션 등 여러 분야에서 수미상관의 원리가 적용되며, 이를 통해 조화롭고 지속 가능한 생활 방식을 추구하고 있다.

- 건축에서의 수미상관

한국 전통 건축에서는 수미상관의 원리가 자연과의 조화를 중시하는 설계 원칙으로 나타난다. 자연 환경을 존중하며, 건물이 자연과 잘 융합될 수 있도록 설계하는 것이 그 예이다. 전통적으로는 주변 경관을 최대한 보존하고, 건축물이 자연의 흐름에 순응하도록 배치하는 방식이 흔히 사용되었다. 현대 건축에서도 지속 가능한 개발과 환경 친화적 설계의 중요성이 강조되면서, 이러한 수미상관의 원리는 여전히 중요한 설계 철학으로 이어지고 있다. 예를 들어, 친환경적인 건축 자재를 사용하거나, 자연광을 최대한 활용하는 설계 등은 수미상관의 현대적 적용으로 볼 수 있다.

- 음식에서의 수미상관

한국 음식 문화에서도 수미상관의 원리가 중요한 역할을 한다. 특히 제철 식재료의 사용과 음식의 색상, 맛, 영양의 조화를 강조하는데, 이는 자연의 순환과 인간의 건강을 고려하는 전통적 접근 방식이다. 계절에 따라 제철 재료를 활용하는 것은 자연과의 조화뿐만 아니라, 인간과 자연의 상호 연결을 강조하는 방식으로 해석될 수 있다. 이러한 접근은 음식을 통해 자연과 인간의 균형을 이루려는 의도에서 비롯되었으며, 현대의 건강식 및 지속 가능한 식문화에서도 여전히 중요한 원칙으로 자리 잡고 있다.

- 패션에서의 수미상관

한국 전통 의상인 한복에서도 수미상관의 원리를 찾아볼 수 있다. 한복의 디자인은 자연에서 영감을 받아 색상과 문양을 선택하고, 이를 통해 착용자의 신체와의 조화를 이루도록 설계되었다. 이는 자연과 인간, 그리고 의복 간의 유기적인 관계를 강조하는 방식이다. 현대 패션에서도 수미상관의 개념은 지속 가능한 패션과 자연 친화적 소재의 사용에 대한 관심으로 확장되고 있다. 예를 들어, 재활용 가능한 소재나 친환경적인 생산 방식을 채택하는 현대 패션 브랜드들이 수미상관의 원리를 현대적인 방식으로 실현하고 있는 사례라고 할 수 있다.

  수미상관의 원리는 단순히 문학적 기법에 국한되지 않고, 건축, 음식, 패션 등 다양한 분야에서 현대적 의미를 지니며 적용되고 있다. 이 원리는 인간과 자연, 그리고 사회와의 조화를 추구하는 지속 가능한 방식을 구현하는 데 중요한 역할을 하며, 조화로운 삶의 방식을 모색하는 현대 사회의 중요한 철학적 기초로 자리 잡고 있다.

// 예시 //

음식 : 제철음식, 산채비빔밥,
건축 : 한옥, 친환경 건축물
패션 : 친환경소재의 옷, 동물의 가죽이나 인조가죽을 이용하지 않는다

빙신(冰心)

《굴램프》(小橘灯)

[원문]

这是十几年以前的事了。

在一个春节前一天的下午，我到重庆郊外去看一位朋友。她住在那个乡村的乡公所楼上。走上一段阴暗的仄仄的楼梯，进到一间有一张方桌和几张竹凳、墙上装着一架电话的屋子，再进去就是我的朋友的房间，和外间只隔一幅布帘。她不在家，窗前桌上留着一张条子，说是 她临时有事出去，叫我等着她。

我在她桌前坐下，随手拿起一张报纸来看，忽然听见外屋板门吱地一声开了，过了一会儿，又听见有人在挪动那竹凳子。我掀开帘子，看见一个小姑娘，只有八九岁光景，瘦瘦的 苍白的脸，冻得发紫的嘴唇，头发很短，穿一身很破旧的衣裤，光脚穿一双草鞋，正在登 上竹凳想去摘墙上的听话器，看见我似乎吃了一惊，把手缩了回来。

我问她："你要打电话吗？"她一面爬下竹凳，一面点头说："我要XX医院，找胡大夫，我妈 妈刚才吐了许多血！"我问："你知道XX医院的电话号码吗？"

她摇了摇头说："我正想问电话局……"我赶紧从机旁的电话本子里找到

医院的号码，就又 问她："找到了大夫，我请他到谁家去呢?"她说："你只要说王春林家里病了，他就会来的"

我把电话打通了，她感激地谢了我，回头就走。我拉住她问："你的家远吗?"她指着窗外说："就在山窝那棵大黄果树下面，一下子就走到的。"说着就噔、噔、噔地下楼去了

我又回到里屋去，把报纸前前后后都看完了，又拿起一本《唐诗三百首》来，看了一半，天色越发阴沉了，我的朋友还不回来。我无聊地站了起来，望着窗外浓雾里迷茫的山景，看到那棵黄果树下面的小屋，忽然想去探望那个小姑娘和她生病的妈妈。我下楼在门口买了 几个大红橘子，塞在手提袋里，顺着歪斜不平的石板路，走到那小屋的门口。

我轻轻地叩着板门，刚才那个小姑娘出来开了门，抬头看了我，先愣了一下，后来就微笑了，招手叫我进去。这屋子很小很黑，靠墙的板铺上，她的妈妈闭着眼平躺着，大约是睡着了，被头上有斑斑的血痕，她的脸向里侧着，只看见她脸上的乱发，和脑后的一个大髻。门边一个小炭炉，上面放着一个小沙锅，微微地冒着热气。这小姑娘把炉前的小凳子让 我坐了，她自己就蹲在我旁边。不住地打量我。我轻轻地问："大夫来过了吗?"她说："来 过了，给妈妈打了一针……她现在很好。"

她又像安慰我似的说："你放心，大夫明早还要来的。"我问 ;"她吃过东西吗? 这锅里是什么?"她笑说："红薯稀饭—— 我们的年夜饭。"我想起了我带来的橘子，就拿出来放在床边的小矮桌上。她没有做声，只伸手拿过一个最大的橘子来，用小刀削 去上面的一段皮，又用两只手把底下的一大半轻轻地探捏着

我低声问："你家还有什么人?"她说："现在没有什么人,我爸爸 到外面去了……"她没有说下去,只慢慢地从橘皮里掏出一瓣一 瓣的橘瓣来,放在她妈妈的枕头边。

炉火的微光,渐渐地暗了下去,外面变黑了。我站起来要走,她拉住我,一面极其敏捷地拿过穿着麻线的大针,把那小橘碗四周相对地穿起来,像一个小筐似的,用一根小竹棍挑着,又从窗台上拿了一段短短的蜡头,放在里面点起来,递给我说:"天黑了,路滑,这盏小橘灯照你上山吧!"

我赞赏地接过,谢了她,她送我出到门外,我不知道说什么好,她又像安慰我似的说:"不久,我爸爸一定会回来的。那时我妈妈 就会好了。"她用小手在面前画一个圆圈,最后按到我的手上:"我们大家也都好了!"显然地,这"大家"也包括我在内。

我提着这灵巧的小橘灯,慢慢地在黑暗潮湿的山路上走着。这朦胧的橘红的光,实在照不了多远,但这小姑娘的镇定、勇敢、乐观的精神鼓舞了我,我似乎觉得眼前有无限光明!

我的朋友已经回来了,看见我提着小橘灯,便问我从哪里来。我说 :"从…… 从王春林家来。"她惊异地说:"王春林,那个木匠,你怎么认得他?去年山下医学院里,有几个学生,被当做共产党抓走了,以后王春林也失踪了,据说他常替那些学生送信……"

当夜,我就离开那山村,再也没有听见那小姑娘和她母亲的消息。

但是从那时起,每逢春节,我就想起那盏小橘灯。十二年过去了,那小姑娘的爸爸一定早回来了。她妈妈也一定好了吧? 因为我们"大家"都"好"了!

原载1957年1月31日《中国少年报》

단어

1. 楼梯 lóutī (명) 계단
2. 掀开 xiān·kāi (동) 젖히다. 넘기다
3. 塞 sāi (동) 메우다
4. 血痕 xuèhén (명) 혈흔
5. 竹凳 zhúdèng (명) 대나무 걸상
6. 发紫 fāzǐ (동) 벌개지다
7. 歪斜 wāixié (동) 구불어지다
8. 侧 cè (명사) 옆. 곁. 측면.
9. 布帘 bùlián (명사) 커튼
10. 山窝 shānwō (명) 외지고 깊은 산간지역
11. 叩 kòu (동) 두두리다
12. 冒 mào (동) 뿜어나오다.
13. 吱 zī (의성어·의태어) 찍찍. 짹짹
    (쥐 또는 참새 따위의 작은 동물의 울음소리)
14. 迷茫 mímáng (형) 망망하다
15. 愣 lèng (동) 멍해지다
16. 蹲 dūn (동) 쪼그리다

17. 打量 dǎliang (동) 찰하다, 훑다
18. 瓤 rang (명) (오이·수박·귤 따위의) 과육
19. 棍 gùn (명) 막대기. 몽둥이.
20. 显然 xiǎnrán (형) 명백하다
21. 削 xiāo (동) 벗기다
22. 瓣 bàn (명) 꽃잎
23. 递 dì (동) 전하다
24. 朦胧 ménglóng (형) 몽롱하다
25. 捏 niē (동) 집다
26. 敏捷 mǐnjié (형) 민첩하다
27. 盏 zhǎn (명) 잔
28. 镇定 zhèndìng (형) 침착하다
29. 掏 tāo (동) 물건을 꺼내다
30. 筐 kuāng (명) 광주리
31. 赞赏 zànshǎng (동) 높이 평가하다.
32. 抓 zhuā (동) 잡다

빙신(冰心)
《굴램프》(小橘灯)

[해석]

这是十几年以前的事了。

이것은 십여 년 전의 일이다.

在一个春节前一天的下午，我到重庆郊外去看一位朋友。她住在那个乡村的乡公所楼上。走上一段阴暗的仄仄的楼梯，进到一间有一张方桌和几张竹凳、墙上装着一架电话的屋子，再进去就是我的朋友的房间，和外间只隔一幅布帘。她不在家，窗前桌上留着一张条子，说是她临时有事出去，叫我等着她。

어느 설전 날 오후, 나는 충칭교외지역에 친구를 보러 갔다. 내 친구는 시골의 주민센터 사무실 위층에 살고 있다. 어둡고 좁은 계단을 올라 사각탁자와 대나무 의자 몇 개, 벽에 전화 한 대가 설치되어 있는 방으로 들어갔다. 그 방에서 다시 조금 더 들어가면 바로 내 친구 방인데, 바깥방과 커튼 한 장만 떨어져 있다. 친구는 집에 없었고. 창문 앞탁자 위에 쪽지가 한 장 남아있었는데, 친구는 잠시 일이 있어서 나간다며 나에게 기다리라고 했다.

我在她桌前坐下，随手拿起一张报纸来看，忽然听见外屋板门吱地一声开了，过了一会儿，又听见有人在挪动那竹凳子。我掀开帘子，看见一个小姑娘，只有八九岁光景，瘦瘦的苍白的脸，冻得发紫的嘴唇，头发很短，穿一身很破旧的衣裤，光脚穿一双草鞋，正在登上竹凳想去摘墙上的听话器，看见我似乎吃了一惊，把手缩了回来。

나는 친구의 책상 앞에 앉아서 생각 없이 (아무렇게나) 신문 한 장을 집어 들어 보았는데, 문득 바깥쪽 문이 삐걱삐걱 열리는 소리가 들렸으며, 잠시 후에 또 누군가에 의해 대나무 의자가 움직이는 소리를 들었다. (그래서) 나는 커튼을 젖히고 보니 겨우 여덜, 아홉살쯤의 소녀가 보였다. 소녀는 여위고 창백한 얼굴에 시퍼렇게 얼어서 새파랗게 질린 입술을 하고 있었고, 머리카락이 매우 짧았으며 허름한 옷과 바지를 입고선 맨발로 짚신을 신고 대나무의자에 올라 벽의 수화기를 가져다 데려고 했었는데, 나를 보고 놀란 듯 손을 움츠렸다.

我问她："你要打电话吗？"她一面爬下竹凳，一面点头说："我要XX医院，找胡大夫，我妈妈刚才吐了许多血！"我问："你知道XX医院的电话号码吗？"

나는 소녀에게 물었다. "전화하려고?"

그녀는 대나무 의자에서 내려오면서 고개를 끄덕이며 말했다. "저는 XX병원의 후 선생님을 찾고 싶어요. 저희 엄마가 방금 피를 많이 토했어요"라고 말했고 나는 XX병원 전화번호를 아느냐고 물었다.

她摇了摇头说："我正想问电话局......"我赶紧从机旁的电话本子里找到医院的号码，就又问她："找到了大夫，我请他到谁家去呢？"她说："你只要说王春林家里病了，他就会来的。

소녀는 "전화국에 물어보려던 참인데..."라며 고개를 저었다. 나는 서둘러 전화기 옆 전화번호부에서 병원 번호를 찾았고, 그녀에게 물었다. "의사를 찾았는데, 내가 누구 집으로 가라고 해야 하지?"라고 묻자 소녀는 "왕춘린(王春林)의 집에 사람이 아프다고 하면 올 거예요."라고 말했다.

我把电话打通了，她感激地谢了我，回头就走。我拉住她问："你的家远吗？"她指着窗外说："就在山窝那棵大黄果树下面，一下子就走到的。"说着就噔、噔、噔地下楼去了

그렇게 내가 전화를 마치자, 소녀는 감격해서 고맙다고 말하고는 곧장 떠나려 했다. 나는 그런 소녀를 잡고 말을 이어갔다. "얘 집이 머니?" 그러자 소녀는 창밖을 가리키며 "산골에 있는 커다란 노란 과일나무 바로 아래예요, 금방 도착해요."라고 말하며 쿵쿵쿵 소리를 내면서 계단을 내려갔다.

我又回到里屋去，把报纸前前后后都看完了，又拿起一本《唐诗三百首》来，看了一半，天色越发阴沉了，我的朋友还不回来。我无聊地站了起来，望着窗外浓雾里迷茫的山景，看到那棵黄果树下面的小屋，忽然想去探望那个小姑娘和她生病的妈妈。我下楼在门口买了几个大红橘子，塞在手提袋里，顺着歪斜不平的石板路，走到那小屋的门口。

그렇게 나는 소녀를 돌려보내고 다시 방으로 돌아와 신문을 읽고, 《당시 삼 백 수》한 권을 집어 반쯤 읽었다. 그때 날이 갈수록 어두워졌지만, 내 친구는 아직도 돌아오지 않았다. 나는 무료한 듯이 일어나 창밖의 짙은 안갯속의 망망한 산의 경치를 바라보다가, 그 노란 과일나무 아래의 오두막을 보고, 문득 그 소녀와 그녀의 병든 어머니의 병문안을 하고 싶어졌다. 나는 아래층으로 내려가 입구에서 빨간 귤 몇 개를 사서 핸드백에 쑤셔 넣고, 비뚤비뚤한 돌길을 따라 그 소녀의 집 입구까지 갔다.

我轻轻地叩着板门，刚才那个小姑娘出来开了门，抬头看了我，先愣了一下，后来就微笑了，招手叫我进去。这屋子很小很黑，靠墙的板铺上，她的妈妈闭着眼平躺着，大约是睡着了，被头上有斑斑的血痕，她的脸向里侧着，只看见她脸上的乱发，和脑后的一个大髻。门边一个小炭炉，上面放着一个小沙锅，

微微地冒着热气。这小姑娘把炉前的小凳子让我坐了，她自己就蹲在我旁边。不住地打量我。我轻轻地问：“大夫来过了吗?”她说：“来过了，给妈妈打了一针……她现在很好。”

나는 문을 가볍게 두드렸다. 그러자 방금 본 그 여자아이가 나와서 문을 열고 고개를 들어 나를 쳐다보았다. 소녀는 처음엔 어리둥절해했지만 금방 미소를 지으며 나에게 들어오라고 손짓하였다. 집은 매우 작고 매우 어두웠다. 벽에 기대어 있는 판자 위에 그녀의 어머니는 눈을 감고 반듯이 누워 계셨고, 마치 잠이 드신 거 같았다. 이불 머리에는 얼룩덜룩한 핏자국이 있었고, 그녀의 얼굴은 안쪽으로 기울어져 있었으며, 그녀의 얼굴의 헝클어진 머리카락과 머리 뒤의 큰 상투만 보일 뿐이었다. 문 옆에 작은 숯불 위에, 작은 뚝배기가 놓여 있었는데, 살짝 김이 나고 있었다. 소녀는 난로 앞의 작은 걸상에 나를 앉히고 내 옆에 쭈그리고 앉아서 계속 훑어보다. 나는 그런 소녀에게 조용히 물었다. “의사가 왔다 갔니?” 소녀는 “엄마에게 주사를 놓아주었어요... 지금은 괜찮아요.”라고 말했다.

她又像安慰我似的说：“你放心，大夫明早还要来的。”我问；“她吃过东西吗? 这锅里是什么?”她笑说：“红薯稀饭— 我们的年夜饭。”我想起了我带来的橘子，就拿出来放在床边的 小矮桌上。她没有做声，只伸手拿过一个最大的橘子来，用小刀 削去上面的一段皮，又用两只手把底下的一大半轻轻地探捏着

또 소녀는 나를 위로하듯 말했다. “걱정 마세요, 의사가 내일아침에 또 올 거예요.” 내가 다시 물었다. “어머니는 뭐 좀 드셨어? 이 솥에는 무엇이 있니?” 그러자 소녀는 웃으며 “고구마 죽-우리 설날 음식이요.”라고 말했다. 나는 마침 가져온 귤이 생각이 나서 침대옆 낮은 탁자 위에 올려놓았다. 소녀는 아무 말도 하지 않고, 손을 뻗어 가장 큰 귤을 집어 들어서, 칼로 윗부분의 껍질을 벗겼고, 또 두 손으로 귤의 밑부분을 만지작거렸다.

我低声问：“你家还有什么人？”她说：“现在没有什么人，我爸 爸到外面去了......”她没有说下去，只慢慢地从橘皮里掏出一瓣 一瓣的橘瓣来，放在她妈妈的枕头边。

나는 조용히 다시 물었다 "네 집에는 또 누가 있니?"

그러자 소녀는 "지금 아무도 없는데... 우리 아버지가 밖으로 나가셔서...."라고 답하며 말을 다하지 못하고 천천히 껍질에서 한 속 한 속 한 속 귤잎을 꺼내 소녀의 엄마 머리맡에 놓았다.

炉火的微光, 渐渐地暗了下去, 外面变黑了。我站起来要走, 她拉住我, 一面极其敏捷地 拿过穿着麻线的大针, 把那小橘碗四周相对地穿起来, 像一个小筐似的, 用一根小竹棍挑着, 又从窗台上拿了一段短短的蜡头, 放在里面点起来, 递给我说：“天黑了, 路滑, 这盏小橘灯照你上山吧！

난롯불의 잔잔한 불빛이 점점 어두워졌고 밖이 검게 변했다. 내가 자리에서 일어나려 하자, 소녀는 나를 잡아당겨 아주 민첩하게 커다란 삼베바늘을 들고, 그 귤그릇을 사방에 꿰매었다. 마치 삭은 광주리 같았다. 그것을 작은 대나무 막대기로 메고, 또 창턱에서 짤막한 촛불을 꺼내어, 안에 넣어 불을 붙이고, 내게 건네주며 말하였다. "날이 어둡고, 길이 미끄러워요, 이 작은 오렌지 램프로 비추면서 올라가요!"라고 말했다.

我赞赏地接过, 谢了她, 她送我出到门外, 我不知道说什么好, 她又像安慰我似的说：“不久, 我爸 爸一定会回来的。那时我妈妈就会好了。”她用小手在面前画一个圆圈, 最后按到我的手上：“我们 大家也都好了！”显然地, 这“大家”也包括我在内。

나는 소녀에게 고맙다며 칭찬하듯 그 귤램프 받았다. 소녀가 나를 문밖까지 배웅해 주었고 나는 무슨말을 해야 할지 몰랐다. 그러자 소녀는 나를 위로하듯 이렇게 말했다. "조만간 우리 아버지가 꼭 돌아오실 거예요. 그때쯤이면 우리 엄마가 좋아질 거예요." 그녀는 그 작은 손으로 원을 그리고 마지막으로 나의 손에 가져다 두며 말했다. "우리 모두 다 괜찮아요" 분명히(소녀가 말한) '우리 모두'엔 나도 포함되어 있을 것이다.

我提着这灵巧的小橘灯, 慢慢地在黑暗潮湿的山路上走着。这朦胧的橘红的光, 实在照不了多远, 但这小姑娘的镇定、勇敢、乐观的精神鼓舞了我, 我 似乎觉得眼前有无限光明!

나는 이 영롱한 귤램프를 들고 어둡고 습한산 길을 천천히 걸었다. 이 몽롱한 주황빛은 실은 멀리 비추지 못하지만, 그 소녀의 침착하고 용감하며 낙천적인 정신은 나를 고무시켰고, 마치 나는 눈앞에 무한한 빛이 있다고 느꼈다!

我的朋友已经回来了, 看见我提着小橘灯, 便问我从哪里来。我说 : "从⋯⋯ 从王春林家来。"她惊 异地说 : "王春林, 那个木匠, 你怎么认得他? 去年山下医学院里, 有几个学生被当做共产党抓走了, 以后王春林也失踪了, 据说他常替那些学生送信⋯⋯"

(내가 친구집에 돌아갔을 때) 내 친구는 이미 돌아왔었다. 친구는 내가 작은 귤램프를 들고 있는 것을 보고, 어디에 다녀왔냐고 물었다. 나는 "⋯⋯ 왕춘린 집에서 오는 길."이라고 말하자 그녀는 놀라며 말했다. "왕춘린, 그 목수, 네가 어떻게 그를 알아? 작년에 산 아래 의과대학에서, 몇 명의 학생들이 공산당으로 여겨져서 잡혀갔는데, 이후에 왕춘린도 실종되었어, 그가 그 학생들을 대신해서 자주 편지를 보냈다고 하는데⋯⋯"

当夜, 我就离开那山村, 再也没有听见那小姑娘和她母亲的消息。

但是从那时起, 每逢春节, 我就想起那盏小橘灯。十二年过去了, 那小姑娘的爸爸一定早回来了。她妈妈也一定好了吧? 因为我们"大家"都"好"了!

그날 밤, 나는 산촌을 떠났고, 다시는 그 소녀와 어머니의 소식을 듣지 못했다.

그런데 그때부터 설날마다 나는 그 작은 귤 램프가 생각났다. 12년이 지났으니, 그 소녀의 아버지는 틀림없이 일찍 돌아왔을 것이다. 그녀의 어머니도 분명 좋아지셨겠지? 우리 모두 좋아졌으니까!

1957年1月31日《中国少年报》
1957년 1월 31일 《중국소년보》

빙신(冰心)
《귤램프》(小橘灯)
생각나누기/ 핵심 키워드: 지난날의 추억을 다루는 법

● **본문 탐구하기1: 문단 키워드 잡기**

-소녀의 형상 = (   )

只有八九岁光景, 瘦瘦的苍白的脸, 冻得发紫的嘴唇, 头发很短, 穿一身很
破旧的衣裤, 光脚穿一双草鞋, 正在登上竹凳想去摘墙上的听话器, 看见我似
乎吃了一惊, 把手缩了回来

(겨우 여덜 아홉 살의 소녀가 보였다, 소녀는 여위고 창백한 얼굴에 시퍼렇게
얼어서 새파랗게 질린 입술을 하고 있었고, 머리카락이 매우 짧았으며 허름한
옷과 바지를 입고선 맨발로 짚신을 신고 대나무의자에 올라 벽의 수화기를 가져
다 데려고 했었는데, 나를 보고 놀란 듯 손을 움츠렸다.)

정답: 당시 피폐해져 버린 중국인들의 모습을 표현함

-풍경과 오두막 = (   )

我无聊地站了起来, 望着窗外浓雾里迷茫的山景, 看到那棵黄果树下面的小
屋, 忽然想去探望那个小姑娘和她生病的妈妈

(나는 무료한듯이 일어나 창밖의 짙은 안개 속의 망망한 산의 경치를 바라보
다가, 그 노란 과일나무 아래의 오두막을 보고는, 문득 그 소녀와 그녀의 병든 어

머니를 병문안하고 싶어졌다.)

정답: 당시 중국의 흑암사회를 의미한다. 불투명한 미래의 중국의 형상, 그러
나 희망이 있다. 과일은 수확과 결실의 의미를 표현함

-엄마의 형상 = (　　　　　　　)

她的妈妈闭着眼平躺着，大约是睡着了，被头上有斑斑的血痕，她的脸向里
侧着，只看见她脸上的乱发，和脑后的一个大髻

(벽에 기대어 있는 판자 위에 그녀의 어머니는 눈을 감고 반듯이 누워 계셨고,
마치 잠이 드신거 같았다, 이불 머리에는 얼룩딜룩한 핏자국이 있었고, 그녀의
얼굴은 안쪽으로 기울어져 있었으며, 그녀의 얼굴의 헝클어진 머리카락과 머리
뒤의 큰 상투만 보일 뿐이였다.)

정답: 힘없이 쓰러진 중국의 기성세대, 기성세대의 나약함과 사회가 병듦을
설명한다.

-아버지가 없는 이유= (　　　　　　)

她说：“现在没有什么人，我爸爸到外面去了……”她没有说下去，只慢慢
地从橘皮里掏出一瓣一瓣的橘瓣来，放在她妈妈的枕头边。

(소녀는 "지금 아무도 없는데… 우리 아버지가 밖으로 나가셔서…."라고 답하
며 말을 다하지 못하고 천천히 껍질에서 한 속 한 속 한 속 귤잎을 꺼내 소녀의
엄마 머리맡에 놓았다.)

정답: 중화민족의 해방을 위한 가족의 어쩔 수 없는 분리, 당시 중국의 암울한
형상을 설명한다.

-램프를 건네주는 의미=(   )

递给我说：“天黑了，路滑，这盏小橘灯照你上山吧！
(내게 건네주며 말하였다. "날이 어둡고, 길이 미끄러워요, 이 작은 오렌지 램
프로 비추면서 올라가요!"라고 말했다.)
정답: 미래세대가 주는 희망, 대견한 아이의 형상(중국청년)

-램프와 작가자신 =(   )

我提着这灵巧的小橘灯，慢慢地在黑暗潮湿的山路上走着。这朦胧的橘红的
光，实在照不了多远，但这小姑娘的镇定、勇敢、乐 观的精神鼓舞了我，我似乎
觉得眼前有无限光明！
(나는 이 영롱한 귤램프를 들고 어둡고 습한 산길을 천천히 걸었다. 이 몽롱한
주황빛은 실은 멀리 비추지 못하지만, 이 소녀의 침착하고 용감하며 낙관적인
정신은 나를 고무시켰고, 마치 나는 눈 앞에 무한한 빛이 있다고 느꼈다!
정답: 기성세대의 반성, 청년들에게 거는 기대

-친구의 머뭇거림: =(   )

她惊异地说：“王春林，那个木匠，你怎么认得他？去年山下医学院里，有
几个学生被当做共产党抓走了，以后王春林也失踪了，据说他常替那些学生送
信……”
("왕춘린, 그 목수, 네가 어떻게 그를 알아? 작년에 산 아래 의과대학에서, 몇
명의 학생들이 공산당으로 여겨져서 잡혀갔는 데, 이후에 왕춘린도 실종되었어,
그가 그 학생들을 대신해서 자주 편지를 보냈다고 하는데……")

정답: 기성세대의 우매함과, 용기 없는 중국인들의 형상

-1957年1月31日《中国少年报》= (   )

十二年过去了, 那小姑娘的爸爸一定早回来了。她妈妈也一定好了吧? 因为我们 "大家" 都 "好" 了!
(12년이 지났으니, 그 소녀의 아버지는 틀림없이 일찍 돌아왔을 것이다. 그녀의 어머니도 분명 좋아지셨겠지? 우리 모두 좋아졌으니까!)
정답: 조국 해방 후 안정된 일상

● **본문 탐구하기2: 작품에 대하여**

작가 : 빙신 冰心
작품 집필 시기 : 중화인민공화국 초기에 쓴 산문작품
제목의 또다른 부제 : 지난일의 추억 往事的回忆

// 괄호 넣으며 요약 하기 //

1. 이 작품은 과거 작가 빙신이 적었던 (   ) 사랑 = (   ) 자녀에
   대한 (   )와 다르다. 또한 그녀의 대표적인 글의 분위기인
   부드러움을 보여주고 (   )을 동반하는 것 과도 다르다.
2. (   ) 에 대한 (   )=) 누구를 통해서? (   ) 아버지가 체포되고,
   어머니 병상 / but, 불굴의 (   )을 표현한다.
3. 꿈꿔오던 (   ) 사회에 대한 행복감

4. 인물 (   ) 돌출, 세세한 (   ) 묘사한다.

5. 아버지는 반드시 (   )

정답

1. 어머니에 대한, 모정, 소재, 근심

2. 혁명, 동정심, 작품 속 소녀를 통해, 의지

3. 해방

4. 성격, 외형과 정황을

5. 돌아온다.

● 본문 탐구하기3: 현대적 분석 -현대사회와 청년세대 그리고 중국의 경우

1. 사토리 세대의 개념과 특성

사토리 세대(さとり世代)는 일본에서 사용되는 용어로, 주로 1980년대 후반에서 2000년대 초반에 태어난 젊은 세대를 지칭한다. 이들은 '사토리'라는 개념, 즉 삶의 의미나 목표를 추구하기보다는 현실적인 최소한의 생활을 추구하는 경향을 보인다. 사토리 세대는 큰 꿈이나 목표에 대한 열망보다는 현재의 안정과 평범한 삶을 중시하는 특징이 있다. 이러한 세대의 등장 배경에는 경제적 불안정과 사회적 변화가 큰 영향을 미쳤으며, 그들의 삶의 방식은 기존의 가치관과 목표지향적인 사고방식에서 벗어난 것으로 평가된다.

2. 한국 청년세대의 'N포 세대'와 사회적 압박

한국에서는 일본의 사토리 세대와 유사한 현상이 나타나고 있으며, 이를 'N포 세대'라는 신조어로 설명할 수 있다. 'N포 세대'는 특정한 수의 꿈이나 가치를 포기한 세대를 의미한다. 처음에는 '삼포 세대'라는 용어로 시작되어, 시간이 지나면서 '5포', '9포', 그리고 현재는 'N포 세대'로 발전하였다. 이들은 결혼, 연애, 출산, 직장 등의 주요한 사회적 목표를 포기해야 하는 현실에 직면한 세대다. 특히 2010년대 초반부터 본격적으로 등장한 N포 세대는 청년실업, 주거 불안정, 경쟁 심화 등 다양한 사회적 문제에 의해 형성된 세대적 특징을 지닌다.

3. 경제적 변화와 청년실업의 심화

한국 경제는 1970-80년대 급격한 성장을 이룩했지만, 1997년 IMF 경제위기를 기점으로 급격한 경제적 전환을 겪었다. IMF 경제위기 이후, 비정규직의 증가와 청년실업 문제는 더욱 심화되었고, 그 여파는 지금까지도 지속되고 있다. 이로 인해 많은 젊은이들이 안정적인 직업을 찾기 어려워졌고, 이전 세대가 경험했던 '성공의 사다리'는 점차 사라졌다. 특히, 대기업 위주의 취업 시장에서 청년들은 치열한 경쟁과 높은 사회적 요구에 직면하고 있다.

4. 사회적 요구의 증가와 청년들의 포기

한국의 청년들은 과거 기성세대와 비교하여 더 높은 교육 수준을 가지고 있지만, 현실에서는 그들의 역량을 충분히 발휘할 기회를 얻지 못하는 경우가 많다. 이는 기업과 사회가 청년들에게 요구하는 기준이 높아지면서 발생한 문제다. 이러한 사회적 압박 속에서 많은 청년들은 '결혼', '연애', '출산', '직장' 등 전통적인 가치나 목표를 포기하는 상황에 이르렀다. 이는 경제적 어려움뿐만 아니라 사회적 기대와 불합리한 경쟁이 심화된 결과로 볼 수 있다.

5. 사회적 소외와 분노의 감정

사회적 소셜 네트워크의 발전은 청년들에게 다른 사람들과의 비교를 더욱 강화시켰다. 특히, 인터넷과 SNS에서는 자신보다 더 나은 조건을 가진 사람들과 비교하게 되면서 청년들 사이에 불안과 분노, 질시의 감정이 확산되었다. 이는 '나보다 잘나고 똑똑한 사람들에 대한 증오'라는 형태로 나타나며, 사회적 불만이 고조되는 원인으로 작용하고 있다.

6. 기성세대의 책임과 사회적 비판

이와 관련하여, 작가 병신은 자신의 작품 굴램프에서 청년 세대의 상황을 비판하며, 기성세대가 경제적 발전을 위해 기여한 성과에도 불구하고, 그들의 나약함과 병듦으로 인해 사회적 변화를 이끌지 못했다고 언급했다. 이러한 문제는 한국 사회에서도 동일하게 적용될 수 있다. 현재 한국 사회의 기성세대, 특히 586세대(1950-60년대 태생)는 과거 경제발전과 민주화 시대 도래의 중심 역할을 했지만, 그들이 사회의 발전을 위해 얼마나 제대로 기능하고 있는지에 대한 의문이 제기되고 있다. 그들은 과거의 경험을 바탕으로 현재의 문제를 해결할 능력이 부족한 상황에 놓여 있다는 비판을 받고 있다.

7. 루쉰과 한국 사회의 문제

루쉰은 중국 사회의 모순과 부조리를 비판하는 작품을 통해 사회의 변화를 촉구했으나, 그의 작품은 한국에서 충분한 주목을 받지 못했다. 이는 한국 사회가 직면한 구조적 문제들을 해결하는 데 있어 충분한 비판적 성찰이 부족함을 시사한다. 한국 사회 역시 루쉰이 비판한 중국 사회와 유사한 문제를 겪고 있으며, 이 문제를 해결하기 위한 깊은 사고와 논의가 필요하다.

현재 한국의 청년들은 경제적 불안정, 과도한 사회적 요구, 그리고 기성세대의 무책임 등으로 인해 큰 어려움을 겪고 있다. 이러한 현실은 일본의 사토리 세대와 유사하지만, 한국은 더욱 복합적이고 심각한 사회적 문제에 직면해 있다. 따라서 청년 세대의 어려움을 해결하기 위해서는 경제적, 사회적 시스템의 근본적인 변화와 더불어 기성세대의 책임 있는 태도가 필요하다. 이를 통해 한국 사회는 청년들에게 더 나은 미래를 제공할 수 있을 것이다.

● **본문 탐구하기4: 중국의 경우 : 개혁개방이후, 사회시스템의 변화**
   -덩샤오핑의 개혁개방과 중국 청년세대의 사회적 모순

1. 덩샤오핑의 개혁개방과 시장경제로의 이행

마오쩌둥 시대의 대약진 운동과 문화대혁명은 중국 경제에 깊은 상처를 남겼다. 이를 극복하기 위해, 덩샤오핑은 '선부론[1](先富论)'을 제시하며 실

---

1) 덩샤오핑의 선부론은 중국 경제 개혁의 핵심 원칙으로, 일부 지역과 계층이 먼저 부유해지면 그 성공적인 모델을 다른 지역과 계층으로 확산시켜 전체 사회가 발전한다는 생각이다. 덩샤오핑은 시장 경제와 사회주의를 결

용주의인 경제 개혁을 추진하였다. 덩샤오핑의 선부론은 '먼저 부유해지는 것이 다른 분야의 발전을 촉진할 것'이라는 생각을 기반으로 하였다. 이 원칙에 따라, 농촌 지역을 중심으로 개혁이 시작되었으며, 특히 11기 3중전회[2](1978년)는 농촌에서의 경제 체제 개혁을 촉진하였다.

중국의 농촌 경제는 해방 후 여러 차례의 개혁을 겪었다. 토지개혁과 합작화 운동을 통해 변화가 있었지만, 이후 경제체제는 점차 농촌 경제의 현실에 부응하지 못했다. 주요 문제점으로는 인민공사[3](人民公司)의 정책이 지나치게 경직된 관리 방식을 낳았고, 농민들의 생산 의욕을 저하시켰다는 것이다. 또한, 농업의 집단화가 지나치게 강조되어, 개별 농가의 독립적인 경영이 제한되었고, 식량 증산을 일방적으로 목표로 삼는 정책은 지역 특성에 맞지 않는 경영을 초래했다. 이러한 경직된 경제 구조는 농촌 경제의 성장 가능성을 제한하였다.

2. 도시와 농촌 간 경제 격차의 심화

1978년 이후, 덩샤오핑의 개혁은 농촌 경제뿐만 아니라 도시 경제에도 큰 영향을 미쳤다. 외자 유치를 적극 장려하고, 광둥성의 선쩐, 푸젠성의

합하여 경제 성장을 우선시하고, 특별경제구 등을 통해 실험적으로 개혁을 추진했다. 이로 인해 중국은 빠른 경제 성장을 이뤘으나, 빈부 격차와 지역 불균형 문제도 발생했다.

2) 중국 제11기 3중전회는 1978년에 열린 중국 공산당의 중요한 회의로, 덩샤오핑이 경제 개혁과 개방 정책을 시작한 전환점이다. 이 회의에서는 시장 경제 도입과 외국인 투자 유치를 통한 개혁이 결정되었으며, 농업에서는 집단농장 체제를 폐지하고 가정집단 생산책제를 도입했다. 또한, 국유기업의 자율적 경영을 허용하고, 특별경제구를 통해 외자 유치를 추진했다. 이 회의는 중국의 경제 성장을 이끈 중요한 계기가 되었고, 중국은 이후 세계 경제에서 중요한 역할을 하게 되었다.

3) 인민공사는 1958년부터 1980년대 초까지 중국에서 시행된 집단 농업 시스템이다. 이는 농업 생산과 자원을 공동으로 관리하는 방식으로, 농민들은 공동체에서 노동을 제공하고 생산물을 나누는 형태였다. 마오쩌둥은 대약진운동의 일환으로 이를 도입했으나, 과도한 중앙집중화와 비효율적인 자원 배분으로 농업 생산성은 떨어졌고, 기아와 사회적 불만이 발생했다. 결국 1978년 덩샤오핑의 개혁 개방 정책에 따라 인민공사는 폐지되고, 대신 가정집단 책임제가 도입되었다.

아모이 등지에 경제특구를 설치하며, 상하이(上海), 톈진(天津), 광저우(广州), 따롄(大连) 등 연안 지역에 경제기술개발구를 설정하였다. 이러한 개혁은 화교 자본과 외국 자본을 적극적으로 도입하는 한편, 기업의 경영 자율성을 확대하는 등의 경제 체제 변화를 가져왔다.

그러나 이러한 개혁은 긍정적인 면만을 낳지 않았다. 개혁과 개방은 동시에 사회적 모순을 심화시켰다. 농촌과 도시 간, 연안 지역과 내륙 지역 간의 경제적 격차가 확대되었고, 도시 지역에서는 빠른 경제 발전에 비해 내륙 지역은 상대적으로 경제적 혜택을 받지 못했다. 또한, 과도한 경쟁과 산업화로 인한 불균형은 사회 내에서 큰 갈등을 야기했으며, 이에 따라 공산당에 대한 불만이 증가하는 결과를 초래했다. 경제 성장의 과실을 공평하게 나누지 못한 채, 급격한 물가 상승과 실업률 증가 등은 사회 불안을 증대시켰다.

3. 탕핑족의 등장: 청년 세대의 무기력과 사회적 모순

중국의 개혁개방 이후, 특히 1990년대 이후에는 고등교육을 받은 청년층이 급증하면서 경쟁이 심화되었고, 노동 시장에서의 기회가 제한되었다. 이러한 상황 속에서 '탕핑족'(躺平族)이 등장하였다. '탕핑족'은 '탕핑'(躺平)과 '족'(族)을 결합한 신조어로, 문자 그대로 바닥에 누워 아무것도 하지 않는 사람들을 일컫는다. 이들은 물질적 성공이나 사회적 지위 상승을 목표로 하지 않으며, 연애, 결혼, 승진 등 사회적 기대를 거부하고, 최소한의 생활을 유지하는 삶을 추구한다.

탕핑족의 등장은 여러 원인에 기인한다. 첫째, 취업난과 높은 물가로 인해 많은 청년들이 노동에 대한 대가가 보상받지 못한다고 느끼게 되었다. 둘째, 개혁 개방으로 인해 사회가 지나치게 경쟁 중심으로 변화하면서, 청년들이 사회적 기대와 압박에 따른 스트레스에서 벗어나고자 하는 욕구가 생겨났다. 이들은 경제적 보상 없이 끊임없이 경쟁을 강요당하는 사회 시스템에 대한 불만과 무기력감을 바탕으로 '탕핑주의'적인 삶을 선택하게 된 것이다.

4. 사회주의 체제 내에서의 경제적 모순

중국은 사회주의 국가로서, 이론적으로는 국가의 경제 시스템을 중심으로 사회적 평등을 지향하고 있다. 그러나 덩샤오핑의 개혁 이후 시장 경제 요소가 사회주의 체제 내에 포함되면서, 경제 체제는 급격히 변화하였다. 대규모 국유기업들이 민영화되었고, 일부 지역은 시장 경제 시스템을 채택하며 빠른 경제 성장을 이룩했다. 그러나 이러한 변화는 사회 전체에 균등한 혜택을 제공하지 못했다. 특히, 내륙 지역과 저소득층 노동자들은 여전히 노후 보장과 같은 사회적 안전망이 부족한 상태에서 상대적인 빈곤과 고용 불안을 겪고 있다.

또한, 급격한 경제 성장에 비해 사회 인프라는 부족한 상황에서, 과도한 인구와 고등교육을 받은 인력의 증가로 인해 경쟁이 치열해졌다. 이로 인해 청년층은 과도한 경쟁 속에서 탈락하거나 무기력해지며, 점차 사회적 갈등과 불만이 심화되었다.

5. 개혁개방의 역설과 해결책

덩샤오핑의 개혁개방은 중국 경제를 시장 경제 체제로 전환시키며 급격한 성장을 이루었으나, 그 과정에서 심각한 사회적 모순이 발생하였다. 도시와 농촌, 연안 지역과 내륙 지역 간의 경제적 격차가 확대되었고, 과도

한 경쟁으로 인해 청년층은 무기력감에 빠져들었다. 특히 탕핑족의 등장은 중국 사회가 직면한 심각한 구조적 문제를 단적으로 보여준다. 이 문제를 해결하기 위해서는 경제 성장의 과실을 공정하게 분배하고, 내륙 지역과 저소득층에 대한 지원을 강화하는 한편, 청년층의 고용과 사회적 안전망을 개선하는 정책이 필요하다.

중국은 개혁 개방 이후 급격한 경제 성장을 이루었지만, 그 성장의 이면에는 해결해야 할 수많은 사회적 문제들이 존재한다. 이를 해결하지 않으면, 경제 성장은 불평등과 불만을 심화시키고, 사회의 지속 가능한 발전을 위협할 수 있다.

▶ 질문

1. 루쉰의 작품이 한국에서 주목받지 못했던 이유

2. 똑똑하고 잘난 사람이 불편한 이유

3. 사회생활에서 사생활유지가 필수인 이유

스텐셩(史铁生)
《담장 아래서의 단상》(墙下短记)

[원문]

　　一些当时看去不太要紧的事却长久扎根在记忆里。他们一向都在那儿安睡，偶然醒一下，睁眼看看，见你忙着(升迁或者遁世)就又睡去。很多年里他们轻得仿佛不在。千百次机缘错过，终于一天又看见它们，看见时光把很多所谓人生大事消磨殆尽，而它们坚定不移固守在那儿，沉沉地有了无比的。比如一张旧日的照片，拍时并不经意，随手放在哪儿，多年中甚至不记得有它，可忽然一天整理旧物时碰见了，拂去尘埃，竟会感到那是你的由来也是你的投奔，而很多郑其事的留影，却已忘记是 在哪儿和为了什么。近些年我常记起一道墙，碎砖头垒的，风可以吹落砖缝间的细土。那墙很长，至少在一个少年看来是很长，很长之后 拐了弯，拐进一条更窄的小巷里去。小巷的拐角处有一盏街灯，紧挨着往前是一个院门，那里住过我少年时的一个同 窗好友。叫他L吧。L和我能不能永远是好友并不要，要的是我们一度形影不离，我生命的一段就由这友谊铺筑。细密的小巷中，上学和放学的路上我们一起走，冬天或夏天，风声或蝉鸣，太阳到星空，十岁或者九岁的 L 曾对我说，他将来要娶班上一个女生(M)做老 婆。L 转身问我："你呢? 想和谁?"我准备不及，想想，觉得 M 也确是漂亮。L 说他还要挣很多钱。"干吗?""废话，那时你还花你爸的钱呀?"少年间的情 谊，想来莫过于我们那时的无猜无防了。我曾把一件珍爱的东西送给L。是什么，已经记不清。可是有一天我们打了架，为什么打架也记不清了，但丝毫不忘的 是：打完架我去找 L 要回了那件东西。老实说，单凭我一个人是不敢去要的，或者也想不起去要。是几个当时也对 L 不大满意的伙伴指点我、怂恿我，拍着胸脯说他们甘愿随我一同前去讨还，就去了。走过那道很长很熟悉的墙，夕阳 正在上面灿烂地照耀，但在我的印象里，走到 L 家的院门时，巷角的街灯已经昏黄地亮了。不可能是那么长的墙，只可能是记忆作怪。站在那门前，我有点害怕，身旁的伙伴 便极尽动员和鼓励，提醒我：倘掉头撤退，其可卑甚至超过投降。我不能推罪 责任给别人：跟 L 打架后，我为什么要把送给 L 东西的事情告诉别人呢？指点和怂恿都因此发生。我走进院中去喊 L。L 出来，听我说明来意，愣着看我一会儿，然后回屋拿出那件东西交到我手里，不说什么，就又走回屋去。结束总是非常简单，咔嚓一下就都过去。我和几个同来的伙伴在巷角的街灯下分手，各自回家。他们看看我手上那件东西，好歹说一句"给他干吗"，声调和表情都失去来时的热度，失望甚或沮丧料想都不由于那件东西。我独自回家，贴近墙根走。墙很长，很长而且荒凉，记忆在这儿又出了差误，好像还是街灯未亮、迎面的行人眉目不清的时候。晚风轻柔得让人无可抱怨，但魂魄仿佛被它吹离，吹离身体，飘起在黄昏中再消失进那道墙里去。捡根树枝，边走边在墙上轻划，砖缝间的细土一股股地垂流……咔嚓一下所送走的，都扎根进记忆去酿制未来的问题。那很可能是我对于墙的第一种印象。随之，另一些墙也从睡中醒来。有一天傍晚"散步"，我摇着轮椅走进童年时常于其间玩耍的一片胡同。其实一 向都离它们不远，屡屡在其周围走过，匆忙得来不及进去看望。记得那儿曾有一面红砖短墙，我们一群八九岁的孩子总去搅扰墙里那户人家的安宁，攀上一棵小树，扒着墙沿央告人家把我们的足球扔出来。那面墙应该说 藏得很是隐蔽，在一条死巷里，但可惜那巷口的宽度很适合做我们的球门，巷口外的一片空地是我们的球场，球难免是要踢向球门的，倘临门一脚踢飞，十之八九便降落到那面墙里去。我们千般央告万般保证，揪心着阳光一会儿比一会儿暗淡，"球瘾"便又要熬磨一宿了。终于一天，那足球学着篮球的样子准确 投入墙内的面锅，待一群孩子又爬上小树去看时，雪白的面条热气腾腾全滚在 煤灰里。正是所谓"三年困难时期"，足球事小，我们乘暮色抱头鼠窜。几天后，我们由家长带领，以封闭"球场"为代 价换回了那只足球。那条小巷依旧，或者是更旧了。变化不多。惟独那片"球场"早被压在一家饭馆下面。红砖短墙里的人家料比是安全得多了。我摇着轮椅走街串巷，忽然又一面青灰色的墙叫我砰然心动，我知道，再往前去就是我的幼儿园了。青灰色的墙很高，里面有更高的树。树顶上曾有鸟窝，现在没了。到幼儿园去必要经过这墙下，一俟见了这面墙，退步回家的希望即告断灭。这样的"条件反射"确立于一个盛夏的午后，所以记得清楚，是因为那时的蝉鸣 最为浩大。那个下午母亲要出差到很远 的地方去。我最高的希望是她可能改变主意，最低的希望是我可以不去幼儿园，留在家里跟着奶奶。但两份提案均遭否决，据哭力争亦不奏效。如今想来，母亲是要在远行之前给我立下严明的纪律。哭声不停，母亲无奈说带我出去走走。"不去幼儿园！"出门时我再次申明立场。母亲领我在街上走，沿途买些好吃的东西给我，形式虽然可疑，但看看走了这么久又不像是去幼儿园的路，牵紧着母亲长裙的手便放开，心里也略略地松坦。可是！好吃的东西刚在嘴里有了味道，迎头又来了那面青灰色高墙，才知道条条小路原来相通。虽立刻大哭，料已无济于事。但一迈进幼儿园的门槛，哭喊即自行停止，心里明白没了依靠，惟规规矩矩做个好孩子是得救的方略。幼儿园墙内，是必度的一种"灾难"，抑或只因为这一个孩子天生地怯懦和多愁。三年前我搬了家，隔窗相望就是一所幼儿园，常在清晨的懒睡中就听见孩子进 园前的嘶嚎。我特意去那园门前看过，抗拒进园的孩子其壮烈都像宁死不屈，但一落入园墙便立刻吞下哭声，恐惧变成冤屈，泪眼望天，抱紧着对晚霞的期待。不见得有谁比我更同情他们，但早早地对墙有一点感受，不是坏事。我最记得母亲消失在那面青灰色高墙里的情景。她当然是绕过那面墙走上了远 途的，但在我的印象里，她是走进那面 墙里去了。没有门，但是母亲走进去了，在那里面，高高的树上蝉鸣浩大，高高的树下母亲的身影很小，在我的恐惧 里那儿即是远方。我现在有很多时间坐在窗前，看远近峭壁林立一般的高楼和矮墙。有人的地方 一定有墙。我们都在墙里。没有多少事可以放心到光天化日下去做。规规整整的高楼叫人想起图书馆的目录柜，只有上帝可以去拉开每一个小抽屉，查阅亿万种心灵祕史，看见破墙而出的梦想都在墙的封护中徘徊。还有死神按期来到，伸手进去，抓阄儿似的摸走几个。我们有时千里迢迢——汽车呀、火车呀、飞机可别一头栽下来呀——只像是为了去找一处不见墙的地方：荒原、大海、林莽甚至沙漠。但未必就能逃脱。墙永久地在你心里，构筑恐惧，也牵动思念。比如你千里迢迢地去时，鲁宾逊正千里迢迢地回来。一只"飞去来器"，从 墙出发，又回到墙。哲学家先说是劳动创造了人，现在又说是语言创造了人。墙是否创造了人呢？语言和墙有着根本的相似：开不尽的门 前是撞不尽的墙壁。结构呀、解构呀、后什么什么主义呀……啦啦啦，啦啦啦 ……游戏的热情永不可少，但我们仍在四壁的围阻中。把所有的墙都拆掉的愿望自古就有。不行么？我坐在窗前用很多时间去幻想一种魔法，比如"啦啦啦，啦啦啦……"很灵验地念上一段咒语，唰啦一下墙都不见。怎样呢？料必大家一齐慌作一团(就像热油淋在蚁穴)，上哪儿的不知道要上哪儿了，干吗的忘记要干吗了，漫山遍地捕食去和睡觉去么？毕竟又趣味不足。然后大家埋头细想，还是要砌墙。砌墙盖房，不单为避 风雨，因为大家都有些祕密，其次当然 还有一些钱财。祕密，不信你去慢慢推想，它是趣味的爹娘。其实祕密就已经是墙了。肚皮和眼皮都是墙，假笑和伪哭都是墙，只因这样的墙嫌软嫌累，才要弄些坚实耐久的来。假设这心灵之墙可以轻易拆除，但山和水都是墙，天和地都是墙，时间和空间都是墙，命运是无穷的限制，上帝的祕密是不尽的墙，上帝所有的很可能就是造墙的智慧。真若把所有的墙都拆除，虽然很像似由来已久的理想接近了实现，但是等着瞧吧，满地球都怕要因为失去趣味而想起昏睡的鼾声，梦话亦不知从何说起。趣味是要紧而又要紧的。祕密要好好保存。探祕的欲望终于要探到意义的墙下。活得要有意义，这老生常谈倒是任什么主义也不能推翻。加上个"后"字也是白搭。比如爱情，她能被物欲拐走一时，但不信她能因此绝灭。"什么都没啥了不起"的日子是要到头的，"什么都不必介意"的舞步可能"潇洒"地跳去撞墙。撞墙不死，第二步就是抬头，那时见墙上有字，写着：哥们儿你要上哪儿呢，这到底是要干吗？于是躲也躲不开，意义找上了门，债主的风度。意义的原因很可能是意义本身。干吗要有意义？干吗要有生命？干吗要有存在？干吗要有有？的原因是引力，引力的原因呢？又是。学物理的告诉我们：千万别把运动和能以及时空分割开来理解。我随即得了启发：也千万 别把人和意义分割开来理解。不是人有欲望，而是人即欲望。这欲望就是能，是能就是运动，是运动就必走去前 面或者未来。前面和未来都是什么和都是为什么？这必来的疑问使意义诞生，上帝便在第七天把人造成。上帝比靡菲斯特更有力，任何魔法和咒语都不能把第七天的成就删除。在第七天以后的所有时光里，你逃得开某种意义，但逃不开意义，如同你逃得开一次旅行但你 逃不开生命之旅。你不是这种意义，就是那种意义。什么意义都不是，就掉进昆德拉所说的"生命不能承受之轻"。你是一个什么呢？生命算是个什么玩意儿呢？轻得称不出一点 你可就要消失。我向 L 讨回那件东西，归途中的惶茫因年幼而无以名状，如今想来，分明就是为了一个"轻"字：珍宝转眼被处理成垃圾，一段生命轻得飘散了，没有了，以为是什么原来什么 也不是，轻易、简单、灰飞烟灭。一段 生命之轻，威胁了生命全面之，惶茫往灵魂里渗透：是不是生命的所有段落 都会落此下场呵？人的根本恐惧就在这 个"轻"字上，比如歧视和漠视，比如嘲笑，比如穷人手里作废的股票，比如失恋和死亡。轻，最是可怕。要求意义就是要求生命的。各种。各种在撞墙之时被真正测。但很多生命的在死神的秤盘上还是轻，秤砣平衡在荒诞的准星上。因而得有一种，你愿意为之生也愿意为之死，愿意为之累，愿意在它的引力下耗尽性命。不是强言不悔，是清醒地从命。神圣是上帝对心魂的测，是心魂被确认的。死亡降临时有一个仪式，灰和土都好，看往日轻轻地蒸发，但能听见，有什么东西沉沉地还在。不期还在现实中，只望还在美丽的位置上。我与 L 的情谊，可否还在美丽的位置上沉沉地有着？不要熄灭破墙而出的欲望，否则鼾声又起。但要接受墙。为了逃开墙，我曾走到一面墙下。我家附近有一座荒废的古园，围墙残败但仍坚固，失魂落魄的那些岁月里我摇着轮椅走到它跟前。四处无人，寂静悠久，寂静的我和寂静的墙之间，膨胀和盛开着冤屈。我用拳头打墙，用石头砍它，对着它落泪、嗫嚅咒骂，但是它轻轻掉落一点儿灰尘再无所动。天不变道亦不变。老柏树千年一日伸展着枝叶，云在天上走，鸟在云里飞，风踏草丛，草一代一代落子生根。我转而祈求墙，双手合十，创造一种祷词或谶语，出声地诵念，求它给我死，要么还给我能走路的腿……但睁开眼，伟大的墙还是伟大地矗立，墙下呆坐一个不被神明过问的人。空旷的夕阳走来园中，若是昏昏睡去，梦里常掉进一眼枯井，井壁又高又滑，喊声在井里嗡嗡碰撞而已，没人能听见，井口上的风中也仍是寂静的冤屈。喊醒了，看看还是活着，喊声并没惊动谁，并不能惊动什么，墙上有青润的和干枯的苔藓，有蜘蛛细巧的网，死在半路的蜗牛的身后拖一行鳞片似的脚印，有无名少年在那儿一遍 遍记下的 3.1415926…… 在这墙下，某个冬夜，我见过一个老人。记忆和印象之间总要闹出一些麻烦：记忆对我说未必是在这墙下，但印象总是把记忆中的那个老人搬来这墙下，说就是在这儿。……雪后，月光朦胧，车轮吱吱唧唧轧着雪路，是园中唯一的声响。这么走着，听见一缕悠沉的箫声远远传来，在老柏树摇落的雪雾中似有似无，尚不能识别那曲调时已觉其悠沉之音恰好碰住我的心绪。侧耳屏息，听出是《苏武牧羊》。曲终，心里正有些凄怆，忽觉墙影里一动，才发现一个老人盘腿端坐于墙下的石凳，黑衣白发，有些玄虚。雪地和月光，安静得也似非凡。竹箫又响，还是那首流放绝地、哀而不死的咏颂。原来箫声并不传自远处，就在那老人唇边。也许是力气不济，也许是这古曲一路至今光阴坎坷，箫声若断若续并不高亢，老人颤颤地吐纳之声亦可悉闻。一曲又尽，老人把箫管轻横腿上，双手摊放膝头，看不见他是否闭目。我惊诧而至感激，一遍遍听那箫声断处的空寂，以为是天谕或神来引领。那夜的箫声和老人，多年在我心上，但猜不透其引领指向何处。仅仅让我活下去似不必这样神祕。直到有一天我又跟那墙说话，才听出那夜箫声是唱着"接受"，接受限制。接受残缺。接受苦难。接受墙的存在。哭和喊都是要逃离它，怒和骂都是要逃离它，恭维和跪拜还是想逃离它。失魂落魄的年月里我常去跟那墙谈话，是，说出声，以为这样才更虔诚或者郑，出声地请求，也出声地责问，害怕惹怒它就又出声地道歉以及悔罪，所谓软硬兼施。但毫无作用，谈判必至破裂，我的一切条件它都不答应。墙，要你接受它，就这么一个意思反复申明，不卑不亢，直到你听。直到你不是更多地问它，而是它更多地问你，那谈话才称得上谈话。我一直在写作，但一直觉得并不能写成什么，不管是作品还是作家还是主义。用笔和用电脑，都是对墙的谈话，是如吃喝拉撒睡一样必做的事。搬家搬得终 于离那座古园远了，不能随便就去，此前就料到会怎样想念它，不想最为思恋的竟是那四面矗立的围墙；年久无人过问，记得那墙头的残瓦间长大过几棵小树。但不管何时何地，一闭眼，即刻就到那墙下。寂静的墙和寂静的我之间，花膨胀着花蕾，不尽的路途在不尽的墙间延展，有很多事要慢慢对它谈，随手记下谓之写作

1. 照耀 zhàoyào (동) 밝게 비추다. 눈부시게 비치다.
2. 投降 tóuxiáng (명,동) 투항(하다).
3. 魂魄 húnpò (명) 혼백. 영혼.
4. 匆忙 cōngmáng (형) 총망하다. 매우 바쁘다.
5. 砰然 pēngrán (형) 탁 하다. 쾅 하다.
6. 冤屈 yuānqū (명) 원통. 원한.
7. 徘徊 páihuái (동) 배회하다. 왔다 갔다 하다.
8. 围阻 wéizǔ (동) 에워싸고 막다. 포위하여 저지하다.
9. 砌墙 qìqiáng (동) (돌이나 벽돌로) 담을 쌓다.
10. 咒语 zhòuyǔ (명) 악담. 저주하는 말.
11. 债主 zhàizhǔ (명) 채권자
12. 飘散 piāosàn (동) 날아 흩어지다.
13. 冤屈 yuānqū (명) 원통
14. 谶语 chènyǔ (명) 참언
15. 玄虚 xuán xū (명) 교활한 술수
16. 不卑不亢 bù bēi bù kàng (성어) 비굴하지도 않고 거만하지도 않다, 언행이 자연스럽고 의젓하다.
17. 膨胀 péngzhàng (동) 팽창하다.
18. 延展 yánzhǎn (동) 펴다. 늘이다. 확장하다.

스톈성(史铁生)
《담장 아래서의 단상》(墙下短记)

[해석]

一些当时看去不太要紧的事却长久扎根在记忆里。他们一向都在那儿安睡，偶然醒一下，睁眼看看，见你忙着(升迁或者遁世)就又睡去。很多年里他们轻得仿佛不在。千百次机缘错过，终于一天又看见它们，看见时光把很多所谓人生大事消磨殆尽，而它们坚定不移固守在那儿，沉沉地有了无比的。比如一张旧日的照片，拍时并不经意，随手放在哪儿，多年中甚至不记得有它，可忽然一天整理旧物时碰见了，拂去尘埃，竟会感到那是你的由来也是你的投奔，而很多郑其事的留影，却已忘记是在哪儿和为了什么。

당시에는 별로 중요하지 않던 일이 아주 오랫동안 기억 속에 뿌리를 내린 경우가 종종 있다. 그것들은 어딘가에서 조용히 잠자고 있다가 불현듯 깨어나, 눈을 뜨고 바라보다 당신이 승진하거나 속세를 피해 은거하거나 아무튼 바쁜 모습을 보면 또 다시 잠을 자러 간다. 오랫동안 그것은 너무 가볍고 사소해서 전혀 존재감을 느끼지 못한다.

하지만 수백 번의 기회와 인연을 놓치고, 마침내 어느 날 그것과 마주하게 된다.

세월이 인생의 모든 것을 다 소진 시켜버렸는데도, 여전히 꼼짝 않고 그곳에서 더할 수 없는 무게감으로 남아 있는 것이다. 예를 들어 오래된 사진 한 장 찍을 때도 별로 신경 쓰지 않았고, 찍고 나서도 아무렇게나 던져두었기에 사진을 찍은 사실조차 잊었다. 그러다 어느 날, 옛날 물건들을 정리하다 우연히 낡은 그 사진을 보면 그것이 나의 유래이고 내가 돌아가 안길 품처럼 느껴진다. 반면 엄숙하고 진지하게 남긴 수많은 사진은, 오히려 어디서 찍었고. 왜 찍었는지도 잊고 만다.

近些年我常记起一道墙, 碎砖头垒的, 风可以吹落砖缝间的细土。那墙很长, 至少在一个少年看来是很长, 很长之后拐了弯, 拐进一条更窄的小巷里去。小巷的拐角处有一盏街灯, 紧挨着往前是一个院门, 那里住过我少年时的一个同窗好友。

요즘 들어 나는 자주 그 담장을 떠올린다. 여기저기 깨지고 부서져서 바람이라도 불면 벽돌 틈 사이의 흙이 날리던 낡은 담장이었다. 담장은 정말 길었다. 적어도 나 같은 어린 아이 눈에는 그렇게 보였다. 담은 아주 길게 뻗다가 끝에서 구부러져 좁디좁은 골목으로 들어가버린다. 골목이 꺾이는 곳에는 가로등이 서 있고 바로 앞으로는 대문이 하나 있었다. 그곳에 내 어린 시절의 친구가 살았다.

叫他 L 吧。L 和我能不能永远是好友并不要, 要的是我们一度形影不离, 我生命的一段就由这友谊铺筑。细密的小巷中, 上学和放学的路上我们一起走, 冬天或夏天, 风声或蝉鸣, 太阳到星空, 十岁或者九岁的 L 曾对我说, 他将来要娶班上一个女生(M)做老婆。L 转身问我：“你呢? 想和谁?”我准备不及, 想想, 觉得 M 也确是漂亮。L 说他还要挣很多钱。“干吗?”“废话, 那时你还花你爸的钱呀?”少年间的情谊, 想来莫过于我们那时的无猜无防了。我曾把一件珍爱的东西送给 L。是什么, 已经记不清。可是有一天我们打了架, 为什么打架也记不清了, 但丝毫不忘的是：打完架我去找 L 要回了那件东西。

그 친구 이름을 L이라고 하자. L과 내가 영원한 친구인지, 우리가 싸우고 나서 다시 사이가 좋아 졌는지는 중요하지 않다. 중요한 것은 한때 한 몸처럼 붙어 다녔고 이리저리 떠도는 삶의 일부를 둘의 우정으로 채우고 만들었다는 점 이다. 구불구불 이어진 골목을 걸으며 우리는 등하교를 함께했고, 겨울과 여름을 함께 보냈고, 바람소리와 매미 울음소리를 함께 들었고, 태양과 별을 함께 보았다.아홉 살인가 열 살 때, L은 나중에 같은 반 여자아이와 결혼하겠다고 말했다. 그리고 내게도 물었다.

"너는? 누구랑 결혼하고 싶어?"

미처 준비하지 못했던 나는 잠시 생각해봤는데 아무래도 M이 제일 예쁜 것 같았다. L은 나중에 돈도 많이 벌었다고 했다.

"웃기네, 넌 그때도 네 아빠 돈을 쓰고 있을 걸!" 어린 시절의 우정은 생각해보면 무조건 믿고 아무 방어도 하지 않는다.

L에게 정말 소중히 여기는 물건을 준 적이 있다. 그것이 책인지 장난감이었는지 정확히 기억나지는 않는다. 그런데 어느 날 우리는 싸웠다. 왜 싸웠는지도 기억나지 않는데, 싸우고 나서 내가 L을 찾아가 그 물건을 돌려 달라고 했던 건 생생히 기억한다.

老实说，单凭我一个人是不敢去要的，或者也想不起去要。是几个当时也对 L 不大满意的伙伴指点我、怂恿我，拍着胸脯说他们甘愿随我一同前去讨还，就去了。走过那道很长很熟悉的墙，夕阳 正在上面灿烂地照耀，但在我的印象里，走到L家的院门时，巷角的街灯已经昏黄地亮了。不可能是那么长的墙，只可能是记忆作怪。站在那门前，我有点害怕，身旁的伙伴便极尽动员和鼓励，提醒我：倘掉头撤退，其可卑甚至超过投降。我不能推罪责任给别人：跟 L 打架后，我为什么要把送给 L 东西的事情告诉别人呢？指点和怂恿都因此发生。

솔직히 말하자면 나 혼자라면 가지 못했을 것이다. 아니 달라는 생각조차 못했을 것이다. 그때 L을 별로 좋아하지 않던 다른 애들이 나를 부추겼고, 내 어깨

를 치며 같이 가주겠다고 격려까지 한 탓이다. 더 머뭇거렸다간 멍청이나 바보
라고 놀림을 당할 것 같았다. 그래서 갔다. 그 익숙하고 긴 담장을 따라 걷는데,
지는 해 때문에 담장 위가 찬란하게 빛났다. 그런데 기억 속에서 L에 집에 도착
했을 때 가로등은 이미 노란 불을 밝히고 있었다. 아마 기억이 장난을 치는 것이
리라. 문 앞에 서 있는데 조금 두려웠다. 지금껏 부추긴 친구들은 적극적으로 설
득하고 격려하면서 나를 채근했다. 책임을 회피하거나 전가할 수도 없었다. 다
내 잘못이었다. 왜 싸우고 나서 L에게 물건을 준 것을 다른 사람에게 말 했을까?
그들의 지적과 부추김은 그로 인해 일어난 것이다.

我走进院中去喊 L。L 出来，听我说明来意，愣着看我一会儿，然后回屋拿
出那件东西交到我手里，不说什么，就又走回屋去。结束总是非常简单，咔
嚓一下就都过去。我和几个 同来的伙伴在巷角的街灯下分手，各自回家。他
们看看我手上那件东西，好歹说一句"给他干吗"，声调和表情都失去 来时的
热度，失望甚或沮丧料想都不由于那件东西。我独自回家，贴近墙根走。墙很
长，很长而且荒凉，记忆在这儿又出了差误，好像还是街灯未亮、迎面的行人
眉目不清的时候。晚风轻柔得让人无可抱怨，但魂魄仿佛被它吹离，吹离身
体，飘起 在黄昏中再消失进那道墙里去。

　　마당으로 들어가 L을 부르자 L이 나왔다. 그는 내가 온 이유를 듣고 잠시 멍하
니 나를 쳐다보더니 대문 밖에서 기다리라고 했다. 그러고는 엄마 몰래 집으로
들어가더니 문제의 물건을 가지고 나와 건네 주고는 아무 말 없이 다시 집으로
들어갔다. 결론은 언제나 너무 간단하다. 눈 깜짝할 사이에 다 끝났다. 함께 온
친구들은 가로등 아래에서 헤어져 각자의 집으로 돌아갔다. 그들은 내 손에 들
린 물건을 보더니 어쨌든 한마디씩 했다.

　　"이걸 왜 줬어?"

　　목소리와 표정 모두에서 올 때의 열정은 사라졌다. 그 물건이 가져 올 실망과

슬픔은 예상하지 못했다. 혼자 담장 가까이에 붙어서 돌아왔다. 담장은 정말 길었고 또 황량 했다. 기억은 여기서 또 착각을 일으킨다. 그때의 가로등은 아직 안 켜졌고, 마주 오는 사람의 얼굴이 잘 보이지 않았던 것으로 기억한다. 부드럽게 불어오는 저녁 바람은 원망하는 마음을 잊게 했지만, 내 영혼도 황혼 속으로 날려가 그 담장 안으로 사라져버린 것 같았다.

捡根树枝, 边走边在墙上轻划, 砖缝间的细土一股股地垂流…… 咔嚓一下所送走的, 都扎根进记忆去酿制未来的问题。那很可能是我对于墙的第一种印象。随之, 另一些墙也从睡中醒来。

나무 가지를 주워 들고, 걷는 동안 벽 위에 가볍게 긁으며, 벽 틈 사이로 흘러내리는 미세한 흙들을 한 줄 한 줄 따라 흐르듯… '딱' 하는 소리가 나고, 그 소리와 함께 내가 떠난 길은 모두 기억 속에 뿌리내려 미래의 문제를 만드는 과정으로 이어졌다. 아마도 그때가 내가 벽을 처음으로 인식한 순간일 것이다. 그 뒤로, 다른 벽들도 잠에서 깨어났다.

有一天傍晚 "散步", 我摇着轮椅走进童年时常于其间玩耍的一片胡同。其实一 向都离它们不远, 屡屡在其周围走过, 匆忙得来不及进去看望。记得那儿曾有一面红砖短墙, 我们一群八九岁的孩子总去搅扰墙里那户人家的安宁, 攀上一棵小树, 扒着墙沿央告人家把我们的足球扔出来

몇 년 전, 저녁 무렵 산책을 나섰다. 휠체어를 밀며 어린 시절에 놀았던 후통, 베이징 전통가옥인 사합원이 바둑판처럼 복잡하게 이어진 골목길에 가보았다. 사실 지금 우리 집과 멀지 않아서 여러번 지나쳤지만 바빠서 들어가보지는 않았다. 어린 시절 그 후통 제일 안쪽에는 붉은 벽돌로 쌓아 올린 짧은 담장이 있었는데, 담장 위로는 날카로운 유리조각들이 잔뜩 꽂혀 있었다. 여덟, 아홉 살 먹은 우리는 늘 담장 안 사람들의 평안을 방해했다. 나무 위에 올라가 담벼락에 매달려선 축구공이 집 안으로 들어갔으니 던져 달라고 애원했다.

　那面墙应该说藏得很是隐蔽, 在一条死巷里, 但可惜那巷口的宽度很适合做我们的球门, 巷口外的一片空地是我们的球场, 球难免是要踢向球门的, 倘临门一脚踢飞, 十之八九便降落到那面墙里去。我们千般央告万般保证, 揪心着阳光一会儿比一会儿暗淡, "球瘾" 便又要熬磨一宿了。终于一天, 那足球学着篮球的样子准确 投入墙内的面锅, 待一群孩子又爬上小 树去看时, 雪白的面条热气腾腾全滚在 煤灰里。正是所谓 "三年困难时期", 足球事小, 我们乘暮色抱头鼠窜。

　담은 골목 안 깊숙이 숨어 있었지만 골목 입구의 폭이 축구 골문으로 딱 적당했던 탓에, 바깥쪽 공터에서 축구하다 골문을 향해 공을 차다 보면 매번 담을 넘어 그 집 안으로 떨어졌다. 사람 좋았던 그 집 사람들은 우리가 부탁하면 아무리 길어도 10분 내에는 공을 다시 던져주었다. 그런데 어느 날, 축구공이 스스로 농구라도 배웠는지 슈웅 날아가 그 집 마당에 걸어둔 솥에 정확히 떨어졌다. 얼른 나무 위에 올라가 안을 살펴보니 눈처럼 하얀 국수 가락이 땅에 여기저기 떨어져 모락모락 김이 나고 있었다. 당시에는 계속된 어려운 시기였다. 축구는 작은 일이었다. 우리는 어두운 틈을 타고 허겁저겁 줄행랑을 쳤다.

　几天后, 我们由家长带领, 以封闭 "球场" 为代 价换回了那只足球。那条小巷依旧, 或者是更旧了。变化不多。惟独那片 "球场" 早被压在一家饭馆下面。红砖短墙里的人家料比是安全得多了。我摇着轮椅走街串巷, 忽然又一面青灰色的墙叫我砰然心动, 我知道, 再往前去就是我的幼儿园了。

　며칠 후. 우리는 각자 보호자의 인솔하에 그 집을 찾아가 문제의 축구장을 봉쇄하는 것을 대가로 축구공을 찾아올 수 있었다. 줄줄이 이어진 좁은 골목은 여전하거나 더 나이가 들었다. 국경절 기간이라 집집마다 오성기가 걸려 있었다.

변화는 거의 없어 보였다. 축구장은 이미 오래전에 식당과 공용화장실 밑에 깔려버렸고, 골문 역할을 하던 그곳은 식당의 뒷담과 마주보게 돼 그 집 사람들은 예전 보다 훨씬 평온하게 보내고 있을 것 같았다. 나는 휠체어로 골목골목을 다니며 한가로이 국경절의 밤을 보냈다. 그러다 갑자기 마주한 청회색 담장에 마음이 요동치기 시작했다. 조금만 더 가면 유치원이다!

青灰色的墙很高, 里面有更高的树。树顶上曾有鸟窝, 现在没了。到幼儿园去必要经过这墙下, 一俟见了这面墙, 退步回家的希望即告断灭。这样的 "条件反射" 确立于一个盛夏的午后, 所以记得清楚, 是因为那时的蝉鸣 最为浩大。青灰色的墙很高, 里面有更高的树。那个下午母亲要出差到很远 的地方去。我最高的希望是她可能改变主意, 最低的希望是我可以不去幼儿园, 留在家里跟着奶奶。但两份提案均遭 否决, 据哭力争亦不奏效。

청회색 담장은 아주 높았고 그 안에는 더 높은 나무가 있다. 그 나무 위에 새집이 있었는데 지금은 보이지 않았다. 유치원에 가려면 이곳을 반드시 지나야 했으므로 이 높은 담이 보이면 집으로 돌아갈 수 있다는 희망은 산산이 부서졌다. 그 청회색 담은 일종의 엄혹한 신호처럼 어린 시절의 공포를 불러일으켰다. 이런 '조건 반사'는 어느 한 여름날 오후 내 마음에 단단히 새겨졌다. 그것을 분명히 기억하는 이유는 매미소리가 사방을 찌르는 계절이었기 때문이다. 그날 오후 어머니는 먼 곳으로 출장을 가야 했다. 내 가장 간절한 희망은 어머니가 출장을 안 가시는 것이고, 그 다음 희망은 유치원에 가지 않고 집에서 할머니랑 있는 것이었는데, 그 두 가지 모두 이루어지지 않았다. 난 울음으로 쟁취하려 했으나 실패했다.

如今想来, 母亲是要在远行之前给我立下严明的纪律。哭声不停, 母亲无奈说带我出去走走。"不去幼儿园!" 出门时我再次申明立场。母亲领我在街上走, 沿途买些好 吃的东西给我, 形式虽然可疑, 但看看走了这么久又不像是去幼儿园的路, 牵紧着母亲长裙的手便放开, 心里也略略 地松坦。可是! 好吃的东西刚在嘴里有了味道, 迎头又来了那面青灰色高墙, 才知道条条小路原来相通。虽立刻大哭, 料已无济于事。但一迈进幼儿园的门槛, 哭喊即自行停止, 心里明白没了依 靠, 惟规规矩矩做个好孩子是得救的方略。幼儿园墙内, 是必度的一种"灾难", 抑或只因为这一个孩子天生地怯懦和 多愁。

지금 생각해보면, 어머니는 멀리 가기 전에 항상 엄격하셨다. 울음을 그치지 않자, 나를 데리고 밖으로 나오셨다. 문을 나서면서도 나는 유치원에 가지 않겠다고 다시 한 번 고집을 피웠다. 어머니는 거리로 나가 맛있는 것을 사주시며, 상황은 여전히 의심스러웠지만 이미 멀리까지 왔고 유치원으로 가는 길도 아니어서, 어머니의 치맛자락을 잡고 있던 내 마음도 한결 가벼워졌다. 그런데! 입에 넣은 과자의 달콤한 맛이 느껴지기 시작한 찰나, 바로 눈앞에 그 청회색 담장이 모습을 드러냈다. 다른 길로 돌아온 것이다!

나는 대성통곡을 했지만 이미 돌이킬 수 없음을 알고 있었다. 그래도 유치원 문을 들어서면서 울음은 자연스럽게 그쳤다. 이곳에는 기댈 데가 없으니, 말 잘 듣는 아이가 되는 것이 가장 효과적인 방책임을 알고 있었다. 유치원에서는 반드시 겪어내야 할 어떤 '재난'이 있었다. 아니, 어쩌면 내가 천성적으로 겁 많고 걱정이 많은 아이였기 때문일지도 모른다.

三年前我搬了家, 隔窗相望就是一所幼儿园, 常在清晨的懒睡中就听见孩子进 园前的嘶嚎。我特意去那园门前看过, 抗拒进园的孩子其壮烈都像宁死不屈, 但一落入园墙便立刻吞下哭声, 恐惧变成冤屈, 泪眼望天, 抱紧着对晚霞的期 待。不见得有谁比我更同情他们, 但早早地对墙有一点感受, 不是坏事。我最记得母亲消失在那面青灰色高墙里的情景。她当然是绕过那面墙走上了远 途的, 但在我的印象里, 她是走进那面 墙里去了。没有门, 但是母亲走进去了, 在那里面, 高高的树上蝉鸣浩大, 高 高的树下母亲的身影很小, 在我的恐惧 里那儿即是远方。

3년 전에 이사 온 집은 창문 밖으로 유치원이 보였다. 아침마다 잠결에 유치원 문 앞에서 울부짖는 아이들의 소리가 들렸다. 나는 일부러 그 유치원 문 앞에 가보았다. 유치원에 들어가기 싫다고 버티는 아이들의 저항은 죽음을 불사할 듯 장렬했지만, 일단 문 안으로 들어가면 아이들은 바로 울음을 멈췄다. 공포는 억울함으로 바뀌고, 눈물을 삼키며 하늘을 보며 저녁이 올 것이라는 희망을 품는다. 나보다 그 아이들의 마음을 이해하는 이는 없을 것이다. 그렇다고 해서 일찍부터 담장에 어떤 감정이 생기는 것이 결코 나쁘다고 할 수는 없다.

내가 결코 잊지 못하는 기억은 어머니가 그 청회색 담장 앞에서 사라지던 모습이다. 물론 어머니는 그 담을 돌아가신 것이지만, 내 기억 속에서는 어머니가 그 담장 안으로 들어간 것으로 남아 있다. 문도 없는 곳에서 어머니는 걸어 들어갔다. 그 높고 높은 나무에서는 매미가 크게 울었고, 그 높고 높은 나무 아래 어머니의 그림자는 아주 작았다. 공포로 떨던 내게 그곳은 바로 아주 먼 곳이었다.

我现在有很多时间坐在窗前, 看远近峭 壁林立一般的高楼和矮墙。有人的地方 一定有墙。我们都在墙里。没有多少事 可以放心到光天化日下去做。规规整整的高楼叫人想起图书馆的目录柜, 只有上帝可以去拉开每一个小抽屉, 查阅亿万种心灵祕史, 看见破墙而出的梦想都在墙的封护中徘徊。还有死神 按期来到, 伸手进去, 抓阄儿似的摸走 几个。我们有时千里迢迢——汽车呀、火车呀、飞机可别一头栽下来呀——只像是为 了去找一处不见墙的地方：荒原、大海、林莽甚至沙漠。

창문가에 앉아, 가까이 또 멀리 절벽처럼 빽빽이 늘어서 있는 높고 낮은 담장을 본다. 나는 지금 아주 긴 시간 동안 담장들을 보고 있다. 사람들이 사는 곳에는 반드시 담과 벽이 있다. 우리는 모두 담과 벽 안에서 살며, 그 안에서 안심하고 별 걱정 없이 일상의 일들을 수행한다. 규칙적으로 늘어서 있는 건물을 보면, 도서관의 도서 목록 카드가 떠오른다. 오직 신만이 그 모든 서랍을 열고, 수억 명의 마음에 담긴 비밀스러운 역사를 열람할 수 있다. 부서진 담 사이로 나온 꿈들이 봉쇄된 담장 안에서 떠돌고 있는 것을 볼 수 있다. 그리고 죽음의 신은 시간이 맞춰 와서 손을 뻗어 제비 뽑듯이 몇 명을 골라 데려간다. 우리는 때로 자동차, 기차, 비행기를 타고 먼 길을 마다하지 않고, 초원이나 바다, 숲, 그리고 사막까지 달이 보이지 않는 곳을 찾아 떠난다.

不要熄灭破墙而出的欲望，否则鼾声又起。但要接受墙。为了逃开墙，我曾走到一面墙下。我家附近有一座荒废的古园，围墙残败但仍坚固，失魂落魄的那些岁月里我摇着轮椅走到它跟前。四处无人，寂静悠久，寂静的我和寂静的墙之间，膨胀和盛开着冤屈。我用拳头打墙，用石头砍它，对着它落泪、喃喃咒骂，但是它轻轻掉落一点儿灰尘再无所动。天不变道亦不变。老柏树千年一日伸展着枝叶，云在天上走，鸟在云里飞，风踏草丛，草一代一代落子生根。我转而祈求墙，双手合十，创造但未必就能逃脱。墙永久地在你心里，构筑恐惧，也牵动思念。比如你千里迢迢地去时，鲁宾逊正千里迢迢地回来。一只“飞去来器”，从墙出发，又回到墙。哲学家先说是劳动创造了人，现在又说是语言创造了人。墙是否创造了人呢？语言和墙有着根本的相似：开不尽的门前是撞不尽的墙壁。结构呀、解构呀、后什么什么主义呀……啦啦啦，啦啦啦……游戏的热情永不可少，但我们仍在四壁的围阻中。

하지만 그렇다고 해서 우리가 담을 벗어날 수 있는 것은 아니다. 담은 언제나 자신의 마음속에 있다. 마음속에서 두려움을 쌓고, 그리운 것을 불러일으킨다. 담에서 벗어나려 출발하지만, 부메랑처럼 다시 담으로 돌아오는 것이다. 당신이 먼 길을 마다하지 않고 떠나려 할 때, 로빈슨 크루소는 그 먼 길을 돌아오려 한다.

철학자는 예전에는 노동이 인간을 창조했다고 하더니, 이제는 언어가 인간을 창조했다고 말한다. 담도 인간을 창조한 것 아닌가? 언어와 담의 근본은 비슷하다. 열리지 않는 문 앞에는 무너지지 않는 담장이 있다. 구조니, 구조의 해체니, 후기 무슨 주의... 랄랄라, 랄랄라... 놀이의 열정은 언제나 넘쳐나지만, 우리는 여전히 사방 벽에 포위되어 있다.

把把所有的墙都拆掉的愿望自古就有。不行么？我坐在窗前用很 多时间去幻想一种魔法，比如"啦啦啦，啦啦啦……"很灵验地念上一段咒语，唰 啦一下墙都不见。怎样呢？料必大家一齐慌作一团(就像热油淋在蚁穴)，上哪儿的不知道要上哪儿了，干吗的忘记要干吗了，漫山遍 地捕食去和睡觉去么？毕竟又趣味不足。然后大家埋头细想，还是要砌墙。砌墙盖房，不单为避 风雨，因为大家都有些祕密，其次当然 还有一些钱财。祕密，不信你去慢慢推想，它是趣味的爹娘。

담장을 전부 다 무너뜨리면 안 될까? 창문 앞에 오랜 시간 앉아 마법을 상상했다. 랄랄라, 랄랄라. 마법의 주문을 걸면 모든 담벼락이 한 순간에 사라져버린다고 상상해보자. 그러면 어떻게 될까? 아마 사람들은 개미굴에 뜨거운 기름을 부은 것처럼 모두 당황해 허둥댈 것이다. 어디로 가야 할지 몰라 갈팡질팡하며, 무엇을 해야 할지도 모르면서 뭘 하려 하겠는가? 무엇을 할지 그냥 잊어버리면 되고, 그냥 아무데서나 먹고 자면 되겠지. 그러다 결국에는 점점 재미없는 게 싫어질 것이다.

그래서 사람들은 다시 머리를 맞대고 생각한다. 아무래도 다시 담을 쌓아야겠다고. 그래서 담을 쌓고 집을 짓는다. 단순히 비바람을 막기 위해서가 아니다. 누구나 저마다의 비밀이 있기 때문이다. 그리고 그다음에는 당연히 약간의 재물이다. 비밀, 믿지 못하겠다면 천천히 생각해보라. 비밀은 모든 재미의 최고봉이다.

其实祕密就已经是墙了。肚皮和眼皮都是墙，假笑和伪哭都是墙，只因这样的 墙嫌软嫌累，才要弄些坚实耐久的来。假设这心灵之墙可以轻易拆除，但山和水都是墙，天和地都是墙，时间和空间都是墙，命运是无穷的限制，上帝的祕密是不尽的墙，上帝所有的很可能就是 造墙的智慧。真若把所有的墙都拆除，虽然很像似由来已久的理想接近了实现，但是等着瞧吧，满地球都怕要因为失去趣味而想起昏睡的鼾声，梦话亦不知从何说起。趣味是要紧而又要紧的。祕密要好好保存。探祕的欲望终于要探到意义的墙下。活得要有意义，这老生常谈倒是任什么主义也不能推翻。加上个"后"字也是白搭。

사실 비밀 자체가 이미 담이다. 뱃가죽과 눈꺼풀도 모두 담이고, 거짓 미소와 거짓 눈물도 담이다. 다만 이런 담은 너무 약하고 피곤한 게 마음에 들지 않아, 좀 더 내구성을 더해 보완을 강화하려고 한다.

설령 이런 마음의 벽은 쉽게 허물 수 있다고 해도, 산과 물 모두가 담이고, 하늘과 땅도 담이고, 시간과 공간도 모두 담이다. 시간과 공간도 담이고, 운명은 무한한 속박이고, 신의 비밀은 끝없이 이어지는 담이다. 정말로 이 비밀의 담까지 다 없애려 한다면, 어쩌면 오래 꿈꿨던 이상을 실현한 것 같겠지만, 기다려보라. 재미를 잃어버린 세상은 아무것도 하지 않고 그저 잠만 자고, 잠꼬대조차 할 말이 없는, 의욕이라고는 사라진 곳이 될지도 모른다. 재미는 중요하고 또 중요하다. 비밀은 정말 잘 지켜져야 한다.

비밀을 캐고 싶다는 욕망은 마침내 의미라는 담 밑을 파헤치려 한다.

살아가는 데는 의미가 필요하다는 이 상투적인 말은 그 어떤 주의로도 뒤집을 수 없다. 무슨 주의 앞에 후기(后)를 더해도 마찬가지다.

比如爱情，她能被物欲拐走一时，但不信她能因此绝灭。"什么都没啥了不起"的日子是要到头的，"什么都不必介意"的舞步可能"潇洒"地跳去撞墙。撞墙不死，第二步就是抬头，那时见墙上有字，写着：哥们儿你要上哪儿呢，

这到 底是要干吗？于是躲也躲不开，意义找上了门，债主的风度。意义的原因很可能是意义本身。干吗要有意义？干吗要有生命？干吗要有存在？干吗要有有？的原因是引力，引力的原因呢？又是。学物理的告诉我们：

예를 들어 사랑은 물에 잠시 자리를 빼앗길 수는 있겠지만, 그것 때문에 완전히 사라진다고는 생각하지도, 믿지도 않는다.

아무것도 대단할 게 없는 날들도 결국엔 끝이 나고, 아무것도 신경 쓰지 않는 단계에 이르면 아마도 시원하게 담장으로 달려가 부딪히게 될 것이다. 담에 부딪쳐도 죽지 않았다면, 그 다음 단계는 고개를 들어본다. 그때 담장은 이렇게 말하는 것 같다.

"이봐! 어디 가고 싶은데? 뭘 하려는 거야?" 숨고 싶고 피하고 싶어도 그럴 수 없고, 의미는 채권자처럼 당당하게 찾아와 문을 두드린다.

의미의 원인은 의미 자체일 경우가 많다. 왜 의미가 있어야 하는가? 왜 생명이 있어야 하고, 왜 존재해야 하고, 왜 있어야 하는가? 중량(무게)의 원인은 인력인데, 인력의 원인은 무엇일까? 그것은 또 중량이다. 물리를 공부한 친구는 이렇게 말했다.

千万别把运动和能 以及时空分割开来理解。我随即得了启发：也千万别把人和意义分割开来理解。不是人有欲望，而是人即欲望。这欲望就是能，是能就是运动，是运动就必走去前 面或者未来。前面和未来都是什么和都是为什么？这必来的疑问使意义诞生，上帝便在第七天把人造成。上帝比靡菲斯特更有力，任何魔法和咒语都不能把第七天的成就删除。在第七天以后的所有时光里，你逃得开某种意义，但逃不开意义，如同你逃得开一次旅行但你逃不开生命之旅。

절대로 운동과 에너지, 시공을 분리해서 이해하려 하지 마라!

나 역시 이 말에 영감을 받아 이렇게 말하고 싶다.

'절대로 사람과 의미를 분리해서 이해하려 하지 마라!' 인간의 욕망 때문이 아니라, 인간이 바로 욕망 자체이기 때문이다. 이 욕망은 에너지이고, 에너지는 바로 운동이며, 운동은 앞으로 또는 미래를 향해 나아간다. 앞날과 미래는 모두 '무엇이냐'와 '왜'로 이루어져 있어, 필연적으로 따르는 의문이 의미를 탄생시킨다. 이것이 신이 6일째 되는 날 인간을 만든 이유이기도 하다. 신은 메피스토텔레스보다 훨씬 더 강한 힘을 갖고 있다. 어떤 마법과 주문도 이 하루의 성과를 없앨 수 없다. 이 하루 뒤에 이어지는 모든 날에서, 당신은 어떤 의미에서는 벗어날 수 있을지 모르나, 무수한 의미에서는 결국 벗어날 수 없다. 한 번의 여행은 피할 수 있어도, 삶이라는 긴 여행은 피할 수 없는 것과 같다.

你不是这种意义，就是那种意义。什么意义都不是，就掉进昆德拉所说的"生命不能承受之轻"。你是一个什么呢? 生命 算是个什么玩意儿呢? 轻得称不出一点 你可就要消失。我向 L 讨回那件东西，归途中的惶茫因年幼而无以名状，如今想来，分明就是为了一个"轻"字：珍宝转眼被处理成垃圾，一段生命轻得飘散了，没有了，以为是什么原来什么也不是，轻易、简单、灰飞烟灭。一段生命之轻，威胁了生命全面之，惶茫往灵魂里渗透：是不是生命的所有段落都会落此下场呵?

그 의미가 아니라, 저 의미이고, 어쩌면 아무런 의미도 아닐지도 모른다. 밀란 쿤데라의 소설 존재의 참을 수 없는 가벼움과 같다. 당신은 무엇인가? 삶은 대체 무엇이고, 생명은 또 무엇인가? 너무 가벼워서 측량조차 할 수 없는 중량의 당신은 마땅히 사라져야 한다.

L에게 물건을 돌려받고 돌아오는 길에서의 그 황망함은 당시에는 너무 어렸기 때문에 어떻게 표현해야 할지 몰랐다. 지금 생각해보니 분명히 그 가벼움 때

문이었다.

귀한 보물이 순식간에 쓰레기처럼 취급되고, 삶의 한 부분이 가볍게 날아가 사라져버렸다. 없어졌다. 대단하다고 생각했는데 사실은 원래부터 아무것도 아니었다. 쉽사리 간단하게 없어지고 사라져버렸다. 삶의 한 부분이 가벼움 때문에 전체의 무거움이 위험해지고, 영혼 속으로 잠식되어 갔다. 삶의 모든 단락이 이 지경으로 끝나버리는 게 아닐까 하는 두려움이 밀려온다.

人的根本恐惧就在这个"轻"字上，比如歧视和漠视，比如嘲笑，比如穷人手里作废的股票，比如失恋和死亡。轻，最是可怕。要求意义就是要求生命的。各种。各种 在撞墙之时被真正测。但很多生命的 在死神的秤盘上还是轻，秤砣平衡在荒诞的准星上。因而得有一种，你愿意为之生也愿意为之死，愿意为之累，愿意在它的引力下耗尽性命。不是强言不悔，是清醒地从命。神圣是上帝对心魂的测，是心魂被 确认的。死亡降临时有一个仪式，灰和土都好，看往日轻轻地蒸发，但能听见，有什么东西沉沉地还在。不期还在现实中，只望还在美丽的位置上。我与 L 的情谊，可否还在美丽的位置上沉沉地有着？

인간의 근본적인 공포는 바로 이 '가벼움'이라는 글자에 있다. 경시와 무시 같은 조소같은, 가난한 자의 손에 들린 휴지조각처럼 되어버린 주식 한 주는, 실연 같고 죽음과도 같다. 가벼움이 가장 무섭다.

삶의 의미를 요구한다는 것은 바로 삶과 존재에게 무게감을 요구하는 것이다. 각종 무게는 담에 부딪혔을 때 비로소 제대로 측량된다. 하지만 많은 무게는 죽음의 신의 저울 위에서는 여전히 가볍다. 저울의 눈금은 터무니없게도 평형에 가깝다. 그래서 무게가 필요하다. 그것을 위해 기꺼이 살고, 그것을 위해 기꺼이 죽고, 그것을 위해 기꺼이 지치고, 삶을 갈망하며, 그 인력 아래에서 기꺼이 생명을 다 소모하고자 할 수 있어야 한다. 억지로 하는 것이 아니라, 분명히 깨어 있는 상태에서 따르는 것이다. 신성한 물건은 영혼에 대한 신의 측량이며, 영혼의 무게를 확인하는 것이다. 죽음이 다가왔을 때도 의식이 있다. 먼지든 흙이든 상관 없다. 지난날이 조용히 증발하는 것을 보고, 무엇이 아직도 무겁게 남아 있는지 들을 수 있다. 현실에는 없다고 해도, 그래도 아름다운 위치에 남아 있기만을 바란다. 그러니 나와 L의 우정은 아름다운 위치에서 묵직한 무게로 남아 있지 않을까?

不要熄灭破墙而出的欲望，否则鼾声又起。但要接受墙。为了逃开墙，我曾走到一面墙下。我家附近有一座荒废的古园，围墙残败但仍坚固，失魂落魄的那些岁月里我摇着轮椅走到它跟前。四处无人，寂静悠久，寂静的我和寂静的墙之间，膨胀和盛开着冤屈。我用拳头打墙，用石头砍它，对着它落泪、喃喃咒骂，但是它轻轻掉落一点儿灰尘再无所动。天不变道亦不变。老柏树千年一日伸展着枝叶，云在天上走，鸟在云里飞，风踏草丛，草一代一代落子生根。我转而祈求墙，双手合十，创造一种祷词或谶语，出声地诵念，求它给我死，要么还给我能走路的腿……但睁开眼，伟大的墙还是伟大地矗立，墙下呆坐一个不被神明过问的人。空旷的夕阳走来园中，若是昏昏睡去，梦里常掉进一眼枯井，井壁又高又滑，喊声在井里嗡嗡碰撞而已，没人能听见，井口上的风中也仍是寂静的冤屈。喊醒了，看看还是活着，喊声并没惊动谁，并不能惊动什么，墙上有青润的和干枯的台藓，有蜘蛛细巧的网，死在半路的蜗牛的身后拖一行鳞片似的脚印，有无名少年在那儿一遍 遍记下的3.1415926……

담장을 뚫고 나가겠다는 욕망을 포기해서는 안 된다. 그렇게 되면 다시 나태에 빠져 깊은 잠에 빠지고 말 것이다. 담은 그대로 받아들여야 한다. 나는 그 담을 넘기 위해, 담 아래로 걸어가 본 적이 있다. 우리 집 근처에 있던 폐허가 된 공원은 무너졌지만, 그곳을 둘러싼 견고한 담은 여전히 남아 있었다. 세상이 멍해졌던 그 시절 동안 나는 휠체어를 밀며 그곳으로 가곤 했다. 주위에는 아무도 없어서 고요하고 적막했다. 고요한 나와 고요한 담벼락 사이에는 야생화가 만개했고, 억울함으로 가득했다. 나는 주먹을 쥐고 담을 때렸고, 돌을 던졌고, 그 앞에서 눈물을 흘리며 욕설을 퍼붓기도 했다. 그러나 담장은 흙먼지를 조금 털어낼 뿐, 전혀 반응하지 않았다. 하늘이 변하지 않는 한, 법칙 역시 변하지 않는다. 오래된 측백나무는 천 년을 하루처럼 가지를 뻗으며, 구름은 하늘을 떠다니고, 새는 그 위를 날고, 바람은 풀밭을 흔들고, 야생 풀은 대를 이어 뿌리를 내린다. 나는 그 담을 보며 기도했다. 두 손을 모으고 적당한 기도문이나 잠언을 지어 큰 소리로 읊조렸다. 내게 죽음을 달라고, 아니면 내가 걸을 수 있는 다리를 달라고…

눈을 뜨자, 위대한 담장은 여전히 그 자리에 위풍당당하게 서 있었고, 그 아래에는 신의 관심을 받지 못한 채 멍하니 앉아 있는 이가 있었다. 석양은 공원을 물들이며, 잠깐이라도 몽롱하게 잠이 들면, 꿈속에서 나는 자주 말라버린 우물로 뛰어들곤 했다. 우물 벽은 가파르고 미끄러웠으며, 그 속에서 나는 비명소리가 울려 퍼지고 부딪혔다. 아무도 그 소리를 듣지 못했고, 우물 입구를 통해 불어오는 바람에는 여전히 조용한 원망이 스며 있었다. 소리치며 깨면 여전히 나는 살아 있었고, 내 비명은 그 누구도, 무엇도 놀라게 하지 않았다. 담 위에는 푸르스름한 윤기가 흐르는 마른 이끼가 자라 있었고, 거미가 짠 가느다란 거미줄이 매달려 있었으며, 길 위에서 죽은 듯한 달팽이의 몸 뒤로는 비늘처럼 보이는 발자국이 길게 이어져 있었다. 어느 이름 모를 이가 남긴 "3.1415926……"라는 숫자도 여전히 선명하게 보였다.

在这墙下, 某个冬夜, 我见过一个老人。记忆和印象之间总要闹出一些麻烦：记忆对我说未必是在这墙下, 但印象总是把记忆中的那个老人搬来这墙下, 说就是在这儿。……雪后, 月光朦胧, 车轮吱吱唧唧轧着雪路, 是园中唯一的声响。这么走着, 听见一缕悠沉的箫声远远传来, 在老柏树摇落的雪雾中似有似无, 尚不能识别那曲调时已觉其悠沉之音恰好碰住我的心绪。侧耳屏息，听出是《苏武牧羊》。曲终，心里正有些凄怆，忽觉墙影里一动，才发现一个老人盘腿端坐于墙下的石凳，黑衣白发，有些玄虚。雪地和月光，安静得也似非凡。

　　이 담장 아래, 어느 겨울에 나는 한 노인을 만났다. 기억과 인상 사이에는 언제나 몇 가지 불편한 오류가 끼어들곤 한다. 기억은 이 담이라고 말하지 않지만, 기억 속의 인상은 언제나 그 노인을 이 담 아래로 옮겨 놓는다. 눈이 내린 뒤, 달빛은 흐릿하고 몽롱했다. 휠체어 바퀴가 눈길을 지나며 내는 끼익끼익 소리가 공원에서 들을 수 있는 유일한 소리였다. 그렇게 가던 중, 어디선가 부드럽고 낮은 피리 소리가 들려왔다. 측백나무 가지가 흔들리며 그 위의 눈이 흩어지는 가운데, 그 소리는 들릴 듯 말 듯해서 그 노래가 무엇인지는 알 수 없었다. 그러나 그 낮고 무거운 곡조는 당시 내 심정을 그대로 담아냈다. 귀 기울여 들어보니 분명 《소무목양》이었다. 곡이 끝나자, 내 마음도 노래처럼 처량해졌고, 그때 갑자기 담장에 그림자가 스쳤다. 그제야 한 노인이 담을 등지고 돌 의자에 앉아 있는 것이 보였다. 검은 옷을 입고 흰 머리의 모습은 어디선가 비현실적으로 느껴졌다. 눈이 덮인 땅과 달빛은 그 자체로 특별히 고요하고 평화로웠다.

　　竹箫又响，还是那首流放绝地、哀而不死的咏颂。原来箫声并不传自远处，就在那老人唇边。也许是力气不济，也许是这古曲一路至今光阴坎坷，箫声若断若续并不高亢，老人颤颤地吐纳之声 亦可悉闻。一曲又尽，老人把箫管轻横腿上，双手摊放膝头，看不见他是否闭目。我惊诧而至感激，一遍遍听那箫声断处的空寂，以为是天谕或神来引领。那夜的箫声和老人，多年在我心上，但猜不透其引领指向何处。仅仅让我活下去似不必这样神祕。直到有一天我又跟那墙说话，才听出那夜箫声是唱着"接受"，接受限制。接受残缺。接受苦难。接受墙的存在。哭和喊都是要逃离它，怒和骂都是要逃离它，恭维和跪拜还是想逃离它。失魂落魄的年月里我常去跟那墙谈话，是，说出声，以为这样才更虔诚或者郑，出声地请求，也出声地责问，害怕惹怒它就又出声地道歉以及悔罪，所谓软硬兼施。但毫无作用，谈判必至破裂，我的一切条件它都不答应。

대나무 피리 소리가 다시 울려 퍼졌다. 여전히 들리려다 말 듯, 끊어질 듯 계속 이어지는 피리 소리는 멀리 퍼지지 않고 노인의 입가에서만 맴돌았다. 기운이 부족해서일 수도 있고, 혹은 이 곡이 지금까지 겪은 고단한 세월 때문일 수도 있다. 피리 소리는 끊어질 듯 말 듯 이어졌고, 노인이 내뱉는 숨소리가 더 선명하게 들려왔다. 한 곡이 끝난 후, 노인은 피리를 다리 위에 걸쳐 놓고 두 손을 무릎 위에 올렸다. 그가 눈을 감고 있는지 여부는 보이지 않았다. 나는 놀랐고 깊이 감동했다. 그 피리 소리와 그 소리가 멈춘 후의 고요함을 들으며, 하늘이, 신이 나를 이끌고 있다는 생각이 들었다. 그날 밤의 피리 소리와 노인은 오랫동안 내 마음 속에 남았다. 하지만 그들이 나를 어디로 이끌려 했는지는 알 수 없었다. 나를 살게 하는 데에 그런 신비로운 힘은 필요하지 않았을지도 모른다. 그러던 어느 날, 내가 다시 담과 대화를 하게 되면서 그날 밤 피리 소리가 나에게 전하려던 메시지를 깨닫게 되었다. 그것은 받아들이라는 것이었다. 천 명의 한계를 받아들이고 – 달마대사의 면벽수도 역시 이와 같지 않았던가? 장애를 받아들이고, 고난을 받아들이고, 담장의 존재를 받아들이는 것이었다. 눈물과 외침은 모두 벗어나고 싶은 마음에서 나오는 것이다. 분노와 욕설도 벗어나고 싶은 마음에서 나온 것이다. 공손함과 엎드리는 자세 역시 나를 가로막고 있는 담에서 벗어나고 싶다는 욕망에서 비롯된 것이었다.

나는 자주 그 담과 대화를 나눈다. 소리를 내어 말한다. 묵상으로는 벗어날 수 없으면, 소리 내어 질책하고 요구하며 상의한다. 어르고 달래기도 하고, 위협하는 방법도 쓴다. 그러나 아무런 소용이 없었다. 협상은 늘 결렬되었다. 내가 내민 모든 조건에 그는 응답하지 않았다.

墙，要你接受它，就这么一个意思反复申明，不卑不亢，直到你听。直到你不是更多地问它，而是它更多地问你，那谈话才称得上谈话。我一直在写作，但一直觉得并不能写成什么，不管是作品还是作家还是主义。用笔和用电脑，都是对墙的谈话，是如吃喝拉撒睡一样必做的事。

담은 그저 받아들이라고 말했다. 그 한 가지 뜻을 반복해서 전했다. 비굴하지도 거만하지도 않게, 그저 내가 들을 때까지 계속 말한다고. 내가 더 묻지 않고, 담이 나에게 묻는 말을 들을 때까지 계속해서 말한다. 그때의 대화가 진정한 대화라고 할 수 있다. 나는 계속해서 글을 쓰고 있다. 그러나 글을 써서 무엇인가 이루겠다는 생각은 전혀 없다. 그게 작품이든 작가든 무슨 주의든, 펜을 들고 쓰거나 컴퓨터 자판을 치는 것 모두가 벽 앞에 있는 대화일 뿐, 먹고 자는 일처럼 반드시 해야 하는 일일 뿐이다.

搬家搬得终 于离那座古园远了，不能随便就去，此前就料到会怎样想念它，不想最为思恋的竟是那四面矗立的围墙；年久无人过问，记得那墙头的残瓦间长大过几棵小树。但不管何时何地，一闭眼，即刻就到那墙下。寂静的墙和寂静的我之间，花膨胀着花蕾，不尽的路途在不尽的墙间延展，有很多事要慢慢对它谈，随手记下谓之写作

계속 이사를 다니다 결국 그 공원과 멀어져 아무 때나 갈 수 없게 되었다. 예전에 그 공원을 떠나면 나는 무엇을 떠올리게 될까 생각해본 적이 있다. 그때는 사방을 둘러싼 그 담장을 가장 그리워하게 될 줄은 전혀 예상하지 못했다. 오랫동안 아무도 묻지 않았지만 그 담장 위 깨진 벽돌 틈 사이로 자란 작은 나무들이 생각난다. 언제 어디서든 눈을 감으면 바로 그 담 아래로 가게 된다. 조용한 담과 조용한 나 사이에는 들꽃들이 꽃봉오리를 피었고, 끝나지 않은 길은 끝나지 않은 담 벽 사이로 계속 이어진다. 그 담에게 아주 많은 이야기를 들려주고, 그 이야기를 손끝으로 기록하는 것이 글쓰기가 되었다.

스텐셩(史铁生)
《담장 아래서의 단상》(墙下短记)
생각나누기/ 핵심 키워드: 기억속의 결핍에 대하여

● **본문 탐구하기1: 키워드 찾기**

"당시에는 별로 중요하지 않던 일이 아주 오랫동안 기억 속에 뿌리를 내린 경우가 종종 있다. 그것들은 어딘가에서 조용히 잠자고 있다가 불현듯 깨어나, 눈을 뜨고 바라보다 당신이 승진하거나 속세를 피해 은거하거나 아무튼 바쁜 모습을 보면 또다시 잠을 자러 간다. 오랫동안 그것은 너무 가볍고 사소해서 전혀 존재감을 느끼지 못한다. 하지만 수백 번의 기회와 인연을 놓치고, 마침내 어느 날 그것과 마주하게 된다. 세월이 인생의 모든 것을 다 소진 시켜 버렸는데도, 여전히 꼼짝 않고 그곳에서 더할 수 없는 무게감으로 남아 있는 것이다. 예를 들어 오래된 사진 한 장. 찍을 때도 별로 신경 쓰지 않았고, 찍고 나서도 아무렇게나 던져두었기에 사진을 찍은 사실조차 잊어버렸다. 그러다 어느 날, 옛날 물건들을 정리하다 우연히 낡은 그 사진을 보면. 그것이 나의 유래이고 내가 돌아가 안길 품처럼 느껴진다. 반 면 엄숙하고 진지하게 남긴 수많은 사진은, 오히려 어디서 찍었고. 왜 찍었는지도 잊고 만다."

1. 작가가 이 구절을 적은 의미는?
해설: 작가는 과거의 경험과 사건들이 쌓여 현재의 가치관을 형성한다는 점을 강조하고 있다. 이는 개인의 무의식 속에서 자아가 성장하고, 그러한

성장 과정에서 가치관과 신념이 어떻게 발전하는지를 보여준다. 즉, 과거의 경험이 개인의 인식 및 정체성 형성에 중요한 영향을 미친다는 것을 나타낸다.

2. 담장(벽)에 대한 첫인상은?

해설: 인간이 성장하는 과정에서 우정과 같은 감정은 중요한 학습 대상이 되며, 그 안에서 타인과의 관계에서 겪는 섭섭함이나 갈등을 경험한다. 담장(벽)은 이러한 감정과 상호작용의 장으로, 인간이 타인과의 관계 속에서 감정적으로 발전해 가는 과정을 상징한다.

3. 국수의 의미, 흉년의 기록이 의미하는 사건은?

해설: 국수와 흉년의 이미지는 북방 지역에서의 밀가루 기반의 식문화와 그 시대의 역사적 맥락을 연결짓는다. 특히, 이는 중국의 대약진운동 시기에 발생한 경제적 어려움과 그로 인한 식량 부족 문제를 암시하며, 당시의 사회적, 경제적 상황을 반영하는 중요한 상징적 요소로 작용한다.

4. "이런 '조건반사'는 어느 한 여름날 ~난 울음으로 쟁취" 부분에 대한 의견은?

해설: 이 구절은 작가가 어머니에 대한 애착과 함께 인간이 성장하면서 처음으로 배우는 공포감을 나타낸다. 또한, 이 공포감을 해결하기 위한 본능적 신호와 반응을 묘사하고 있으며, 인간의 감정이 어떻게 발달하고 형성되는지에 대한 본질적인 이해를 전달하고 있다.

5. 작가가 생각하는 담장(벽)의 의미는 무엇인가?

해설: 담장(벽)은 단순히 물리적 장벽이 아니라, 인간 관계에서 발생하는

비밀과 갈등, 모호한 감정의 상징이다. 이는 타인과의 관계에서 일어나는 내면적인 갈등이나 자기 자신과의 관계에서 생기는 불편한 감정들을 대표하며, 인간의 사적이고도 복잡한 감정 세계를 반영하는 개념이다.

6. 담장(벽)의 현대적 의미는 무엇인가?

해설: 현대에서 담장은 물리적인 경계가 아니라 심리적이고 사회적인 장벽을 의미한다. 이는 개인이 경험적 체험과 내적인 시각을 통해 형성한 시야의 한계, 색안경, 그리고 비밀 등의 요소들로 구성된다. 이러한 담장은 사회적 맥락에서도 개인의 정체성이나 삶의 경계를 형성하는 중요한 요소로 작용한다.

7. 노인과 피리소리가 의미하는 것은?

해설: 노인은 생애의 후반부를 상징하며, 삶의 정리와 결산을 나타낸다. 피리소리는 노인의 삶에서 남아 있는 꿈과 열정을 상징적으로 표현한 것이다. 즉, 피리소리는 늙음과 쇠퇴 속에서도 여전히 존재하는 인간의 열망과 삶의 의지를 비유적으로 나타낸다.

8. 작가의 글쓰기에 대한 결론 혹은 생각은?

해설: 작가는 글쓰기에서 형식이나 구조에 구속되지 않으며, 자신의 경험과 감정을 바탕으로 세상과 사람들, 사회를 관찰하고 이를 기록한다. 글쓰기는 단순히 외부 현실을 기술하는 것이 아니라, 작가 자신이 인식한 현실을 주관적으로 탐구하고 표현하는 과정으로, 이를 통해 독자는 작가의 감정과 사고의 흐름을 경험하게 된다. 이러한 방식은 작가의 개인적인 관점과 감정을 투영하는 중요한 문학적 기법이다.

● 본문 탐구하기2: 작품분석

-주요 고찰: 담장(벽)의 의미에 대해 찾는 과정
-주제: 담장(벽)을 통하여 인생, 운명에 대한 생각, 삶의 의미를 탐구 하
　 는 것

1. 나와 동창

　작가와 동창 L의 우정이 끝나는 사건은 본질적으로 사소한 감정에서 비
롯된 다툼으로 설명된다. 이 다툼은 관계 속에서 물리적이지 않지만, 감정
적으로 실재하는 '벽'을 형성한다. 이처럼 우정의 파탄은 사람이 만든 감정
적 장벽을 상징하며, 그 장벽은 두 사람 간의 거리감과 불신을 의미한다.
또한, 어린 시절 동네 친구들과 축구 시절은 작가가 기억 속에 만든 '즐거
움의 벽'이라 할 수 있다. 이 기억의 벽은 작가의 정체성 형성과 과거 경험
의 중요한 부분을 차지하며, 이러한 벽은 시간이 지나면서 변하지 않는 중
요한 감정적 기초를 형성한다.

2. 청춘의 기억

　작가가 청춘 시절에 느꼈던 아름다운 시간들에 대한 그리움 역시 그 자
체가 '감정의 벽'이다. 이러한 벽은 과거의 아름다운 순간을 회상하며 형성
된 감정적 공간으로, 이는 작가가 과거의 경험을 통해 자신만의 내적 세계
를 구축한 방식이다. 즉, 작가는 그리움과 추억 속에서 자신만의 벽을 세우
며, 그 벽을 통해 과거의 의미를 재구성하고, 이를 자신만의 감정적 공간으

로 인식한다.

3. 벽과의 거리

- 나와 동창의 우정
작가와 동창 간의 우정이 멀어지면서, 감정적인 장벽이 형성된다. 이 벽은 상호작용을 통해 점차 굳어지며, 결국 두 사람 사이의 관계는 회복될 수 없는 거리감을 형성한다. 감정적 벽이 생기면서 두 사람은 서로 다른 공간에 존재하게 된다.

- 어릴 적 유치원의 담벼락 결론
어린 시절, 유치원을 다니던 작가는 유치원 담벼락을 통해 첫 번째 벽의 의미를 배우게 된다. 청회색 담장은 작가에게 무기력함과 공포를 상징하며, 동시에 어머니와의 분리에서 느껴지는 두려움과 불안감을 드러낸다. 유치원의 담벼락은 외부 세계와의 경계를 나타내며, 이는 작가에게 초기 사회화 과정에서 겪는 감정적 장벽을 의미한다. 이 벽은 단순히 물리적 존재일 뿐만 아니라, 감정적으로도 작가의 성장에 중요한 영향을 미친다.

- 담벼락의 존재
청회색 담장이 사라진 후, 작가는 어머니와의 분리를 경험하게 된다. 이는 물리적 벽을 넘어, 감정적 벽이 작가의 내면에 자리잡게 됨을 나타낸다. 작가는 벽을 통해 두 가지 의미를 설명하고 있다. 첫 번째는 눈에 보이는 물리적 벽이며, 두 번째는 눈에 보이지 않는 마음의 벽이다. 물리적인 벽은 외부와의 경계를 나타내지만, 마음의 벽은 내면의 감정적 장벽으로, 이는 작가가 겪은 공포, 불안, 그리고 그리움의 상징적 표현이 된다.

4. 이 존재로 하여금 생산되는 것

벽은 인간 관계에서 필연적으로 발생하는 감정적 장벽을 상징한다. 사람들은 타인과의 관계에서 벽을 경험하며, 이 벽은 종종 두려움을 생산한다. 이러한 두려움은 타인과의 거리감을 느끼며 발생하며, 이를 극복하기 위해 사람들은 그리움을 느끼고 때로는 다툼을 벌이기도 한다. 그럼에도 불구하고, 사람들은 서로 다름을 인정하고 받아들일 때, 벽을 넘어서 더 깊은 이해와 관계를 형성할 수 있다. 이는 인간의 본성과 사회적 존재로서의 삶의 과정에서 벽이 단지 부정적인 요소만이 아니라, 동시에 인간 성장의 중요한 부분임을 시사한다.

따라서 벽이라는 개념은 인간 존재에 있어 단순한 장애물이 아니라, 필연적으로 존재하는 인간 관계의 일부이며, 이러한 벽을 어떻게 다루느냐에 따라 인간 사회는 변하고 발전한다. 벽이 없다면 인간 사회는 상호작용의 중대한 요소를 상실할 것이며, 인간은 외부 세계와의 경계나 자기 인식의 한계를 잃게 될 것이다. 벽은 단순히 물리적 장애물이 아니라, 감정적, 사회적 장벽으로서, 인간 존재의 복잡한 면모를 반영한다.

5. 결론: 벽의 존재

벽과 그에 관련된 사물들은 단순히 물리적 존재로서의 의미를 넘어서, 인간 존재의 내면적, 감정적, 사회적 측면을 상징한다. 벽은 타인과의 관계에서 발생하는 감정적 거리감, 사회적 상호작용의 경계를 형성하며, 이러한 벽을 통해 인간은 성장하고 변화한다. 따라서 벽이란 단순히 부정적인 존재가 아니라, 인간 존재와 관계의 중요한 부분을 형성하는 복합적이고

다면적인 개념으로 이해할 수 있다.

● 본문 탐구하기3: 벽의 의미

1. 벽과 수호자: 벽의 존재와 인간의 방어 심리

벽은 그 존재 자체로 인간에게 중요한 기능을 제공한다. 벽은 비바람을 막아주고, 외부로부터의 침입을 차단하며, 사람에게 일정한 휴식처를 제공하는 역할을 한다. 이러한 벽의 기능은 단순히 물리적 보호에 그치지 않는다. 벽은 또한 인간의 심리적 방어 메커니즘을 상징하며, 인간이 살아가며 자연스럽게 채득하는 자기 방어 심리를 반영한다. 인간은 내면의 불안과 외부의 위협으로부터 자신을 보호하기 위해 벽을 구축하며, 이는 자아를 보호하는 중요한 심리적 장치로 작용한다. 벽은 외부와의 경계를 설정하고, 그 안에서 인간은 안정감을 찾으며, 자기 자신을 방어한다.

2. 벽이 없는 세상에 대한 상상

벽이 존재하지 않는 세상은 인간의 안전과 안정감을 위협하는 환경일 것이다. 만약 벽이 없다면, 인간은 끊임없는 외부의 위협에 노출될 수 있으며, 자신의 감정적, 정신적 공간을 보호할 방법이 사라질 것이다. 벽은 단순히 물리적인 구조물일 뿐만 아니라, 인간이 세운 사회적, 심리적 경계를 의미한다. 벽이 없다면 인간은 외부와의 경계 없이 살아가야 하므로, 그로 인한 혼란과 불안은 더 커질 것이다. 이러한 상상은 벽이 단순히 보호의 수단을 넘어, 인간의 삶과 존재에 필수적인 요소임을 시사한다.

3. 벽과 장애물: 고난과 삶의 수용

"천명을 받아들여라"는 말은 고난과 어려움을 삶의 일부분으로 수용하라는 의미로 해석될 수 있다. 여기서 '천명'은 하늘의 명령, 즉 삶에서 겪게 될 고난과 시련을 받아들이라는 뜻이다. 스텐셩은 인간이 살아가면서 불가피하게 마주하는 고난을 피할 수 없다는 점을 강조하고 있으며, 이를 삶의 동반자로 받아들이는 것이 중요하다고 말한다. 고난은 인간 존재의 일부분이며, 이를 피하려고만 하지 말고, 오히려 그것을 수용하고 대응하는 과정에서 인간은 성장하고, 진정한 자아를 찾을 수 있다는 철학적 메시지를 전달하고 있다. 벽은 단순히 물리적인 장애물이나 구속이 아니라, 인간 존재가 겪는 고난과 시련의 상징적 표현으로 볼 수 있다.

4. 벽과의 화해: 운명과의 화해

"인간에게 주어진 운명과 친해져라"는 작가의 메시지는 인간 존재가 마주하는 운명과의 화해를 제안하는 것이다. 사람들은 살아가면서 자의적이든 타의적이든 자신만의 생각과 주관을 가지고 살아간다. 또한, 태어날 때부터 정해진 가정 환경이나 예기치 않은 시련, 불행과도 같은 운명적인 사건을 경험한다. 이러한 사건들은 종종 부정적으로 인식되며, 인간은 이를 피하려고 하거나 반항하려고 시도한다. 그러나 작가는 이러한 부정적인 상황을 받아들이고, 자신과 화해하는 과정을 통해 진정한 내적 평화를 이루어야 한다고 말한다. 이는 운명적인 상황을 단지 피하거나 부정하는 것이 아니라, 이를 수용하고 나아가는 과정에서 개인의 성장이 이루어진다는 의미를 내포한다. 인간은 자신이 마주한 상황에 대해 화해하며 살아가야만 진정한 대화와 삶의 의미를 찾을 수 있다는 철학적 교훈을 제시한다.

5. 결론: 벽을 통한 삶의 이해

벽은 단순한 물리적 구조물을 넘어, 인간 존재와 관계의 중요한 상징적 요소이다. 벽은 외부 세계로부터 자신을 보호하고, 동시에 고난과 어려움을 수용하는 중요한 메커니즘으로 작용한다. 벽의 존재는 인간이 살아가는 동안 겪는 감정적, 심리적, 사회적 경계를 나타내며, 이 경계를 어떻게 다루느냐가 인간의 성장과 발전에 중요한 영향을 미친다. 벽이 없는 세상은 혼란과 불안을 초래할 것이며, 벽은 인간의 내면적 평화와 안전을 유지하는 데 필수적인 요소로 이해할 수 있다. 또한, 벽과의 화해는 운명과의 수용을 의미하며, 이를 통해 인간은 진정한 자아를 발견하고 삶의 의미를 찾을 수 있다.

스텐셩(史铁生)
《나의 몽상》(我的梦想)

开篇

也许是因为人缺了什么就更喜欢什么吧, 我的两条腿虽动都不能动, 却是个体育迷。我不光喜欢看足球、篮球等各种球类比赛, 也喜欢看田径、游泳、拳击、滑冰、滑雪、自行车和汽车比赛, 总之我是个全能体育迷。当然都是从电视里看, 体育馆场门前都有很高的台阶, 我上不去。如果这一天电视里有精彩的体育节目, 好了, 我早晨一睁眼就觉得像过节一般, 一天当中无论干什么心里都想着它, 一分一秒都过得愉快。有时我也怕很多重大比赛集中在一天或几天(譬如刚刚闭幕的奥运会), 那样我会把其他要紧的事都耽误掉。

田径

其实我是第二喜欢足球, 第三喜欢文学, 第一喜欢田径。我能说出所有田径项目的世界纪录是多少, 是由谁保持的, 保持的时间长还是短。譬如说男子跳远纪录是由比蒙保持的, 20年了还没有人能破, 不过这事不大公平, 比蒙是在地处高原的墨西哥城跳出这八米九零的, 而刘易斯在平原跳出的八米七二事实上比前者还要伟大, 但却不能算世界纪录。这些纪录是我顺便记住的, 田径运动的魅力不在于记录，人反正是干不过上帝；但人的力量、意志和优美却能从那奔跑与跳跃中得以充分展现，这才是它的魅力所在，它比任何舞蹈都好看，任何舞蹈跟它比起来都显得矫揉造作甚至故弄玄虚。也许是我见过的舞蹈太少了。而你看刘易斯或者摩西跑起来，你会觉得他们是从人的原始中跑来，跑向无休止的人的未来，全身如风似水般滚动的肌肤就是最自然的舞蹈和最自由的歌。

偶像

我最喜欢并且羡慕的人就是刘易斯。他身高一米八八，肩宽腿长，像一头黑色的猎豹，随便一跑就是十秒以内，随便一跳就在八米开外，而且在最重要的比赛中他的动作也是那么舒展、轻捷、富于韵律，绝不像流行歌星们的唱歌，唱到最后总让人怀疑这到底是要干什么。不怕读者诸君笑话，我常暗自祈祷上苍，假若人真能有来世，我不要求别的，只要求有刘易斯那样一副身体就好。我还设想，那时的人又会普遍比现在高了，因此我至少要有一米九以上的身材；那时的百米速度也会普遍比现在快，所以我不能只跑九秒九几。作小说的人多是白日梦患者。好在这白日梦并不令我沮丧，我是因为现实的这个史铁生太令人沮丧，才想出这法子来给他宽慰与向往。我对刘易斯的喜爱和崇拜与日俱增。相信他是世界上最幸福的人。我想若是有什么办法能使我变成他，我肯定不惜一切代价；如果我来世能有那样一个健美的躯体，今天这一身残病的折磨也就得了足够的报偿。

失意

奥运会上，约翰逊战胜刘易斯的那个中午我难过极了，心里别别扭扭别别扭扭的一直到晚上，夜里也没睡好觉。眼前老翻腾着中午的场面：所有的人都在向约翰逊欢呼，所有的旗帜与鲜花都向约翰逊挥舞，浪潮般的记者们簇拥着约翰逊走出比赛场，而刘易斯被冷落在一旁。刘易斯当时那茫然若失的目光就像个可怜的孩子，让我一阵阵的心疼。一连几天我都闷闷不乐，总想着刘易斯此刻会怎样痛苦；不愿意再看电视里重播那个中午的比赛，不愿意听别人谈论这件事，甚至替刘易斯嫉妒着约翰逊，在心里找很多理由向自己说明还是刘易斯最棒；自然这全无济于事，我竟似比刘易斯还败得惨，还迷失得深重。这岂不是怪事么？在外人看来这岂不是精神病么？我慢慢去想其中的原因。是因为一个美的偶像被打破了么？如果仅仅是这样，我完全可以惋惜一阵再去竖立起约翰逊嘛，约翰逊的雄姿并不比刘易斯逊色。是因为我这人太恋旧，骨子里太保守吗？可是我非常明白，后来者居上是最应该庆祝的事。或者是刘易斯没跑好让我遗憾？可是九秒九二是他最好的成绩。到底为什么呢？最后我知道了：我看见了所谓"最幸福的人"的不幸，刘易斯那茫然的目光使我的"最幸福"的定义动摇了继而粉碎了。上帝从来不对任何人施舍"最幸福"这三个字，他在所有人的欲望前面设下永恒的距离，公平地给每一个人以局限。如果不能在超越自我局限的无尽路途上去理解幸福，那么史铁生的不能跑与刘易斯的不能跑得更快就完全等同，都是沮丧与痛苦的根源。假若刘易斯不能懂得这些事，我相信，在前述那个中午，他一定是世界上最不幸的人。

在百米决赛后的第二天，刘易斯在跳远比赛中跳出了八米七二，他是个好样的。看来他懂，他知道奥林匹斯山上的神火为何而燃烧，那不是为了一个人把另一个人战败，而是为了有机会向诸神炫耀人类的不屈，命定的局限尽可永在，不屈的挑战却不可须臾或缺。我不敢说刘易斯就是这样，但我希望刘易斯是这样，我一往情深地喜爱并崇拜这样一个刘易斯。

梦想

这样，我的白日梦就需要重新设计一番了。至少我不再愿意用我领悟到的这一切，仅仅去换一个健美的躯体，去换一米九以上的身高和九秒七九乃至九秒六九的速度，原因很简单，我不想在来世的某一个中午成为最不幸的人；即使人可以跑出九秒五九，也仍然意味着局限。我希望既有一个健美的躯体又有一个了悟了人生意义的灵魂，我希望二者兼得。但是，前者可以祈望上帝的恩赐，后者却必须在千难万苦中靠自己去获取批我的白日梦到底该怎样设计呢？千万不要说，倘若二者不可来得你要哪一个？不要这样说，因为人活着必要有一个最美的梦想。

后来知道，约翰逊跑出了九秒七九是因为服用了兴奋剂。对此我们该说什么呢？我在报纸上见了这样一个消息，他的牙买加故乡的人们说，"约翰逊什么时候愿意回来，我们都会欢迎他，不管他做错了什么事，他都是牙买加的儿子。"这几句话让我感动至深。难道我们不该对灵魂有了残疾的人，比对肢体有了残疾的人，给予更多的同情和爱吗

단어

1. 田径 tiánjìng (명) 육상경기
2. 玄虚 xuánxū (명,형) 헛갈리게
   사실을 속이는 수단/ 허황하다.
3. 舞蹈 wǔdǎo (동) 무도하다. 춤추다.
4. 旗帜 qízhì (명) 깃발
5. 闷闷不乐 mèn mèn bú lè
   (성어) 마음이 답답하고 울적하다

6. 粉碎 fěnsuì (동) 분쇄하다.
7. 燃烧 ránshāo (동,명) 연소(하다)
8. 不屈 bùqū (동) 굴복하지 않다.
9. 躯体 qūtǐ (명) 신체
10. 恩赐 ēncì (동) 은혜를 베풀다.

스톈성 (史铁生)
《나의 몽상》(我的梦想)

[해석]

开篇(들어가는 말)

也许是因为人缺了什么就更喜欢什么吧，我的两条腿虽动都不能动，却是个体育迷。我不光喜欢看足球、篮球等各种球类比赛，也喜欢看田径、游泳、拳击、滑冰、滑雪、自行车和汽车比赛，总之我是个全能体育迷。当然都是从电视里看，体育馆场门前都有很高的台阶，我上不去。如果这一天电视里有精彩的体育节目，好了，我早晨一睁眼就觉得像过节一般，一天当中无论干什么心里都想着它，一分一秒都过得愉快。有时我也怕很多重大比赛集中在一天或几天(譬如刚刚闭幕的奥运会)，那样我会把其他要紧的事都耽误掉。

사람은 어쩌면 자신에게 부족한 부분을 더 좋아하는 경향이 있는 지 모르겠다. 나는 두 다리를 전혀 움직일 수 없지만 스포츠광이다. 축구, 농구 같은 각종 구기 종목은 물론 육상, 수영, 권투, 스키, 스케이트, 자전거와 자동차 경주까지 온갖 스포츠는 다 좋아한다. 물론 경기장 입구에 너무 많은 계단을 오를 수 없어서 대부분 집에서 텔레비전으로 본다. 볼만한 스포츠 경기 중계라도 하는 날이면 아침에 눈뜨면서부터 하루 종일 그 생각만 하며 기분 좋게 지낸다. 때문에 때로는 하루 종일 또는 며칠 동안 중요한 스포츠 경기가 집중되어 있을 때면 방금 시작된 올림픽 같은 중요한 일은 다 잊어버릴까 걱정스러울 정도다.

田径(마라톤)

其实我是第二喜欢足球，第三喜欢文学，第一喜欢田径。我能说出所有田径项目的世界纪录是多少，是由谁保持的，保持的时间长还是短。譬如说男子跳远纪录是由比蒙保持的，20年了还没有人能破，不过这事不大公平，比蒙是在地处高原的墨西哥城跳出这八米九零的，而刘易斯在平原跳出的八米七二事实上比前者还要伟大，但却不能算世界纪录。这些纪录是我顺便记住的，田径运动的魅力不在于记录，人反正是干不过上帝；但人的力量、意志和优美却能从那奔跑与跳跃中得以充分展现，这才是它的魅力所在，它比任何舞蹈都好看，任何舞蹈跟它比起来都显得矫揉造作甚至故弄玄虚。也许是我见过的舞蹈太少了。而你看刘易斯或者摩西跑起来，你会觉得他们是从人的原始中跑来，跑向无休止的人的未来，全身如风似水般滚动的肌肤就是最自然的舞蹈和最自由的歌。

사실 나는 축구를 두 번째로 좋아하고, 문학은 세 번째로 좋아한다. 내가 제일 좋아하는 것은 육상경기다. 나는 모든 육상 종목의 기록들이 얼마이고, 누가 보유했고, 얼마나 유지했는지 전부 다 말 할 수 있다. 예를 들어 남자 멀리뛰기 세계 기록 보유자는 밥 비번으로 그의 기록은 20년이 넘도록 아직 깨지지 않았다. 그건 불공정하다고 생각한다. 밥 비번은 고산 지대인 멕시코시티에서 8미터 90을 뛰었고, 칼 루이스는 낮은 곳에서 8미터 72를 뛰었다. 평지에서 뛴 칼 루이스의 기록이 밥 비번보다 더 놀라운 기록이지만 세계기록은 되지 못했다. 이런 기록은 그냥 자연스럽게 외우게 됐다. 육상경기의 매력은 이런 기록에 있지 않다. 인간은 결국 신을 이길 수 없다. 하지만 인간은 자신의 체력과 의지와 아름다움을 달리고 뛰는 과정에서 충분히 보여준다. 육상의 매력은 바로 여기에 있다. 육상경기는 어떤 춤보다 아름답다. 육상에 비하면 춤은 꾸민 듯 부자연스럽고, 과장스럽게 표현하는 것 같다. 물론 내가 무용 공연을 본 적이 많지 않아서일지도 모른다. 하지만 칼 루이스나 에드윈 모세스가 뛰는 모습을 보면, 당신도 그들이 인간의 원시성에서 뛰어나와 인간의 미래를 향해 쉬지 않고 달리는 느낌을 받을 것이다. 바람이나 물처럼 꿈틀대는 온몸의 근육은 가장 원초적인 춤이고 가장 자연스러운 노래다.

偶像(롤 모델)

　　我最喜欢并且羡慕的人就是刘易斯。他身高一米八八，肩宽腿长，像一头黑色的猎豹，随便一跑就是十秒以内，随便一跳就在八米开外，而且在最重要的比赛中他的动作也是那么舒展、轻捷、富于韵律，绝不像流行歌星们的唱歌，唱到最后总让人怀疑这到底是要干什么。不怕读者诸君笑话，我常暗自祈祷上苍，假若人真能有来世，我不要求别的，只要求有刘易斯那样一副身体就好。我还设想，那时的人又会普遍比现在高了，因此我至少要有一米九以上的身材；那时的百米速度也会普遍比现在快，所以我不能只跑九秒九几。作小说的人多是白日梦患者。好在这白日梦并不令我沮丧，我是因为现实的这个史铁生太令人沮丧，才想出这法子来给他宽慰与向往。我对刘易斯的喜爱和崇拜与日俱增。相信他是世界上最幸福的人。我想若是有什么办法能使我变成他，我肯定不惜一切代价；如果我来世能有那样一个健美的躯体，今天这一身残病的折磨也就得了足够的报偿。

　　내가 제일 좋아하고 가장 부러워하는 이가 바로 칼 루이스다. 1미터 88의 키에 넓은 어깨, 긴 다리는 한 마리 검은 표범 같다. 아무렇게나 달려도 10초 이내이고, 아무렇게나 뛰어도 8미터가 넘는다. 게다가 경기 중의 그의 동작은 너무나 편하고, 가볍고 자연스럽게 디듬을 타는 것 같다. 독자들이 비웃어도 어쩔 수 없다. 나는 자주 신에게 기도한다. 아 정말로 다음 생이 있다면, 다른 것은 다 필요 없고 오로지 칼 루이스 같은 신체를 원한다고, 그때의 인간은 지금보다 키가 클 것이므로 적어도 1미터 90 이상의 몸과. 그때의 100미터 기록은 지금보다 빠를 테니 9초 이내로 달릴 수 있게 해달라고. 소설가는 대부분 몽상가들이다. 다행히 그런 몽상이 나를 슬프게 하지는 않는다. 현실의 내가 바로 다른 사람의 마음을 아프게 하기 때문에 이런 방법으로 스스로를 위로하고 동경하는 것이다. 칼 루이스에 대한 나의 애정과 숭배는 날이 갈수록 더해갔다. 나는 그가 세상에서 제일 행복한 이라 믿는다. 내가 그로 변할 수만 있다면 그 무엇도 아깝지 않다. 만약 다음 생에 그처럼 건강하고 아름다운 몸으로 태어난다면, 이번 생을 이렇게 불구로 살아도 충분한 보상이 된다고 생각한다.

失意(실의)

奥运会上, 约翰逊战胜刘易斯的那个中午我难过极了, 心里别别扭扭别别扭扭的一直到晚上, 夜里也没睡好觉。眼前老翻腾着中午的场面：所有的人都在向约翰逊欢呼, 所有的旗帜与鲜花都向约翰逊挥舞, 浪潮般的记者们簇拥着约翰逊走出比赛场, 而刘易斯被冷落在一旁。刘易斯当时那茫然若失的目光就像个可怜的孩子, 让我一阵阵的心疼。一连几天我都闷闷不乐, 总想着刘易斯此刻会怎样痛苦；不愿意再看电视里重播那个中午的比赛, 不愿意听别人谈论这件事, 甚至替刘易斯嫉妒着约翰逊, 在心里找很多理由向自己说明还是刘易斯最棒；自然这全无济于事, 我竟似比刘易斯还败得惨, 还迷失得深重。这岂不是怪事么？在外人看来这岂不是精神病么？我慢慢去想其中的原因。是因为一个美的偶像被打破了么？如果仅仅是这样, 我完全可以惋惜一阵再去竖立起约翰逊嘛, 约翰逊的雄姿并不比刘易斯逊色。是因为我这人太恋旧, 骨子里太保守吗？可是我非常明白, 后来者居上是最应该庆祝的事。或者是刘易斯没跑好让我遗憾？可是九秒九二是他最好的成绩。到底为什么呢？最后我知道了：我看见了所谓"最幸福的人"的不幸, 刘易斯那茫然的目光使我的"最幸福"的定义动摇了继而粉碎了。上帝从来不对任何人施舍"最幸福"这三个字，他在所有人的欲望前面设下永恒的距离，公平地给每一个人以局限。如果不能在超越自我局限的无尽路途上去理解幸福，那么史铁生的不能跑与刘易斯的不能跑得更快就完全等同，都是沮丧与痛苦的根源。假若刘易斯不能懂得这些事，我相信，在前述那个中午，他一定是世界上最不幸的人。

在百米决赛后的第二天，刘易斯在跳远比赛中跳出了八米七二，他是个好样的。看来他懂，他知道奥林匹斯山上的神火为何而燃烧，那不是为了一个人把另一个人战败，而是为了有机会向诸神炫耀人类的不屈，命定的局限尽可永在，不屈的挑战却不可须臾或缺。我不敢说刘易斯就是这样，但我希望刘易斯是这样，我一往情深地喜爱并崇拜这样一个刘易斯。

이번 올림픽 100미터 경기에서 벤 존슨이 칼 루이스를 꺾고 우승한 그 오후, 나는 몹시 슬펐다. 밤이 깊도록 마음을 잡지 못해 잠 도 제대로 자지 못했다. 눈 앞에 오후의 그 경기 장면이 계속 떠올랐다. 모든 사람이 벤 존슨을 향해 환호를 보내고, 모든 깃발과 꽃이 그를 향해 춤추듯 날아가고, 구름같이 몰려든 기자들이 벤 존슨을 에워싸고 밖으로 나갈 때 칼 루이스는 그 모든 것을 벗어나 홀로 있었다. 불쌍한 어린아이처럼 망연자실한 그의 눈빛은 내 마음을 아프게 했다. 계속해서 텔레비전에서 방영되는 100미터 결승 장면은 다시는 보고 싶지 않았고, 이 경기에 대한 다른 이들의 이야기도 듣고 싶지 않았다. 마음속으로 온갖 이유를 들어 여전히 칼 루이스가 최고라고 나 자신에게 설명했다. 사실 다 쓸데없는 일이다. 칼 루이스보다 훨씬 더 참담하고 잃은 것도 훨씬 많은 내가 이런 생각을 하고 있다. 그렇지 않은가? 다른 사람들 보기에는 아마도 내가 정신 나간 사람 같을 것이다. 나는 곰곰이 그 원인을 생각해보았다. 나의 아름다운 우상이 무너져서? 단순히 그것 때문이라면 잠시 슬퍼하다 벤 존슨을 새로운 우상으로 만들면 그만이다. 벤 존슨도 칼 루이스에 결코 뒤지지 않으니까. 내가 지난날을 그리워하는 보수적인 사람이라서? 하지만 나는 뒤에 오는 이가 앞선 이를 넘어서는 것을 무엇보다 축하 하는 사람이다. 아니면 칼 루이스의 기록에 실망해서? 그것도 아니다. 9.92는 그의 최고 기록이었다. 그렇다면 대체 무엇 때문에? 그러다 마침내 깨달았다. '가장 행복한 사람'의 불행을 보았기 때문이다. 칼 루이스의 망연자실한 눈빛이 나의 '가장 행복한 사람'의 정의를 흔들었고 부숴버렸기 때문이다.

신은 그 누구에게도 '가장 행복한' 이란 글자를 준 적이 없다. 신은 모든 사람의 욕망 앞에 거리를 매설해두고, 그 제약을 모두에게 공평하게 부여했다. 만약 그 계약을 넣어 끝없이 이어지는 길에서 맛있는 행복을 이해하지 못한다면 내가 달리지 못하는 것과 칼 루이스가 더 빨리 달리지 못하는 것은 완전히 같은 것이다. 모두 다 슬픔과 교통의 근원이다. 칼 루이스가 이것을 이해할 수 없었다면, 그날 오후의그는 세상에서 가장 불행한 사람이었을 것이다. 100미터 결승전이 끝나고 이어진 멀리뛰기에서 칼은 8미터 72로 금메달을 차지했다. 아마 그는 이해하고 있었으리라. 올림포스산의 성화가 왜 불타오르는지 그는 알고 있었다. 그것은 한 사람의 승리를 위한 것이 아니라 신들을 향한 인류의 불굴의 의지를 보여주는 것이다. 인간의 한계는 불변이겠으나 그것을 넘어서겠다는 의지와 도전은 잠시라도 멈춰선 안 된다. 칼이 그런 사람인지는 모르겠지만, 나는 그가 그러하길 바란다. 나는 그런 칼 루이스를 좋아하고 숭배한다.

梦想(꿈)

这样，我的白日梦就需要重新设计一番了。至少我不再愿意用我领悟到的这一切，仅仅去换一个健美的躯体，去换一米九以上的身高和九秒七九乃至九秒六九的速度，原因很简单，我不想在来世的某一个中午成为最不幸的人；即使人可以跑出九秒五九，也仍然意味着局限。我希望既有一个健美的躯体又有一个了悟了人生意义的灵魂，我希望二者兼得。但是，前者可以祈望上帝的恩赐, 后者却必须在千难万苦中靠自己去获取批我的白日梦到底该怎样设计呢? 千万不要说, 倘若二者不可来得你要哪一个? 不要这样说, 因为人活着必要有一个最美的梦想。

后来知道, 约翰逊跑出了九秒七九是因为服用了兴奋剂。对此我们该说什么呢? 我在报纸上见了这样一个消息, 他的牙买加故乡的人们说, "约翰逊什么时候愿意回来, 我们都会欢迎他, 不管他做错了什么事, 他都是牙买加的儿子。"这几句话让我感动至深。难道我们不该对灵魂有了残疾的人, 比对肢体有了残疾的人, 给予更多的同情和爱吗

이것으로 나의 몽상은 새로운 설계가 필요해졌다. 적어도 이 모든 것을 다 원한다고는 하지 않을 것이다. 건강하고 아름다운 몸과 1미터 90의 키와 9초대의 기록을 원하지는 않을 것이다. 이유는 간단하다. 나는 다음 생의 어느 오후에 세상에서 제일 불행한 사람이 되고 싶지 않다. 인간이 9초 5를 뛴다 해도 그 역시 한계를 의미한다. 나는 건강한 몸에 인생의 의미를 깨우친 영혼도 바란다. 앞의 바람은 신의 은총 덕분이겠지만, 후자는 반드시 끊임없는 노력으로만 얻을 수 있다. 나의 몽상은 어떻게 설계해야 할까? 다만 부탁하자면 '둘 중에 하나밖에 안 된다면 어느 것을 원하느냐' 묻지 말기를… 사람이 사는 데 아름다운 몽상 하나쯤은 너그러이 허용해줄 수 있지 않은가? 나중에 벤 존슨의 100미터 9초 79라는 기록은 금지약물로 인한 것 이라 전해졌다. 우리는 과연 뭐라고 말해야 할까? 신문에서 이런 기사를 보았다. 그의 고국 자메이카 사람들은 벤 존슨이 언제 돌아오든 언제나 환영하겠다고 말했다 한다. 무슨 잘못을 저질렀든 그는 자메이카의 아들이라고. 그 몇 마디 말에 나는 깊은 감동을 받았다. 우리는 신체의 장애를 입은 사람보다 영혼에 장애가 있는 사람에게 더 많은 동정과 사랑을 주면 안 되는 것일까?

스텐성 (史铁生)
《나의 몽상》(我的梦想)
생각나누기/ 핵심 키워드: 결코 꺾이지 않는 마음

● **본문 탐구하기1: 키워드 찾기**

1. 영혼의 장애: 심리적 결핍과 부정적 감정의 사회적 영향

영혼의 장애는 단순히 신체적 제약을 의미하는 것이 아니라, 개인이 내면적으로 겪는 심리적 결핍에서 비롯되는 부정적인 감정들이 사회 질서와 규칙, 공정성, 정의를 어지럽히고 이를 위반하는 결과를 초래하는 것을 나타낸다. 이는 개인의 마음 속에서 형성된 불안, 좌절, 불만 등의 감정이 그들의 사회적 행동에 영향을 미쳐, 결국 사회적 규범을 어기거나 비윤리적인 방식으로 승리를 쟁취하려는 경향을 낳게 된다. 이러한 심리적 장애는 외부의 시각으로는 신체적 장애와 동일시될 수 있으나, 그 본질은 내면적인 갈등과 감정적 결핍에 뿌리를 두고 있다. 즉, 영혼의 장애는 개인의 내면 세계에서 발생하며, 그 결과로 사회적 행동이나 윤리적 판단에 왜곡을 일으킬 수 있다.

2. 작가의 롤모델 칼 루이스를 지지하고 숭배한 이유

작가가 칼 루이스를 롤모델로 지지하고 숭배한 이유는, 그가 신체적으로 장애를 가진 자신과 동일시할 수 있는 부분에서 깊은 연관을 느꼈기 때문이다. 작가는 신체적인 한계를 경험하고 있으며, 이로 인해 신체 능력에 대한 깊은 매료와 갈망을 느끼고 있었다. 또한, 장애를 앓고 있는 작가는 신체적 한계를 넘어서려는 인간의 끊임없는 노력과, 그 노력을 통해 도달하려는 궁극적인 목표로서 신성함을 인식하고 있었다. 작가에게 육상경기는 단순한 스포츠가 아니라, 인간이 신의 영역에 다가갈 수 있는 한 방식으로 여겨졌으며, 그가 신체적 능력을 극대화한 칼 루이스를 숭배한 이유도 이와 관련이 있다. 인간이 신을 뛰어넘을 수는 없지만, 그 경지에 가까워지는 과정으로서 육상경기를 보고, 이를 통해 신과 인간의 관계를 형상화하고자 했던 것이다.

3. 작가가 소설가를 '몽상가'라고 표현한 이유

작가가 소설가를 '몽상가'라고 지칭한 이유는, 현실에서 겪는 신체적 제약과 감정적 슬픔, 고난을 극복하고자 하는 열망에서 기인한다. 작가는 장애를 가진 신체의 현실 속에서 많은 제약을 느끼며, 그로 인해 감정적인 고통을 겪고 있다. 그러나 소설을 창작하는 과정에서 그는 현실을 넘어설 수 있는 자유를 얻게 된다. 소설 속에서는 작가 자신이 현실에서의 제약과 한계를 뛰어넘어, 마음속에서 상상한 이상적인 세계와 미래를 창조할 수 있기 때문이다. 작가가 언급한 "현실의 내가 다른 사람들의 마음을 아프게 하기 때문에 이런 방법으로 스스로 위로하고 동경하고 있다"는 말에서 알 수 있듯이, 그는 현실에서 겪는 슬픔과 한계를 소설을 통해 극복하고자 한다. 소설을 통해 꿈과 희망을 조정하고, 인간의 한계를 자신이 설정하는 경계 내에서 자유롭게 다룰 수 있다는 점에서, 그는 소설가를 단순한 이야기 창작자가 아니라, 현실을 초월하는 '몽상가'로 묘사하는 것이다.

4. 내면적 장애와 창작의 자유

작가의 글에서는 신체적 장애와 그것이 초래하는 심리적 결핍, 그리고 이를 극복하고자 하는 창작의 자유가 중요한 주제로 다뤄진다. '영혼의 장애'는 단순한 신체적 결함을 넘어서, 내면의 심리적 결핍과 사회적 불만이 결합된 결과로 나타난다. 작가는 육상 세계기록 소유자인 칼 루이스를 숭배함으로써, 인간의 신체 능력을 극대화하려는 욕망을 드러내며, 자신이 경험하는 신체적 한계를 극복하려는 욕망을 공유한다. 또한, 그는 소설을 통해 현실을 초월하는 자유를 얻고, '몽상가'로서 자신의 한계를 넘어설 수 있는 공간을 창조하며, 이를 통해 현실에서의 고통과 제약을 위로하고자 한다. 이 모든 과정은 작가가 내면적으로 겪는 장애와 그로 인한 고통을 창작을 통해 극복하려는 노력의 일환이라 할 수 있다.

▶ 질문

- 각자가 생각하는 자신의 삶의 가치관과 목적
- 나에게 나의 결핍을 덮을 만큼의 취미활동이나 대상이 있는가?

주쯔칭(朱自清)
《봄》(春)

[원문]

盼望着, 盼望着, 东风来了, 春天的脚步近了。

一切都像刚睡醒的样子, 欣欣然张开了眼。山朗润起来了, 水涨起来了, 太阳的脸红起来了。

小草偷偷地从土里钻出来, 嫩嫩的, 绿绿的。园子里, 田野里, 瞧去, 一大片一大片满是的。坐着, 躺着, 打两个滚, 踢几脚球, 赛几趟跑, 捉几回迷藏。

风轻悄悄的, 草软绵绵的。

桃树、杏树、梨树, 你不让我, 我不让你, 都开满了花赶趟儿。红的像火, 粉的像霞, 白的像雪。花里带着甜味儿；闭了眼, 树上仿佛已经满是桃儿、杏儿、梨儿。花下成千成百的蜜蜂嗡嗡地闹着, 大小的蝴蝶飞来飞去。野花遍地是：杂样儿, 有名字的, 没名字的, 散在草丛里, 像眼睛, 像星星, 还眨呀眨的。

"吹面不寒杨柳风", 不错的, 像母亲的手抚摸着你。风里带来些新翻的泥土的气息, 混着青草味儿, 还有各种花的香, 都在微微润湿的空气里酝酿。鸟儿将窠巢安在繁花嫩叶当中, 高兴起来了, 呼朋引伴地卖弄清脆的喉咙, 唱出宛转的曲子, 与轻风流水应和着。牛背上牧童的短笛, 这时候也成天在嘹亮地响。

雨是最寻常的，一下就是三两天。可别恼。看，像牛毛，像花针，像细丝，密密地斜织着，人家屋顶上全笼着一层薄烟。树叶子却绿得发亮，小草也青得逼你的眼。傍晚时候，上灯了，一点点黄晕的光，烘托出一片安静而和平的夜。乡下去，小路上，石桥边，有撑起伞慢慢走着的人；还有地里工作的农夫，披着蓑，戴着笠的。他们的草屋，稀稀疏疏的，在雨里静默着。

天上风筝渐渐多了，地上孩子也多了。城里乡下，家家户户，老老小小，他们也赶趟儿似的，一个个都出来了。舒活舒活筋骨，抖擞抖擞精神，各做各的一份事去。"一年之计在于春"，刚起头儿，有的是工夫，有的是希望。

春天像刚落地的娃娃，从头到脚都是新的，他生长着。

春天像小姑娘，花枝招展的，笑着，走着。

春天像健壮的青年，有铁一般的胳膊和腰脚，他领着我们上前去。

단어

1. 盼望 pànwàng (동) 간절히 바라다. 희망하다.
2. 朗润 lǎng rùn (형) 촉촉하다
3. 钻 zuān (동) 뚫다.
4. 眨呀眨 zhǎyazhǎ (형) 깜박깜박
5. 抚摸 fǔmō (동) 어루만지다. 쓰다듬다.
6. 酝酿 yùnniàng (동) 술을 빚다. 술을 발효시키다. 술을 담그다. 양조하다.
7. 清 qīngcuì (형) (목소리·발음 등이) 낭랑하다. 쟁쟁하다. 맑고 깨끗하다.
8. 宛转 wǎnzhuǎn (동) 전전(輾轉)하다. 누워서 이리저리 몸을 뒤척이다.
9. 嘹亮 liáoliàng (동) 우렁차다
10. 地响 dì xiǎng (동) 소리를내다
11. 烘托 hōngtuō (동) (문학 작품에서 측면적인 묘사를 한 다음에 주제를 이끌어 내어 표현하고자 하는 바를) 부각시키다, 돋보이게 하다.
12. 稀稀疏疏 xīxi shūshū (형) 띄엄띄엄하다. 드문드문하다. 성깃성깃하다. 듬성듬성하다. 드물다.
13. 抖擞 dǒusǒu (동) 기운을 내다. 정신을 차리다[가다듬다]. 분발하다.

주쯔칭(朱自清)
《봄》(春)

[해석]

盼望着, 盼望着, 东风来了, 春天的脚步近了。

　一切都像刚睡醒的样子, 欣欣然张开了眼。山朗润起来了, 水涨起来了, 太阳的脸红起来了。小草偷偷地从土里钻出来, 嫩嫩的, 绿绿的。园子里, 田野里, 瞧去, 一大片一大片满是的。坐着, 躺着, 打两个滚, 踢几脚球, 赛几趟跑, 捉几回迷藏。

　기다리고 기다리던 동쪽 바람이 불어온다. 봄의 발걸음이 다가선 것이다. 천지만물이 막 잠에서 깨어난 듯 즐겁게 눈을 뜬다. 산은 산뜻함으로 윤기가 돌기 시작하고, 강물도 세차게 흐르기 시작하고, 태양의 얼굴 또한 빨갛게 붉어지기 시작했다. 풀은 몰래 땅에서 빠져 나오고, 부드럽고 푸르다.

　정원에, 들판에, 넓게, 넓게 갓 싹이 돋아난 풀들로 가득하다. 앉아도 보고, 누워도 보고, 딩굴어도 보고, 공을 차기도 하고, 달려도 보고, 숨바꼭질도 해본다.

　风轻悄悄的, 草软绵绵的。桃树、杏树、梨树, 你不让我, 我不让你, 都开满了花赶趟儿。红的像火, 粉的像霞, 白的像雪。花里带着甜味儿 ; 闭了眼, 树上仿佛已经满是桃儿、杏儿、梨儿。花下成千成百的蜜蜂嗡嗡地闹着, 大小的蝴蝶飞来飞去。

바람은 가볍게 살랑거리고 풀은 솜털처럼 보드랍다. 복숭아나무, 살구나무 그리고 배나무는 한 치의 양보 없이 앞다투어 꽃을 피운다. 붉은 꽃은 불덩이 같고, 분홍 꽃은 노을 같고, 흰 꽃은 눈송이 같다. 향긋한 꽃내음을 느끼며 눈을 감으니 나뭇가지마다 벌써 복숭아, 살구, 배가 주렁주렁열린 듯싶다. 가지마다 탐스럽게 핀 꽃을 찾아 모여든 수많은 꿀벌들이 윙윙거리고, 크고 작은 나비들이 이리저리 날아다닌다.

野花遍地是：杂样儿, 有名字的, 没名字的, 散在草丛里, 像眼睛, 像星星, 还眨呀眨的。

그 밖에 들꽃이 여기저기 만발하다. 이름 있는 것, 이름 없는 것 등 가지각색의 들꽃이 꽃더미 속에 흩어져 눈 처럼 별처럼 반짝반짝 수놓고 있다.

"吹面不寒杨柳风", 不错的, 像母亲的手抚摸着你。风里带来些新翻的泥土的气息, 混着青草味儿, 还有各种花的香, 都在微微润湿的空气里酝酿。鸟儿将窠巢安在繁花嫩叶当中, 高兴起来了, 呼朋引伴地卖弄清脆的喉咙, 唱出宛转的曲子, 与轻风流水应和着。牛背上牧童的短笛, 这时候也成天在嘹亮地响。

雨是最寻常的, 一下就是三两天。可别恼。看, 像牛毛, 像花针, 像细丝, 密密地斜织着, 人家屋顶上全笼着一层薄烟。树叶子却绿得发亮, 小草也青得逼你的眼。傍晚时候, 上灯了, 一点点黄晕的光, 烘托出一片安静而和平的夜。乡下去, 小路上, 石桥边, 有撑起伞慢慢走着的人；还有地里工作的农夫, 披着蓑, 戴着笠的。他们的草屋, 稀稀疏疏的, 在雨里静默着。

天上风筝渐渐多了, 地上孩子也多了。城里乡下, 家家户户, 老老小小, 他们也赶趟儿似的, 一个个都出来了。舒活舒活筋骨, 抖擞抖擞精神, 各做各的一份事去。"一年之计在于春", 刚起头儿, 有的是工夫, 有的是希望。

春天像剛落地的娃娃，從頭到腳都是新的，他生長着。春天像小姑娘，花枝招展的，笑着，走着。春天像健壯的青年，有鐵一般的胳膊和腰腳，他領着我們上前去。

'바람이 얼굴을 스쳐도 차갑지 않네. 버드나무를 흔드는 봄바람이기에' 라고 하였듯이 따뜻한 봄바람은 마치 어머니의 손길이 그대를 어루만지는 것과 같다. 바람 속에 묻혀 온 상쾌한 흙내음은 싱그런 풀내음과 온갖 꽃향기가 뒤섞인 채 약간 축축한 공기 속에 온양(醞釀)되고 있다. 새들은 꽃잎이 무성한 가지에 둥지를 틀고서 기뻐하기 시작한다. 친구며 짝꿍을 불러 모으려는 듯이 맑고 고운 소리를 뽐내며 완만하게 노래를 불러댄다. 새들의 노랫소리는 봄바람과 봄여울과 한데 잘 어우러진다. 소 등에 타고서 불러대는 목동의 피리 소리도 온종일 아름답게 울려 퍼진다.

비는 늘 내리는 것으로 한번 내리기 시작하면 2,3일 계속해서 내린다. 그렇다고 짜증내지 마라. 가만히 보면 그것은 쇠털처럼, 자수바늘처럼, 혹은 가는 실처럼 촘촘하게 뿌려지고 있지 않은가. 인가의 지붕 위에는 옅은 안개가 자욱하게 서려 있다. 나뭇잎은 더욱 푸른 빛깔을 띠고, 새싹도 그대의 눈을 부시게 할 정도로 푸르다. 저녁 무렵 전등을 켜자 아스라한 노란 불빛이 고요하고 평화스럽기만 한 이 밤을 한층 돋보이게 한다. 시골에는 우산을 받쳐 들고 조그만 길 돌다리를 천천히 거닐고 있는 사람이 있는가 하면, 삿갓을 쓰고 도롱이를 걸친 채 일하는 농부도 있다. 그들의 초가집에도 가랑비가 보슬보슬 내리는 가운데 적막함이 깊어만 간다.

하늘에는 연이 많아지고, 지상에는 아이들이 많이 모여든다. 도시나 시골이나 집집마다 남녀노소 모두가 앞서거니 뒷서거니 서둘러 나온다. 각자 몸의 근육과 관절을 풀면서 정신을 가다듬고 자신이 할 일을 해나간다. '일 년 계획은 봄에 있다'고 했다. 이제 막 시작했으니 얼마든지 시간과 희망이 있는 것이다. 봄은 갓 태어난 아기처럼 머리부터 발끝까지 신선한 채 새롭게 성장해 가는 것. 봄은 아리따운 처녀처럼 꽃단장을 하고서 미소 지으며 걸어가는 것. 봄은 건장한 청년처럼 무쇠 같은 팔뚝과 허리와 다리로 우리를 인도해가는 것.

주쯔칭(朱自淸)

《봄》(春)

생각나누기/ 핵심 키워드: 시작 그리고 봄

● 본문 탐구하기1: 작품 감상

1. 작가 소개

주쯔칭은 중국 현대문학에서 가장 중요한 산문 작가 중 하나로, 그의 문학적 업적은 누구도 부정할 수 없는 수준에 이르렀다. 그는 시와 소설에서도 일정한 성과를 거두었지만, 주로 산문 창작에서 더욱 큰 영향을 미쳤다. 주쯔칭의 산문은 리얼리즘 원칙에 따라 작성되었으며, 크게 세 가지 범주로 나눠 볼 수 있다. 정론성 산문, 자서전적 산문, 그리고 자연 경관을 묘사하거나 서정적인 감성을 표현하는 미학적 산문이다.

정론성 산문에서 주쯔칭은 사회와 인간 삶에 대한 깊은 통찰을 예리하고 심도 있는 방식으로 기록하며, 당시의 현실을 사실적으로 반영한다. 이와 같은 작품들은 사실주의적 관점에서 가장 뛰어난 평가를 받는다. 또한, 주쯔칭의 작품에서는 인생과 사회를 바라보는 진지하고 진솔한 태도가 작가로서의 그의 특성을 잘 드러내고 있다.

2. 주요 사상

주쯔칭은 봄의 다양한 생동감 넘치는 풍경을 세심하고 완곡하게 묘사하여 봄을 번창하고 활기찬 시기로 그려낸다. 그는 이 작품을 통해 삶에 대한 사랑과 밝은 미래를 지향하는 태도를 드러내며, 혁명적 미래에 대한 간절한 기대를 표현하고 있다. 이러한 태도는 독자들에게 격려와 고무, 용기를 북돋우며 희망을 전하려는 작가의 의도를 명확히 드러낸다.

이 글에서 주쯔칭의 주된 사상은 자유세계에 대한 동경이다. 당시 중국은 정치적·사회적으로 억압적인 상황에 놓여 있었지만, 주쯔칭은 그의 정신적 세계가 맑고 깨끗하다는 것을 강조한다. 그는 자유와 이상을 향한 갈망을 문장 속에 풀어내며, 그를 통해 독자들에게 깊은 감동을 선사한다. 1927년 이후 주쯔칭은 영적 세계와 꿈의 세계를 추구하는 작업에 몰두했으며, 이 시기의 사상적 바탕은 그의 작품에서 잘 드러난다. '봄'은 왕성한 봄의 생명력과 활동을 묘사하지만, 동시에 주쯔칭의 영적인 세계와 인간의 내면적 세계를 사실적으로 그려내는 작품이다.

3. 예술적 특색

주쯔칭의 작품 봄이 널리 알려지게 된 이유 중 하나는 그 구조가 수미상관을 이루고 있기 때문이다. 작가는 봄에 대한 이미지를 독자들에게 떠올리게 하여 서정적인 감정을 불러일으킨다. 첫째, 그의 언어는 소박하면서도 심오한 의미를 담고 있다. 주쯔칭은 통속적이고 생동감 있는 이미지와 구어체 표현을 잘 활용하며, 이를 통해 독자들에게 쉽게 다가가는 동시에 예술적 깊이를 유지한다. 예를 들어, "정원, 들판을 바라보면"이라는 표현이나 "앉아도 보고, 누워도 보고, 딩굴어도 보고, 공을 차기도 하고, 달려도 보고, 숨바꼭질도 해본다."라는 문장은 구어체에서 비롯된 소박한 표현이다. 이러한 문장은 의미론적으로 이해하기 쉽고, 수사적으로는 작가의 예술적 가공을 거쳐 리듬감이 풍부하며 서정적인 느낌을 강화한다.

둘째, 주쯔칭은 기묘한 비유를 사용하여 문장의 정서를 더욱 돋보이게 한다. 예를 들어, 봄바람이 얼굴을 스치며 "어머니의 손길이 너를 쓰다듬는다"고 묘사하거나, 봄을 "갓 태어난 아기처럼"이나 "아기", "건장한 청년"에 비유하는 등의 표현을 사용한다. 이러한 비유들은 신선하고 적절하면서도 깊은 의미를 담고 있으며, 진부하지 않으면서도 표현력 있게 대상을 묘사한다. 주쯔칭의 언어는 소박하고 신선하면서도 깊이 있는 의미를 전달하며, 그의 예술적 감각을 잘 보여준다.

● 본문 탐구하기2: 작품 분석

1. 봄의 도래와 그리움

작품은 "기다리고 기다리던 봄바람이 불어온다. 봄의 발걸음이 다가선 것이다."라는 반복적인 표현으로 시작된다. 여기서 '기다리고 기다리다.'라는 동사의 반복은 봄의 도래를 간절히 바라는 인간의 마음을 강렬하고 절박하게 전달한다. 이러한 반복적인 표현은 독자에게 봄을 향한 간절한 기원과 그리움의 감정을 불러일으키며, 봄의 도래를 더욱 간절하고 힘차게 느끼게 한다. 이어서 봄은 의인법을 사용해 인격화되어, 사람들에게 친근하고 사랑스러운 존재로 묘사된다. 봄은 사람들의 기다림과 고통을 끝내고 다가오는 기쁨과 희망의 상징으로, 겨울의 추위를 견뎌낸 후 간절히 기다려온 존재로 그려진다. 이 표현은 봄의 도래가 단순한 계절의 변화가 아니라, 사람들의 마음속에 깊이 자리잡은 기대와 기쁨을 담고 있음을 나타낸다.

2. 봄 경치의 생동감 있는 묘사

주쯔칭은 봄의 경치를 마치 '잠에서 깨어난' 사람처럼 기쁘게 눈을 뜨는 모습으로 묘사한다. "천지만물이 막 잠에서 깨어난 듯 즐겁게 눈을 뜬다." 라는 표현은 의인법을 사용하여, 봄이 마치 사람처럼 생동감 있게 깨어나는 장면을 그린다. 초봄의 경치는 은은한 기운과 몽롱한 느낌을 주며, "산은 산뜻함으로 윤기가 돌기 시작하고, 강물도 세차게 흐르기 시작하고, 태양의 얼굴 또한 빨갛게 붉어지기 시작 했다."는 표현을 통해 자연의 부드럽고 따스한 변화를 효과적으로 전달한다. 특히 태양의 얼굴을 붉히는 묘사는 의인법을 활용하여 봄볕의 따스함과 생명력 넘치는 특성을 강조한다. 이러한 묘사는 봄의 총체적인 윤곽을 간결하면서도 심층적으로 그려내고, 독자가 봄의 풍경을 다각도에서 감상할 수 있도록 돕는다.

봄의 경치는 단순히 자연의 변화에 그치지 않고, "풀은 몰래 땅에서 빠져나오고, 부드럽고 푸른 풀"은 첩음법[1]과 의인법[2]을 통해 생명력과 강인함을 강조한다. '몰래'라는 단어는 풀의 끈질긴 생명력을 강조하며, 봄바람이 풀을 다시 피어나게 만드는 힘을 나타낸다. "정원에, 들판에, 넓게, 넓게" 라는 반복적 표현은 봄의 넓고 확장된 공간을 강조하며, 자연의 생명력과 아름다움을 강조한다. 이러한 반복과 배비 수사법은 봄의 활기찬 에너지와 변화하는 자연을 효과적으로 전달한다.

---

1) 시나 노래에서 같은 구절을 두 번씩 반복하여 쓰는 형식.

2) '파도가 춤을 춘다'처럼 사람이 아닌 동물, 식물, 사물을 사람처럼 말하고 행동하는 것으로 나타내는 표현 방법을 가르킨다. 의인법을 사용하면 독자가 대상에 대해 흥미롭고 친근하게 느낄 수 있다.

3. 봄의 예찬과 비유적 표현

주쯔칭은 봄을 "갓 태어난 아기처럼" 묘사하여, 봄을 새롭게 태어난 생명체로 비유한다. 이 비유는 봄의 신선함과 새로운 시작을 강조하며, '아가'라는 표현을 통해 봄의 순수함과 아름다움을 부각시킨다. 봄은 단순히 계절의 변화에 그치지 않고, 새로운 생명과 가능성을 의미하는 존재로 그려진다. 또한, 봄을 "처녀"에 비유하며, 봄의 미와 활기를 표현한다. 봄은 점차 자라 "처녀"가 되어, 사람들에게 사랑받고 매력을 발산하는 존재로 변모한다.

또한, 봄은 "건장한 청년"으로 비유되어, 이상적이고 용기 있는 존재로 그려진다. 봄은 쇠처럼 단단한 팔과 허리를 가지고 인간을 이끌어 가며, 이는 사회와 인류의 발전과 진보를 상징한다. 작가는 봄을 통해 무한한 창의력과 가능성을 강조하며, 봄의 에너지로 더 나은 사회와 세상을 만들어 갈 것을 촉구한다. 이러한 비유는 봄을 단순한 자연의 변화가 아니라, 인간의 삶과 정신을 이끄는 중요한 힘으로 묘사한다.

전체적으로, 이 작품은 봄을 단순한 계절의 변화로 묘사하지 않고, 봄의 생명력과 활기찬 에너지를 강조하는 방식으로 그려낸다. 봄은 자연의 변화뿐만 아니라, 인간의 내면과 사회적 발전을 이끄는 중요한 힘으로 표현된다. '봄'이라는 주제는 단순히 계절적 특성의 묘사를 넘어서, 삶에 대한 희망, 변화, 그리고 인간과 사회의 진보를 상징하는 중요한 메시지를 전달한다. 작품은 그 안에 담긴 생동감 있는 묘사와 비유를 통해, 봄의 아름다움과 에너지를 강렬하고 감동적으로 그려내며, 독자에게 깊은 인상을 남긴다.

에필로그

    본 책을 집필하게 된 동기는, 필자가 근 20년 동안 중국에서 쌓아온 중국학에 대한 깊이 있는 이해와 그로부터 얻은 개인적인 경험을 결합하여, 대한민국에서 중국 문학과 문화를 배우고자 하는 이들에게 풍성하고 심오한 지식의 탐구를 제공하고자 하는 열망에서 시작되었다. 필자는 단순히 지식을 전달하는데 그치지 않고, 이 과정이 지루하지 않으며 더욱 풍부하고 깊이 있는 학문적 탐구로 이어지도록 하는 방법에 대해 끊임없이 고민해왔다.

    본 책은 8명의 작가가 쓴 12편의 중국 현대 산문을 다루며, 그 속에 숨겨진 의미와 작가들의 내면적인 의도를 탐구했다. 또한, 단순히 문학적 분석에 그치지 않고, 오늘날의 중국과 대한민국 사회를 현재적 관점에서 조망하며, 문학을 넘어 실용적인 시각에서 우리가 이 시대를 어떻게 살아가야 할지를 함께 성찰하고자 했다. 이는 학문적인 탐구를 넘어서, 중국 사회의 복잡한 면모와 그 안에 숨겨진 '인간 본성'을 이해하려는 진지한 시도라고 할 수 있을 것이다. 특히 이 책에서 다룬 중국 현대 산문은, 중국이라는 사회가 내포한 고유한 정체성과 그들의 내면적인 삶을 들여다볼 수 있는 중요한 열쇠를 제공한다. 그 속에서 우리는 단순히 중국작가들의 경험을 '소비'하는 것이 아니라, 그 경험을 통해 자신의 기록을 남기는 것이 진정한 이해의 시작임을 깨닫게 된다. 또한, 우리는 그 기록을 외부에서 일방적으로 엿보는 관찰자가 아니라, 작가의 감정에 깊이 공감하고, 기록 속에 뿌리내린 주체적인 존재로서 자신을 발견하게 될 것이다. 이처럼 우리가 살고 있는 이 시대를 깊이 이해하고, 그 속에서 자신을 정의하는 방법은 중국 현대 산문 작가들처럼 결국 매일의 삶 속에서 경험한 감정과 생각을 기록으로 남기는 일에 있다.

이 책을 덮고 난 후, 독자들 역시 자신만의 삶을 성찰하고, 그 속에서 깨달은 이야기들을 하나하나 기록으로 남기기를 바란다. 그 과정속에서 쌓인 기록들은 당신만의 아이덴티티를 형성하고, 세상과 더 깊은 차원에서 소통할 수 있는 중요한 다리가 되어줄 것이다. 그 길을 나와 함께 걸어가기를 바라며, 당신의 이야기도 역사의 기록 속에 온전히 담기길 기원한다. 이 책이 여러분에게 그런 계기를 줄 수 있는 촉진제가 되기를 진심으로 바란다.

이 책을 집필하는 동안 아낌없는 응원과 지지를 보내준 가족과 친구들, 그리고 모든 소중한 분들께 진심으로 감사드린다. 당신들의 나를 향한 따뜻한 미소와 믿음은 마음 깊이 새겨져, 책을 집필하는데 큰 원동력이 되었다. 이 자리를 빌어, 그 사랑과 격려에 깊은 감사를 전한다.

지속 가능한 '저녁이 있는 삶'이 나와 당신의 일상 속에 함께하길 기원하며,
기록의 힘과 아카이빙이 우리의 삶 곳곳에 가득 차길 바라며…

- 2025년 02월 김승원

중국 현대 산문

기록의 시선: 아카이빙과 문학의 만남

초판인쇄 2025년 02월 05일 **초판발행** 2025년 02월 12일

지은이 **김승원**
펴낸이 **이혜숙** 펴낸곳 **신세림출판사**
등록일 **1991년 12월 24일 제2-1298호**

04559 서울특별시 중구 퇴계로49길 14,
     충무로엘크루메트로시티2차 1동 720호
전화 **02-2264-1972** 팩스 **02-2264-1973**
E-mail : shinselim72@hanmail.net
     shinselim@naver.com

정가 **20,000원**

ISBN **978-89-5800-281-9, 03830**